# 『談奇党』『猟奇資料』

## 第1巻

創刊号（昭和6年9月）
第2号（昭和6年10月）
秋季増刊号（昭和6年10月）

［監修］島村 輝

ゆまに書房

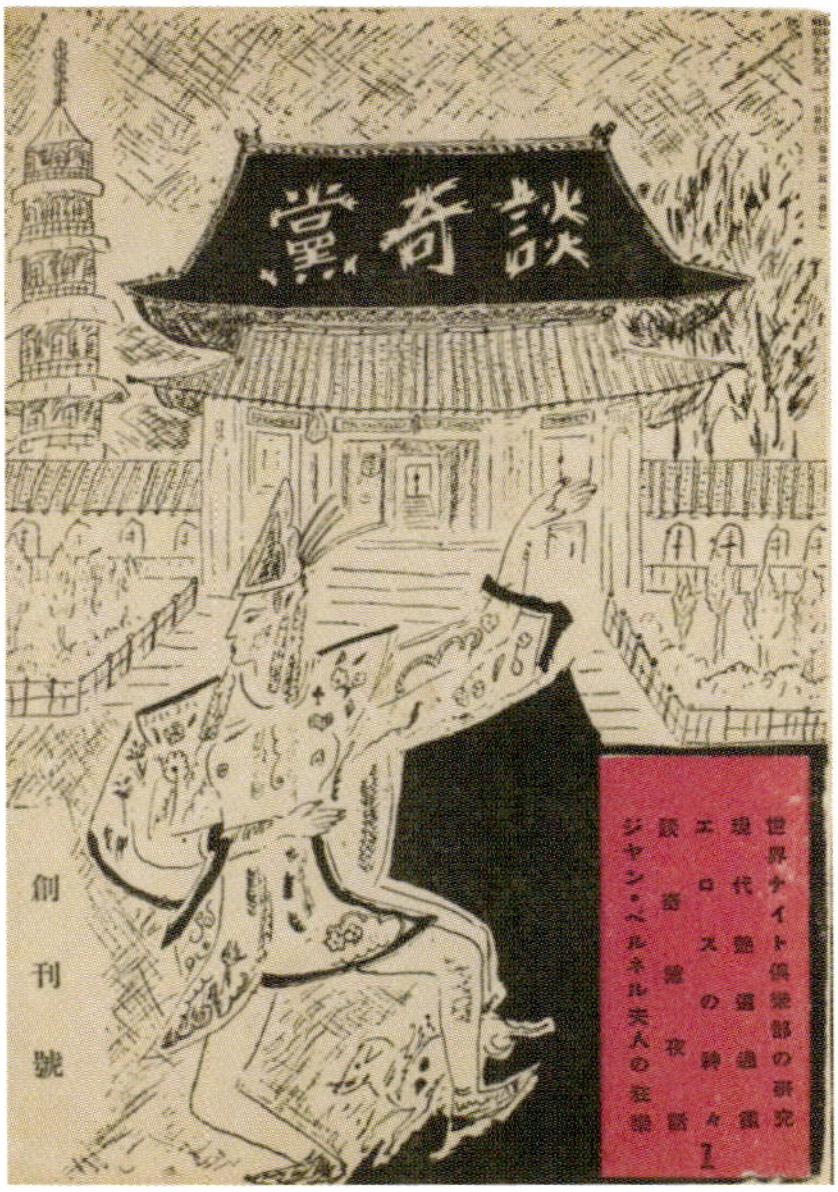

『談奇党』創刊号（左）、第２号（右）。

『談奇党』秋季増刊号。

# 『談奇党』『猟奇資料』復刻刊行にあたって

監修　島村　輝

『叢書エログロナンセンス』シリーズは、戦前ジャーナリズム界の異才・梅原北明を中心とした「珍書・奇書」類のうち、発刊当時の事情やその後の年月の経過によって閲覧・入手の困難となった書物、とりわけ多く「発売禁止」等の措置を受けた雑誌類を中心にして、復刻刊行するものである。これまでに第Ⅰ期として梅原北明の関与した代表的雑誌『グロテスク』（一九二八〈昭和三〉年一一月〜一九三一〈昭和六〉年八月）を復刻刊行した。ここでは永く幻と謳われた第二巻第六号（一九二九〈昭和四〉年六月）を発見し収録した。第Ⅱ期としては、北明個人の編集となってからの『文藝市場』（一九二七〈昭和二〉年六月〜一〇月）、その後継誌として上海にて出版されたとされる『カーマシヤストラ』（一九二七〈昭和二〉年一〇月〜一九二八〈昭和三〉年四月）の復刻を行なった。

これまでの復刻により、『変態・資料』『文藝市場』『カーマシヤストラ』『グロテスク』という、梅原が編集に携わった雑誌が揃ったことになる。今回その第Ⅲ期として復刻刊行するのは、『グロテスク』の後継誌とされる『談奇党』（一九三一〈昭和六〉年九月〜一九三二〈昭和七〉年六月）全八冊、別刷小冊子『談奇党員心得書』、および『談奇党』の後継誌として発刊されたものの、創刊号（第一輯）のみの刊行にとどまった『猟奇資料』（一九三二〈昭和七〉年一〇月）全一冊である。

北明は『グロテスク』の後期には「珍書・奇書」出版への情熱を喪《うしな》い、その分野から離れた立場にいたとされ、その実質上の後継誌である『談奇党』『猟奇資料』の編集等に、直接携わっていなかったことは確実であろう。しかしこの雑誌の創刊と継続的刊行に当って、北明の強い影響を受けた人物が、執筆にも刊行にも、大きな役割を果たしたことが、その内容を精査するにつれて次第に明らかになってきた。

『グロテスク』から『談奇党』『猟奇資料』へと引き継がれた底流から、当時のアウトサイダー的な出版人・知識層が目論んだ、サブカルチャー領域からの権力批判、文明批評の可能性と限界を窺い知ることができるだろう。

# 凡　例

◇本シリーズは、『談奇党』（一九三一〈昭和六〉年九月～一九三二〈昭和七〉年六月）、『猟奇資料』（一九三二〈昭和七〉年一〇月）を復刻する。

◇本巻には、『談奇党』創刊号（一九三一〈昭和六〉年九月一日発行）、第2号（一九三一〈昭和六〉年一〇月一日発行）、秋季増刊号（一九三一〈昭和六〉年一〇月二五日発行）を収録した。また、伏字の内容をしめす別刷小冊子『談奇党員心得書』を、対応のある秋季特大号の前に収録した。

◇原本のサイズは、二二五ミリ×一五二ミリである。

◇各作品は無修正を原則としたが、表紙、図版などの寸法に関しては製作の都合上、適宜、縮小を行った場合がある。

◇本文中に見られる現在使用する事が好ましくない用語については、歴史的文献である事に鑑み原本のまま掲載した。

◇本巻作成にあたって原資料を監修者の島村輝氏よりご提供いただいた。記して深甚の謝意を表する。

# 目次

『談奇党』（創刊号）

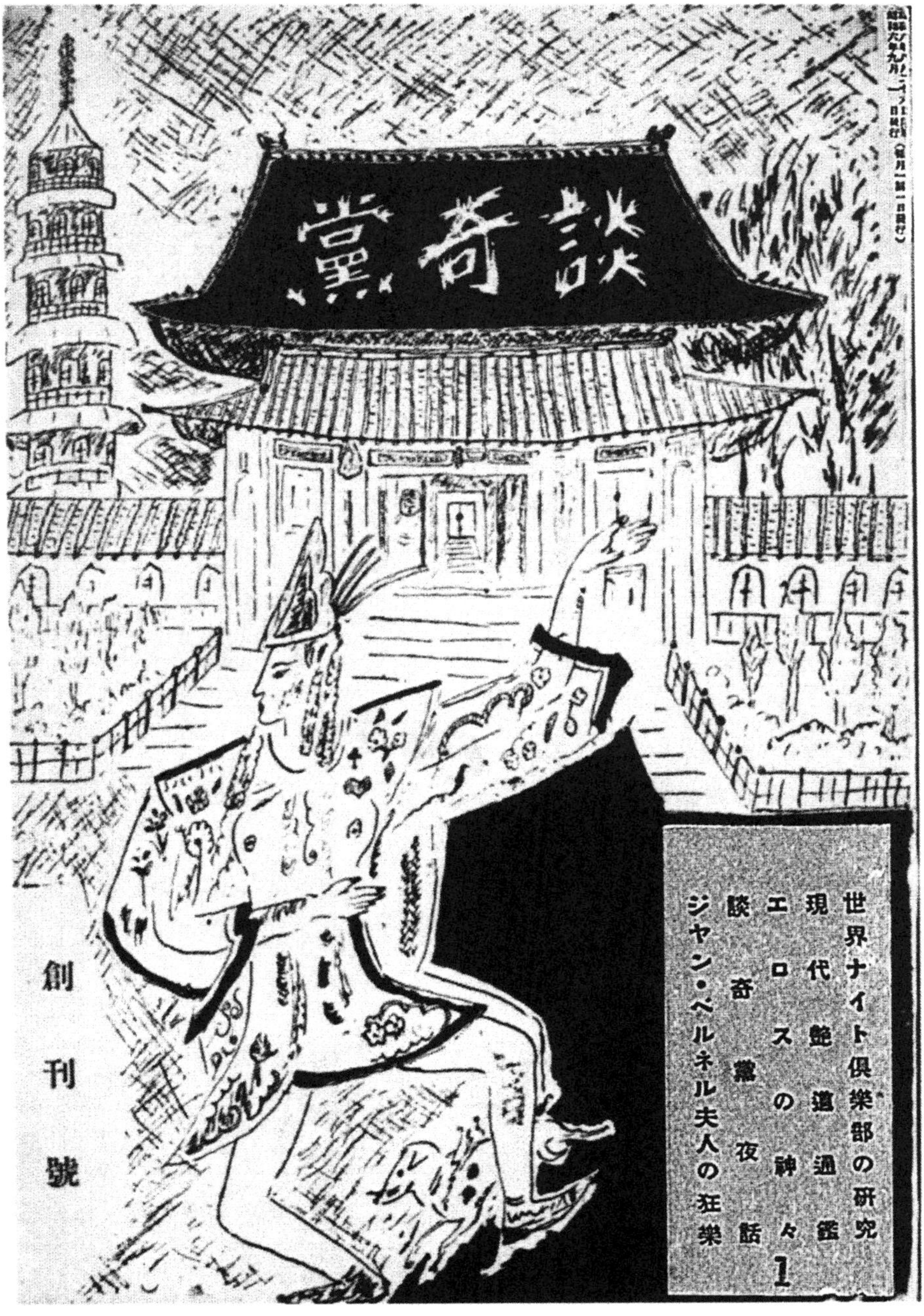
談奇黨
創刊號
世界ナイト倶樂部の研究
現代艶道通鑑
エロスの神々 1
談奇黨夜話
ジヤン・ベルネル夫人の狂樂

談奇黨
趣味道場
獵奇道場
エロ道場
談奇黨
近道

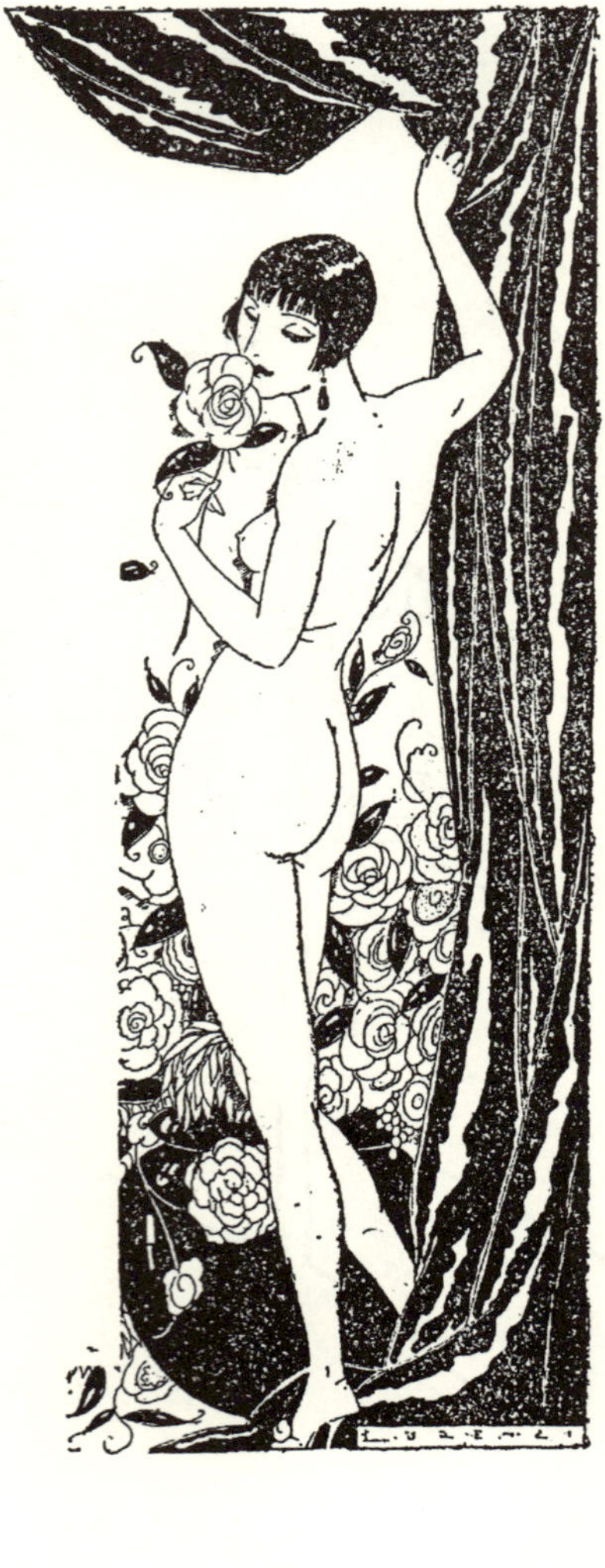

# 談奇黨創刊號目次

## 禁止

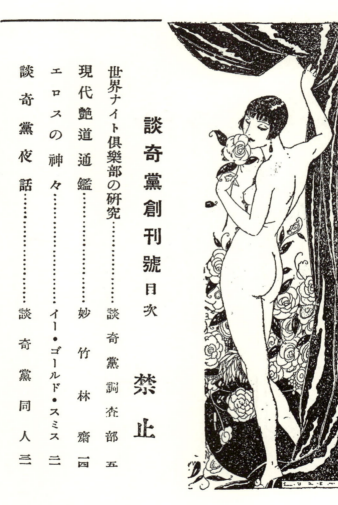

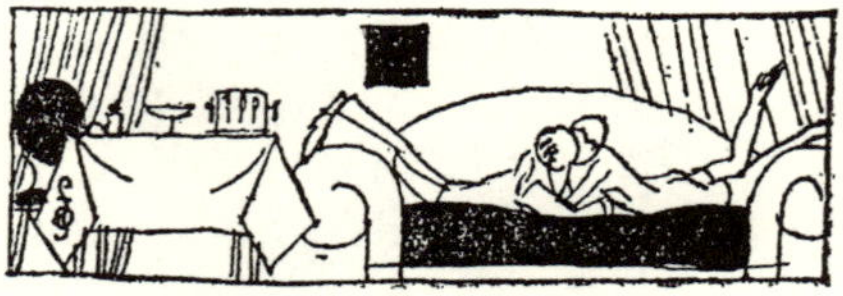

ナイト倶楽部の仮装舞踊

あれ！だらしのないお嬢さまださこ——

まア！　いやだわ。鶏の癖になにをするのよ——

# 世界ナイト倶樂部の研究

談奇黨調査部

世界ナイト倶樂部の研究――なんと大がゝりな題名であることよ！　だが、遺憾ながら、僅か一ヶ月や二ヶ月の調査では、到底充分なる研究を遂げることは出來ない。

それに世界各國を通じて、ナイト倶樂部に關する文獻物は殆んど絶無といつてもいゝ位だし、又、その存在すら秘密にされてゐる。

もし、ナイト倶樂部などいふものが公然と存在するものならば、それは最早や今日のバーや妓樓と殆んど同じやうな刺戟しか我々に與へて呉れないであらう。

ナイト倶樂部とは、これを最も分り易く說明すると、男女間の性的秘密結社である。又、それ故にこそ我々談奇黨員の最大の關心事なのだ。

最近の娯樂雜誌には屡々このナイト倶樂部に關する記事が掲載される。併し、それらはほんの外廓と、その雰圍氣だけを表現してゐるに過ぎないから、讀む者にとつては甚だもの足りない感じを抱かせる。

ナイト倶樂部の發生地、並びにその紀元といふやうな歴史的意義をハツキリさせることは、この際是非必要であるにも拘はらず、遂にそれすらも調査することが出來なかつたのは返す返すも申しわけない。だから、生じつかあやふやな史的考證を試みるよりも、われ〳〵は一足飛に、ナイト倶樂部の殿堂をアバき立てた方が讀者諸氏にとつても却つて興味があるのではないかと思はれる。

ナイト倶樂部の組織的構成——といふと甚だ難かしい言ひ廻しだが、だいたい二種類に區別することが出來る。

一つは表面的に純然たる社交機關として存在するものと、今一つは秘密營業——即ちインチキ商賣として存在するもの。だが、その孰れにしても一定の會員組織になつてゐることだけは、凡ゆる國々のナイト倶樂部が同じである。

今日、ナイト倶樂部が最も素晴しく發達してゐるのはフランスだ。フランスに於けるナイト倶樂部の出現はルイ十四世以後のものだとされてゐるが、これとて確かな記錄があるわけではないから信ずるに足らぬ。いかもの喰ひは必ずしも近代の產物ではないから、或ひは五百年も千年も前から連綿として存續してゐるのかも分らない。

只、その發生地がフランスだと想像し得るのは、今日、世界各國に散在するナイト倶樂部の形態が、殆んど云ひ合せたやうにパリーのそれを眞似てゐるからだ。從つて、パリーのナイト倶樂部さへ詳述すれば、他の國々のナイト倶樂部に就ては敢て贅言を要しない。

殊に、パリーに散在する魔の家の正體は現代人の獵奇的興味を十二分に唆り立てる。

一トロに魔の家と云つても、魔の家にもいろいろある。一流のホテルかと思はれるやうな堂々たる大建築もあれば、日本の安つぽいアパートみたいな家だつてザラにある。

日本から出かけた美術家や文士どもが、一つぱしの粋人のつもりで、いゝ氣になつて探檢して來るのは、殆んどこのアパートみたいな家か、でなければ、サン・シュルピース街や、デュ・モンパルナッス街あたりの合法的存在である娼家だ。

尤も、合法的な娼家だつて、日本の妓樓などゝは些かその趣を異にし、股倉にチリ紙を挾んでヨチヨチ廊下を歩くやうなダラシのない女はゐない。

洋行歸りのヘボ文士どもが、人の顏さへ見れば自慢さうに吹聽する金貨挾みなんて藝當は、普通の娼家でザラに見られる藝當だ。

テーブルの端に置いた金貨（銀貨だつて銅貨だつて構はない）を、女が立つたまゝでこれを局部に喰へさせるといふインチキ藝當の代表的なものだが、こんなものなら別にパリーくんだりまで出かけなくとも、日本の女だつて立派にやれる。

ナイト倶樂部つてのはそんな生優しいものではない。

先づ安つぽいアパート式な家で催されるものでも、ワンサ・ガールの裸體踊り、裸體でなければカンレンシヤみたいな透き通る薄物を腰のあたりだけに卷きつけて、その上から青や赤の照明を施すから、愛の洞窟は愈々麗はしく、愈々壯嚴に白布の下に隱見する。これを、ズロースは股下二寸以下のものを用ふべからず――なアンていふどこやらの國に比較すると同じ地球の上でも地獄と天國とはかうまで違ふものか。いや、まだまだ慌てゝはいけない。ステージに飛躍する踊り子の素足ばかりに氣を取られてゐたら、我々は飛んでもない損をしなければならないのだ。室內がどんなに暗くつてもボンヤリしてはいかん。手探りでも足探りでも構はないから、自分の椅子の側に女がゐるか如何かを調べてみる必要がある。もしゐなかつたら後でクラブのマダムに文句を言へばいゝし、つくねんと坐つてゐたら遠慮は要らないから、くつつかれるだけぴつたりと喰《くつ》ついて愛撫してやるがいゝ。たゞ、餘りに有頂天になつて女を戶外に連れ出さうなどゝ試みてはいけない。岩のやうに落着いてゐれば、次のプログラムは映畫だ。

映畫といつた所がウーフアやパラマウントあたりのトーキーではない。ダンスに男を加へて、それが喧嘩になつたやうな映畫だと云へば、まさか阪妻や長二郎の時代劇と混同されるやうなうつけ者はゐない筈だ。

然し、それでもちやんとしたストーリーはある。重なり合つた男女の姿態《ポーズ》だけが、突如として銀幕一ぱいに擴大されると、女の喘ぐやうな顔つき、腰部の活躍、肩の顫へるさまなどがハッキリと現はれる。

更に男と女の局部だけが銀幕一ぱいになると、眞暗な部屋の中には、異樣な唸りを生じて來る。耐へ耐へて見物してゐる觀客の吐息が、哄水のやうに咽喉を破つて溢れ出るからだ。

かくして、幕が降りると、室内の男女はたいていボウッと上氣してゐる。上氣したところで休憩し、強烈な酒を振舞はれるのだから、性交不能《インポテンツ》でない以上、涼しい顔付で退場することは到底できない。室内は依然として暗く、僅か室内の一隅に微かな灯りがともされるだけだ。間もなく、一組づゝの男女は互ひに腕を組んでベット・ルームへ導かれる。

サテ、それから注意しなければならないことは、下級な家ではそれだけの設備はないが、上流の家では、自分たちの褥合戰がいゝ工合に他人の見世物に供されてゐることである。特別室のダブル・ベットだと思つて、思ひ切り氣を許して奮戰努力してゐると、天井裏から、壁の覗き穴から、四方八方から戰績如何と見守られてゐるのだ。

尤も覗かれて恥しいやうな人間は第一そんな場所へ寄りつかねばいゝのだし、甚だしいのになると、マダム自ら第一線に立つて、覗く客と、實演する客と兩方から金をふんだくつてゐる物凄いのもある。

かうした魔の家及び娼家は、パリーでは悉く女が經營者になつてゐるので、日本の何々樓だとか、支那の何々書館とはその趣を異にし、マダム・マリネットだとか、マダム・キヴォンヌだとかすべて女名前になつてゐる。

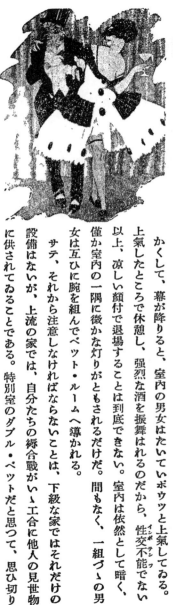

娼家は別として、ナイト倶樂部式な家へ出入するには、只突然と訪れたところで決して受附ては呉れない。常連と同道するか、會員《メンバー》の紹介狀を貰ふかしなければならないのは、日本の魔の家と同樣で、若し紹介者がない場合は、モンマルトルあたりのカフヱーへ二三回も通ふと、二三流以下の家ならすぐに紹介して貰ふことが出來る。

サン・ラザール街あたりでは、公然と許可されてゐる娼家で、こつそりと秘密クラブを組織してゐる娼家が何軒もある。

否、單にサン・ラザール街ばかりではない。デュ・モンパルナッス街、ド・ナヴラン街その他至るところの娼家では、對手を大丈夫と見たらすぐにこの秘密結社のメンバーに入れて呉れる。

勿論、會場は別な家であるが、日時とメンバーさへ決れば自分のうちで好き勝手な眞似を行ふ場合もある。

だいたい、フランスの政治家は非常に話せる。野暮一點張り、頑固一點張りの域を脱して、風俗取締なども他の國々に比較して非常に寛大である。なるべく外國人を面白く遊ばせて、五法でも十法でもフランスの土地により多くの金をバラ撒かせやうとするから、この方面から流れこんで來る金額は蓋し莫大な額に達する。それでゐて、衞生設備その他の點に萬全の注意を怠らないから、花柳病患者の數なども日本よりは遙かに尠い。

賣淫亡國なんてのは既に一千八百年代の政治理論だ。

貧乏國日本のために、つい慨世憂國の義憤をもらしたが、サテ再び話をナイト倶樂部に捻ぢ戻さう。

風紀取締が比較的寛大であることが因をなして、パリーではエロの秘密結社を組織することが極めて容易である。

パリーから發行されてゐる le Gerant 又は Le Sourire などに掲載されてゐる小廣告を一見しても分るやうに、女の友だちが欲しければ、僅か三四行の廣告でジヤンジヤン反響があるし、「どんなマッサージでもいたします。」てな廣告が、平氣の平左で掲載されるのだから、ナイト倶樂部といふ性的取引所も株式取引所と同じ位に心得てゐるのかも知れぬ。

募集であれ、求愛であれ、それが一片の小廣告で容易く成し遂げられることは、非合法のエロ結社を築きあげるのには最大の强味だ。日本でも、結婚廣告に名を藉りて、かなり旨い汁を吸つてゐる人間がないでもないが、時々荒療治があるので、パリーほどうまくはゆかないと見える。

然し、それよりもつと我々が見逃してならないことは、かうしたナイト倶樂部に出入する婦人に、有夫の女が極めて夥しいことだ。日本の女性とパリーの女性は、この性道德に對する見解に可なりの相違があることは疑ひなき事實で、日本では、自分の夫が如何にヨボヨボ皺苦茶爺であらうとも、又、それが如何に歎かはしい性交不能者であらうとも、苟にも自分の夫がある以上、さうさう到る處でエロの惱みを發散させることは許されないが、パリーの女性はその點すこぶるサバサバしたもので、ヘズが役に立ゝないから我慢されるだけ我慢して、遂にヒステリーになつて了ふやうな、そんなシホらしい女性は極めて少ない。

それに、ナイト倶樂部といふと、夜間のみの社交機關のやうに考へられるが、ありがたいことには午前九時から正午までの時間だけに限られてゐる場所もあるのだから、パリジエンヌは拔目がない。つまり夫の不在時間を選んで生命の洗濯をやるといふ寸法だ。汗ダクダクになつて、オフィスで働いてゐる間拔男めザマア見やあがれと言ひたくなる。

然し、合法的に存在する娼家、非合法の魔の家、その他名流貴顯の紳士淑女を以て構成するエロの秘密結社は、その孰れもが申し合せたやうに「秘密嚴守」の規定だけは强ひられる。

普通二流どころの娼家で催されるナイト倶樂部でも、入會金は二百法から三百法、出席毎に五十法から八十法は通り相場だ。特種な技巧を要求するものは、この一定額以外に別に金を絞られることは云ふまでもない。

では、その特種な技巧とは？

われわれは先づ拷問室から拝見しやう。

マッサージの小廣告が即ちこの魔の家の拷問である。まさか「お望みにより拷問室もございます」てな廣告は出來ないから、當局に遠慮したまでの話しで、それを默忍してゐるところにパリー警視廳の奥床しいところがある。さう云へば、

日本の花柳街の小廣告だつて、萬事《はんじ》互縁《こえん》ＯＫ——なんて。五圓で一切解決を意味する廣告がないでもないが。餘りにこじつけすぎて垢抜がしない。

パリーでは、拷問室の設備がある位の家なら、きまつて鏡張りの部屋もある。四方の壁、天井、床の一分まで悉く硝子張りで、己れの性交姿態《ポーズ》を四方八方から眺めるだけでなしに、鏡面には幾組もの男女が累々と折重つて、さながらエロ天國を出現してゐるかのやうに見せる壯快極りなきトリックだ。もしこの部屋に四ツのダブル・ベットが置かれて、それが四角型に並置され、四組の愛の戰士が、互ひに秘術を盡して亂戰すると假定せよ。前後左右の鏡面は、それこそ亂軍亂戰の一大パノラマが展開されるであらう。

それは最早や見るに耐えざる醜惡な性慾のクライマックスではなくて、驚歎に價すべき生ける美術だ。これを覗いて喜ぶ者は主としてフランスの大實業家又は名門高貴の人々で、稀には外國の使臣も加はるとのことだ。

輝くパリ、華のパリ、エロのパリ、あゝ、何と聽くだに血湧き肉躍るではないか。而も、このナイト倶樂部のもつ勢力は、取締當局と雖も決して鐵槌を下し得ないものがあると云ふから、それが秘密であれば秘密であるだけ、その黑幕にゐる人々の社會的地位が想像される。

これに類似した秘密倶樂部は、往年東京の一隅にも存在してゐたと傳へられてゐる。首魁は數年前物故した實業界の

巨頭某氏で、場所は大川端近くの向島、出入メンバーは政界並びに財界の巨頭連で、招かれる女性は恐く女優であつたと傳へられてゐるが、その實質は決してケバケバしいものではなかつたらしい。

さて、鏡張りの部屋で度膽をぬかれたついでに、拷問室を覗いてみやう。

拷問室は天井が高くて、部屋は割に狹くて暗い。假裝舞踏會を催す絢爛眼も眩むばかりの壯麗なホールに比較すると、こゝはまるでアンドン部屋と云つた感じである。

室内はガランとして別に何等の裝飾もない。滑らかな床板に虎の毛皮が敷いてあるだけで、室の一隅に鞭打《フラヂエレーシヨン》の道具がしまつてある戸棚がある。それともう一つ細長い臺と長椅子。それがこの部屋の全部だ。いや、もう一つ素晴しく大きい木製の十字架、一見して磔臺としか思はれない。

マツサージといふのは、この臺の上に一糸も纒はずすつ裸で寢て、若い女性から足と云はず手と云はず、體一面をビシビシ叩いてもらつて、それによつて僅かに性的快感を味はふ變態性慾者の唯一無二の歡樂郷だ。いや、恐ろしいマツサージもあればあつたもので、臺に寢轉んだ位で氣のすまない男は、自から十字架に己の體を縛りつけ、肉が喰ひ込む位に手足を鎖で引き縛り、ビユウツ！ビユウツと唸りを生じて飛んで來る鞭に悲鳴をあげながら、このユニークな刺戟に陶醉するのだといふ。これらは典型的なマゾヒストだが、もう少し凝つた奴になると、體ぢうをグイグイと女の柔かい足で踏ませて快感を覺えるのださうだ。これなら普通の人間にだつて我慢できるかも知れない。

ビシビシぶん擲られて、擲つた對手に金を拂ふのも變なものだが、時には高貴なマダムやマドモワゼルたちも出入して、鞭打ちの快感を味はふといふが、こんなのは擲る方でも相當の料金を拂ふことになつてゐるから、經營者のマダムは、かうしたお客はもとにも置かない程大切にする。

だから、日本でも、もしさうした悲しむべき變態性慾者があれば、ドイツかフランスあたりへでも出かけないことには、東洋ではさうしたクラブは一寸發見出來ない。

只、一言注意してをかなければならないのは、三流以下のインチキなクラブに出入すると、飛んでもない美人局《つゝもたせ》に引かゝることが屢々ある。素晴しくシークな女を發見したと喜んでゐたりすると、對手の女のハズが恐ろしい無頼漢であつたりする場合は往々あることだから、クラブ以外の場所へ連れ出すことは危險率が非常に多い。只、クラブの内部に於ては、双方とも飽迄秘密を嚴守し、アドレスを聽いたり、よけいなおしやべりをしてはいけないことになつてゐるから、ほんの己れの獵奇趣味を滿足せしめる程度にとゞめてをく必要がある。

ハルビンあたりのナイト倶樂部には、特に惡性の美人局が多く、北滿旅行者がたいてい一度はひどい目にあつてゐるのを見ても分る。

上海にも居留街に二三ケ所あるが、佛租界にあるのがいちばん大きい。上海にあるナイト倶樂部の特長は各國人を網羅してゐることで、獵奇といふよりも寧ろ徹底したエロ味である。

日本では神戸と横濱にウオールド・ハウスといふ外人の秘密クラブがあるといふが、これはジヤアナリストが飛ばしたヨタ話で、未だハツキリした確證を摑んだものはゐないのである。

つまらない見世物を主としたナイト倶樂部は東京にも現在二三ある。××××クラブ。××××クラブ等で、メンバーは七八十名から百名、普通の宴會に、ちよつとエロがかゝつた餘興があるといふ程度のものだからお話しにならない。

アメリカにはハリウツドの女優群を中心に可なり大がゝりなナイト倶樂部があるが、その詳細な調査は次の機會に譲る。

# 現代 艶道通鑑

妙竹林齋

## 色道序論

本稿は雑誌談奇黨編輯者から、滿一ケ年、雑誌廢刊號まで連續的に執筆して貰ひたいといふ註文である。而も、相當面白いものでなければならん。尠くとも江戸時代の逸品、艶道通鑑に負けない程度のものにして慾しい。いや、あゝだとか、かうだとか、非常にうるさい條件附の依頼なのである。頼む奴も頼む奴だが、おいそれと云つて引受ける奴も引受ける奴である。

然し、引受けたからと云ふて、毎月々々一回も缺かさずに書けるかどうか、そんなことは保證出來ぬ。元來、俺《わし》は非常に筆不精なたちで、第一原稿なんてものを餘り書いたことがないんぢや。だから、たまに息抜をしたからと云ふて文句や屁理窟の尻をもつて來られるのは御免蒙らう。

　更に、俺が最も力を入れたいと思うちよる性愛技巧篇、東西の秘具秘藥應用篇などは、編者の希望によつてなるべく後廻しにする。これも、別に俺が得手勝手にきめたわけではないから、誰がどんな無理難題を吹きかけやうとも、筆者の胸はこれたゞ光風霽月である。——なアんて云ふと甚だおこがましいが、既に百千の珍書、萬場の實地經驗、こと苟くも性愛《エロス》の道に關する限り、わが談奇黨の諸氏は百戰の功を經てゐられる筈ぢや。從つて吾輩の所論など讀んで、些かたりとも退屈を感じられた御仁は、いかなる嘲笑惡罵の矢でも向けられるがいゝ。

　俗にいふ殺しの戰術、閨房内の鬪ひ數時間に及ぶといふ男女の實例、その他雲霧濃煙の情緒細やかなるものは、この暑さでは讀む方でも耐へられまいから、淡彩トマトの如き新鮮なる感觸から先づ味はつて行かう。

　今更、カーマシヤストラ、ラテラハスヤ、ジヤルダン・パルフユーメの書物を並べ立てゝ見たところが、それこそ筆者よりも讀者の方が却つて詳しく讀破してゐられることぢやらう。だから、俺《わし》はこゝで全然別個の創案を立てるか、最も近代的な戰術を發見するかしなければならぬ。

　だが、悲しいかな、閨房の戰ひは、曠原に百萬の軍を放つて、最新科學の武器をとつて敵を攻撃するのとはその戰略を異にする。

　俺《わし》たちの祖先も、俺たちの子孫も、同じ方法、同じ戰ひを戰はすのであつて、他のもろ〳〵の進歩發達と同一に比較することは出來ないのぢや。

　古來、角力には四十八手の裏表があると傳へられてゐる、だが、角力は双方の勝敗を決するもので、男女の性交とは先づ第一にその態度を異にし、一戰にとりかゝるあうんの呼吸からして違つてゐる。されば、同じく四つに取組む戰ひではあるが、色道の奥の手にも四十八手の裏表があるなどゝ考へるのは、飛んでもない間違ひを惹起するもとぢや。なるほど、角力の奥の手、——もたれこみ、よりたをし、ひねりこみ、こまたすくひ、おしきり、つきおとし、——なアんていふ名稱は、いかにも例の一儀と甚だ似通つた點がないではないが、その他の——したてなげ、うはてなげはたきこみ、うつちやりなどいふ手を錦褥の中で用ひて見よ！　如何なる淫婦、如何なる賢夫人と雖もダンゼン憤慨してソッポを向くこと火を見るよりも明かぢや。そんなたわけた藝當は普通の常識をもつてしては到底考へ得られないことで、もつたいなくも、祖先傳來、槍一筋の名を汚すものである。

筆者は嘗つて某蒐集家の所藏になる古今の秘書のうち、その姿態《ポーズ》を異にせる一儀の實況六十三枚を拜見させてもらつたことがあるが、果してそれらの方法によつて、男女双方が滿足すべきか否かに就ては、今猶ほ多大の疑問を抱いてゐる。

某大學の教授にして、斯道の實際的研究家としては、恐らく日本にも三人とはゐないといふ老練熟達の某氏さへ、男女双方の佳境に入る閨房戰術は、その樣式僅かに九つしかないといふ、もしそれ以上の輝やかしき戰績を誇る戰士が、もしわが談奇黨員の中にあれば、乞ふ、何卒その御敎示を垂れ給はんことを。われ〳〵は武勳赫々たる東洋一の新記錄として、早速パリーの國際獵奇俱樂部の總本部に詳細なる報告書を提出して、わが談奇黨員の爲に萬丈の氣焰をあげたいと思ふ。

そもそも、現代艶道通鑑の起草の動機たるや、決して單なる戲文、單なる猥文に終るべきことを以て潔しとするものではない。文明野蕃の二道を問はず、人間の生活に缺くべからざる重大なる要素を、飽迄もまじめに、飽迄も正しく批判檢討することによつて、人類最高の使命を果し、地上に巣喰ふもろ〳〵の人種に、性的煩悶を抱かせまいといふ、まことに生ける神にも勝る悲願大慈の遠大な理想から發したものぢや。されば、本稿の完成をまつて今一度通讀すれば、筆者の慈悲心四海を壓するものが窺知されやう。なるほど、部分的には高所大所より見て或ひは多少の粗雜卑猥な個所があるかも知れぬ。けれども、これを個人として竊かに一讀した場合は、いかなる顯職にある人と雖も、破顔一笑して筆者の壯烈なる意氣に自から頭が垂れるに相違ない。呵々。

序でだから、こゝに一言するが、俺は性敎育といふものに就ても、それ相當の抱負をもつてゐる。今や、世界の道學者先生ども、この性敎育に就ては、ありもしない智惠をしぼつて旺んにへたまごついた空論を戰はしよる。敢て空論といふのはからぢや。

元來、性敎育なんてものを、まじめ腐つた顏附をして、極めて抽象的に、極めてお上品に、假面をかむつたまゝ施さうとするから、あゝでもない、かうでもないと、一向にケリがつかんのぢや。

だから見よ！ 性的缺陷から來る性格破產者、家庭爭議は世界各地に頻出して、まさに性慾生活の恐懼時代を出現せしめつゝあるではないか。

危險を恐れる者は永久になにごとをもなし得ない。大膽なる性敎育――筆者は昔も今も頑として此の主張を捨てないのだ。

併し、現代艶道通鑑は、小便臭い靑年子女を對手にするロマンチックな性慾哲學ではなく、毒を制するに毒を以つてする――云ひかへれば、理論と實踐の辯證法的統一を重んずるのぢや。

人間の性的生活なんて、もともとその本質から云つて飽迄華かなものでなければならぬ。クサクサした性慾、シミツタレげな性生活、ビクビクした性生活、そんなものは厠袋にでも包んで、西の海へサラリと捨てゝ了はねばならぬ。左翼張りに表現すると、極力排擊しなければならんのである。

健康と、活動力と、才智とを備へたわれ〳〵の子孫は、決してクサクサした性生活からは生れない。朗らかな性生活によつてのみわれ〳〵の力强い後繼者が生れるのだ。なんと卓越せるめい論ではないか。

ト、まア駄法羅とヨタとを混交させて、本文の序論とする。駄法羅が陰で、ヨタが陽だなんて、くだらぬ屁理窟は、なるべくつけて貰ひたくないものである。

## 第一講　烈婦と淫婦の識別法

なべて物事には順序といふものがある。知らない女の宅を訪問して、いきなり「床を敷いて呉れ」と言つてみたところが、誰がそれに應ずるものか。あわてちやアいかん。艶道秘戯の指南にしても正にその通りぢや。戀する者には戀する者の作法があり、惚れることは自由だなぞと、對手の顔色も見ないでフンゾリ返るなどは、以ての外の心得違ひだ。

だから、どんな女が惚れ易いか、どんな女が御しにくいか、先づその見透しをつけてかゝることが必要であつて、滅多矢鱈に、女の顔さへ見れば對手かまわずトロリとするやうな不見識な眞似をしてはならぬ。

烈婦と雖も敢て恐れず、淫婦と侮つて落花狼藉の振舞をなさず、機に臨み變に應じて、よくその妙諦を發揮せねばならない。

況して對手が金で自由にならないおばこ娘や、中年の未亡人などである場合は、彼女たちの一擧手一投足と雖もゆるがせに看過してはならないのだ。僅か二圓三圓の端タ金で自由氣儘に肉の切賣をする賤娼婦にさへ、牢固として抜くべからざる一片耿々の氣慨があるではないか。

新進氣鋭のプロ作家、小林多喜二の名作「蟹工船」の中に

床とれの
あちら向けの
口吸への
足をからめの
氣をやれの
ほんにつとめは
つらいもの

といふ小唄がある如く、いやしくも、粋者を以て任ずる程の士は、只、がむしやらに對手を制御することにのみ心を急《はや》らしてはならぬ。

だから、廻りくどくて自烈度い方もあらうが、婦女勸相奥秘傳から入つた方が、より上手な戀、より達者な戀の道を悟るなによりの捷徑である。

先づ、凡技を以てしては容易に受諾の意を現はさない賢夫の相からあげて見やう。

一、顔の輪廓細長くして、皮膚筋肉とも引締りたる女性は志操堅固にして貞節あり。

一、額面廣く肉附豐かにして、眼細長く、瞳の輝かしく冴えたるは賢婦の相なり。

一、鼻の筋高くして節立ゝず、而も小鼻發達して兩脇の筋紋細く正しく八の字型にのびたる婦人は節操を尊ぶ。

一、口唇紅ひの潤みを帶びて、聲優しく、テキパキと齒切れよき婦女は、情熱あれども貞節あり。

まだほかにもいろ〳〵ある。一寸した動作などによつても、惚れつぽい女と、さうでない女とは容易に判別することが出來るのであつて、尻をクルクルと廻して歩くやうな女性には慨して淫婦が多い。

然し、烈婦必ずしも石女ではない。どうかすると、烈婦と稱される女に案外好者《すきしや》が多いのだから、敢て尻込をする必要はない。たゞ、この種の女性は猥談や卑俗な行ひを忌む素振りを見せるから、先づ精神的にゆる〳〵チヤームしてかゝらねばならない。短刀直入いきなり槍一筋の極意を示さうものなら、直ちに狂人扱ひにされてひどい目に會ふ。それよりも、寧ろ藝術を論じ、宗教を語り、美術を鑑賞し、スポーツを稱揚するかして、こちらがさも清廉潔白の士であるかの如く装ふた方が便利である。いやなか〳〵やゝこしい次第ぢや。

そんな面倒臭い戀なんか犬にでも喰はして、道は近きに求めた方がよささうぢや。

道は近きとは、即ちこの際いと頼母しき淫婦のことであつて、これこそ世の中の浮氣男のよき同志、よき友、よき彼女《アミ》であらねばならぬ。

然らば淫婦とはそも如何なる相をしてゐるか。その代表的なものを二三擧げやう。

一、髮極めて縮れたる婦人は淫慾強し。

註　これは古くより人口に膾炙し、寧ろ股間の寶貝が逸物と稱されてゐる。

一、坐して絶えづ眉毛を撫でる婦人は、その性淫本にして浮氣強し。

一、人と談話を交へる際、早口で尻上りの甲高い婦人は奸淫の志あり。

註　喧嘩口論、痴話狂ひの場合はこの限りに非ず。

一、坐して時々局部の方へ手をあてる婦人は多淫多情、一儀に及んでは嗚咽する。

一、坐して右の正しからざるも亦色情深し。

尙ほ最近のモダン・ガールのうち、額廣くして、眉を細くして、唇を厚く見せる者には多淫の女多しといふ。グレタ・ガルボ、ブリギツテ・ヘルムなどを眞似たる女は、常にいろんな男と郊外の圓宿ホテルにランデ・ブーと洒落こむ輩と見て先づ間違ひなしぢや。

若し以上の女性と親しく交はる機會を得たら、男子たる者ある程度まで大膽に對談して差支へない。慨して、淫婦いふものは、己の心で肯定してゐることを、表面の口先では否定する。これはすべての女性がさうであるが、御し難い女と、御し易い女との否定は、同じ否定でも少し綿密に觀察するとすぐ判る。

女が男にからかはれて

「あらいやで御座いますわ！」と言つたとする。

この場合女の顏に笑が漂うて、眼に水氣を含むが如き優しさがあつたら、これは明かに否定の肯定である。

女の眞の否定は、往々にして沈默によつて答へられる。

初めての女と同じ部屋にゐてあれを要求した時、

「いや！　そんなこと遊ばしちやいや！」と、もし優しい腕をのばせて、男の胸を輕く突いたら、これ又多分に否定の肯定を意味するのである。

ほんとうにいやなものであれば、彼女は俯向いたまゝ沈默する。かうした場合の操縦術こそ實に呼吸の難かしいところで、その進退如何は女を絶望に突落すことが屢々ある。おまけに、へたな退却をすると年下の女から笑はれるやうなことさへありがちだ。

要するに對手の顏色、動作によつて、進退の懸引を最も巧みに決行し得る男は、たとへ萬人の子女が好くやうな美貌の持主ではなくとも、拙くとも氣の小さい好男子よりは遙かにましである。

談論風發よく婦女を笑はしめ、烈々の慾望を胸底深く秘めて、毫も野心なきものゝ如く裝ふことは如何なる場合にも必要である。戀愛の奧義は何よりも先づ女の心に安堵を與へること、對手を不安ならしめて尙且つそれを押切らうとする糊り强いしつこさは、たとへ止むなく對手が我が眼前に雪白の肉體を投げ出したとしても、勝敗の軍配は女にあがる。そこで更にもう一歩突進んで女の媚態術を研究しやう。

—(以下次號)—

# エロスの神々

## ―性器崇拜とそのシムボル―

イー・ゴールド・スミス

（一）

女性の性具を印度人はヨーニと呼ぶ。アジア地方の僻地では今尚ほこのヨニの崇拜が旺んで、これらの信徒をヨニシタスといふ。

ヨニとはサンスクリット語で、陰門、子宮を云ひ現はした言葉である。

古代印度人の信仰によれば、この地上に男女の別が生じたのは、最高の創造主の體が二つに別れて、即ちブラーマと、自然とを型造つた。そして、ブラーマから全男性が生れ、自然から全女性が生れたと解してゐる。殊に、女性は自然に於ける現實の現はれとせられ、崇拜すべきものであるとされた。

我々は先づ出産及び創造力の禮拜からはじめて、ヨニの象徴へと話をすゝめてゆかう。

シエリマンの發見したヨニの一遇像はトロイ市の廢墟から出たものであるが、年代から云へば恐らく四千年以前の作品で、この三角形の表徴の中には卍字が深く彫まれてゐる。而もこの三角形はイシータ女神の陰毛を表徴するやうに卷毛で裝はれてゐる。

これと同様な方式の卷毛のものは、三萬年以上も昔に住んでゐた南ヨーロッパの洞穴人種の彫物の中に發見された。

男子が自分の妻の生殖器を最も神聖に、又、絶對的所有として價値あらしめたやうに、陰阜の女性三角形は人生のすべてに根ざす、神聖、純潔、貞節、眞實の表徴とされたのである。

エジプトの廢墟寺院の女神の像は、皆この意味に於て用ひられたものである。

ノスチッ教、初代キリスト教時代に於ては種々の呪文が使用せられ、その中でも最も流行したのは「アブラ・カタブ呪文」である。これはヘブル語の父子の聖靈によつたものらしいが、これを金板に彫刻してをくと、災禍除けになると信ぜられた。而も、これは女性三角形に並べられることになつてゐた。

そして、この三角形の表徴の下向きの頂きが切裂いてあるのは、陰毛を除いた陰阜で、これは婦人がヨニを禮拜する時、聖壇臺に兩足をのばし擴げて坐つた時の狀態だと云はれてゐる。又、東洋の或る種族では陰毛を剃つたり、又は拔いたり、脫毛法を施してゐるものもある。けれども、妙齢の女になつて、少女の陰唇は次第に擴がり、乳房はふくらみ、陰毛が麗はしく密生することは、それが多ければ多い程女としての美が增すものゝ如く考へられ、ちつとそのまゝにしてをく種族もあつた。

エジプトの或る寺院の壁畫には、主婦が透明な衣を着て、陰毛三角型を明かに見せてゐるところが書いてある。又、エジプト女が、香料で陰毛を馨らせ、つとめて人の注意を惹かうと骨折つた時代もあつた。

古エジプトとユカタンは、陰毛のすぐれて濃厚なものは肉體的魔力があると考へてゐたので、男子は毛の多いのを愛し、又卷毛を愛し、そして陰毛のことをプッシー(小猫)と呼んでこれを愛玩した。

## (二)

一般の女性に性的愛撫が必要である如く、この性的愛撫の一つの性的技巧として、ヨニいぢりが早くより行はれたことは事實である。又、最もよき方法として乳房のいぢりも、女を興奮させることは、古代の人々たちも夙にこれを知つてゐた。そしてこのいぢりに關してはソロモンの頃である雅歌第五章四節に「我愛する者我戸の穴より手を入れしかば、我心彼の爲に從へり」と花嫁の唱つてゐることによつても想像することが出來る。

然し、若い少女の陰毛のない陰阜はこれ又實に美しいものである。

現代の美術家は、陰毛も唇裂も圖や彫刻に現はさないが、これは其筋の壓迫に原因してゐるもので、古代の美術家は、完備した女性に光榮があるとし、又尊敬した。古代フエニキア人の多産の女イシタル卷毛の意匠は、一寸風變りで誠に珍重すべきものであるが、その數は非常に少く、その最もオリヂナルなものは、象牙製の極く小さなものが英國の美術館にある。

ギリシヤ、ローマ人の生理的並びに亂交的愛の女神である催情神、即ちヴイナスは常に裸體で、その容姿は素晴しく美くしく豐かなものであるが、就中、注目に價するのは婦人の魅力の中心とも云ふべきその乳房と陰部とである。このヴイナス女神を祀つた寺院に於ては、ヴイナス女神を禮拜する一つの儀式として、男女は互ひに亂淫する。ヴイナスの本名はウエネリスである。英語のヴエネレーシヨンの語源はこゝから發してをり、崇拜とか尊敬とかを意味する言葉に止まつてゐるが、煎じ詰めると亂交亂淫を崇拜する意味にもなる。

然るに、この女性崇拜、その本來の尊敬的崇拜の形を放逸な方向へ導き、又、極端な多淫に奔らせて了つた。舊約聖書もそのよき例證を示してくれる。モーゼはその書民數記略第三十一章十七節に次のやうな命令をイスラエル人に出してゐる。

「然ばこの子等の中の男の子を盡く殺しまた男と寢て男しれる婦人を盡く殺」と。又列王記略十五章十六節に

「その後メナヘム。テルザよりいたりてテフザとその中にあるところの者およびその周圍《まはり》の地を擊《う》てり。即ちかれら己がために開くことをせざりしかばこれを擊ちてその中の孕婦を盡く剖剔したり」と。

ユダヤの豫言者ホゼアはサマリア人に對して言つてゐる。

「サマリアには人家絶へん。其の幼兒は千々に裂かれ、子供を連れたる婦は凡て姦さるべし」(ホビア書第八章十節)

これ等はアジアの未開國に於ける交戰國の特色である。彼の歐洲大戰の起らぬ一寸前に起つたトルコがアルメニア人を虐殺した時、姙婦を捕へて、その胎兒を男か女かと賭事をして勝負を爭つては姙婦を裂いて胎兒をとり出したといふことである。

樂器の中にあるシストラムは、これは古代エジプトの寺院で用ひたものであつて、ヨニに錠又は横棒をかけた表徴である。少女の陰阜に鍵をかけて處女の貞操を示したものだ。浮彫に、ホールスの處女の母として崇拜される女神イシスが、この處女貞操のシンボルであるシストラムを捧げてゐるところかある。

このヨニに棒をさし、若しくは錠をかけ、それが處女であり、又、貞操を表はしたのは、その原因としては可なり古い時代に、サウダンに於て行はれたもので、今日に至るもなほこの習慣は傳はつてゐる。又、十字軍の戰ひに出征した騎士たちが、家庭に殘した妻の貞操を氣使つて、この貞操帶を用ひたことは事實である。

(三)

アフリカに於ては、婦人は一つの動産として取扱はれ、一種の家畜のやうに賣買されてゐるが、處女は最も高價なものとされてゐる。だから、アフリカのある處では、父がその娘に娘たるべきを示すために、その陰唇へ鐵環を通し、賣約濟となるまでは處女としてをくことが屢々ある。夫となつたものがこの環を切り、それに代へて、夫だけもつてゐる鍵つきの錠をそこにはめて貞操を守らせるのである。この貞操帶は今も尙歐洲地方では旺んに行はれてゐる。

古代諸宗教は、主として自然現象である性慾の説明であるから、自然界の多くは、この宗教思想を以て説明せられたのである。例へばギリシヤ、ローマでは、オセアヌスは父であり、ガエア又はテラは母、河はその子たちである。洞穴、小洞、その他これに類したものはその表現であつた。アーチ、墓の入口などは悉くヨニの象徴である。アジア風の神社に於ては、會衆席は女性を現はす楕圓形であり、屋根の尖閣を男性の表徴としてゐる。又、各種の舟及び櫃は女性を表はすもので、就中、契約の櫃はその代表的なものと云へやう。

昔は多くの洞穴は皆神聖なるものとされ、この考へは今日に至るも尙ほ止まない。例へばインドに於けるウメルナスの洞穴などはまさしくそれで、こゝは巡禮の靈場となつてをり、野牛が禮拜される。

又、敎會の窓、壁龕なども、多くヨニの形を示してゐる。宗敎彫刻の建築として、屢々休憩室がこれらのもので飾られてゐるのは、われ〱は到る所で發見することが出來る。

或る宗敎に於ては、「再生せられたるもの」として、又はその罪を洗ひ淨めるシムボルとして、ヨニの形をしたアーチを潜らせる儀禮がある。

又、ヨニの表徴として貝が使用されることも普通である。ヴィナスはしばしば貝と一緒に表はされる。元來、彼女は海の泡沫から生れたものゝことを表はすものであるが、表現法がたりない所があるので、美術上では貝をもつて强く海を表現しやうとするのである。

ヴィナスは生理的戀愛の女神であるから、貝を用ひたことは敢て說明するまでもないが、これも亦ヨニの表徴である。

ローマ人が寺院にゆくと、男神女神の前にゆくまへに、先づ第一に聖水にて手又は指を洗ふ。これは日本の習慣と甚だ似通つてゐる。それから神々を讃美して接吻を神に投げ、或は像に、或は足に接吻するのである。この讃美の方法は現今カトリック敎會でも行はれてゐる。聖水は多く貝類狀の洗禮盤その他のものに盛られ、又時には天使がこの貝を持つてゐるところのものを使用する。

ヒンヅー族にはヨニの女神がある。二つ共にヨニを拜させるために作られたものがある。一方のヨニは審美的であるが、他方のヨニは菱形として變形的表徴を取つてゐる。この女神の名をマヤデヴといふのである。此の表徴は生命の門、即ちヨニ崇拜の目的に作られたものである。これは印度ボンベイのジヤンナも洞穴居人の古ダゴハにある。ホルスがその母イシスを禮拜してゐるところで、イシスはヨニによつて表徴されてゐる。

現代教會美術に於て聖母、キリスト、聖徒等の全像を包圍する仰形、即ち女陰形の光後を用ふることがある。或るものは魚形であるといふ者もある。魚はギリシャ語で「イクスウス」といふ。これがイエス・キリスト・神の子救世主」のギリシャ文字の頭を組合せたものであるといふ者がある。故にキリスト教美術に於て魚は神聖なものと見られてゐた。ブラーマ教に於ては、ヴイシヌ神が魚の形の化身となつてこの世を救ふのであると說いてゐる。

兩尖端楕圓形はヨニの表徴であるとして最もよく知られてゐるところである。公衆娛樂場、便所等禮拜的でなく使用してゐる。これは單に「女」だけを意味するものである。なぜなれば女の骨盤がよく發達した體は、この兩尖端楕圓形にすつかりはまるからである。

## （四）

古代ローマに於て貞操心のないもの、或は賣娼婦等は「クンヌス」から由來したのが即ち下層社會に用ひられる「カント」なる語である。これに反して尊敬すべき婦人をスカートと呼んでゐる。であるから、古代宗教に於て、最も人格者の婦人の姿即ちヨニは完全なる婦人の表徴である。從つて、決して惡い淫亂な婦人の表徴ではなかつたのである。けれども道德厚い婦人、又は女神として、又は自分の母イシスを禮拜するハーボクラツト又はホルス以上のものを表徴するとして用ひられるやうになつたのである。又時としては、この形は子宮を表はす場合がある。千五百二十四年にヴエニス發行の而も異端問所で公認された「祝福せられたる處女ロザリ」といふ本の中に「潔白なる姙辱」といふ挿畫があるが、この中にはヨニの形で表はされてゐる。

今もコロニエにある紀元千四百年代作の聖像畫にマリアとエリサベツの會見のところがある。二人は姙辱すべきことを天使から聞いたといふ聖書に出てゐる。そこで、この二人の腹部には兩尖楕圓形に子宮を表はし、その中にエリサベツの聖バプテスマのヨハネ、マリアのそれにキリストがゐる。ヨハネはキリストに向つて手を合せて禮拜してゐるところを描いたものである。

イエスは「我は生命の門なり」とか、「我は復活なり、生命なり」と言つた。ラフアエロとベルジノの筆に、復活はキリストが永生の「永遠の生命の門(ヨニ)」の中にゐるところがある。

又一つの畫に惡魔が赤ン坊に病氣をさせて殺さうとしてゐる。その母はマリアに祈つてゐる。マリアは生命の戶中に現はれて、惡魔の計劃を無効ならせつゝある。この畫はニツコロ・アルンノの作で千五百年のものである。

アメリカのイーストレイク。モルモン教の本山は楕圓形である。又昔シエバの女王として有名であるシエバの地方の或る寺院は皆楕圓形である。イスタ女神は皆この形とせられて崇拜される。南アラビアのイエメンに於ける寺院はイスタ女神を拜む意味で長楕圓にしてある。これは圓形の菱形である。このイエメンには多くの寺院があるけれども、此處で說かれた宗教に就ては殆んど知られない。然しアスターはこゝの日の神、シンは月の神、而してヤスターの母は太陽そのものであるらしい。

ラスキンはこのダンブレイン・アベイの窓を示して英國に於ける最も美しい窓であると稱してゐる。これは陰門の畫と比較してみると面白い對照である。ヨニの各部が明白に表現せられてゐる。

又、或る中世紀の教會には玄關の戶アーチの要石に寫實的なヨニが彫まれたものがある。

或る時代に雌の駱駝が死んだ時、そのヨニは切離されて、惡魔拂ひに、又は幸福のために――とその小屋の出入口に釘付けせられたものである。後に至つて馬蹄がこの意味に使用されるやうになつて來た。これは實物ヨニを使用するよりも優美である。

ヨニが教會、家、又は建築物に作られたことも勿論である。

更に、我々は女性崇拜の他の形式で普通習慣とは言ひ難いけれども、廣く行はれるものへと筆を進めてゆかう。それは、即ち多情の男子がその口唇又は舌を以て、その性慾對手の體を甜める愛の表現に就てゞある。

唇で異性を愛撫する方法は、動物間では最も普通のことであることは、我々の最もよく目撃するところである。

例へば牝牛が兒牛を甜め、犬が仔犬を甜め、交尾の際に牡が牝の局部を甜めることは誰でもこれを知つてゐる。エスキモー人はあの寒い地方で水浴するが、丁度、猫のやうに母親がその子を甜めてやるといふことである。婦人の身體のいづこを問はず、甜めたり接吻したりすることは、性慾愛撫として最も適當なものであることは、凡ゆる性慾學者が說いてゐる。

インドはシエバとサクチ・カリを表はすとして、男根及び陰門の組合せたものが數百萬の信者によつて崇拜され、彼等がこの女性崇拜の儀式として美少女の裸體の舞踊娘をヨニ女神カリの御臨在として置かれる。この少女の實物の陰具は僧侶によつて禮拜される。その時、少女は聖壇で兩脚を擴げて愛しきヨニを見せるのである。すると僧侶はこのヨニに敬々しく最敬禮をして接吻する。そして、アルカ(ヨニの形をした盃)に酒を入れて捧げ、ヨニに觸れさせて參會者に分配するのであるが、ヨニに觸れたものはすべて清淨なものとされてゐる。

又メキシコのビユイウイロポチリ神の禮拜として、喰べる菓子は、中歐で聖ならしめた女陰形の菓子をもつてする。この式では僧が經文を唱へると娘たちは陰部を露はしてエヂプトの「腹ダンス」に似たやうな踊りをする。

エジプト寺院で發見されたものを見ると、奇妙な柱狀物は、開花した蓮花である。蓮花は男子の表象である。そして兩側にある蕾は睾丸を意味するもので、動物が舌を出して花と柱との間にある性器を甜めやうとしてゐるところがある。

エジプトの寺院にあるものでプータ神がシストルムを拜してゐるが、シストルムは處女又は貞操を意味したもの。「開貝(男根)を手淫しながら出して、これはヨニに對して甜める狀態——即ち信仰の熱心を現したものだといふ。」

シリアには奇妙な宗派があつて、それは「ネザイレス」といふ。キリスト敎にアジアの生殖器崇拜を搗き混ぜたやうなものであるが、彼等は神を拜するけれども、キリストは一豫言者に過ぎないとしてゐる。舊約聖書の豫言者、神約聖書の聖者處女マリアへ祈願するが、その祭典の中でも最も振つてゐるのは子宮祭である。この祭日に於て、多くのものは最も嚴肅に集り、婦人は丸裸かになつて前へ進む。男子は最敬禮のもとに婦人の股を抱いて謙遜に又熱心にその下腹部及び陰部に接吻するのである。この宗儀から彼等は子宮崇拜と呼ばれてゐる。

現にシカゴの博物館にあるが、アラスカにあつたトーテム柱は兩側に開いたのが女の脚である。なぜなれば、この脚先にヨニと乳房の表徴がつけられてゐるからである。

この甜める方法は太平洋沿岸の諸島はグリーランドの氷山界からイレドの果まで知られない地はない。

「アゼチツク太陽」又は曆石といふものがある。メキシコの「キソキカルコ」の記念碑に彫刻されたものであつて、これは女又は女性崇拜を意味する。この彫刻は十字架形になされてゐる。

或る著述家は云つた。「メキシコの記念碑の凡ては、地に注がれた光りと熱とを表はすために、突き出した舌で表示するものである」と。

さて、次回に於ては、われ〳〵は、神々の交合象徴にまで筆をすゝめて見やう。

（五）

更に吾々は神々の性的結合の象徴に就てのべやう。事實、各國の凡ての神々は悉くその對手を所有してゐると云つても過言ではあるまい。印度のブラーマとマヤを始め、シヴアとカリ。又エジプトのオシリスとイシス、プータ　とパシユト。それからギリシヤ、ローマに於けるジユピターとジユーノー。ヴルカンとヴイナスなどがそれである。

キリスト敎初代に於けるノスチツク派。この宗旨は各自の本能的情熱に從ふのが男子の第一義務として、その祭典には男女は眞暗な一室に丸裸のまゝ集まつて、男子は女子を誰彼の區別なく押倒して交接するのである。從つて血族、親子の交合ともなつたが、宗敎なるが故に許されてゐたといふのである。

此のノスチツクの宗派章は男子の三角と女子の三角との

交合してゐる圖があるが、此の形はしば〳〵煉金術者が用ふる。

又種々な變愛として、時には三角形の二個の石又は木片等をもつて互ひに組合せなどして作られたものもある。

又ユカタン及び中央アメリカの有史以前のエセテイツク寺院の廢墟にもこの表徴がある。即ちユカタンのウクスマルにて發見されたものである。それから又メキシコのエゼテツク寺院にも亦發見されてゐる。

スカンヂナヴイアの神話では、電を示すにこの紋章を用ひてゐる。之はトールの槌と呼ばれてゐるが、然しこれは矢張り男根の表徴である。これでもつて新婚夫婦を祝福し、神聖なものとするためにトール神が用ひるものであると皆信じてゐた。

その他性慾結合の寫實的表徴は、中世紀のフランスは勿論のこと、英國等に於てもキリスト教に用ひられ、教會の入口にはアダムとイブの普通裸體にて現はし、又交合の所を現はしたのも中々多い。

獨逸のヒルデシヤイムの聖ミハエル教會の天井には、小羔禮拜として、頗る淫猥なフアン・アイクの畫がある。

現今、メキシコに於ては種々の春畫が密賣されてゐるが、これはその秘密を青年男女に教へるものとして使用されてゐる。

又、エジプト女神マウトの象徴は男根と陰部の組合せ——性慾的交接の「アンクフ」の表象である。

インドには多くの生殖器を有する聖所があるが、その多くは女陰の中に男根のあるもので、云ふまでもなく交合の狀態であるが、男根を表はすには必ず女陰と交合せるものを神體としたものである。

又、現今盛んに一つの儀式として行はれてゐる指輪は、裝飾的と思つてゐるものが多いが、これは實は性交の表徴である。

パリにあるラフアエロ作「處女マリアの結婚」といふのがある。これは女の手に夫たるべき男、即ちヨセフが指輪をはめさせてゐる。これは明かに交合を意味するものである。倘ほ僧のつけた衣には僧の男根の上の處に丁字形の十字架を現はして一層この氣分を明白にするが、これは即ち處女膜を破る意味である。(完)

# 談奇黨夜話（第一夜）

(Grotesque-makers' Romance. No. 1.)

談奇黨同人

## 第一話　快男兒美女を走らす

或る年の夏、湘南は鵠沼の避暑地、杉田義雄といふ青年が、親戚某の別莊へ避暑に來てゐた。彼れの親友山澤の別莊も近くにあつたので、いつも杉田は山澤をさそつては海へ浴びに行つた。

ブルジョワの鵠沼、この海岸ばかりはプロレタリアは一寸出沒できない。杉田は親戚の別莊へ來てゐるもの〻頗るプロである。彼れの親友は若くして數百萬の富を有する山澤家の當主である。友人と云つても、この方面ぢや、旦那樣と書生にもよつかない。たゞ彼れは一つの山澤を凌駕するものを持つてゐた。それは彼れの天賦の美貌である。丈あくまでも高く天晴れな美丈夫。このために都のウェイトレスなどが彼れを騒ぐこと一と通りでないのだが、彼れは世にも稀れな單純子供のやうな性格で、とてもセレナーデを奏でる腕がない。どんなに悩しい言葉をさ〻やきかけても、この男、まるで女といふものを何んとも思つてゐない。

「おい、君、そんなことはどうでもい〻から、麻雀でもやらう。」

と云つた調子だから、結局、女の方で唇をかみしめて引下つてしまうのがオチである。

ところが、この女をモノともしない面魂が、とても男らしく見るんだらう、女が惚れて困るんである。

で、お多分に洩れず——と云ひたいが、こんどは素晴しい伯爵令嬢が、この鵠沼海岸を背景にして現はれ出で、いとも清純に、いともなやましげに、その黒い眸で彼れに電波をかけたのである。流石單純な杉田も、この清純で教養も門地も高い姫君には驚異の目を輝やかしたらしい。それからは宇頂天になつて〃山澤との約束なんかうつちやらかして、彼女とのランデヴウをたのしんだものである。ランデヴーと云つたからとて、彼れの場合に於いては、決してソンヂョそこらの青年のやうに不良な仕草には及ばない。まことに、アッサリ天氣清朗なものである。

その伯爵令嬢といふのは、今年やつと學習院を出たばかりの深窓に育つた——百合の花のやうな乙女である。彼女の父は華族ではあるが、頗る經濟的手腕があり東京△△銀行の頭取をやつてゐるチヤキチヤキであつた。どう轉んでも、この戀愛合戰は杉田が五分の利がある。たゞ困るのは杉田が單純で簡單な上に、先方も亦近頃のモガ型でないんだから、二人とも戀はわかつても、さて、合戰のタクトを知らない。戀とは、どんな風にして何を進めてゆくものか——全く見當が皆無である。

そこで、流石男だけに、杉田は思ひ切つて、珍らしく山澤の家を訪づれた。

「山澤君！　おねがひだ。今日は少し教へて貰ひたいことがあるんだが」

「何んな話だかわからんが、隨分來なかつたぢやないか」

「いや、實は…………」

「いゝよ、わかつてるんだ。二三度見せつけられたことがある。どうも君は大した腕前だねヱ。柔道なら、さしづめ五段ぐらゐの格がある」

「あやまる。いぢめないでくれ給へ。こんど、僕は、はじめて戀つてものがどんなものかわかつた氣がするんだ」

「そりやアお芽出度う。わが石で作つたアポロが、遂ひに血が通ひ出したんだ。僕だつて友人としてそれを待つてゐたよ」

「ありがたう。……それで、實は、君に相談に來たんだが、聞いてくれるかね」

「何んだか云つて見給へ」

「實は、かうなんだ、僕と彼女――名は滿利子さんと云ふんだが、二人ともお互ひに心でゆるし合つて、今ではもうお互ひの兩親に打ち明ければいゝばかしになつてるんだが、ねえ、君、どうも此頃二人で歩いてゐても、何かかう物足りないんだ。で、僕と彼女はよく一時間ぐらゐも默つてゐることがあるんだ。そんな時、何んとか云つて、慰めてやりたいんだが、武骨者の僕にはうまい言葉が浮ばないんだ。この間なんか、散々默つて歩いた末、あなたはあたくしを少しも愛してゐらつしやらないのでせう――と云つて、泣かれて困つたよ。ねえ。君、彼女はどうして、あんなに寂しそうな顔をするのか、僕には全體がわからないんだ。どうしたらいゝんだらう」

「ウヘ、、、、」

山澤は無遠慮に笑つた。

「び、びつくりするぢやないか。何がおかしいんだい？僕はマジメに云つてるんだよ」

「わかつてるよ。そりやア君、彼女と君とは戀愛第二期に這入つてるんだ。つまり、夢にかけない桃色の橋を渡り切つて、今將に綠の幸福へ突進しやうとしてゐるのだ」

「な、なんのことだい、君、それは」

「困つてなア、君にも」

「だつて」

「つまり、ね、彼女を完全に君のものにすることだよ」

「だつて、彼女は既に僕のもになつてゐるんだよ」

「解らんな、君は！　それは君の精神上の問題ぢやないか。僕の云つてるのは、肉體的占有のレッテルを貼ることだよ」

「あゝ、そ、そんなことか。うん、わかつたよ、しかし、困つたなア。だつて、そんなこと、何時、どこで、どんな風にして切り出したらいゝんだらうな」

「そいつは君の腕次第さ。こんなことは口傳にやいかんよ。臨機應變ッて奴だね、要するに」

「よし、決行しやう」

で、杉田は歸つて行つた。

フラッシュ、フラッシュ、フラッシュ。

そこで、その翌日の夕方、海岸端の上をむつまじく歩く二人の姿、それは杉田と滿利子であつた。波のうねりは斜陽を浴びて、若いこの心臓のときめきのやうに、一歩は高く、一歩は低く、金波銀波、寄せてはかへす、寄せては返へす……。

磯馴の松の梢はかすかな海歎風にゆらいでゐる。沈む太陽。大空。若人の戀。二人の足は牛のやうに遅い。

「杉田さん」

「何んです」

「何時、あたくしの父にお會ひ下さいますの」

「出來るだけ、早くします。僕の方は、昨日鄕里へ手紙を出しました」

「ありがたうございます」

それで、また、二人の會話が途切れる。

「まあ、眞ツ赤な太陽！　まるで、火のやうですわ」

彼女は叫んだ。その目、その唇、肩はかすかにゆれてゐるではないか！　その時。

その時である。杉田は突然彼女の名を呼んだ。

「何ですの？　杉田さん」

「ぼ、僕は………」

「どうなすつたの？」

「滿利子さん！　僕がどんなことをあなたに云つても、怒りませんか」

「怒るなんて、勿體ない！　何を仰有るんですの」

「ぢや、思ひ切つて云つちまひます」

「どうぞ」

「ぢや、ぢや、滿利子さん、僕に、こゝで自由になつて下さい」

その瞬間、彼女はワナワナと唇を震はして飛びのいた。深窓に育つた彼女が、果して、この卑近な國語を知つてゐたかどうか知らぬが、そのまた次の瞬間、裾もあらはに彼女はわが家の方へ逃げてゆくのである。

「お――い」呼んだがもう追ひつかない。

あゝ、かくして、彼れは又失戀したのである、さても人の悪い太陽よ、この單純な美丈夫の上に、あまりにも燦々と光りを濺ぎ過ぎるではないか！

## 第二話　搖れる寢臺

それは、或る俄か雨の夜だつた。

その日は、宵のうちから、いまにも降出りしさうな空模様で、眞黒な雲が底く垂れ下つて、押しつけられるやうな、蒸し暑い、無氣味な夜だつた。

帝都第一と謂ふ折紙をつけられたFダンスホールが、ラストワンに次ぐアンコール、またアンコールで退けて、白服の背中まで汗を透した連中が、オデコの汗をハンカチで拭き乍ら、外へ吐き出されると、その人々によつて一しきり電車通りが賑ふのだつた。

そうした人々は殆んど全部と言つても過言でない位、ダンサーに對して醜ひ野心を抱いて居る連中で、アワ良くば彼女等を誘ひ出し、ホテルへでも連れ込んで、己れの獸慾の犧牲にしてやらうと、焦れつたそうに靴の爪先でアスフアルトを叩き乍ら、彼女等の歸りを待つのだつた。

三郎もその連中の一人だつたが、今まで加成り長い間彼は非常に憂鬱だつたのだ。

と謂ふ理由は、自分と一夜を倶に明かして以來、手の裏を返したやうに玲子の態度が冷淡になつたからだつた。

その夜以來、什ふして彼女の態度が一變したのであるか、彼には合點が行かなかつた。

そして彼は、彼女の彈力に富んだ肉體から發散する香り豐かな體臭に咽びかへりながら、眞赤に燃ゆる唇と唇とを觸れ合ひ、夢見るやうな快美な醉ひ心地で過ごした、あの甘美な情痴の世界の遊戲を忘れかねて、彼女を求め、足茂くFダンスホールへ通ふのだつた。

で、今夜こそは什ふあつても彼女を誘ひ出して、再び情痴の世界の戯れ事を繰り返へし味はんものと、彼女と組んで踊り乍ら、『歸へりにお茶でも飲まないか』と歎願するやうに誘ひをかけて見ると、今夜は馬鹿に氣嫌良くＯＫ！と答へて呉れたので、彼は長い間の憂鬱を一掃して、大變明るい朗らかな氣持ちで、電車通りに佇んで玲子の來るのを待つて居るのだつた。

待つ間程なく、如何にも快活な洋装で、颯爽と肩で風を切り乍ら玲子は三郎の前に現はれて來た。

すると、殆んどそれと同時にピカ〳〵ッと稲光りが閃いて、ゴロ〳〵ゴロ〳〵と雷鳴が轟いたと思ふ瞬間、ザアーッと物凄くも烈しい雨になつた。

二人は圓タクを拾つた。

自働車は篠つく雨を衝いて、燕のやうな早さで京濱國道を疾走し、軈て蒲田に在る彼女のアパートの前で止まつた。

二人の姿は一つになつて、薄暗いアパートの玄關から、その中へ消へて行つた。

彼女の部屋は瀟洒な洋式で、南に展いた窓にはピンク色のカーテンが垂れ下がつて、シクラメンかヘリオートロープの香氣が室内に漲ぎ、如何にも情慾を煽り立てるやうな情緒だつた。

二人は並んでベツトに腰をおろした。三郎は自分の腕を伸ばして、膝の上に置かれてある玲子の手を輕く握つて、耳元へ口をすり寄せて囁くのだつた。

『あの夜以來君の態度が急に冷淡になつたので僕は毎日全く憂鬱だつた。が今夜再びこの懐しい部屋で君と語り合へるかと思ふとホントーに嬉しいと思ふ、あゝ矢張り僕は幸福だつたのだね。』

『まア、それは結構ですわ。兎に角妾は始末に負へない氣紛れな女ですから、虫の居所が惡るいと、什んなに好きな方にでも鼻汁もしつかけない程我儘なんです。許してね。』

その言葉が終るか終らないうちに、彼女の露はな腕は、さながら蛇の如く、彼の頸に絡らみ纏つはるのだつた。

二人は仰ふ向けにベツトの上に倒れた。そして長時間に渉る接吻の雨――。

隣りの部屋でかけて居るのであらうレコードの、チエロ獨奏ラルゴの咽び泣くやうな音律が、快美な夢の世界へ二人を惹き入れるのだつた。

やがて、一糸も身に纏とはざる二つの肉塊が、絡み合ひ、縺れ合ひ、部屋の中をのたうちまはるかと思ふと、女はベツトにドツシリと腰を下ろし、反り身になつて、惜しげもなく眞白な豊かな、太腿を八字なりに開くと、そこにフツクラと盛れあがつた、綠草茫々と生ひ茂げる川邊の土手を展開させるのだつた。

男は床の上に膝をついて、兩手でシッカリと女の尻を抱へ込み、やがて自分の唇を、土手の上手に望ませると、そこに座る小山の頂きのあたりを、息づかひを荒く彈づませながら、眞赤な、戯れる舌の先でチロリ〳〵と甜めずり廻はすのだつた。

生ける小山は微かな震へを見せて、生温たかい白い液體は小山の麓の河口から堰を斷たれて、激しく流出し、遂ひには氾濫して、土手の上まで溢れ出でるのだつた。

女は非常に昂奮したらしい、樣子で、力なく仰ふ向けに倒れた。

男は更に女の上にのしかゝり、舌を吸ひ、耳を吹き、その間にも指先で○○の頭を撫でまはし、あらゆる秘術を行へば、女の鼻臭は益々激しくなる。此の時既に彼の莖柱は火のやうに烈しく燃へて、二人は全く文字通り昂奮正にその極に達したのだつた。

その時女は素早くもベットの上に起き直つて、側のテーブルの上に置いてある、コロンビアのポータブルにレコードを乘せた。

やがてレコードは廻轉されて、いみじくも奏で出だされたのは圓舞曲スリー・オークロック・イン・ゼ・モーニング――。

『さア、早く入れて頂戴』それは聽き取れない程微かな聲だつた。

烈火の如く燃へ盛る○○は、草を分けて土手の割れ目の中へ、ものの見事に突入して行つた。

『サミー、ワルツよ、四分の三拍手で腰を動かして頂戴。』

『O・K』

レコードのワルツに調子を合はせて二ツの肉塊は上下に震動し始めた。

何に愕いたか、ピンク色のカーテンがワナ〳〵と細かに震へて居る。

ベットの軋む者が段々激しくなつて來た。最早レコードのテンポに合はなくなつて來たのであらう。

既にレコードは一廻轉して、ギイ〳〵空廻はりをして居るのに、それでもベットの軋む音は止まらなかつた。

時計が三時を打つた。

それと同時に部屋の中は靜かになつた。

たゞ、二つの男女の肉塊が頭を前後に重なり合ひ、男は女の○○を、女は男の○○を、丁度69型になつて、性交後の掃除をする爲めに、互ひに甜めずり合つて居る音がクチャ〳〵と、微かにきこへるだけだつた。

烈しかつた雨は何時の間にかあがつて、明くるに早い夏の短夜は、早くも黎明を迎へて、鷄の曉を告げる一聲一聲に靜かに明けて行く。

疲れ切つた三郎と玲子は、それでもシツカリと抱き合つて、昏々と深い〳〵眠りに落ちて居る。

什んな樂しい夢を見て居るのであらう二人は、さも嬉しそうに、同時に莞爾と微笑んで、またまた深い眠りを續けて居る。

そして、これは或る俄か雨の夜の出來事だつた。

## 原稿募集

種類　雜誌談奇黨に揭載して興行價値さへあれば、飜譯、創作、文獻物、中間讀物、特種風俗、その他何でも構ひません。
締切日　期日は一定しませんがなるべく每月十日前に屆くやう投稿を乞ふ。
揭載原稿に對しては相當の稿料又は薄謝を呈し、雜誌發表と同時に送ります。
枚數　二十枚又は三十枚迄。但し特に價値あるものは枚數に制限なし。
原稿返附御希望の方は送料封入のこと。
宛名　は書局洛成館宛

# 友色ぶり（一）

## （陰間川柳考）

鳩々園主人

男色に關する高著は、既に石川巖氏のものされたものが數種あり、畏友花房四郎兄の「男色考」もあることであるから、今更屋上屋を重ねるのもと、思つて川柳に現はれたものを基とした。元來これは先輩大曲駒村氏の獨特場であるが、盲蛇物におぢずの一文を草す。

賣物によし町表裏ある所

芳町は乘せつ乘せたりやるめなし

〇〇〇をば片商賣にけつを賣り

天保の改革によつて全くその影を沒したが、明和安永の頃に最も隆盛を極めた、蔭間（野郎、舞臺子、色子とも云ふ）と云ふのは、十二三歳から十八九歳位迄の、美しい水の垂れるやうな少年に、薄化粧をさせ、振袖前髮姿の女裝をさせて客に接せしめたもので、役者の女形になる下地つ子が主であつた。

關東の子は芳町にむかぬなり

色子の大部分は上方者が多かつたといふ事をこの句が如實に物語つてゐる。

客筋は、男ひでりの御殿女中、浮氣な後家、僧侶、武士等で、同性の者が非常に多かつたそうである。言語道斷、破廉恥極まる蠻風とかやかましいが、妻帶を禁じられた僧侶や女色にあいた武士、張形ならぬ眞實の生き物に不自由してゐた御殿者や孀婦のためには、旱天の雨ともいへやう、沙漠のオアシスともいへやう、求めよ、さらば與へられん。誠に嬉しいものであつたことゝ思ふ。

芳町でする水揚のえらひどさ

幼い男郎が他人に身を委ねる迄には、言ふに忍びない慘酷な訓練をさせられたのである。先づ第一番型の小さい木製のリンガに油をつけて肛門にさし入れ順次第二番型から、第三番型の大型迄を挿入してもし肛門が爛れゝば灸をすえたり、藥をつけたりして、かくて、一月餘の練習行爲をなし大型のものが樂に出入出來る樣になつてから客に接することが出來たのである。

「艶道日夜女寶記」――若衆しんべ子を仕入するには、まづ右の手のつめを五本ながらよく取つて、初めの夜は小指に油藥などぬりてせゝりかけ、よくはいる樣にならば、又一日二日間位をきて、二度目はべにさし指をさしてこみ、ひたもの出入させ、又一日もやすませて、三度目には人さし指にてほりかけ、よくはいらば、其翌日は高指にて出入を試み、又大指をさしこみ、よくならしおき、其後人さし指と高指を合せ二本一つにしてさしてみよくぬきさしをためして、其次に莖を入れかけよく／＼巧者をつくし段々によくはいる也。又尻によりて早いおそいあり……。

四ツ目屋を小性へつけるいぶかしさ

四ツ目屋の藥を用ひるのは實に妙な話だが、衆道には「通和散」一名ねりぎと稱して、黃蜀葵の根を乾して粉末にした粘液性の塗り藥があつた。これは使用の際唾液でといて用ひたものであつた。ある僧侶が遊女買ひをした時、このねりぎを用ひたので笑はれたといふ有名な話もある。

赤坂は武士芳町は出家なり
吉原と芳町の間仕蟻渡り

最隆盛期の明和安永の頃には、江戸で男色を賣る場所は、芳町、木挽町、神田八丁堀、湯島天神内、芝神明前、麹町平川天神内、市ケ谷八幡社内等の數ケ所にあつて男娼實に二百有餘人の多きに達したといふ。武士は主に山の手方面へ、僧侶、御殿者、後家などは、主に芳町方面へ出掛けたものらしい。その頃吉原と芳町とは僅か數丁しか離れてゐなかつた、そして葺屋町の芝居も近かつたので。

芳町で客札もらふ後家の供
なんて句もある。

順次、御殿女中、孀婦、僧侶、武士と句を拾つて爼上にのせてみる。

▲

女護の島、男子禁制の大奥にゐる御殿女中達も矢張り女は女、男戀しいの念は四六時中絶えず彼女等の念頭を去らない。俳優の似顔畵、春信師宣、さては歌麿國貞のあの嬉しい錦畵に寄せる憂き思ひ、御香物或は同性愛に依りわづかに求めて求めえざる性の滿足を慰めてゐる彼女等の最も樂しいのは年に一度のお宿下りの時である。

いそ〲と椎茸わたる荒布橋
今日は宿下り、薄暗い中にもうお化粧をすましてお城を出るや、親許ならぬ芳町へ。

芝居とはそら言、女中陰間なり
さもありなん、今日一日はおん身の春よ、天下よ！　享樂せよ。」

御守殿は陰間をえらい目に合せ

よし町で牛蒡を洗ふ女客

商賣とはいへ辛きもの。

助けてくれ、生命あつての物種

然し彼女等は、今日一日與へられた時間を最も有効に、心行く許り性の滿足に餘念ない。やつと放免、名殘惜しげに歸へる御殿女中、流石商賣、甘い言葉で送り出し、やれ〳〵と蔭で赤い舌、けれど

御殿者又來てくだんせを忘れ兼ね

無理な首尾して御代參などの折。

芳町へ廻るを御宰恩にかけ

やつとおがみ倒して。

御代參ころんでかへるせわしなさ

お城へかへればつとめの味氣なさ、樂しかりし逢瀬の思ひ出よ。

芳町のあす張形の大あじさ

度重なれば現はるゝとか、芳町の不埒御殿へパッと知れ、遠流不淨門から追放、樂しみのあとの苦しみよ。

（次號へ續く）

# 江戸 性的小咄雑考

梓道人

博識の大方諸彦を向ふに廻して、烏滸がましくも舊聞の虫干しをさせて載く。

## けぬき

「これかゝあ、けぬきはないか。」「又きたない處を拔かうと思つて。」「ばかをいへ」とひげをなで乍らあごの下へあてる。「それ〱きたねえ處だもの。」「何こゝがきたねえものか。」「それでも不斷ふんどしをはさみながら。」

## 穴の評定

狐より合ひ「こないだから穴を家にして、人を化かして得た金がある。これで女郎を買ひに行かう、くじ引きじや」一匹の狐當つたので客に化けて女郎を買ひにゆき翌日の朝、早々歸つてくる。「どうだつた。」「だますのは俺達と同じことだ。」「フンどういふのだ。」「やつぱり仕舞ひは穴へもつていつた。」

## 附き所

ある夫婦者、一義をする度々に女房にいふやうは、夫「そちがものはさがりて下に付きてし惡い。」といひけるを、隣りの者立ち聞きに再々聞いた。ある時かの男よそへ行きて留守の時、かの隣りの立聞きしたる男、留守居の女房の所へ行きて申けるは、吾々はちとよそへ參り候ほどに、あとを頼むと申しければ、何事に、いづ方へ行き給ふぞといひければ、男「その事じや、よその牛のへへが下りたる程に、上げてくれよと言はれければ、上げに行く。」といふ。かの下に付きたる女房いたく喜び申すやうは、女「人のは直り申すまいか。」といふ。男「牛さへなほり候ほどに、人のは猶々やすく候。」と申ければ、女「羞かしき申事にて候へ共我等がものが下り候とて、これのが常々嫌はれ候ほどに、あげて給はり候へ。」と申ければ、男「心得て候」と尻に小枕させて、したゝか喰はせた。さても賢い奴め。

## 天狗

金比羅の繪馬堂で、ちよんの間せんと男一物を握らせば、女「あれまあ、あの繪馬の天狗様の鼻の様な、隨分長くて見事なこと」と、喜び譽めて穴に入れゝば、天狗見てゐて「エゝたまらぬ、此次は一人できてくれ、張型の代り位ひはするぞ。」

## 太平の御代

去る所に好太郎といふ人あり、大のおめこ好きにて夜は女房を顔の色の青くなるほどせしめ、晝は妾宅へ來て朝からやりつゞけ故、妾あんまりに思ひ、妾「もふし旦那さん、そのやうになされては、體にお惡ふござりましやうぞへ、」旦那「イヤ〳〵そのやうな事はない、ぜんたいおめこといふものはちんぽの鞘じや、といふてある、ちんぽは人のたましい脇差の如くじや、腰にあるもの故こしのものともいふ、刀の鞘におさまらぬは亂世じや、今太平の御代なれば、鞘におさまりあるは當りまへぢや、よつて夜ひるともに鞘におさめて置く積りぢや、」妾「さやうなら金玉は鍔でござりますかえ。」旦那「そうぢや」といふてござつたが、或る日ちと變つた事がして見たいと、肥後ずいきをちんぽへ巻いて入かけたら、妾手にとつて「マア柄の方から鞘へ納めなさるか。」

## 大根賣

初鰹のをごりに、客大根おろしの所望、折ふし大根賣來るを亭主呼込み、「此大根はおれが物より細い、」といふ、大根賣り腹を立ち、「おめへのものがどのやうな道具だとて此の大根より太くはあるまい、亭主「そんなら賭にしよう、もしこの大根より太くばどうする、」大根賣「酒を買ひましよう、わしが勝つたら二百たゞ烏山だよ」亭主「おう合點」とくらべて見た處が亭主の勝ち、大根賣も興をさまし一言もなし、女房立出で、「大根やどん、馬鹿ものにかまはしやるな、大きに無駄なひまをつひやしたの、その替りに唐茄子でも持つてござい」大根賣「又きん玉とくらべるのか。」

## 新開

色氣づきたる娘、嫁入りまへになつて待ち兼ね、折々れんぎで稽古するを乳母見つけて、うば「申し、いとさん、そりや何をあそばす」と、たづねられてハツとびつくりして、娘「イヱ、ナニ是れはアノあらばちをする（摺る）のぢや」

## 松茸

下女の竹、松茸を米びつに入れるを見て、「コリヤ竹よ、その松茸を米びつへは入れぬものぢや、戸棚へでも入れておけ、」「ハイかしこまりました、これを米びつへ入れると惡うござりますかへ」「ハテ松茸を米びつへ入れておくと、くさるが早い。」といふて叱るを丁稚の三太郎聞いて、「ハアそれで褌には糊をつけぬかい。」

## 相場

或人きん玉が上の方へ舞上つて仕舞し故、醫者へ行き、「どうぞこの金玉を下げてくだされ」「それは放つておけば、獨りでに下ります」「それでも、あの事が出來ません。」「大丈夫下ります、氣遣ひは御座らぬ、金の事ぢやで、上り下りは當り前」

# 罷睡録

耽好洞人

## (一) 茶目小僧の辣諢

ある人、久しぶりで其友人の家を訪ねたところ生憎にも不在であつた。取り次に出て來た頗るの茶目らしい童子をつかまへて、

客『お前の、お父さんは何處へ往つたのか』

頑童は、茶目氣滿々の口で、

童『爺は往く處へ往つたのだ。爺でない俺が、何でわかるものか』

客『お前の年は幾つだ』

童『おれの年は、隣り村の石禮と同い年ぢやい』

客『其石禮といふのは幾歳になるのか』

童『おれと同い年ぢやよ』

客『お前はおそろしい頰桁ぢやな、貴樣の珍鉾を喰つて仕舞ふぞ』

童『小供のでも喰はれるか』

客『年寄のだつて、小供のだつて喰はれんことがあるものか』

童『道理で、小父さんは澤山喰つたのだらう。其證據には頤に一杯の陰毛がくつ付いて居るな』

## (二) 空き俵を背負ふ

(俚諺の由來)

ある村に、薄馬鹿の亭主を持つた横着者の女があつた。その女房が亭主の甘野郎であるのをよい事にして隣の男とくつゝき合つた。ある夏の初め、夫婦連れで田の草を除つ

て居ると、其處へ隣の奴が空き俵を擔いでやつて來た。一心になつて草を除つてゐる亭主をつかまへて耳打ちをした。

「これ……お前の嬶あは、此眞晝間田甫の中で、例の一件をやつて居るぜ。」

亭主は吃驚して、

「そんな事があるものか、お前は何でソンな嘘をいふのだ。」

「いやそれは眞正だよ。嘘と思ふなら、今立派な證據を見せてやる。此の空俵を擔いで居ると、それがハツキリと見へるのだ。嘘は言はない。まあこの空俵を擔いで見ろ。俺はその間貴樣の代りに草を除つてやる。」

と、俵を亭主に擔がせて措いて、田の中に飛び込みさま、嬶アと初めた。

亭主は言ひつかつた通り後生大事と空俵を擔いで、嬶アの方を見つめてゐると、果して勇ましくも行つて居る……

亭主大いに感心して、

成程、嘘ぢやないわい。

## （三）馬の秘術、夜警を驚殺す

ある寒い夜半、一人の夜警が巡邏して居ると、とある横町の行き詰つた家から煌々と、障紙を透して燈影が見へる。其裡から異樣な呻き聲さへ聞へる。今時分……ハテ面妖ナ、とぬき足さし足、其壁際にすりより障子の隙間から、ソツと覗いて見ると驚いた。

内には、いと美しい年の若い二人が激戰の最中である。座敷の中央にはうま相な馳走を並べて居る。見ると二人は素裸になつて馬の喧嘩事をして居るのだ。牝馬の體が四つん這ひになつて駈け出すと牡馬の體が後から……これも同じく四つん這ひになつてヒン／＼と言つては追つかける。やがて雲蒸し雨濃くなると馳走を摘み食ひしたり、ピョン／＼跳ねあがつたりする。隈なく照す燈影は、この兩個の豐艶なる肉體美の活劇を映し出す。

世にも珍奇なる異觀を現實に見せつけられた件の夜警は、只もう有頂天となり宙を飛んで宅に歸つた。無論自分も牡馬になるつもりなのであるが、歸つて見ると、ケチくさい豆の様な燈火がしょんぼりと灯つてゐる。食ふものと言つてはひからびた明太魚の乾物があるばかりだ。是には少々うんざりした、がまあ是は割引にしておけ、とこれ丈けは目を瞑つて——早速一儀に及ばんとした……いや裸の嬶アを見た夜警は、全くうんざりして仕舞つた。

臼の様に横肥りの體は、鮫の皮の様に粗く、炭團の様に眞黒だ。たつた今見て來たばかりの牝馬に較べて見るとあまりの相違だ。お月様と鼈以上ほどもちがう……矢も楯もたまらなかつた鋭氣は無慘にも挫けてしまつた。

と言つて今更止すのもまことに惜しい。まゝよやつつけべエと馬のやり方を即座に傳授していよ／＼始めた……追いつ返へしつ跳びはねて居る內、牝馬は遂に魂抜けた深淵に入つた。無宙の極……覺へずいやと云ふ程牡馬を蹴飛ばした。夜警は此不意打ちに前刻からの不平不滿が一時に勃發した。そこでいきなり其横面をはりとばして、

亭「此の三平二滿、フザケたことをしやアがる。俺が嫌だといふのを汝から無理に仕掛けて置きアがつて……此ざまア何だ。

## (四) 馬鹿旦那猾奴の悪口

母親一人の手で甘やかに育て上げられた馬鹿旦那が、ある時、大茶目の下男を伴れて大邱へ往つた。途々の話に、

馬　大邱まで何里あるか。

男　なにツ大口ですか、大口なら、上齒が十六下齒が十六締めて三十二になる。

馬　宿屋へ泊つても寢床があるだらうか。

男　無かつたら、わたしが抱いてやる。

馬　食ふものがあるかな。

男　夫れもなければ、わたしの腎でも咬みなさい。

馬鹿旦那も、遂にたまりかねて、

馬　怪しからん、散々主人を馬鹿にする……尻をぶつ叩き破るぞ。

下男はぬからぬ顔で、

尻なら、もう疾うの昔から二ツに破れて居る。

# 慎色慾と不老長壽

## ＝談奇黨員へのメッセージ＝

談奇黨編輯局

泥棒にも三分の理窟あるといふ。泥棒にさへ三分の理窟がある位なら、我々風俗研究家には七分も八分も理窟があつてい〻わけだ。

風俗研究家の仕事は、それが飽迄研究的であること以外には別に何等の目的をもつてはゐない。我々の仕事は必ずしも理論と實踐との辨證法統一を必要としないのだ。

われ〱の研究は時によつて風俗壞亂といふ餘り芳ばしからぬ名目の下に、屢々取締當局の忌諱にふれることがないではない。けれども、われ〱は未だ嘗て一度も風俗を壞亂すべき目的をもつて仕事をしたことはない。

又、われ〱の發表した研究ものを讀んだがために性的犯罪者を出したとか、不倫な行ひをしたとか、或は發狂して變質性痴呆症にか〻つたなどいふ例は、幸にして今日までまだ一人もゐないのである。

だから、今度新たに雜誌『談奇黨』の讀者になられた方に對して、我々は次のやうな諸條件を堅く守つて貰ひたいことを要求する。

一、談奇黨會員は世人から批難攻撃されるやうな醜悪な好色ぶりを發揮してはならぬ。

一、談奇黨會員の殆んど大部分は百戰練磨の功を經た粹人なるが故に、巷のエロ風景に眩惑を感じたり、女性のふくらはぎを眺めて木から墮ちる久米仙人みたいなダラシない醜態を演じてはならぬ。

一、談奇黨會員は、たとへ對手が如何なる美人と雖も、有夫の女、無垢の處女などの場合は、自から堅く節を守つて摘み喰ひ根性を出さぬこと。

一、談奇黨會員は各々已れの妻を性的玩具の對象とすべからず。妻に對する變態的行動、妻に對して殘虐的行爲ありたる者は、即時談奇黨會員より削除すべし。

一、談奇黨會員は、未だ修養の足らざる春期發動期の青年子女に、雜誌『談奇黨』及びその他各所から刊行されるエロ出版物を斷じて閲覽させるべからず。

一、談奇黨會員は、その友人知己のうちに戀に惱めるもの、性に悶える者を發見したる場合は、慈父の如き心をもつて彼等、又は彼女等に危險なきやう努力すべし。

一、談奇黨會員は、已の性的行爲に對して責任を重んじよ。卑劣なる或ひは卑怯なる態度は、他の同志に對して恥辱であることを知るべし。

一、談奇黨會員は、已と志を同じうする者の集會以外では、自慢らしく口から泡を吹いて猥談を飛ばすべからず。

以上甚だ八釜しい規定を並べたが、別に法律的制裁があるわけではないから、だいたいそれ位の品性と意氣込だけはもつて頂きたい。丸い卵も切りやうで四角といふ諺がある如く、人間の性的生活は理窟ではない。理窟ではないが、溺れぬやうに努力することは、すべての談奇黨會員にとつて必要である。

活動力旺盛なるものは性慾も亦旺盛であるなんて、悲願千人姦などいふ不心得な考へを起してはならぬ。と云つて、なにも聖者の如くスマしこむ必要もないが、性慾をみだりに消費することは早世夭死の懼れがある。

細く長く樂しんでこそ性的生活の限りない悅びがあるのであつて、鴻儒貝原益軒先生なども、「愼色慾」の中で呉々も戒めてゐられる。貝原益軒先生は何人も知る如く、幼少の頃より病弱のたちで、殊に晩年に於ては自己の健康を保つために殆んど行者に近い養生を怠らなかつた。と同時に、先生の性的生活も極めて自然に行はれ、賢婦の譽れ高い夫人との交接なども、晝と言はず夜と言はず、眞に已の意の動いた時間にこれを實行し、時には客と對談してゐる時と雖も、つと席を外してせり上つて來る衝動を隣室の夫人の部屋ではたしたと傳へられてゐる。

「最早時間でござるから一寸失禮仕る。暫らく御無禮いたす。」と、サツサと客に脊を向けて偕老同穴の契を結ぶといふに至つては、一寸凡人どもの眞似の出來ないところで、それを又甘んじて受けた先生の夫人も非凡なりと云はねばなるまい。

而もその交接たるやわれ〳〵凡俗の徒輩と違つて、それを行ふに先立つて先づ身を淨め、心を淨め、天神地祇を拜してよき子孫を與へ給へと祈願をこめ、われ〳〵みたいに決して一瞬の快樂の爲にのみ陶醉しなかつたといふから、一戰に及ぶ前の嚴肅な風貌がさま〴〵と眼に見えるやうではないか。

創造主が人類に交媾の道を敎へ給ふたのは古來その說が二タ通りある。一說は萬民に公平な悅びを與へるといふ說と、萬民に等しくその子孫を增やさしめるためだといふ說、われ〳〵は今こゝにその何れが眞、いづれが嘘なんていふ下らない水掛論をすることを止めやう。寧ろ强ひて軍配をあぐれば前者にある。世はあげて避姙、產兒制限の聲かまびすしい今日、誰が子孫を與へ給へど念じつゝ玄妙絕佳の境に彷徨ふものがあらう。益軒先生もし今尙この地上におはさば、嗟かし天を仰いで嘆息を漏されるに違ひない。

まことに現代の靑年子女の行くべき道を考へると、われらは只慄然たる不安に脅かされる。高山のキャムプ生活、避暑地の海、そはさながら現代の我々を、遠き原始時代の祖先の生活に立ちかへらしむるが如き觀があるではないか。

こゝに於て、わが談奇黨編輯局は、鴻儒益軒先生の「愼色慾十戒」をあげて、せめてわが談奇黨會員だけなりとも、これを座右の銘として頂きたいと切に切に希ふものである。

一、素問に、腎者《じんは》五臟の本といへり。然らば養生の道腎を養ふ事を重んずべし。腎を養ふに藥補をたのむべからず。只精氣を保ちてへらさず、腎氣をゝさめて動すべからず。論語に曰、若き時は血氣方に壯なり。戒レ之在レ色。聖人の戒守るべし。血氣さかんなるにまかせ色慾をほしいまゝにすれば、必ず先禮法をそむき、法外を行ひ、恥辱を取つて面目を失ふことあり。

時過て後悔すれどかひなし。かねて後悔なからん事を思ひ、禮法をかたく愼むべし。況や精氣をつひやし、元氣をへらすは壽命をみじかくする本なり。おそるべし。年若き時より男女の欲ふかくして、精氣おほくへらしたる人は、生れつきさかんなれども、下部の元氣すくなくなり、五臟の根本よわくして、必ず短命なり。恣になりやすき故、此二事尤かたく愼むべし。是をづゝしまざれば脾胃の眞氣へりて、藥補食補のしるしなし。老人は殊に脾胃の眞氣を保養すべし。補藥のちからをたのむべからず。

一、男女交接の期は、遜思邈が千金方に曰、人年《とし》二十の者は四日に一度泄す。三十の者は八日に一度泄す。四十の者は十六日に一度泄す。五十の者は二十日に一度泄す。六十の者は精をとぢて泄さず。若體力さかんなれば一月に一度泄す。氣力すぐれてさかんなる人、慾念をこらへて久しくもらさゞれば腫物を生ず。六十を過て慾念おこらずば、とぢて泄すべからず。わかくさかんなる人も、もし能くしのんで、一月二度もらしておこらずば、長生なるべし。

今案ずるに千金方にいへるは平人の大法なり。もし性虚弱の人、食すくなく力なき人は、此期にかゝはらず、精氣をゝしみて交接まれなるべし。色慾の方に心うつれば、あしき事くせになつてやまず。法外のありさま恥づべし。ついに身を失ふにいたる。つゝしむべし。右千金方に二十歳前後をいはざる意あるべし。二十以前血氣發して、いまだ堅固ならず。此時しば〳〵もらせば、發生の氣を損じて一生の根本よわくなる。

一、わかく盛なる人は、殊に男女の情慾かたく愼みて、過ちすくなくすべし。慾念をおこさずして、腎氣をうごかすべからず。房事を快くせんために××等の熱藥飮むべからず。

一、達生錄曰、男子未だ二十ならざる者、精氣いまだ足らずして慾火うごきやすし。たしかに交接愼むべし。

一、孫眞人が千金方に、房中補益説あり、年四十に至らば房中の術を行ふべしとて、其説頗る詳かなり。其大意は、四十前後血氣やうやく衰ふる故、精氣をもらさずして只しば〱交接すべし如斯すれば元氣へらず、血氣めぐりて補益となると云へる意なり。ひそかに遜思邈がいへる意をおもんみるに、四十以上の人血氣いまだ大に衰へずして、枯木死灰の如くならず、情慾しのび難し。然るに精氣をしばしばもらせば、大いに元氣をついやす故、老人の人によろしからず。こゝを以て、四十以上の人は交接のみしば〱にして、精氣を泄すべからず。

　四十以後は腎氣やうやく衰ふる故、泄さゞれども壯年の如く精氣動かずして滯らず。此法行ひやすし此法を行へば、泄さずして情慾を遂げやすし。然ればこれ氣をめぐらして精氣をたもつ良法なるべし。四十歳以上、猶血氣甚だ衰へざれば、情慾を斷つ事はしのびがたかる可し。忍べば却つて害あり。もし年老いてしば〱泄せば大いに害あり。故に時にしたがひて此法を行ひ、情慾をやめ、精氣をたもつべしとなす。是によつて精氣をつひやさずんば、しば〱交接するも、精も氣も少しもゝれずして、當時の情慾やみぬべし。是故人の敎、情慾の絕ちがたきを押へずして、精氣を保つ良法なるべし。人身は脾胃の養ひを本とすれども、腎氣堅固にして盛なれば丹田の火蒸しあげて、脾上の氣も亦溫和にして、盛になる故。古人の曰、補脾不レ如レ補レ腎。若年より精氣をゝしみ、四十以後、いよ〱精氣を絕ちてもらさず、是命の根源を養ふ道なり、此法孫思邈後世に敎へし秘法にして、明かに千金方にあらはせども、後其人術の保養に益あつて害なき事を知らず。丹溪が如き大醫すら偏見にして、遜眞人が敎へを立てし本意を失ひて信ぜず。此良術をそしりて曰、聖賢の心神仙の骨なくんば未レ易レ爲。もし房中を以て補とせば、人を殺すこと多からんと。「格致餘論」にいへり。

　聖賢神仙は世に難有ければ、丹溪が說く如くは此法は行ひがたし。丹溪が說うたがふ可き事猶多し。才學高福にして識見偏僻なりといふ可し。

一、情慾をおこさずして、腎氣動かざれば害なし。若情慾をおこし、腎氣うごきて、精氣を忍んで泄さゞれば、下部に氣滯癰瘡を生ず。はやく溫湯に浴し、下部をよくあたゝむれば、滯れる氣めぐりて鬱滯なく、腫物などのうれひなし。此術また知るべし。

一、房室の戒多し。殊に天變の時をおそれいましむべし。春月雷初めて聲を發する時夫婦の事を忌む。又土地につきては、およそ神明の前をおそるべし。且つわが身の上につきては時の禁あり。病中病後元氣いまだ本腹せざるは、殊に、傷寒、時疫、瘧疾の後、腫物、癰いまだいえざる時、氣虛勞損の後、飽渴の時、大酔大飽の時、身勞動し、遠路行歩につかれたる時、怒り、悲み、うれひ、驚きたる時、交接を忌む。冬至の前五日、冬至の後十日、靜養して精氣を泄すべからず。又、女子の經水いまだ盡きざる時、皆交合を禁ず。是天地神祇に對しておそれつゝしむと、わが身において病をつゝしむなり。若此を愼まざれば神祇のとがめおそるべし。男女共に病を生じ壽を損ず。生るゝ子も亦形も心も正しからず。或はかたはとなる。禍あつて福なし。古人は胎敎とて、婦人懷姙の時より戒める法あり。房室の戒めは胎敎の前にあり、是天地神明の照覽し給ふ所、尤もおそるべし。或身及び妻子の禍も亦おそるべし。胎敎の前此戒なくんばあるべからず。

一、小便を忍びて房事を行ふべからず。龍腦、麝香を服して房に入るべからず。

一、入門に曰、婦人懷胎の後交合して、慾火を動かすべからず。

一、腎は五臟の本、脾は滋養の源なりこゝを以て人身は脾腎を本源とす。草木の根本あるが如し。保ち養つて堅固にすべし。本固ければ身安し。

# 圓宿ホテルの一夜

黒味獵子

私のやうな商賣をして居りますと、とても豫想以上の誘惑がございます。何分お酒とコビを賣るのが商賣なのですから、左樣然らばでゆけるものぢやございません。

私の住居は現在赤羽でございますが、こゝから午後五時に店へ間に合ふやうに出かけて行つて、カンバンつまりオーダー・タイムの正十二時まで、ジャズと嬌笑の渦卷の中でくらすのでございます。ですから、有樂町驛から赤羽へつく頃までには一時少し過ぎてしまひますので、もう少し近い家へ越したいと思つてゐますが、やつぱり住めば都で、さうも參りません。

私の勤めて居ります店は、銀座五丁目――つまり松坂屋の向側の銀座裏と稱するところでして、ＢＡＲＦＵＫＵＪＹＵと申します三階造の家でございます。ウエイトレスは總勢二十四人で、それをＡ組とＢ組とに分けて、これが一階と二階とを隔日に受持つわけになつて居ります。三階はこゝのマスタアとマダムの私室になつてゐますので、接客には用ひません。御近所にはライト、コロンビヤ、ヒデミなどと云ふ有名な店のあるところで、私の店は赤いネオンサインにハートをあらはした――室内のうす暗い家がそれでございます。

この店は非常に嚴格でございまして、こゝの女給さんたちが夜の十二時になりますと歸宅します時間には、バアテンやマスターなどが、そつと人込みにまぎれて、飛んでもない場所から、私たちの歸つてゆくのを監視してをります。これは、私たちが客とどこかへ打合せて消えやしないかといふ懸念からで、もしこの事實がありますと、早速、ハガキ一本でクビにされてしまふのでございます。

私たちの收入に就て、莫大もない夢想をしてゐらつしやるかたが世間にはいくらもおありですが、實際を申上げますと、それほどではございません。もつとも私の申上げるのは、二十四五人しかゐない小店で、しかも、ナンバー・ワンには永久になれない私の云ふことですから、それが一律に基準にはなりませんが、私の收入が、まづウエイトレスを職業としてマトモに稼いでみて、夕方の五時出勤して正十二時までにいくらあるかと申しますと、一日三圓以上十圓の程度でございます。三圓といふのは、當番のサービス以外に客のなかつた時、また、十圓といふのはお馴染の客から過分に戴いた運のいゝ日でございます。十五圓になつた日などはホンの數へる位ひしかありません。毎年のクリスマス・シーズンとか新年などの特別な季節は、これは私たちの一年中の書入れ時でございまして、この時には一晩に三十圓から六七十圓、多い方は百圓ぐらゐになることがございます。しかし、これほどな收入でも、數字から見ますと、世間の普通の職業婦人の方の收入からくらべますと、莫大な隔りがあることは事實ですが、打明けて申しますと、これ以上に支出があるので差引くと却つて苦しい場合があるのでございます。では、その支出といふのは何かと申しますと、まづ着物でございます。月賦で買つたりするのは、季節々々のお揃ひの着物をきる時で、これはマダムの特別な注文の時に限るので、アトは私たちが、みんな收入のうちから買つて來るのでございます。隨分この節はキモノが安くなつて居りますが、それでも、錦紗やお召などは相當なお値段です。これを仕立てたり、やれ何んだかだとやると、隨分な經費がかゝつて居ります。その上へ、やれ帶だ、やれ裝身具だと數へ上げますと、とても大變な支出になるのでございます。つまり、私たちの身なりは、普通の御家庭のお孃さんならば、晴れ着に充分なるものを、ドシドシ普段着、つまり事務服にしてゐるんですから、割に合ひませんの。この着物で二階を何十回となく上り降りしてゐますと、錦紗の裾うらはスグ切れてしまひます。お酒の癖の惡い方が、一日に何度となく、私たちの袖や前へお酒をこぼして下さいます。ビールのこぼれで洪水になつてゐるアスフアルトの上へ、裾が引きずつて二三寸幅に汚ないシミが滲みます。時にはお客に悪ふざけをされて、袖がちぎれることがあるんですもの。いくら着物があつたつて、間に合ふものではございません。

そこへ持つて來て、この點だけは私しのやうに氣の小さな女にはわからないことですが、ウエイトレスの皆さん、いつも歸宅の時は自動車にのつてゆくことですわ。中には出勤の時も亦タキシーにのつて來る方さへあります。こんなことは、私としましては、實に分に過ぎたことだと存じてゐます。それは、中には收入の數字の點で、課長さんぐらゐの月收と匹敵する方もあるでせうが、課長さんは八十圓の背廣一着で一ケ月、いや數ケ月おつとめになることが出來るのです。しかし、私たちは身分不相應にも二百圓以上の衣裳を凝らして尙ほ且足りないといふ消費ぶりです。ですから、收入の點で、たとへば課長さんと同じだと云つて、課長さんが役所の自動車にのるからと云つて、私たちも乘つからねばならんと云ふ理屈は成り立ちませんわ。

まあ、話がすつかりリクツになつてしまつて、ごめんなさい。私はこんなことをお話するんぢやありませんでした。

私のところへ來て下さるお馴染み客は、横濱の某富豪の息子さんでクウさん、それから、住友銀行のシイさん、安田保善社のイーさん、こんなところです。シイさんだつて、イーさんだつて、お二人とも四十五六の働き盛りの課長さんです。いつでもこの三人のうち、どなたか一人ゐらつしやれば五圓乃至十圓のチツプは黠つて下さいます。無論、何んの野心もない淨いお金でございます。私はこのお三人の方たちこそ、本當の意味でのいゝカフエのお客様だと、心から尊敬いたして居ります。

ところが、これと反對に隨分私を困らせるお客はフリに這入つていらつしやつた方に多いのです。ベセエなどするのはいゝ方で、アンブラツセエから果ては〇〇までやり兼ねないんですもの、こんなお客に限つて、チツプを一圓置いて行くんだから、したい放題のことをしなければ損だとでも思つていらつしやるんでせう。しかし、もつとひどい方になると、どこかへ行かうと云つて私を引ツ張り出さうとなさる方があります。こんな方は、大概そうした野心でいらつしやるので、夜のオーダー・タイムに近くなつたのを見計つてゐらつしやいます。

或る晩のことでした。十時過ぎになつて、一人の三十五六の紳士が這入つて來ました。會社員らしくもあるけれど、何處かくづれたところがあつて、一寸見當がつきませんでした。私の番でした。

「何をあがつて！」

「オブ・キング」

「は」

そこで、その日は階下でしたので、一番隅のバアテンには遠いゝボックスに坐を占め、その男は默つてクピリクピリと飲み初めました。私は馴れてゐますから、どんな氣むづかしい顏をしてゐたつて、すぐその傍へすわります。

「何か召上りものは」

「さあ、何んにも欲しくはないな」

「でも、さびしいぢやないの」

「さう云へば、さうだな。ぢや、チーズでも貰はうか」

「はい」

チーズが參りました。間もなく、テーブルにはキング・オブ・キングスのコップが六杯ばかりならびました。

「おい、君の名は、何んて云ふんだい」

そろ〳〵この男は醉つて來ました。

「あたし、艶子ツて、申しますの」

「艶ちやんかい？　いゝ名前だね。僕は今夜はじめて會つた君だけれど、大好きになつちやつたよ。ねえ、君、どこかへ行かうよ」

「どうぞ。どこへでもつれて行つて下さいまし」

私は冗談を冗談に受けとめたつもりでした。多くの場合、これで右と左に別れてしまう筈なのですから。

ところが、どうでせう？　この男は本氣になつて來たのです。

「君、そりや、本氣かい！」

「まあ、疑り深い方ねエ」

「ぢや、本當なんだねえ」

「――なアんて、うちぢや、奥さんが待つてらつしやいますよ」

「馬鹿云へ。僕はひとり者だよ」

「さうですか」

「やにアッサリしてるなア。今夜、面白いところへゆかうぢやないか、艶ちやん」

　たうとうウルサクなつてきました。そのうちに時計を見ると、もうカンバンに近くなつてゐます。

「おや、もうオーダーですわ。では、また明日の晩いらつしやいな」

「ね、今夜、いゝだらう」

　どうしても聞き入れるものぢやありません。そこで、私も仕方がありませんので、兎に角この客がかへらないうちはかへれませんので、何んでもいゝから店から出してしまうに如くはないと思ひましたので、一計を案じました。

「ぢや驛で待つてて頂戴！　店から出ることは絶對に出來ないんですから」

「よしッ、ぢや、待つてる。ありがとう。きつと來てくれるね」

「參りますわ。きつと、あなたこそ、大丈夫？」

「うん。で、驛ッて、有樂町？」

　私は一寸狼狽てました。有樂町驛へ來られたんぢや、どうしても一緒にかへらなければなりませんから、これはいけないと思つたのでわざと嘘を云ひました。

「でも、あすこは一杯お店の人がかへるから駄目よ。東京驛で待つてて頂戴。あたし、きつと行くから」

「ぢや、待つてるよ」

　で、その男は出て行きました。

　私がすつかり歸り支度をしてかへらうとすると、うしろからマダムが、今夜に限つて聲をかけました。

「艶ちやん」

「はい、何んですの、奥さん」

「あんた、今夜はどうかしてゐるよ。眞ッ直ぐにおかへんなさいよ」

　私は笑ひ出してしまひました。

「まあ、奥さん、大丈夫ですわ。今のお客、とてもうるさいので嘘を云つてやんたんですの。ほゝほ」

「ならいゝけど、本當に大丈夫？」

「ありがとうございます。それに、あたし、今夜、ちつとも酔つてゐませんの」

　私は外に出ました。愚圖々々してゐて、さつきの男がそこらにウロついてゐると大變です。急いで有樂町驛のガードのところまで來ると、電柱の蔭からヌッと現はれた男がありました。

「おい」

「あらッ」

　私はそこへ立ちすくんでしました。東京驛にまつてゐる筈の先刻男です。

「僕、東京驛にゐやうかと思つたんだけれど、やつぱりこゝにしたんだよ。いけない？」

「だつて、あれほど、こゝは人目があるからいけないつて云つたぢやありませんか」

　しかし、もう何んと云つたつて追ひつくことぢやありません。絶體絶命です。何んとか云つて、こゝを逃れて家へかへらなければなりません。それにグヅ〳〵してると電車がなくなつてしまひます。

「さあ、ゆかう、いゝだらう」

　次の瞬間、この男は一臺のハドソンを呼びとめました。

「あら、あたし、困りますの」

「いゝよ、いゝよ」

「でも、家で……」

　しかし、夫が待つてゐるとは、いかに何んでも商賈の手前口に出せません。

「いゝよ、明日は家まで送つてゆくよ、おかあさんにもあやまつてやるよ。いゝさ、さあ、のり給へ」

　私はどうすることも出來ず、そのクルマにのりました。

「どちらへ」

「新宿」

　車は動き出しました。

「あら、本當に、あたし」

　これが、わたしの最後の反省の時です。

「いゝよ、まあ、いゝさ」

　これが、男の最後の勝利です。

　醉つぱらひが、行く手をブラリブラリよろけて、唄つてあるきます。あの「女給」の唄を………。

わたしや夜咲く　酒場の花よ
赤い口紅　錦紗のたもと
ネオン・ライトで　うかれて踊る
さめてさびしい　泪花………

「ストップ！」

男が聲をかけると、クルマはキイ――――と軋つてとまりました。

一軒のコンクリートのホテルです。

「こんなところ、困りますわ」

「いゝよ、明日になればわかるんだから」

「だつて、わたし、かへりたいんです」

「こんな遲く、どうすることも出來やしないよ。誰れに氣がねも要るもんか！　さあ、這入らう」

私は、この世馴れた不良そつくりの青年のアトを、怒つてついてゆきました。ガルソンが氣取つた樣子で案内をします。

二階の洋室でした。ベツトもダブルでなく、二つならんでゐます。一切の調度がそろつてゐます。

「お召上りものは？」

ガルソンは鍵をこの男にわたすと云ひました。

「さあ。艶ちやん、何か食べるかい」

「いゝえ」

「ぢや、今夜は何んにも食べません」

「は、では、お休みなさいまし」

コトリ！　扉がしめられた。男はもう窓ぎわの洋服ダンスの前で、チヤラチヤラ銀貨の音をさせながら、洋服を脱ぎはじた。

私は、ハツとなつて、はじめて、自分の淺猿しい姿に、今更らながら氣がついたのですが、もうそんな風に魔に抱かれてしまつそ小雀では、どうすることも出來ません。

私は羽織をぬいだだけで、足袋もぬがず、帶もとらず、ベシトの中へ這入つてしまひした。

暫くすると、男がとなりのベツトへ寢たやうです。隣りと云つたつて、どうにもなりません。

「つ、や、ちやん」

私は返事をしませんでした。

すると、男は私の肩に手をかけました。

「いや」

私は勢ひよく起き上りました。

「いゝぢやないか。僕、何んにもしやしないよ」

「いや」

「だつて、ぢや、何んだつて、君は、こゝまで僕について來たんだ？」

「いや」

「なアンだ、馬鹿にしる！　しかし」

「だつて、いや」

「まあ、いゝさ。いやなら、いやでいゝさ」

男は、とても、參りました。

私は、瞬間、夫のなつかしい姿をうかべました。すまない！　申しわけない！　あたしは恐しい女だ！　私は一生懸命でした。

「あなたは、まあ、一寸、待つて！　あなたは、あたしを淫賣婦だと思つてゐらつしやるのですか。名前さへ知らない、今夜はじめてあつたあなたです。その、あなたのお言葉に、從へつて仰有つたつて、そりや無理です。お願ひです。今夜は、このまゝ私をしづかにねかせて下さいまし」

「駄目だよ。そんな我儘を云つて」

「そんなら、私はかへります。かへして下さい」

「かへるつたつて、ドアは明日まで開かないよ」

「卑怯者！」

私はたうとう意地も我慢もなくなつて、オイオイと泣き出しました。

これには流石の男も困つたと見えて、こんどはやさしい聲にかはりました。

「わるかつた。艶ちやん。もうよすよ。さあ、人に聞かれるとおかしいから、泣くのはおよし。成る程、初めて會つた僕にゆるすなんて、少し突ツ飛だと思つゐたよ。君は思つたより純眞な娘さんだねえ。いゝよ。泣くんぢやないよ。明日まで、こゝで語り明さうよ」

私はホツと安心しまひた。

「ごめんなさい。この我慢だけは通させて下さいね」

私は寢亂れを直して坐り直しました。

「いゝよ。でも、艶ちやん、僕に、それを一寸貸してくれないか」

「何んですの？」

私は又不安になりました。」

「耳をすかし」

「何アに」

で、さゝやかれたことは、まア、何んと、いやらしいことでしたでせう？　要するに、ゆるしてくれないなら、君のその羽織を貸してくれといふのでした。

そして、いやがる私の手から、ムリヤリに羽織を引ッたくつて、どうでせう、早速彼れは羽織をしつかりと抱きしめるのです。

私はおどろいて、もう少しで悲鳴をあげるところをやつと耐へました。やがて、彼れは歡喜の聲をあげました。

「艶ちやん」

私は口を利くことも出來ませんでした。

その翌朝、私は羞恥と怒りとのために、彼れがクルマで送つてゆくと云ふのを辭退して、急いで、新宿驛から省線で赤羽の我が家へかへりました。

「只今」

聲をそつとかけて玄關へ這入つてゆくと、まア、どうでせう？　夫はうたゝねのまゝ、このうすら寒さだといふのに、書物を枕に掻い卷一つでねてゐるぢやありませんか。

――すみません。あなた！

――みんな、あたしが馬鹿なんです。

私は、涙がこぼれて來ました。夫の目をさまさないやうに、しづかに枕元を起ちあがると、皺くちやになつた帶をとき初めました。

その時、隣りの會社員の奥さんの、低いソプラノがきこゑてきます。まるで、あたしを當てつけてゐるかのやうに……。

わたしや悲しい酒場の花よ
夜はおとめよ　晝間は母よ……
長くてお退屈さまでしだ。

# ジヤン・ベルネル夫人の狂樂

## (一名愉快《メリー》な寡婦《ウイドウ》の冒險《アヴアンチユール》)

シヤルロット

芝 盛 光 譯

### はしがき

「ジヤン・ベルネル夫人の狂樂」の一篇は一九二四年六月、突如、フランス獵奇書界へ出現して、パリジアン・エ・パリジエンヌのエロ・グロ・ダンデイズムを風靡した傑作であるが、惜しいことに作者に就いて詳にすることが出來ない。シヤルロツト(水仙生)といふフランスとドイツの混血兒みたいな假名の主が、一體、果して誰れであるかといふ問題は、この八年來の謎となつてゐるが、まだ一向わかつてゐない。アンドレエ・ジイドあたりぢやないかといふ人もあり、ジヤン・コクトオだとも云ひ、マルセール・パニヨールだとも云ふが、そこの邊は請け合ひ兼ねる、しかし、相當な作家の筆であらうことは、この素晴しい内容を一讀すればわかるだらう。（譯者）

一

ジヤン・ベルネル夫人は、まるで肺臟を一時に吹き出してでもしまひさうな深い溜息を吐きながら、こゝオテル・ベルセエの三階の部屋の窓から、いつも見厭きたパリの横顏を見つめてゐた。雜踏に黎明を迎へて騷音に暮れてゆくボア・ド・ブウーローニユー！　鈴懸の並木、ダワ・エツフエル、セエヌ、橋、橋……。そのほかに何があるだらうか？　彼女の二十七歳の豐滿な肉體と、僅か半年以前に死別した夫に遺された五百萬フランの富から發散される最も人間的な魅惑を輝かせるためには、このオリーヴ色の窓わくに緣取られた一風景では物足らないに違ひない。彼女は夫を死の際まで愛してゐた。唯神論者であつたところの彼女にしてみれば、それ以後に於いても亦亡夫を愛しつづけてゐると云つても、少しも不思議ではないだらう。しかし、實は、彼女は夫の死後二ケ月と經たないうちに、さうした東洋的な考へ方をサラリと棄てゝしまつたのである。死人に口なし！　この世を去つて、魂一とたび天外に飛び去つた者は、再び現世に還ることはない。さびしい人生である。としたところで、彼女と夫との間にとり交はされた「愛情の手形」を、幽暝の世界にまで書き替えてまで自分の現世的權利を殺す必要が有るだらうか？　無いだらうか？　兎に角、彼女は遺產五百萬フランを受け取ると、子供のない身輕るさに帆を孕ませて、アミユニアンの片田舍を引拂つて、たゞ一人パリの十字街に聳えるこのオテル・ベルセエに、天涯孤獨の――しかも美と富とを兼ね備へたところの愉快なる寡婦となつたのである。

それから、文字通り桃色の面紗に包まれた彼女の夢の六ケ月の流れに、彼女を乘せた黄金造りの小船は、どこの岸を目指して走りつづけてゐたか？　そんなことを詮索するのは野暮である。彼女は瞬く間にパリ社交界の女王となり、同時に、彼女の善美な姿はパリ歡樂境に一つのマスコットとして持て囃されるやうになつた。凡て社交界に名をつらねる程の伊達者なら、一人殘らず彼女の前に男性としての尊大と虚榮とを棄てゝひれ伏した。彼女はお蔭で、男性に依つて與へられる女性としての最も秘密な歡樂に食傷した。今では、彼女にとつて、世間並のランデヴーや戀愛技巧などは氣の拔けたマヨネーズ・ソースよりも鼻について來たのである。彼女の欠伸の一日がつづいてゐた。今日もその十何日目かであるのだが、彼女は自分を最上の歡喜に醉はせてくれさうな事件に打つかりさうにもないのであつた。

（つまらない！　人生なんて、深いやうでも淺いもンだわ。人間の肉體を中心として描いてみた歡樂なんて、ものの半年もつづければ種切れになるんだから）

彼女は窓から見わたせる限りの空間にうごめいてゐる人間層を眺めながら、（あの人たちは一體何を目當に、あんなにもアクセクとして動いてゐるのだらう？　結局は、私の幻滅を摑むのがオチなのに）――なんだか、氣の毒なやうな、さびしいやうな氣持に充たされてゆくのだつたが、人間といふものは、かうした靜かな時間を持つた時に、ひよいと神來的な考へが頭にひらめいて、自分でも驚くことがあるものだ。

彼女はフイとてつもないことを考へ出した。それは彼女の絶大な獵奇心に、神さまの手をチョッピリと貸して貰ふといふプランである。彼女は、兎に角、元氣よくソファから身を起した。きつと成功するにちがひないこのプランに醉つてしまつた彼女は、もう人生に見切りをつけるほどに倦怠を感じてゐた一瞬前の彼女ではなかつた。

彼女はまづ自分の名刺を一枚テエブルの上に載せた。

そして、これをナイフで折半して、右半分をポケットにしまふと、殘りの半分の名刺の裏に、萬年筆の走り書きで、次のやうな文字を書きしるした。

M.me ジヤン・ベルネル
オテル・ベルセエ
No. 375室
PARIS

この名刺の片割れをお拾ひ下さつた紳士は、私にとつて、今宵の好きな私の夫です。私を信じて載けますなら、すぐオテル・ベルセエ三七五號のドアをお叩き下さい。もし、拾つた方が御婦人でも、敢へて當方では拒みません。やさしい姉として出來るだけのエンタテインメンをいたします。

そして、彼女は窓際に立つて、暫く瞑目してこの素晴しいプランが大成功になるやうに祈つて、次の瞬間、さつとその紙片を街に向つて投げた。名刺のその半分の紙は、彼女のマニキユアに磨き上げられた指から離れると、まるで、宛ら生きたものゝやうに、そして又彼女の獵奇心をいやが上にも煽りでもするやうに、思はせぶりな態度で、風に吹かれてひら／＼と……遙かの街路をめがけて落ちてゆくのであつた。

## 二

彼女は待つた。いつまでも待つた。しかし、なか〳〵扉に人の氣配はして來ない。いつもの彼女ならもう疾つくにしびれを切らしてゐるのに、今日ばかりは、むしろそんなにも永い時間を待たされゝば待たされるほど、最初の登場人物が大きく期待されてならないのだつた。

そして、たうとう、その日も空しく午後五時となつた。

(おや、おや、折角のあの名刺も無駄に終つてしまつたのか!)

彼女はいさゝか落膽りしてゐるところへ、突然、トントンとドアをノックする音が聞えて來た。

「はい………」

彼女の聲は上づつてゐた。彼女は瞬間に、ドアの外に立つてゐるであらうスマートな美青年を思ひ浮べた。

「御免下さい」ガルソンはドアを靜かに開けて這入つて來た。「あの、この方が奥様に是非お會ひしたいと申して居られますが」

ガルソンは彼女に一葉の名刺をわたしました。

アンリ・クルベール

「御用向きを聞いて呉れましたか？」

「はい、それは、そのお名刺の裏に書いてあると仰有つて居られます」

「あら、さう？」

彼女は名刺をうら返した。


謎のお名刺の半分を持つて参りました。あとの半分ば運に任せて、只今、廊下に立つてゐます。


「ぢや、すぐこゝへお通しゝて下さい」

「は」

ガルソンは慇懃に腰をかゞめると部屋を出てゆかうとした。

「あの、ちよつと……」

「はい、何か……」

「どんな方？」

「さあ、男の方でございます」

「馬鹿ねえ、そんなことを聞いてるんぢやないわ。若い方？　年をとつた方？」

「若い方でございます」

「さうお」彼女はまづ安堵した。「で、幾つぐらゐ？　綺麗な人？」

「さあ、二十五六でせうかな、はい」

「だから、綺麗な人？」

「さあ」ガルソンは云ひにくさうに顔をしかめた。「正直に申上げますと、非常に汚ない、むさ苦しい……」

「ゑエツ！　そんな、醜悪な顔の人……」

「いゝえ、奥様！　汚いのは服装で、顔立は下品な方ではありません」

「さうお」彼女は胸を撫でおろした。「ぢや、丁寧に、こちらへ」

　ガルソンが廊下へ出てゆくのと入れ代りに、一人の青年がドアの前に立つてゐた。

「どうぞ、こちらへ？」

「は、ごめん下さい」

　青年は悪怯れもせずツカツカと彼女の傍へやつて來た。成る程、青年はそのむさ苦しい服装で、一と目に下級なサラリーマンであることがわかつたが、機敏な目と、逞ましい體軀と、少しも飾り氣のない態度とが、彼女には珍らしく、むしろ好もしくさへ感じられた。

「よくいらつしやいましたこと！　どうぞ、御自由におかけ下さいまし」

「ありがとう」彼れは一つの椅子に腰を降ろしらがら「へんなお近づきで恐縮ですが、僕、アンリ・クルベールと申します。どうぞ、よろしく」

「私こそ。よろしく。ジャン・ベルネルと申しますの」

「ところで」クルベールは彼女を出來るだけ觀察しやうとするやうな目なざしをして云つた。「奥さん、丁度向ふの街角でお名刺の半分を拾つたのですが、この結末は、一體、どうなるのですか」

「さあ」彼女は朗らかに笑つた。「御推察に任せますわ。私は自由な獨身者ですのよ」

「では、早速、取引に移りますが、あの名刺に書かれた通り、僕は今宵はあなたの夫となつていゝわけですね」

「勿論《もち》」彼女は強くうなづいた。「でも、あなた、お幾つ？」

彼女はこの大人びた若者を今更に見つめた。

「僕、二十三です」

「お商賣は？」

「石油會社の社員です」

「では、今夜は、私の夫はあなたと定めました。しかし、その服裝ぢや困りますわね」

「だつて、僕はこれしか持つてゐないのです」

「では、今夜は私の夫として、何もかも私の命令に服して戴きますわよ」

「結構です」クルベールは欣然として云つた。「あなたのやうな美しい婦人の命令なら、僕、どんなことでも……」

「では、兎に角、洋服屋に來て貰つて、一つあなたのタキシードを新調しませう」

そこで、彼女はポカンとしてゐるクルベールを尻目にかけて、電話をパリ一流のラアシエエ百貨店にかけて、夕方の八時までに洋服を造るやうに注文した。

「一體、僕にタキシードなんか着せて、どうなさるんです」

「まあ、默つてゐらつしやい」彼女は彼れを輕く睨んだ。「あなたは、偶然、街で拾つたこの幸福が、どんなにも大きなものであるかを、だん／＼にわからせて上げますわよ」

クルベールは少し無氣味な顔附をしたが、彼女はそんなことには一向頓着しなかつた。

「あなたは、結婚なさつたことがあつて？」

「どう致しまして」

「でも、夫といふものは、妻に對してどう云ふ義務があるかに就いては、御存じでせう」

「それは知つてゐます」

「では、あなたは、今夜の八時にタキシードが出來上つて來るまで、その義務を私にしてくれなければならないことよ」

「と云ひますと？」

「ぢれつたい！　大きな坊ッちやん！　此方へいらつしやい」

ベルネル夫人は向ふの寢室をゆびさして、クルベールの頬をつねつた。

## 三

「奥さん、もう僕は駄目です」

「意氣地なしねエ。もつと强くベゼエして頂戴！」

「でも、僕は、少し……」

「しかし、僕は、もう……」

「いけませんよ！　私がこんなにも妻としての義務を履行してゐるのに、夫のあなたが……駄目よ」

二人の悩ましい論ひがベットの上で暫くつゞいた。

彼女はいつか眞裸になつて、狂へるニンフのやうにクルベールの逞ましい裸身にまつはりついてゐた。クルベールはもう蛇のやうな情熱の笞の下で、いくたびかの秘戯の疲れにぐつたりとなつて、少し身心を休ませなければ、とてもこれ以上續きさうにもなかつたからだ。しかし、この若く美しい寡婦はなか／＼許してくれなかつた。倦くことを知らない貪婪な情慾の焔をいやが上にも燃え立たせて、幾多の男性巡禮に依つて得た素晴しいタクトの限りをつくして、彼女はクルベールを悩ませてゆくのであつた。

「奥さん」青年はたうとう怒つてしまつた。「あなたは私に怨みでもあるのですか」

「あら、何故？」

「だつて、こんな、こんな……」

「私はあなたの妻よ。妻として義務をつくしてゐる限り、私はあなたにどんなことでも要求する權利があるのよ」

「お黙りなさい！　ぢや、少しゆるして上げるかはりに、靴下をお貸しなさい」

彼女はソファの上に投げ出されたクルベールの衣類の中から靴下を一足とり上げた。そして呆ッ氣にとられてゐる彼れの目の前で、彼女はその油くさい彼れの靴下をムシヤムシヤと喰べはじめた。

「とてもおいしいわ」

彼女はもう恥も外聞もなかつた。喰べ終へると、またクルベールの裸身に飛びついて云つた。

「あなた！　早く、私をしつかりと抱いて！　息の絶えるほどアムブラツセエして」

「かうですか」

彼れは彼女をしつかりと抱きしめた。ベルネル夫人は目をしつかりとつぶつて死んだやうになつてゐた。

「うれしい」

軟い口で、彼れの唇を力一杯嚙みしめた。

その時、次の間で電話のベルの音。

「いやねエ」彼女は舌打をした。「あたしの氣もしらないで、いけすかない電話！」

彼女は仕方なくクルベールから離れて、桃色のシユミーズを素早く引つかけた上へ、パジヤマを肩へかけると受話器を耳に當てた。

それはラアシエエ百貨店からであつた。注文のクルベールのタキシードが今出來上つたといふ知らせである。

「ぢや、すぐ持つて來て頂戴な」

彼女は電話を切つた。

そして、再び寢室にかへつて來ると、また一層狂へるニンフ振りを發揮しだした。

「あなた、待つた？」

「いゝえ」

「ぢや、私にあなたの足を嚙ませて下すつて？」

「そんな亂暴なこと」

「大丈夫よ。眞逆喰べてしまふやうなこともないんだから」

彼れは仕方なく右足を彼女の前へ出した。

「本當に、亂暴なことはしないで下さい」

「大丈夫よ。ほら、こんな風に」

彼女は彼れの右足の親指から人さし指へと順々に、輕く嚙みはじめてから、その熱湯のやうな唾液にぬれた唇を、徐々に下から上へと舐め上げてゆくのだつた。

「奥さん、何をするんです」

彼れは驚いて起き上らうとしたので、彼女は狂氣のやうになつて押へつけた。

「いけない！　動いちや！　馬鹿！　嚙み切つてやるから！」

四

「とても素敵だこと！」

クルベールがタキシードを着てしまふと、彼女は手を拍つて彼を見上げた。

「さあ、これで、どこへゆかうと云ふのですか？」

「知れたこと！　私たちの秘密なナイト・クラブへ」

「僕はもう疲れてゐるんですがね　」

「いけません。今夜はあたしの夫なのよ。あなたは忘れッぽい方ねェ。これから私達はそこへ行つて、アフロデイシアクと怪奇なメルキンと、鞭と、ナイフと、エロテイークなプレイとで、あなたを一と通り喜ばせて上げて見たいのよ。あなたは、こんな現世的な快樂を、こんな若さで拒むなんて男冥利にかけるわよ。もつと勇敢におなりなさいな。もつと力强い男性におなりなさいな。私はあなたのやうな逞しい男性と親しくしたことに依つて、本當の女らしい情熱を久し振りによみがへらせることが出來ましたの。さあ、勇氣を出してゆきませう」

彼女は卓上電話を帳場につないだ。

「自動車の用意は出來て？」

それから、五分と經たないうちに、デムラアのロードスタアに、二人は腰をならべておろしてゐた。

「今夜は、私が運轉手、いゝでせう？」

自動車は動き出した。美しいパリの夜の街路を縫つて、彼等のロードスタアは驀進する。クルベールはすつかり疲れが出て、いつの間にかぐつすりと寢込んでしまつた。

「まあ、暢氣な方！」彼女は笑ひながら彼れを搖り起した。「ちよつとお起きなさいよ。もう着いたんですから」

彼はおどろいて目をさました。しかし、そこは人ッ子一人ゐない眞の闇である。樹の影から眞ッ白な月が出てゐるところを見ると、どうやら小森の中らしい。

「おや、こゝは一體どこです！」

「あは、、、、ちよつとあなたを擔いで上げたばかりよ。まだ途中！　こゝは郊外の林の中よ」

「だのに、こんなところで車を止めて、どうしたんです」

「考へが少しあつたからよ」

「何んです。それは？」

「私はまだ月の光の下で、男に愛されたことがないのよ。だから、ちよつと餘興に、あなた、車を降りて、そこの草むらの中で暫く語り明かしてゆきませうよ」

「また、ですか？」クルベールは泣き顔をした。

「お降りなさい！　そして、この草の上へお坐りなさい」

彼れは、その次ぎに彼女から何を要求されるかをよく知つてゐたので、考へただけでもそろ〳〵憂鬱になつて來た。愛するといふことも、激してくると苦しみである。彼れは彼女の愛慾の奥行を考へると、居ても立つてもゐられなかつた。一刻も早く彼女から逃れなければ、明日になるまでに命が保てるかどうかゞ疑問であつた。そして、逃げるとすれば、今が絶好のチャンスであつた。ナイトクラブに着いてしまつてはもうお終ひである。彼れはひそかに決心した。

「奥さん、あなたは、こんなにも素晴しい妻の義務を心得てゐらつしやるとは思ひませんでしよ」

「お世辭は澤山！　そのお心がけで、もつとこちらへいらつしやいな」

彼女はもう彼れのタキシードの上衣に手をかけて脱がせにかゝつた。

「ベゼ」

彼女は唇を尖らして彼れの唇へ持つて來た。彼れは彼女のなすがまゝに任せてゐた。彼女は滿足の笑みを漏らしながら云つた。

「あなたのやうな逞ましい男性は、オテルの美しい部屋でよりか、かうした自然の樹影や草むらの上でする戀の方が、ずつと素晴しい効果があるわね」

「僕は奥さんを愛していゝでせうか」

「どうぞ、心から愛して頂戴ね」彼女は何故かうも彼れの態度が變つたかに氣がつかないほど、上機嫌になつてゐた。

「こゝに私、五百フランばかりお小遣があるから、これ、みんなあなたに上げちまうわ。ぢや、遅くならないうちにクラブへ急ぎませう」

彼女は起ち上つた。彼れは渡された紙幣をもう一度强く握りしめた。彼はしづかに起ち上ると、闇をすかして四邊の様子を見廻した。どうしても、自動車を持つてゐる彼女の手を逃れるには、草むらの中の林の中に飛び込んで逃げるより外に途はなかつた。

(よしッ! 今だ!)

夫人が一と足先きに車にのりかけたところを、クルベールは脱兎の如く駈け出した。森の中を目がけて突進した。

「お待ちなさい!」

夫人の怒氣を含んだ聲が、うしろから全速力で追ひかけて來るのを、クルベールは夢中になつてかけ出した。

たうとう三尺ばかりの小川を飛び越えた頃、夫人の聲が一つところに立ち止つた。

「あは、、、」ベルネル夫人は高らかに笑つた。「クルベールさん! 私の名刺は無盡藏よ。明日にはまた新しい夫が私をよろこばせてくれるのだわ。あなたが、もう十年も大人になつたらきつと、女としての私の素晴しさがわかるでせうよ。その時は、私のことを思ひ出して、今日の饗應を感謝しなければいけませんわよ、ぢや、私の可愛いゝ案山子さん、さやうなら!」そして、それから數分の後には、彼女のロードスタアの爆音が遠くなつてゆき、月の光がさも皮肉さうにクルベールのタキシードをくつきりと照らし出してゐた。(完)

## 編輯局から

× × ×

豫定より多少の遲延は免れなかつたが、兎に角談奇黨創刊號は生れました。目の廻るやうな多忙と、極めて困難な四圍の事情があつたにも拘はらず、今かうして諸氏の御手許に御屆けする愉快さを思ふと、この燒くやうな炎熱も何のものかは——實に涼味萬斛の氣持がします。

× × ×

毀譽褒貶、それは只われ〳〵としては讀者諸氏の批判におまかせ致します。見本の豫告と若干の相違を來したのは、誠に申しわけないと思ひますが、然し、その代作として入れたエロスの神々その他の原稿と雖、斷じて他の雜誌などでは企て及ばざる珍品だと已惚れてゐます。切に熱讀を希望して止みません。

× × ×

現代艶道通鑑は軟文學の鬼才某氏が、假面を蔽つての出陣で、堂々の論、洒脫の筆、まことに近代エロ文學の白眉だと信じます。何卒妙竹林齋先生をおだてゝやつて下さい。

× × ×

その他江戸牲的小噺雜考、談奇黨夜話、陰間川柳考、愼色慾と不老長壽など、その量に於ては片々たるものですが、普通娯樂雜誌の大讀物に劣らない面白さが充實してゐるでせう。

× × ×

最後にジャン・ベルネル夫人の狂樂——これこそ眞に世界無比の好短篇、日本の古典物などゝは全然別個の持味を示す近來の傑作で、これが面白くなかつたらわれ〳〵はもう雜誌を止めてもかまひません。いやこれは噓です。まだ〳〵、今後どんな素晴しいものが出るか分りませんから——

昭和六年八月二十六日印刷
昭和六年九月　一日發行　（非賣品）
發行兼編輯印刷人　鈴木辰雄　東京市牛込區肴町六〇
印刷所　泰雲社印刷所　東京市神田區五軒町四二
發行所　書局　洛成館　東京市牛込區肴町六〇

Il Pentameroné

# イル・ペンタメローネ

四百部限定版

別名　閨房二十日物語

これこそ、エロの世界を通り越しグロの境地を脱出した一九三一年度に於ける出版界の至寳

ジョヴンニ・バッチレ原著
斯波鴻之介譯

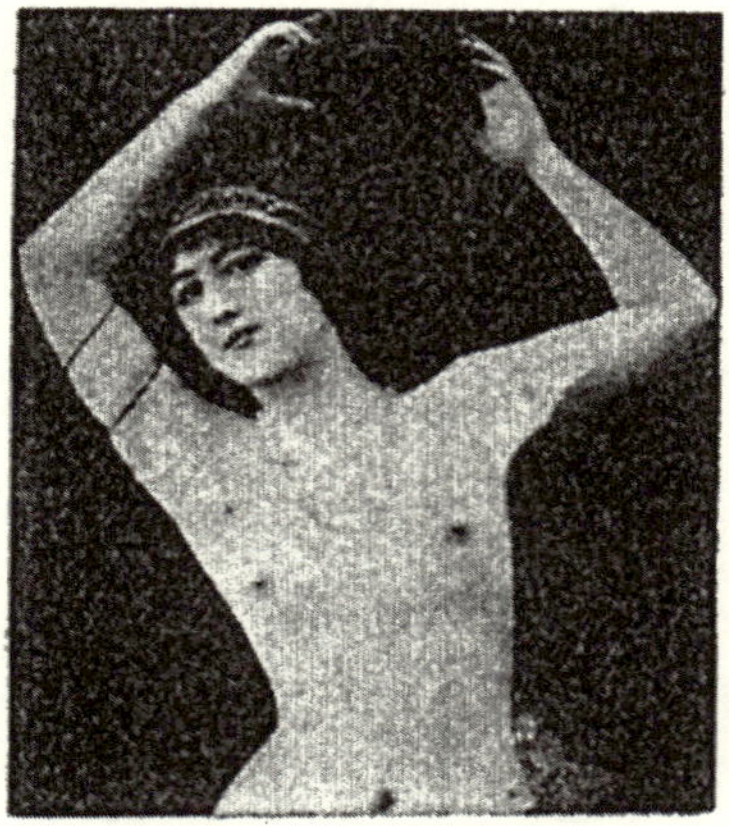

（前ロンバルデイア伯息女シーニア）

頒價五圓也

◇イヨイヨ近日配本◇

燈下親しむべし
談奇愛すべし

雑誌
# 談奇黨秋季臨時増大號

菊判二百頁ヵ又
八四六判三百頁
挿繪彩色畫
寫眞共十數葉

**定價金壹圓八拾錢—送料六錢**

尚ほ誌代毎月拂ひの方に特に御願ひいたしますが、第一號入手の上は直ちに第二號代を、第二號が着いたら直ちに第三號代を御忘れなく御拂込下さい。催促文を出したり、督促狀を出すことの双方の不愉快さは、雑誌を早く出すために最も大きな支障となることを充分御考慮下さるやう願ひます。

談奇黨編輯局

談奇黨會員諸兄

書局洛成館は全精力を雑誌に集注し、他の仕事は全然放棄して顧みないだけの堅い決意を抱いてゐます。

たとへ　困難なる事情があつて　途中一ケ月や二ケ月の中絶があつても、（一定の法規に從つて仕事をする以上、秘密出版物のやうなキツい彈壓は下されないだらうと信じますが）約束通りの册數は、二年が三年になつても必ず續刊いたします。殊に雜誌談奇黨同人は刻々に名前を變更し、一回毎に名義を變更するやうなカケ出し者の書肆と違つてAが倒れたらBが、Bが倒れたらCが、各々談奇黨の城塞を守つて、最後まで奮闘することを誓つた一蓮托生の仕事です。

さうした我々の熱意は、當然會員の撰擇にも重きを置くやうになつて、不良分子と稱せらるゝ十二、三の會員には直ちに脫退して頂きました。

今後もかうした例はあるかも知れませんが、同志數百の會員のためには、これも亦止むを得ない事と思つてゐます。

談奇黨編輯局

黨員諸賢

各位

!（裏面を見よ！）!

禁止

# 『談奇党』（第2号）

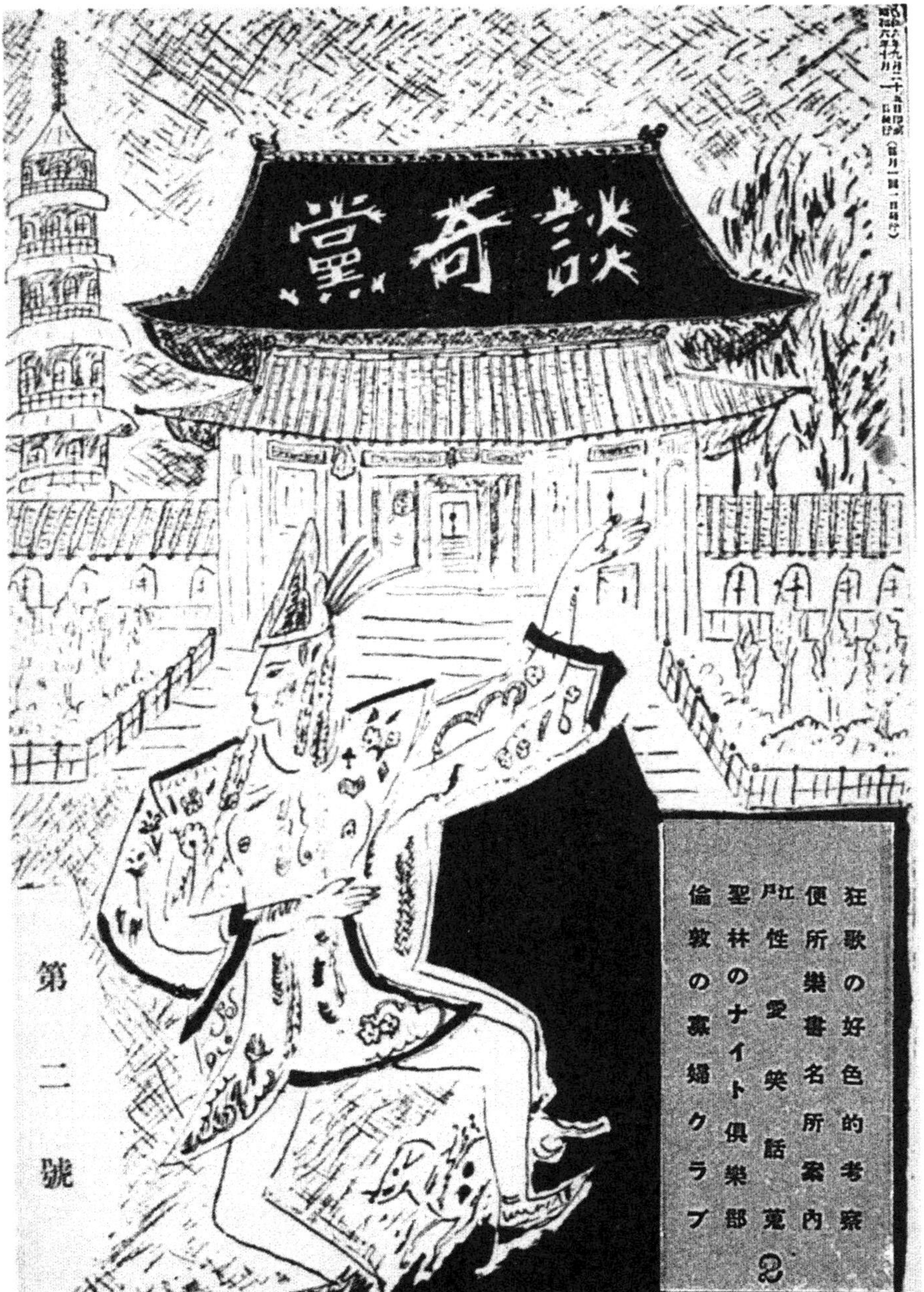
談奇黨
第二號
狂歌の好色的考察
便所樂書名所案内
江戸性愛笑話蒐②
聖林のナイト倶樂部
倫敦の寡婦クラブ

談奇黨
趣味道場
獵奇道場
エロ道場
談奇黨
近道

# 談奇黨第二號　目次　禁止

第二號正誤

粋な屏風

談奇名勝（其一）

談奇名豚（其二）

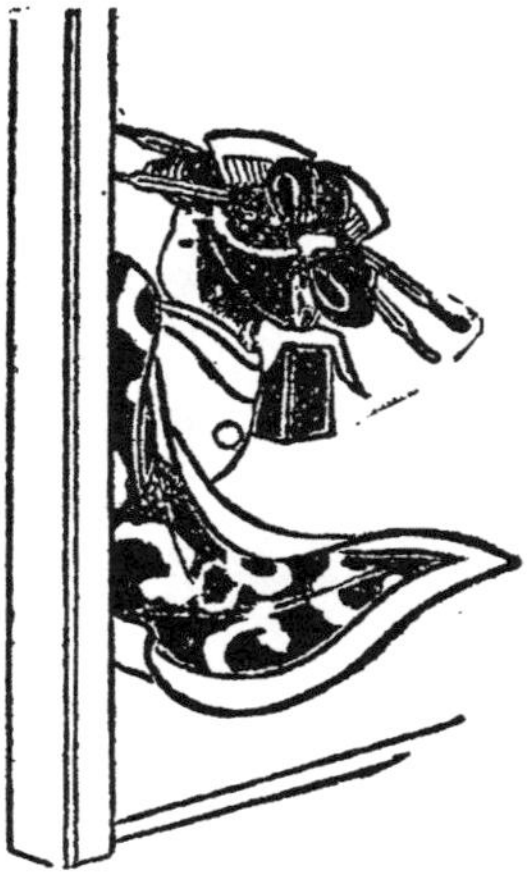

# 狂歌の好色的考察

狂夢樓主人

いま時の人間はどうも物事にあくせくしてゐて、狂歌なんて云ふとまるで顧みやうともしないが、狂歌の含む味はひは、川柳とは又別個なものがあつてなか／＼に捨てがたい。ジャズもよからう。ダンス結構である。ランデ・ヴー、O・K。ストップぎやふん。イデイオロギーが如何だ、プロレタリアートの政府をつくれ。社會民主々義を排撃しろ。エロ出版を叩きつぶせ。いやあゝだとか、かうだとか、實にうるさい世の中ではある。

せめて我々だけは、いや尠くとも筆者自身は、暫らくでもいゝから、さうした現代的色彩の渦巻から遠ざかりたいために、なに心なく狂歌の古い文献ものを二三讀んでみたところが、それが餘りにも面白かつたので、つい思はず知らず次から次へと狂歌の古本を漁り始めた。

そして、その面白さを自分だけのものにしてをくのがもつたいなくなつて、よんどころなくこんな駄文を書いて見る氣になつたのである。

それにつけても、昔は何といふもの懐しい人の多かつたことだらう。

いまの世の人々に狂歌でも作つてみろといふと、「そんな餘裕があるものか」と、けはしい眼付でケンツクでも喰はされるか知れないが、たまにはさうしたしやく〳〵たる餘裕も欲しいものである。

狂歌に關する纒まつた研究は後廻しにして、今回は主として筆者が眼を通した極く僅かの文獻ものゝなかゝら、好色に關する狂歌だけを、數十種拾ひ出して解題を付してみた。好色に關するものと云つたところが、帝國圖書館で公然と閲覽を許してゐる程度のものだから、川柳に於ける未摘花ほどのピリツとした直情さはのぞまれないが、玩味熟讀すると寧ろ川柳などに劣らない落着いた味はひがある。

先づ穩かのものからあげてゆくと、大方の諸氏が御承知であらうところの「狂歌麓の塵」がある。

この書は寶歷十三年に刊行されたもので、編者は栗柯亭木端氏、狂歌の大部分は百人一首にもぢつて作り、皮肉やら諷刺やらいろとり〳〵である。

千早ふり神代もきかず飽とり女のわざに水くゝるとは　栗毬

ありあけのつれなう來たる待ぼうけかみつくばかりうき腹が立つ　木端

後家に意見いふべき人のないかして身のいたづらな手代あと取る　木端

揚ぬれば遊ぶものとは知りながらうす氣味惡き內の不首尾さ　栗毬

こぬ人を待つ夜はうらのかきかねをはつしてをいて身もこゝえつゝ　栗毬

夕されは門に凉めるうかれ女の肌見せかけて戀風そ吹く

歌としてはいづれも立派なものではない。だが然し、こぢつけにしてもそれが飽迄朗らかであるところに狂歌としての面目躍如たるものがあるではないか。

尚ほ年代順や作者の優劣など考慮しないで、たゞ手當り次第に並べて行くことにするが、「狂歌栗の下風」などには、頗る愉快なのが澤山ある。

汗に寄する戀

戀衣またしつぽりとぬれやせん汗をあらうて君を待つ夜は　貞風

かしてやりし汗手ぬくひをかへす時紅粉つきしよりこひそめにけり　青芝

題は頗る平凡な汗であるが、汗を通してのこの當意即妙な駄洒落は愛すべきものがある。

又、餅搗などいふ題に對しては、彼等の頭腦は次のやうに働いた。

臼と杵はなれまいぞとかたらひし中をいつしか餅につくとは　不詳

契りをきて二つはなれぬ鏡なりや顔と顔とはつねはあはもち　碧山

搗きたての餅ならなくに我戀も箕に入てこそちぎるとぞしれ

あゝ何といふ愉快極りなき唄ではないか。この機智に對して誰が文句をいふことが出來やう。又、この企みな意味深長さに對して、いかで解題を附す必要があらう。すべての性的讀物が狂歌ほど巧みにカモフラージされると、どんな氣難かしい石部金吉といへども、何等一言の非を打つところないではないか。

殊に我々をして思はず微苦笑せしめるものは、文化十年に版行された「狂歌秋の野はら」に收められた好色の部類に屬する狂歌である。本書には可なり多くの戲作者の狂歌が集錄されてゐるが、就中我々を喜ばせるものは「寄蚤戀」「寄蟬戀」の二篇で、いづれも多分に好色的要素を含むでゐる。然し、それによつて我々は何等の卑猥も、何等の不快も感じないほど巧みに表現せられて、當時の人たちの明るい朗らかなユーモラスを眼のあたり目擊するやうな感に打たれるであらう。

文化文政の頃といへば、その社會的狀勢から云つても、決して明るい時代ではなかつたが、さうした歴史的環境の中に、かうした一辭のユーモリストがゐたことを我々はこよなく嬉しく思ふものである。

江戸時代の性的小噺のユニークな味が、現代人の筆をもつてしては如何しても表現出來ないと同じ樣に、これらの狂歌も、それ自身獨特の人間味が溢ふれてゐる。勿論、表現の優劣から論ずれば、今日でもこれ位の歌をつくる人々は掃いて捨てる程澤山ゐるだらう。だが、その餘裕、その境遇、その社會觀を異にする現代には、かうした方面にかくも朗かな觀察を下す人間は稀であらう。

つい筆が先走つて餘りに多くの駄文をつけ加へたが、右の二篇のうちから特に筆者が面白いと思つたものを撰び出すと

## 寄蚤戀

ねがはくば蚤になりともあやかりて飛びこみたきは君がふところ　世事廣丸

わく〳〵と思へば蚤ももうらやまし夜毎に君が寢間へ通へば　東海堂早文

蚤よりもうらみよ君が逃げ言葉我におびまでとかせながらに　噺友成

かゆいとこへ手のとゞかざる戀しさは枕のちりのつもるのみなり　鳥かね

かくばかりつれなき人を思ふのみさしも寢られぬ夜半のくるしさ　相正女

だまされて寢られぬ夜半のくるしさに蚤よりもなを身をくひにけり　とも那利

よし今は蚤ともなりてうき人の身にまとひつゝ帶をとかせん　一升亭

思ひ寢のいつしか我もやせ蚤のさすかとかせし君の下ひも　里夕

しつくりと君がはだみに喰付て一夜は寢たく思ふのみなり　佐野雪道

絶えしのぶ事もならねば飛出してついあらはるゝ蚤とりまなこ　白鯉館

寄　蝶　戀

戀に狂ふ我たましいも蝶とならは花の姿に吸付て寢む　美のや道頼

立て廻す寢やの屛風のてうつがひはなれともなや花のあたりを　金井竹光

ころびねの露のなさけを思ひ出す大根畑の眞中の蝶　みち與利

（註）大根畑とは江戸時代の魔窟街のことで、大根畑の眞中の蝶とは賣春婦を意味すること明かである。

人はたゞひと花心恨めしやそこらこゝらをなめちらす蝶　荻の屋翁

寄　蟬　戀

うき人のきゝ入なきをくどくには用ひてもみん黒焼の蟬　松　風

抱きつきたきも恐ろしき傾城のなきし手くだに身をかこつ蟬　紀藥羅人

抱きついてなきゐるものを恨めしやわかれのかねをつく〳〵法師　向陽亭春門

うつせみのうつゝにもせよ戀人の柳の腰に抱ついて寢ん　慶　賀

抱付て契りうれしきとこ度のあつき思ひは蟬のもろ聲　音すみ

木むすめをくとくは戀のころも蟬いつか抱付ミンと思へば　（不　詳）

まことに見らるゝ通り、蚤にたとへ、蝶にたとへて、或者は悶々の情を、或者は獨り寢のわびしさを、又或る者は忘れがたい樂しい思ひ出を何の屈托もなく一片の歌に寄せて、而も憂苦の中に微笑を、喜悦の中に寂寥を、その交錯した氣持の中に滾々としてユーモアを湧き出させる徹底した心構へは、ジャズや、スピード時代や、左翼や、その他等々の煩雜な生活からは生れない。

封建時代の、あの厳しい徳川政府の彈壓下に於て、悠々自適した隱れたる民衆歌人たちがなつかしいではないか。われ〳〵風俗研究の徒が、兎もすれば不當な彈壓に喘ぎつゝも、悠暢迫らずして次々にと新しい刺戟を求むる心は、これらの狂歌人と多分に似通つた點があるためではなからうか。右に進まず左に折れず、たゞ僅かに、小さな安息所を見つけて、そこに憩はんとする者に鐵槌を下す人々よ呪はれてあれ。われ〳〵の祖先の名に於て、後より生れ來る我等の若き友の名に於て、そして又天地の創造主の名に於て、我々は我々の天地の自由を叫ぶ。

サテ又話しが脫線した。詩人は常に感激し瞑目する。われ〳〵は先へ急がう。

有名な「五吟集」の中にも、何々に寄する戀の狂歌はいろ〳〵ある。なべて狂歌に、何々に寄する戀と題するものが非常に多いのは、もと〳〵これらの狂歌作者は藝術的天分も、詩人的素質もない人が多く、前の狂歌を物眞似したものが多かつたことだけは事實である。

殊に年代は今一寸思ひ出せないが、前にも云つた「五吟集」などは、同じ狂歌にしても、その作風が多分に藝術的である。もちろん、全部が全部といふわけではないが、五吟集のうちの左記の狂歌と、前述の蚤に寄する戀などを比較すれば、何人にもその區別がハッキリとつくであらう。

寄灯戀

いまこんとゆふべにともす油つきのありあけまでにかゝけそへつゝ

寄蠟燭戀

こぬ人を待つ夜にともす蠟燭のおもひこがるゝしんのくるしさ

寄柱戀

とりにくし物は袴のひだよりも君が心の奥の間はしら

これらの狂歌は暗示的といふよりも、寧ろシムボリツクに取扱はれ、油つきや蠟燭などは男女の性器を象徴化したものである。

その反對に「狂歌すまひ草」などにある狂歌は極めてリアルで、その中から二三あげる。

片　思

おもふほど碎けよかしの片思ひむかぬ玉子のきみはしらずや　七轉八起

不遇の戀

いほ結びにむすぶの神の結しや今に一度もとけぬ下紐　つむ里光

時　計　師

いのる身のうては響けの人心はや下紐とけい〳〵の意　勝所楷倘義

又、、享和二年の「狂歌募のうち」には

九十九夜通はずとてもといてくれ小町さくらのはなの下紐

などいふのがあるが、これらは俗悪性が勝つて、狂歌は狂歌でも天眞らんまんの稚氣がない。狂歌の生命は誰が何と云つても淸朗で滑稽な稚氣である。作者は忘れたが

女房は愛するものと知りながら晝は粗末にせしぞ愚かや

などいふのになると、餘りに現實すぎて、そこには最早や我々の親しみがうすれてくる。さればと云つて。狂歌に藝術味を求めるのも愚かしい事で――邪氣のない歌といふことが、狂歌の狂歌たるところであらう。

何の連絡もなく、何の統一もなく、まるで讀み應へのない一文を草して了つたが、いづれいつかの機會に、自分の研究をすゝめた上で纏めあげたいと思つてゐる。（終）

# 便所樂書名所案内

（附・所樂書雑考）

貞岡松治

## 一、樂書の心理

樂書は落書とも書く。樂書の心理は、文學通り、樂しんで書くことである。つまり、何んの成心もなく、野心もなく、獨樂自適の心境のうちに繪を描き、文字を書くことである。また少し進んでは、發表慾は多少はあつても、ホンの漫然とした偶感から出發して、自由に、何事の約束にも拘泥されずに書くことも樂書といふこともある。しかし、この場合は、私は發表といふよりは近頃流行の「漫」の字を冠して、これを漫書といふべきではなからうか。どんなに投げやりに書いたものでも、どんなに自由に描いたものでも、成心のあるところ、それは樂書とは云ひ得ない。つまり、家主が書くところの「貸家」の二字は樂書ではなく、また近頃流行を極めてゐる、「告知板文學」即ち驛に備え附けの告知板に、白墨で『いつまで待つたら來て下さるの。あたし、ダンゼン、憤慨してよ、かへります。ルル子』なんて奴も亦決してこの意味での樂書ではない。

だが、こゝに注意しなければならないことは、成心がないと云ふことゝ、目的がないといふ事を混同してはならない。楽書にだつてちやんと作者の目的、つまり、意因は歴然とあるのである。たとへば、楽書の形式で或る人物の生活を揶揄してみたり、また自分の遣る瀬ない氣持を満足させたりする――これである。で、前者の積極的な方は、多く人目に一人でも餘計に觸れるところへ、材料もお介ひなしに發表される。（1）は他人の戀を岡焼く奴で、楽書では最も古典的な雅致のあるものである。（2）は悪太郎の描く不得要領な繪だが、どこにも見受けられるものである。其他、綽名とか悪口とか――兎に角鬱憤漏らしの言句がある。書き手はまづ子供が大多數で、たとへば卑猥なものを書いても、多くは罪のないものである。消極的な後者の方になると、これは甚だ天眞爛漫でないのが多い。從つて書き手（若しくは描き手）の多くは成年者

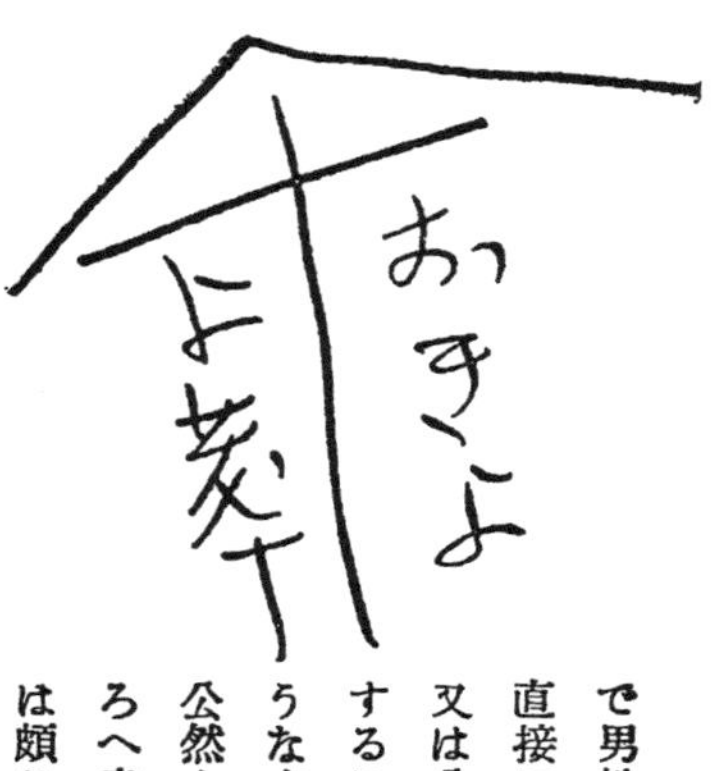


で男性である。これは直接に云へないこと、又は公衆の面前で發表することを恥とするやうな文字又は繪畵を、公然とは見えないところへ書くもので、意因は頗る卑しいものである。なかには必要に迫られて、自動電話のスタンドの壁へ無暗に電話番號を鉛筆で書く不心得なものもあるが、大概は自分の卑猥な自己満足より以外に何者でもない繪や文字を鉛筆で書くので、中には御丁寧にナイフで彫刻までする奴がある。お多分に洩れず、この部に屬する作品の種類は、殆んど必ず猥褻極まる繪若しくは文章である。これは何も私が一々例を擧げて説明するまでもなく、既に諸君が公衆便所（街頭であらうとビルデイング内であらうと）に於いて實見されてゐる通りであるから、こゝには省く。但し、三越とか松坂屋と云つたやうな硝子とタイルとで出來てゐ

て、しかも番人までつけてあるやうなクロセットでは、流石にこの種樂書子も出沒を敬遠してゐるやうで、これは例外である。

## 二、便所樂書の心理

樂書と環境との關係は實にデリケートな問題であつて、たとへば前出（1）圖にあるやうな「おきよ與茂十」などは、田舍の土藏の白壁とか、邸の白壁などのやうに、陽ざしのいゝ往來から少し離れた子供の遊び場所に最も適したところに多く散見する。前述の自働電話スタンド內の樂書なども亦さうであるし、地方の名所舊蹟などの斷崖の斜面とか、密林の樹木の肌とかに、日附とか姓名とかを書くのは旅行を記念して再遊の思ひ出に殘さうとする氣持に外ならないが、なかには海邊の砂上へ片思ひの女の名をローマ字で書いて、これを一瞬にして濤のために消えてゆくのをさびしく淚するなんて云ふセンチな果敢ない樂書もある。さうかと思ふと、薹なほ暗い獄舍の壁に爪や楊子の端などで、言渡された形期や、放免暦《ほうめんごよみ》などを作つてゐる頗る陰慘な樂書もある。そこで、便所がどうして性的な種類に占有されてゐるかといふと、どうしても場所が生殖器と頗る密接な關係におかれてあり、且つ男女が自由に出入出來得るといふところから、男性持有の露出症狀と竊覗症狀とが一緒になつて、こゝに便所樂書が出現するわけである。で、かうした種類の樂書は、女性は一向興味を持たないのが普通である。一般女性にはさうした變態的心理を解することが出來ないからである。

便所樂書の愉快なことは、どんな階級の人間でも殆んど同じ表現を用ふることで、大した巧拙のないことである。美術學校の便所にあるエロテイック・カリカチュアも、そこらの町中の共同便所にある戯畫も、大した差違のない表現である。かへつて、さういふ箇所に非常な傑作があることがある。しかし、これが文章になると、多少その便所出入客の階級に依つて表現はちがつて來る。麴町や本鄕などの便所の樂書と、本所深川との樂書はやはり上下があるやうである。

このW•C•カリカチュアの構圖は案外一律で、大したグロテスクなものに出合はない。ナイフでレリーフにしたのなどは殊に簡單で、表現はマチスの流れを汲むナイーヴなデッサンである。しかも面白いことは、古くは江戸文學に於いて、近くは現代大衆文學に於いて、連作と稱する一形式をそのまゝこの便所樂書に散見する場合のあることである。つまり、まづ最近の男が一句書きつけると、これに次の男が又句をつける。この句と句との間に相當な時日のヒラキのあることは勿論である。また、或る男の書いた文句に次の男が批評したり、同感したり、感激したり、憤慨したりするのもある。かうなると文字通り「末摘花輪講」である。しかし、昔から便所によらず樂書には落款とか署名などのないのが普通で、記念的樂書はこの限りではない。

最後に、この種樂書の價値に就いて云ふならば、今日のやうに新聞雜誌の皆無であつた明治以前に於いては、樂書も仲々馬鹿にならぬ價値を持つてゐたが、今日に於ける樂書は全く價値がない。どんな意味から云つても價値がない。たゞ著名士が藏書にしるした樂書とか、著名士が不運であつた少年時代の歴史的樂書と云つた類ひの物は、前者は骨董的に、後者は歴史的に相當な價値が出て來る場合がある。たとへば、私の散見したものでは、故有島武郎氏が學習院の腕白時代の教科書に、ところ〴〵英語と日本語とで偶感をペンで樂書してあつたが、それがためこの何んでもない只の教科書が古本屋間でバカな相場が出たと云ふことがある。また後者の例で云ふならば、今から約五十年前のこと、南ウエールスのランスダムデー町で、學校歸りのロイド・ジョーヂが、學友の一團に『居候』と罵られて、口惜しまぎれに、他日の大成を期するために、この日を記念しやうとヂユーエフオール河の橋桁に、自分の名デヴイツド・ロイド・ヂョーヂのイニシアル「D・L・G」の三字を、手工に使ふ鑿で刻んで泣いたのだが、計らずもこの少年が、今日に至つては曾つては英國大宰相の印綬を帶びたほどの大政治家になつたために、この五十年以前の彼れの樂書は、今ではランスダムデー町の寶となつて、その年毎にうすれゆく「D・L・G」の三字を極力保護してゐるといふことである。

## 三、東京便所樂書巡禮

さて、そこで、理屈ばかりでも面白くなからうと思ふから、これから暫く諸君と一緒に、東京市內十五區の東京便所樂書巡禮をやつて見やう。但し、猥褻にわたるものは省いて、ユーモアのものゝみに止め、これに一々筆者の註を加へてゆくことにする。材料は澤山あるが、限られた紙數であるから、一區一軒（？）といふことにして御免を蒙る次第である。老婆心までに云つて置くが、いくら面白さうだからつて、本氣になつて便所巡禮をはじめないで下さいよ。エロトマニアと間違ひられて警察へでも引つ張られて、松岡の書いた紹介文が病みつきのタネだなんて云はれると迷惑です。から云ふ臭い不衞生なところは、筆者のペンの上で諸君はタンノウしてゐれば無難である。

（1）本郷區（お茶の水共同便所散見）

（1）僕の戀人は瀧子と云ふのだ。諸君に一度見せたい位の美人だが、惜しいことに毛がないんだよ。何んとかうまい藥はないかい？

（2）男子立レ志戀ニ女兒一　想一度不レ成死不レ諦
　想女豈世界一人　人生至所在ニ青樓

（3）あゝ僕は失戀した。誰れかいゝ相手を世話してくれ。

まづこんな類ひがこゝでは面白さうだ。（1）はどうもちよつと困つた問題だ。この惱みのために先年某醫學博士の令孃が結婚直前に自殺したこともある。今日では坊間この種の發毛劑として賣り出されてゐるものが二三種はあるが、實際には大した効果がないやうである。やつぱりこれは、某氏經營の四ツ目藥房あたりから、「局部義毛」を買ふに如くはないと思ふ。この種の義毛も近頃では仲々すぐれて來て、眞贋がわからないばかりか、少しぐらゐの障害をうけても取れたり落ちたりしないと云ふから便利である。（2）は文法外れた漢詩「男子立志出鄕關」のモジリで、熱情のないこと夥しい。（3）に至つては馬鹿氣てゐて書くことなしである。

（b）　四谷區（四谷見附電停際共同便所々見）

(1)無情な女ほど可愛いゝ。呪つてやるぞ。靜子。
(2)僕は三十歳になるが、まだ童貞です。

このうちで(1)は矢立でも持つてゐたのだらう。毛筆で書いてある。片戀のやるせなさを嘆いたもので、けだし男の苦しい戀である。愛する女に裏切られてしかも憎むことの出來ないほど苦しいものはない。筆者にも些か經驗がないではない。だが、その後で「呪つてやるぞ」とすつかり強氣に出たところ、さては彼氏「靜子」孃をどうしても思ひ切れぬと見えるな。(2)は大して誇りでもないことを、どこの誰れだか、いゝ氣持になつて大見得を切つてゐる。——とも見えるし、またそれを捧げる女性と機會に惠まれない不幸な思の嘆聲とも見ることが出來やう。

（c）　麴町區（東京市役所構内職員便所々見）

(1)山田清子　五十錢
松内照子　二十錢
見砂八重子　一圓
岸かつ子　二十五錢
米良時子　七十五錢
備考　一圓をまづ美人の部とす。諸君異議あらば訂正を乞ふ。
(2)河港課のタイピストは生意氣だ。少し肺病らしいところがあるから、そのうち死んでしまふだらう。

市役所のお役人と云へば公吏であるが、神聖なるべきお役所の便所に、こんな樂書をなさるだけの餘裕は綽々とあるのである。(1)は美人番附らしいもので、一圓滿點の見砂八重子孃が一等で、米良時子孃二等、山田清子三等、以下といふ順序になつてゐるので、多少場所柄としては品の惡い方ではない。ところが(2)となると大分卑しい。多分食い物か戀の遺恨の有る奴に相違ない。それでなければ、こんなに若い女に惡たれを云へるわけがない。この男はきつと彼女に振られたのにちがひない。

### (d) 牛込區(市ヶ谷刑務所構内控室便所々見)

(1)女

(2)武男よ。私はお前の健康を祈つてゐるよ。

市ヶ谷刑務所の外來者控室便所は、流石に樂書が少ない。殆んどない。それでも何年かたつと相當目に立つほど樂書が出來て來るので、その度びに塗りかへてゐるのださうだ。却つて、刑務所で樂書の多いところは檻房内の板壁、その次ぎが接見所(面會所)のうちの囚人の這入る金網の貼つてあるボックスの內側である。これは外からは見えないが、塗りかへても塗りかへても囚人は書く。しかし、流石場所柄だけに猥褻文字は見當らない。住所とか日附とか罪名と云つた種類のものであるが、これには當局も困つて居るさうである。接見所は構內衛生と稱する勞役囚の一隊、構內便所は構外衛生と稱する勞役囚の一際が、それ〲毎朝清潔に掃除をするから、木は古くとも非常にキレイに行屆いてゐる。(1)の「女」と云ふ一字は實に平凡だが、こうした場所だけに、見る人をして切實な或る氣持に打たれる。(2)は幽囚の人に對してその親しいものが捧げた言葉で、いづれも新來者が、幽囚の人たちの上を思ひやつての迸りと見て差支へない。

### (e) 下谷區(上野凌雲院横共同便所々見)

(1)十九歳の男。三度の飯を一度にしてもいゝ。戀がしたい。

上野の共同便所の樂書は實に卑猥の限りである。公園であるから國際的にいろんな人種が出入するだけに、實に不體裁である。遺憾ながら、雜誌に乘せるほどの品のいゝものは、左の一つしか見つからないとはどうしたことだ。呆れたものである。

だが、この文句はまた何んと滑稽な叫びであらう。戀をパンと心得てゐるところに、二十代以下の單純にして蠻風的な少年の慾求が躍如としてゐるではないか！ 彼氏に依らず、誰でも二十歳前後は戀愛至上主義者である。

（f）　浅草區（田原町交番横共同便所々見）

（1）俺れは女も惡くないが、酒の方がもつといゝや。
（2）ルンペンだ。三岩の女中に一人いゝのがゐるぜ。
（3）諸君、吉原へ行つて ロハ で遊ぶ 法を教へてやらうか？　女郎の寫眞を見ながらせんずり をかくことである。

浅草公園はエロ・グロの發生地だ。この方面に猥雜なものがあつたつて不思議はない。これは公園の入口、浅草田原町電車停留場前の 交番の 後の共同便所の 樂書である。(1)は酒好きの述懐だ。女も惡くないと云ふところを見ると、此奴兩刀使ひだと見える。但し、女と云つたところで、圓助の玉、酒と云つたつて神谷のデンキ・ブランの類ひである。たよりない刹那主義者である。安價な享樂主義者の叫びである。(2)も亦同巧異曲だが、この方は酒の方はいけぬロらしく、女のことばかり目をつけてゐる。(3)は少し伏せ字をしなけれりやならないものだが、なか〳〵適切な名案である。多分彼れはかうした只の遊び方をいつもしてゐるのだらう。此奴の面が見たいものである。

（g）　本所區（龜澤町共同便所々見）

（1）もう少し行儀よくクソをしたらどうだ。俺れは毎日こゝへ這入りに來るんだが、きたなくつて仕方がない。氣をつけてくれ。
（2）考へりや考へるほど、世の中なんてヘンなものだよ。
（3）吉原松音樓花子

ルンペンの巣と云はれる本所の樂書は、かへつて猥雜の度が少ないのはどうしたわけか？　多分彼等は口穢くはあるけれども、文字や繪で表現するには、あまりに筆不精だとも解釋するのだらうか？　(1)はこの便所近くをシキとする自由勞働者であらう。いつも黄金塊がこぼれてゐるので、すつかりフンガイしたものらしい。不思議にかう云ふキタナく無責任にして行く人は多くは一度だけの通りすがりの人ばかりである。「旅の恥は掻き棄て」の心理が強く働いてゐるからであらうが、この自由勞働者氏のやうに毎日來るお客は、決してこの場所を汚すやうなことをしないものである。(2)は疲れた人の吐息とみればいゝだらう。(3)は云ふまでもなく吉原遊廓の一娼妓の名であるが、おかしいことに、本所方面はかの大震災の當日に燒野ケ原となつてゐるのだから、この便所は震災以後に建てられたものに違ひない。にも拘らず、この樂書の貸座敷は震災後はもうないのである。從つて、多分その花子もゐないだらう。これはきつと、ふいと思ひ出して、用を達しながら、一嫖客が書いた思ひ出と見ることが出來るだらう。因みに、吉原遊廓松善樓は江戸町にあつた「小店の上」の程度のパッとしないうちだつた。花子といふ女は知らない。

(h) 深川區(門前仲町共同便所々見)

(1)僕はこの糞壺の中へ財布を落してしまつた。拾つた人にやる。
(2)嘘つきやアがれ。
(3)白梅

こゝには面白い連作があつた。(1)と(2)がそれである。あんまりうまい話なので、(2)はつい釣り込まれた型があつて、テンから(2)は氣合負けがしてゐる。そこで、ハッと氣がついて「嘘そ吐きやアがれ」の絶叫になつたのであらう。(1)は多分嘘で、一寸いたづら氣を出したものなのである。(3)は例の刻み煙草の名である。これは相當上物であるから、愛煙家のルンペン君が、せめて吸はない煙草にあこがれたものだらうと思つてゐる。煙草の好きな人は、便所などへ這入つて手持無沙汰になつたりした時は、必ず煙草のことを考へるものだといふことである。

(i) 赤坂區(辨慶橋際共同便所々見)

(1)お前百までわしや九十九まで、共にきかなくなる時まで
(2)カフエー・×××の英子、ズロースをはいてゐないらしい。
(3)横濱の女は美しい。

(4)諸君は島田、いてう返し、洋髪、このうちで一番どういふタイプの人を奥さんにしますか？

四つばかりあつた。(1)は昔から云ひ古されてゐながら、今の世にも通用する言葉である。(2)はカフェー・××の女給に大分思召しがあるらしい男が書いたものだ。しかし、彼氏の目のつけどころが少し卑しい。彼氏よ、この節の女給でズロースをはいてゐない女なんて一人もありません。ノー・ズロはどうかすると本牧あたりのホテル・マドモアゼルならありますがね。(3)は何んのことやらわからない。少し頭の悪い書き手だ。思ひ出し書きといふ奴で、當人だけいゝ氣になつてゐやアがる。チエツ、面白くねエ。(4)はなか／＼丁重な御質問である。諸君はどうですな？　筆者のやうに氣の多いものは、どれもこれも結構ですが、妻は一人でなければ不可ないとすれば、洋髪を妻にして、島田を外に圍つて小間物屋を出させて置き、いてう返しの方は小料理屋を出させて、筆者咬心の女中を一人つけてやつて監視させると云つた寸法ですね。

(j)　**日本橋區**（金龜ビル内便所々見）

(1)本屋の久ボコは大分色氣づいて來たやうだぞ。
(2)彼奴とても自惚れてやがる。
(3)シクロはなか／＼きゝます。

これは本石町の電車停留場から神田寄りの右側七八軒目にある、小さな二階建の合同事務所内の便所である。(1)はこのビルの若い受附が書いたらしい氣がする。久ボコはまだ十六七歳なのだらう。危險々々。(2)はしよつてる男を嘲笑したものだが、何か恨みがあるらしい。(3)のシクロといふのは、粋な皆様御存知でせう。例の殺菌クリームである。星製藥の調製にかゝるもの、テューブ入りになつてゐて、半透明黄色の油性クリームである。これは彼氏が云はぬまでもなく八〇パーセントは効力がある。筆者も體驗者の一人である。

(k)**神田區**（神田驛構内便所々見）

(1)棄てる神があれば助ける神もあるよ。彼女は俺れに惚れてるらしい。
(2)あゝ運命なり。
(3)鈴木傳チ。川崎弘子。
(4)インキンはかゆいものだね。

第一の文句は月並であるが、失戀の後に得戀があつたらしい文言である。うれしかつたに違ひない。彼女は神像のうちでもヴヰナスにちがひない。(2)は恐ろしく悲觀してゐるのである。金がなくなつたのか、女に棄てられたのか?(3)は映畫ファン。但し傳明も弘子も、こんな場所へ名を晒されたんぢやヤリ切れないだらう。(4)は生々しい實感である。これなどは無邪氣で愉快である。

（一）小石川區(植物園構内便所々見)

(1)▲▲女學校の生徒は凄いぞ、平氣でルーデサックを
藥屋へ買ひにゆくさうだぜ。
(2)かゝる場所へこんなことを書くのは何處の誰れだ。
お里が知れるぞ。氣をつけろ。
(3)威張るな、威張るな。
(4)樂書すべからず。

こゝは仲々面白い。若い學生らしい樂書である。輪講の形式である。(1)の問題は或ひは事實かも知れない。今時の若い女學生のうちにはこの程度に不良なのはいくらでもゐるだらうから。(2)は(1)を叱りつけてゐながら、やつぱり興味をかんじてゐるところ甚だたのもしくない。(3)が、だから、すぐこれを彌次つてゐるぢやないかところが(4)となるともう一つ固々しい。「樂書すべからず」なんて書いてゐながら自分で書いてゐる。づるいぞ、づるいぞ。

（二）芝區(放送局前共同便所々見)

(1)J・O・A・K。僕はミイ子に惚れたのであります。
只今からセンズリをかきます。
(2)八重坊、たまには子供を家へ置いて來い。

こゝは 放送局へ ゆく奴の 途中の 共同便所々見である。

（1）などはいかにも場所柄らしい樂書であるが、只今から「センズリ」などかゝれて溜るものか！　大した戀のアナウンサアではある。（2）はどうもこの邊のベンチへ來るどこかの丁稚らしいのが、これも亦近所の子守ッ子と落ち合ふ時の嘆きの叫びらしい。夫婦の仲では子供は可愛いゝカスガヒでも、かういふ戀人同志には子供なんて、犬に喰はれて死んぢまへばいゝのらしい。お八重坊はきつと彼氏の前へ出ると、ヤケに背中の子供をゆすぶつて泣かせることだらう。

（n）　京橋區（出雲町共同便所々見）

（1）バー・フジの赤鬼はとても凄いや。サービス滿點だ。
　行つて見給へ。
（2）この處大小便すべからず。
（3）虎穴に入らずんば虎兒を得ず。

などといふのがある。（1）のバー・フジといふ店は、銀座二丁目松屋の向ひ側明治屋のうしろの、裏通りにある三階作りのバー・アンド・レストランである。赤鬼といふのは綽名だらう。いくら銀座女給は凄い腕のが揃つてゐるからつて、赤鬼なんてゐて溜るものか。これなどは場所柄、かなりな廣告になるのだから、バー・フジの主人はこの樂書子の住所をしらべて、相當の禮をすべきである。（2）は少し無理な注文である。便所へ這入つて大小便出來ないとしたら、どこですればいゝのか。馬鹿にするない！（3）はまた誰れだか大した發奮をしたものであるが、どうせ、こんな便所の中で發奮して楠正行の眞似をするやうぢや、どこかのカフエーの女のシリでも追ひかける決心でもしたのだらう。

（o）　麻布區（日活館便所々見）

（1）片岡千惠藏は天下の好男子だ。
（2）あゝ、夏川靜江と一度でいゝからやつて見たい。
（3）馬鹿野郎！　夏川にはチャーンといゝ旦那がゐるん
　だよ。
（4）佐久間妙子は大好きだ。

(5)諸君、入江たか子は目下エロ修業中であります。

(6)夏川はいつか來朝された△△△に人身御供になつたんだとよ。知らねエか。

等、等、いやはや、大變な騷ぎである。流石キネマ館の中だけあつて、書いてあることもキネマ俳優のことばかりだ。(1)は筆者も同感である。千惠藏の美は近代的浮世繪の武士美である。引きしまつた線と凉しい目、一文字にひかれた唇が何んと、そこらのミイちやんハアちやんに好もしく見えることか。が、(2)に至つては不心得である。夏川孃には佐々木積といふ歴ッきとした嚴格なお父さんが監督してゐるんだから、(3)などの事實があるわけがない。但し、木石ならぬ彼女のことだ。アミの一人ぐらゐはあるだらう。ゆるしてやり給へ。(4)の程度ならよろしい。これは誰れしも映畫ファンなら抱く贔負眼の一つだから。

(5)などは少し岡燒きすぎる。いくら入江孃が東坊城子爵家の姬君だつたからと云つて、彼女もう二十二の娘だ。そろそろエロエロの道を研究したつて早くはなからうぢやないか。そんなことに氣を揉むと、君の頭がテカテカに禿げちまうぞ。(6)は世にも怪しからんニユースだ。こんなことは輕々しくいふもんぢやない。

さて、あゝ、草疲れた! 十五區を一軒々々廻つても相當なもんだ。もう二度とこんな臭い眞似はするもんぢやない。第一、どんなにムキになつてこんなことを研究したつて、諸君、天下にこの「談奇黨」を除いては、こんなバカげたものを載せてくれるやうな奇特な雜誌はないのである。これもひとへに名編輯者鈴木辰雄氏の寬大な賜物と云はねばなるまい。

左樣なら? 道草をしないで、眞ッ直ぐに家へおかへりなさいよ。

(完)

藥學研究

# 精液が藥物となつた話

破琴莊主人

支那の仙道に『小周天藥物直論』と云ふのがある、その一節に、

華陽曰。仙道元精喩二藥物一、藥物喩二金丹一、

金丹喩二大道一。何喩之多也。

仙道仙術に於ては、古來、喩へを用ふることの極めて多いのは、その特長である。仙術とは仙道人の行ふ神靈の術の謂はれを云ひ。金丹とは仙丹即ち仙人が煉りて作りし不老不死の藥（仙藥。神藥靈丹。）の意であり。大道とは强壯强精を言ふのである。

元精とは即ち精液の意にして、それを藥物に喩へ。金丹に喩へ。大道に喩へて、その名の繁雜なるに堪へざるが如くであるが。その要諦を捉ふれば、精を化して氣と爲し。氣を化して藥と爲し。藥を化して丹と爲す。故に性的本能は氣より出發して、大道を煉成する爲に、精は仙道の至寶なりと云ふのである。

精を煉つて藥物を作り。これを金丹と名づけ、この金丹を服すれば無漏を證し、これを愛用するに至れば、それこそ不生不滅の當體を得。たとへ天地壞るゝと雖も、この眞は壞るゝことなし。故に大道と名づく。

○　○

精者妙物。眞人長生根、聖々眞々、莫レ不下由二此元精一以聞中名藥物上也。

精液は妙物にして眞人長生の根なり、聖々眞々この元精によりて、以て藥物を闕かざるはなしと、黄庭經に『胎を留め。精を止むれば。以て長生すべし』といつて居るが、まことに精液は至妙の藥物である。眞人長生の根原である。世人に在りては人類繁殖の根原となつて、その造化の用、測るべからざるものがあるが、これあるがために、往々いろ〳〵の妄想を起し、愛慾に溺れ、孽種を蒔くことが多い。たゞ聖者が聖者に、眞人が眞人に、この元精を處理する方法を傳へて、これを藥物とし、以て道を成ずるの術と爲す。

正陽眞人が『鉛汞兩味の藥を除了すれば、都べて是れ愚夫を哄了するなり』といつたのも、精と神との關係を指したのであつて、その重きは勿論精液の神秘力にある。

○　○

往古希臘の哲學者中には精液が人間の生命の本源であつて、精液が凝り固つて精神となるものであるといふやうな解釋をして居たものが多い。ピツポンといふ哲學者の説では、精神の精液の濕氣が凝つて生じた生命であつて、男女共に精液を分泌するものであると稱して居るが、これはターレスの水から萬物が化生すると云ふ哲學を基礎としたもので、精液から生命の本質とする精神が出來るといふ風に考へて來たのだから、それで精液が男ばかりでなく、女にもなければならない理くつにある。

今日は精液は誰れでも知つて居るものであるが、此の時代では相當な學者でなければ、精液に就いても、よく知つては居なかつたであらう。

當時の人々は動物などは腐敗した物質から自然に發生するものゝやうに考へて居たものだが、ピタゴラスが動物體の構成や生殖の事を研究して、あらゆる動物體は精液から形成さるゝもので決して腐敗した物質から自然に發生するものではないと斷じた。ピタゴラスの動物發生に關する議論は當時の人々を啓發した、非常な卓見であつた。今日から見れば滑稽極まるやうなピツポンの説なども當時は實際に堂々たる意氣であつたであらう。

バルメニーデスは『人間は其の始めは泥土から成生したもので、發生の際、男性の胎兒は右の睾丸から出でゝ子宮の右の方に宿り、女性の胎兒は、それに反するものであり、男性の精液が過多であれば男性、之れに反する場合は女性の胎兒が造られる』と稱し、右の睾丸の精液分泌力の多いことを、それとなく說明して居る。

エムペトクレースに至つては萬物は皆、地、水、火、風等の離合によつて其の形をあらはし、或ひは沒するものであると說いて居るだけに、精液は男女共にそれを有して居るが、女性は寒にして濕。男性は暖にして乾である。故に男女いづれかの精液の多きに從つて胎兒の性が定まるのである。又姙婦が冷かで、且つ水分多き食物を多量に攝取すれば女兒を產むものであると。其の精液哲學の上にも四元素說の色彩を頗る明瞭にしてゐる。

〇　〇

近世の唯物的原子論の淵源は、ロイキッポス氏の原子論であるが、彼れはエムペトクレース、アナクサゴーラス等と略同時代の人間であつて、その原子論の創始者であるが、希臘哲學に於て、それを完成したものは、デーモクリトスであつて、一體原子論と云ふのは分割すべからざるものゝ意義であつて、此の分割すべからざる微小物體の無數の集合によつて世界は成立するといふのが原子論である。アナクサゴーラスは目的あつて働く、ヌウス（精神）を以て運動の原因と見做したが、原子論者は何の目的のために起つたかは說かない。唯だ之れを以て原子の本來具有したものは無始より必然に備ふるものと考へたに過ぎない。

斯うした原子論者であつた。デーモクリトスは、生物の研究に沒頭し、殊に人間の解剖生理に就ての造詣が深かゝつた。彼れの生理說に依れば『心情の種々の作用は、夫々身體の各部に其の坐位を占めて居る。腦は全身の主宰であつて、思考の存する所。心臟は忿怒の情の育てられる所。肝臟は慾心の座する所。靈魂は生物を活動せしむるもので、アトム（原子）から成つて居る。其のアトムは圓滑で動き易い火のアムトである。一體あらゆる生物は火のアトムを含まないものはない。從つて靈魂を有しないものはなく、又た體溫を有しないものはない。』と說明し、靈魂と體溫とは共に火のアトムであり、若し靈魂のアトムが全く離散すれば死であり、死せるものは體溫が無いのは、即ち火のアトムが離散したからである。と云つた。

〇　〇

更に生物發生に關しては、人間に在つては男女共に精液を分泌するものであつて、若し女性の精液が過多であれば女性、それと反對に男性の精液が過多であれば男性の胎兒を造るもので、精液は最も火のアトムに富み、活動性の非常に强いものである。精液に依つて靈魂の造らるゝ事を彼の哲學の上から論證して居る。

〇　〇

醫術を哲學より引き離して、それを全く一つの技術と見做して其の研究に一生面を開拓した、ヒッポクラテースは、多くの自然哲學者が腦を以て思考の中樞となしたに拘らず、彼れは腦は體液を吸收して再び之れを分泌するの作用と、身體の各部に於いて生成せられた精液をも吸收して睪丸に送る働をなす所であると考へて居た。

斯樣にヒッポクラテースは精液は身體の各部で作られ、腦がそれを吸收して睪丸に送り、睪丸は生殖の必要ある時に、それを外部に輸送するものだと考へたが、プラトーンは、精液は全然腦髓で作らるゝものと考へて居た。

アリストテレースの精液に對する考へでも、最初に述べた、ヒッポンの考へと餘り違つたものではない。アリストテレースは精液は男女共に有するが靈魂を賦與するものは男性の精液であつて、女性の精液は啻身體を送るべき物質を供給するに過ぎないと云つて居る。

〇　〇

時代が推移して、アレキサンドリア時代になつて來ると、餘程自然科學が進んで來て居る。天文、機械學、建築學、造船學等にも非常な發達を遂げ、醫學殊に解剖學及び藥學の如きものは大いに發達した。人間解剖學の祖と稱せらるゝヘロフイロスは精囊、輸精、管攝護腺などをも發見し、精液は睪丸から分泌さるゝものであることを確め、餘程正確なる知識を得るに至つたが、希臘醫學を尊信する學徒は此時代に於ても矢張り、まだ誤つた考へに陷つて居り、醫學中興の祖とも稱せるゝガレーンでさへも、生殖は主として男子の精液に依つて遂げらるゝもので、女性の精液は單に營養を司るに過ぎないと稱して居た、ガレーンの如き實驗的研究に多くの知見を求めた博識の人間でも、まだ充分ではなかつた爲で、ガーレン以後に至つては所謂中世の暗黒は非科學的時代になつた爲め、暫らくの間格別取り立てゝ述ぶるべき學者も出でなかつたが、十七世紀にに至つて眞乎に科學的な研究を發表する人が輩出した。

○　○

バラツエルズは、男子の精液だけて生殖は遂げ得らるゝもので、生殖に關して女性は必ずしも其の存在を必要としてない。女子の用は單に男子を刺戟して精液の分泌を促すだけのものであると考へ、自己の意見の確實なる事を立證せんが爲めに、自己の精液に或る化學作用を施して胎兒を造らんとした、と云はれて居る。

斯様に化學發達の徑路を溯つて見れば、小便から黄金を取らうと苦心した學者のあつた事と對比し得らるゝ一話柄であつて實驗科學の盛んなるに際して、バラツエルズスのやうな實驗もあつたが、又たフアブリツケヨや、ハーベーや、スワンメルダム、グラアフ、ヤルピイキ、ハム等の科學者の手に依つて生殖生理が闡明され、殊に精液の中から精蟲を發見したのは、ハムである。

斯くして神秘なる哲學の殿堂にあつた精液が大體に、こんな變遷を經て、科學の庭から藥物の園へ轉向し、不老强精の秘藥の應用と實驗にまで研究さるゝに至つたのである。

○　○

由來、世に言ふ。所謂秘藥春藥なるものゝ中には、極めて荒唐無稽。時に失笑噴飯に堪へざる珍藥物を見出すものであるが、又一面現代の科學療法に徴して毫も遜色を認めざる、根據適然たるものも亦決して尠くはない。今日の新藥新製劑として日々多數に創製發表さるゝ臟器製劑の如きは、何れも是等動物の臟器より抽出さるゝに徴しても、吾人は如何に內分泌物たる精液の尊重すべき回春藥たるかと認むるものである。

○　○

魔法使の女が、その患者たる愛慾病に惱む者に經血を用ひさせたり、人間や鹿の精液の服用をすゝめて新らしい精力を增進させたことが嗤はれなくなる。ヴイクトル、グレゴオン著、ミノルカ博物志には、交尾期の針鼠や牝豚の陰部や叢狗の子宮、狼や鹿の生殖器などが、それと同様の意圖に用ひられたことが記載されてゐる。古代羅馬に於て用ひられた戀の藥の中には、ピツポマネと稱するものを含んで居たらしい。ピツポマネとは馬の熱情の意であつて、ピツポマネの少量を混じたる合金を以て製せるオリムピアの牝馬の像は、近か寄る牡馬をして狂奔せしむる程の魔力があつたと云ふ。

ピツポマネとは動物の膣分泌液たるホルモン即ち精液のことで、ヴアージルの詩には牧人達が之を用ひたことを歌つてゐる。

斯樣に動物の交尾期に於ては特に生殖腺の内分泌液を來たし、愛慾の昂進を示すものであるから、この動物の膣分泌液を採つて人間が用ゆれば護愛劑としての可能性があると云ふことは餘程早くから人々が氣附いて居たのであつて、此のピツポマネが即ち現在のホルモン製劑の起原を爲すものである。

然してホルモンの意は動物の内分泌器管、例へば睪丸、卵巢、甲狀腺、副腎等から產み出される分泌物の一種であつて、ホルモンなる語源はギリシヤ語から起つたものである。

○

印度の秘典カーマスートラを見ると、羊若くは野羊の睪丸を牛乳で煮て、これに砂糖を加へ、これを飲めば男子の精力を增進すると云ふことが記してある。中央アフリカでも山羊の睪丸が催情藥として盛んに使用せられてゐる。そして英國のコーンウオールでは、田舍の女たちの間に春に去勢されたる、小羊の睪丸を食べる習慣がある。但しこれは、昔の宗教的儀禮の殘風であると考へられてゐる。又野蠻人の間では、精液が古くから回春秘藥として使用された。殊にオーストラリアの土人は、精液を瀕死の病人に與へて、いはゆる起死囘生の藥とする習慣がある。英國の第十八世紀の名醫ジヨン、ハンターは、精液を口の中に入れると、胡椒のやうな辛熱い感じを起すと書いて居り、同時代の大陸の學者シユーリツヒも、その著『スペルトマトロギ』(精液學)の中に、各種の疾病の治療に、精液を加へた澤山の處方を發表して居る。

○　○

支那及び我邦に於ても、昔から漢法醫流が、秘密藥とか、家傳藥とか、催情藥として動物や人間の臓器や血液や精液を用ひたことが江戸時代の軟派小説や稗史等の文献に記載されてゐる。然かも其採取法から服用法まで詳記されて居る、殊に處女の膣液は回春藥として、いちゞるしい効顯のあるものであると書かれてゐる。

○　○

精液 Semen は帯黄乳白色にして透明稠厚の粘液で、一種の香氣ある臭氣を有し、鹹味にして微に辛く新鮮なる間は、粘着力を有すれども、暫時空氣に觸るれば溶解して、水液の如くなる。中に精子Spermatozoaを包有してゐる、又た俗に云ふ女子の精液（婬水）は、子宮粘膜から分泌する粘液であつて、中に卵子が、グラーフ氏胞中に透明なる胞液と共に含有し、胎兒初期の營養を司り、硝子樣透明の粘液で微かに芳香を帶ぶる蛋白質樣液である。

○　○

作者不明なれど、江戸末期の艶本『しめしごと雨夜のたけがり』なる寫本がある、その中に男女秘曲の道を設き、その本の巻末に椙本某法師の記しおかれしところなり。とあつて、精液の採集法と服用法が詳記されてある。其の一節に、

顔かたちの色つや〳〵しき女は、精液多く、夜のものも、しとゝ　るゝほど湧き出るなり。此の精液は薄くして薄桃色を帯びたるぞ眞の精液なれ、多くの内には、此の香ひ、殊に香はしく、沈麝も及ばざるほどの香ひをもてるあり。色つや白はけて、あしきものは、精液枯れて乾きたり。以上のさだめには、一つもたがふことなし。されば女を選ばんには、色白くと薄黒きとなく、たゞ艶々しく、顔なかだかに、唇るあつく、足のあゆみ、外八文字にふみ出すものを選むべきことぞかし。

男の精氣虚耗なるに二つのけしめあり。元氣おとろへ、心火熾して顔色黄ばみ、肢體力なく、瘦せおとろへ精氣あがらず、さるには溫補劑蔘黄の類を用ゆべし。こは稟質軟弱にして、受けたる病なれば、多くは治し難く。夫れには

あらで性質强健なるは、慾望の旺んなるにまかせ、身體を過度に使ひ、心火さだまらずして、虚焔うごきのぼり、動氣し、頭痛、身うちほてり、　して、常にたけ〲しきは、滋補の劑ならでは治し難し。滋補の劑とは何かとあるに、至つて近き病をもて病を治すると云ふ、秘術こそあれ、いにしへにも人をもて人を治するといへるごとく、その病を起したる婦人をもつて、この病を治することあるを、この至寳とこそ誰れも知らぬなり。

大凡そ、婦人の精汁と云ふものは男子の如く、一度に多く漏らさずして、幾度も〲限りなく、心地よきかぎりは流れいづるになん。そは男子の服用するを最も第一の妙薬とはいふなれ。是れを服するに法あり。まづ女の陰門をにてくちる ことしばらく、この時指のまたにひたゝるほど出る液は眞の精汁にあらずして、女はこしけとて陰門のうち常にぬめり、うるほひあるものにて、この水はたゞへおきたるものゆへ、香ひあしく濁りて乳白なり、それを悉くかき出して、さてそれより 體を合 し、淺く、深く、抜さしすること、およそ三四度もすれば、女は眞に漏るゝときにして、いつもの交はりよりも一きわに股をしばめ、腰に浪をうたせて、　をもだゆること甚だしくて、精汁溢ふれ出るなれば、その時に陰門よりおひたゝしくながれ　出るを呑みこむなり、これぞ無上の神藥なり。

○　○

古來腎丸や精液が上記の如く催情藥として用ひられて居たことは、決して迷信的であつたのではない。何となれば、輓近内分泌の研究が進んで、生殖腺から生ずる内分泌が强壯劑として、又若返り藥として、ある程度までの學理的根據を持つに至つたことは、爭はれぬ事實であるからである。

かの十九世紀の末葉に當時老齢七十有餘の身を提げて巴里の學界に起ち、破天荒の實驗を示して、世界の學界を驚倒にまで導いた、佛蘭西の有名な生理學者であるブローン、カセール氏の若返り法の如きは即ちそれである。（終）

# 友色ぶり（二）

（陰間川柳考）

鳩々園主人

## ▲僧侶

地者だと陰間の笑ふ寺小性

妻帯を禁じられてゐた昔の僧侶は、美しい寺小性を置いてその性慾をみたしてゐた。又芳町などの野郎子を自由にして、女色ならぬ男色に、愛慾の世界に陶酔してゐた。

美女は城美男は寺を傾ける

昨日迄上野叡山の觀正院々主として仰がれた清念和尚が、當時江戸隨一の美男といはれた澤村田之助の色香に遂にその身をほろばした事は既に著名な事實である。その他、同性愛に溺愛した僧侶も可成多かつた。

芳町へ世俗にうとき客が行き

世俗にうときとは、御殿女中、僧侶をさしたものである。

四ツ手から衣のさがる憎い事

芳町通ひの四ツ手駕籠、垂れのところから法衣が少しさがつてみへる、「畜生、坊主め色事だな……」

蔭間茶屋輪袈裟のせとく違ひ棚

芳町の雀箱迫と輪袈裟なり

この句は芳町其他陰間茶屋の客種をものがたる例證としてふさわしいものである。箱迫は御殿女中、輪袈裟は和尚であることはいふまでもない。現在新葭町の料理店「百尺」や湯島天神の料理店「藤むら」は昔の陰間茶屋の遺蹟である。川柳で芳町といへば陰間の事をいつたものである。

芳町の金も上野か浅草か

芳町で金のなるのは吉事なり

芳町は佛の箔できら〳〵し

いゝ法事芳町へ迄花がふり

湯島の境内も相當に流行したらしいが、矢張り上野、浅草の僧侶にしても餘り地元での遊びは氣がひけたものとみへ、はる〴〵芳町へ遠征したものと思ふ、坊主丸儲け、どうせ口先一つで儲けた金だから、せい〴〵性の享楽に奮發したものであらう。

八宗へ口を合せる蔭間茶屋

源平藤橘ならぬ、法華宗、浄土宗、曹洞宗、禪宗、眞言宗、天臺宗、眞宗、臨濟宗等の寺院の僧を夕に迎へ、朝に送る陰間達は客により如才なく八方美人主義でいづれの宗旨の人にも好かれる様に話をしてエロサービスをやつた。

芳町へ行くには眞似をせずとよし

妻帶が出來なかつた位であるから、女郎屋への登樓は勿論出來なかつた。そこで醫者風に身をやつして登樓遊興したものである。ところが、芳町湯島などの天地のみは、

芳町へ羽織をきては派が利かず

で法衣でなければもてなかつた。

宗旨をたづねる芳町の三會目

初會、二會目《ウラ》、の時は只普通なれど三會目《ナジミ》になるとぐつと情も深くなつて、「御宗旨は？」「法華宗さ……」なんて話しも出る、「宗旨？　坊主ぢやあないよ」とか、「俺はこうみへても院主樣だよ……」なんて嘘を並べると

方便をつきなんすなと陰間いふ

と一本やられる。僧侶間で嘘のことを方便といふがこう出られては一寸參るだらう。

陰間の福耳いゝ數珠がひつかゝり

こうなると占めたもの

芳町へ度々一院のおんつかひ

芳町は通ふ佛と封にかき

昔、遊女が文をかいてその封緘に「通ふ神」とかいたといふ。こゝは陰間、僧侶に緣のあるところから「通ふ佛」とかいたらうとは川柳子の一穿鑿。寺院からの御使ひ、さては近い内にかの君の御光來、又金になるわい、と、艶めかしい玉章をしたゝめてしつかり封をして「通ふ神」

宗論の時芳町の意趣がへし

芳町で彼に振られたもの、もとはと言へば彼の坊主が弗箱になつてゐるからだ、何にかの折に仇をうつてやらうと

思つてゐた矢先にだま〳〵宗論の時勃發、江戸の仇を長崎での筆法で意趣返し、おそろしい戀の恨み。
　芳町の意趣で本寺にいぢめられ
これは又、芳町の恨みで、本寺から何にかにつけて、つべこべとごねられ、氣の弱い和尙なんかは
　芳町はいやだと和尙氣がふれる
なんて悲劇の終結もあらう。
盛者必滅會者なんとかで、昨日の夢と消えた今日のはかなさ、
　よつぽどなたはけ陰間をつれて逃げ
寺の金はつかひこんだし、宗論には負けるし、本寺からは一本やられる、これも素はといへば陰間の事から。どうしてもこうしてもゐられず、陰間をつれて夜逃げをする。その揚句、お定りの心中、
　心中に和尙かげまの×を×め
で、此の世の名殘りに、最後の愛の營みをした上が、南無阿彌陀佛。
　芳町の穴に後住肝をけし
和尙が、蔭間をつれて逃げた、それ丈でも特種物、代つて寺の住持になつたのは頗る堅造、早速寺の金や寄附を調べた處これは〳〵又えらい大穴、そこで壇家へ相談
　芳町の尻を壇方迄くらひ
壇家の主だつた人達で若干づつ出し合つて一先づ穴埋めとは飛んだ御散財。
　尻のつまらぬ年ン明きは若衆也
又手をとつた陰間は、調落の悲しみを振袖に顔をうづめて歎く。彼等がその行先は

芳町の釜のつぶしは宮芝居
　老込んだ陰間ヤツピシ腮をなで
中にはいゝ金主をとらへて
　尻持に和尚をもつて地紙うり
になつて、途中で昔馴染の人に會つて
　地紙賣、芳町以後はなどゝいゝ
とは圖々しいものさ。

（以下次號）

# 友色ぶり（一）

## 前號誤植。

盲蛇物におぢずこの一文を草す。　（三十九頁）
水揚のえらひどさ　（四十頁）
黄蜀葵の根　（四十頁）
芳町の間ィ蟻渡り　（四十一頁）
女護の島云々の前へ　△御殿女中　が脫落

# 江戸性愛笑話苑

戯笑亭主人

前號では少しく開放し過ぎた傾きがあるので、此度は筆者と話題を變へてオブラートに包むだ飴よろしく、中に含まれた甘味をトロリと味はつて戴き度い。

## 筒もたせ

或者、身上を仕舞ふて心安き友達に談合いたしければ、「貴様は幸ひ御內儀の器量はよし、筒もたせをしたがよい。若い者を寄せて內儀に色事をしかけさせ、貴様は戸棚の中から出て見付けると、三百目になる。」と敎へける。彼もの內儀に言ひ含めて、近所の若い者に色事を仕掛けさせ、すはよい時分ぢやと戸棚の中より出て、「コリヤ筒もたせ見付けた。」

## 利生の間違ひ

辨天樣も信仰すれば金が出來るげなと、俄に江の島の岩屋に七日の斷食、六日目の明方宮殿のとばりサツと開け、天女左の御手に白紙をたづさへ出給ふ。「コレハ有難い、凡夫にも紙花といふ事あれば福をさづけ給ふ有難や。」と載きにかゝれば、辨天「ヲ、氣はづかしい。めつたにシ、にも出られぬ。」

## 似たもの

去所の八百屋の娘、或時母親に向ひ、娘「モシお母アさん此の松茸は誠に新らしう御座りますナア。」母親「ほんによい松茸じや、此の位ひ新らしいのは、たとへ何日經つてもかさがおちん。」娘「ホホヽヽさよでござりますか、あなたがおちんと仰言ります筈じや、私もよふ恰好ぢやと思ひました。」

## 杓子定木

ある親父酒屋へ來りて酒を買ふに、酒樽の口明けと見えて、呑口よりチビリン〳〵と出るを親父は辛氣に思ひ、「モシどうぞもちつと早う出してお吳れんか」トいふに、若い者は錐《キリ》を持ちて酒樽のふたへ穴を開けると、下の呑口よりドブ〳〵〳〵と一どきに出るを、見るより親父さめ〴〵と泣き出す故、酒屋の男不思議に思ひ、「コレコレお前は何泣くのぢや」「ハイ私の息子は此の春から痳病で、小便が先の呑口に見るやうにチビン〳〵と出て、とうど此の夏腹がふくれて死なしましたが、それに今見て居ますりやお前さんが、アノ樽の上に錐で穴を明けなさると、直ぐに下の口へドウ〳〵と出ましたが、こんな事を早う知りましたら息子も死にはしませぬと思ひまして悲しうござります。」「その痳病が酒で癒るかいナア、」「イヽヱ、お前さんに頼んで其の錐で頭をもんで貰ひますのに。」

## ムダ花

或寡婦が、何うもどの男に當つても喰足らぬので、鼻の非常に大きい男を見付け出して、而して、苦心して手に入れ、話が進行してさて最後の幕に迄立到つた。拍子木が這入つて幕が締つた。所が表看板に詐りがあつて、至つて御粗末な唐辛子。後家はムカツ腹を立てヽくやしまぎれに、男の鼻を捻ぢ上げて、「ヱヽ此のムダ花〳〵。」

## 占者

ある男が、占者の盲目なのをいゝ事にして、その妻と密通して居た。ある時忍んで行つた處、折惡しく主人の占者が在宅して居た。此男頓智を出して、さて云ふやう、「實は自分に情人があつて今そこで會つたのだが、少しの間君の部屋を借して貰へまいか、御禮はするよ。」盲は承知した。男は序でに此事を占つて貰ひたいと云ふと、占者は筮竹龜甲を執り暫く考へて居たが、「其女は人の妻である、夫其近くに在り須らく速かに事を了すべし。」と言ひ了つて氣を利かし門外に出で行つた。

## 立聞

夜鷹そば軒下に休んでゐるに、内で女房の聲で、「お前は毛がなければないと云つてしなさらぬ。」と、ひそ〱話。麥蕎屋とたんに氣が惡くなり、應えかねてさつ〱と暖の邊りに音を立て乍ら、覗いて見れば筆屋。

## 禁物

主人「娘もお陰を以てだん〱全快。此時は食好みを致しますが、魚類は――」「もはや宜しう御座る。」「松茸のやうなものは。」「イヤイヤそれは大禁物、けしてなりませぬ。」「イヤサ松茸の事でござります。」「松茸なればようござるが、松茸のやうなものはなりませぬ。」

## かたこと

子持の女房に惚れ、先づ子供より手なづけんと樂雁を喰はせる。子供家に歸り、「おつかアや、向ふのをぢさんにいゝもの貰つて喰つたよ。」「それはよかつたの、何をお貰ひだ。」「何だか當てゝおみ。」「大方おまんのまの字か々々。」子「ナアニらの字〱。」

## 喧嘩

栗が柿に向つて「お主は何テみじめな事だ、着物を一枚しか持たぬとは、俺を見て呉。」と、自慢顔すれば柿は怒つて、そこで喧嘩になつたが栗が負けて木から落ちた。所がそこが松茸の上「オイ〱氣を付て呉れ、又何で今時分斷りなく落ちるのだ。」「これには深い理由《ワケ》のあること、これ〱しか〱だ。」と着物の一件を話せば、松茸「それは氣の持ち様だ、俺を見て呉れ、褌もしてねエ。」

# 聖林《ホリウツド》のナイト倶樂部

## ＝映畫人の性生活＝

談奇黨調査部

1

讀者諸君の中にデイヂー・デ・ヴォと云ふ女の名を御存じの方があるだらうか。

彼女は、先頃映畫界から失脚して、その戀人レックス・ベルトと共にネヴアタ州に五百町歩の牧場を買ひ込み、天晴れ牧場の女主人公に收つた露出狂クララ・ボウの無二の親友なのだ。

そのデイヂーが六十四日間の窮窟な「別莊生活」をした。その原因は、一般には百九十弗を盜んだ爲めと知られてゐるが、これは裁判所が公にした表面の理由で、隱された眞相はこんな竊盜罪などではなく過失による殺人罪なのだ。が、殺人についての彼女の申立ても決して眞實ではなかつたのであるから、此の裁判は徹頭徹尾嘘でかためられたと云つても過言ではなかつた。

先づ、傍聽禁止の法廷で彼女が陳述したところに依ると、一九三〇年の初夏、彼女は戀人と二人で羅府の郊外にドライヴした。道徳だとか法律だとかいふ固苦しい假面を脱ぎすてゝ、唯あるものは戀の飽滿と性の享樂ばかりの映畫の都ホリウッドで、若い男女がドライヴすると云つたら、それは必ず自動車内で　樂の限りをつくすことを意味して居る昨今である。で彼女も亦御他分に洩れなかつた。で、たゞ實行しただけなら事件は起らなかつたのであつたが、偶々、彼女が　のペニスを　つてゐた最中、後方から來た自動車が何うしたはづみか輕く彼等の自動車に追突した。その拍子に驚いて彼女は　のペニスを　んで仕舞つたのである。出血、悲鳴、狼狽。とは云へ上述の樣な　悦樂の最中だつたし、負傷の個所も個所、而も明浙と齒痕があるのだから今更後ろの自動車をとがめ立てする譯には行かない。で、彼女は秘密裡に男を羅府の病院に入れようと自分からハンドルを握り、二十五哩の道をロサンノルスへと馳らせた。けれど何分男の出血は甚だしく、漸く町に着いた時には既に貧血して意識を失ひ、それが原因で遂に死んで仕舞つた——と云ふのである。

こうした彼女の陳述には一見何等怪しい處がなささうに見える。然しよく吟味したなら、假令偶然だとは云へ、道路から二三間這入つた木蔭の中の自動車に、又後方から自動車が來て追突するなどとは、何う考へても有り得ないことである。こゝで此の陳述は五分の眞實性が失はれて仕舞つたのである。

事實、彼等二人の變態行爲は眞實であつたが場所は全然違つてゐた。それならば何處かと云ふと、それは此處に紹介するホリウッドの映畫關係者に依つて組織されてゐる俳優ナイト倶樂部での出來事であつた。そしてデイヂーの陳述した總ては、同夜その倶樂部にゐた名優名監督連が、同倶樂部の秘密の漏洩をおそれて、寄つてたかつて考案した筋書なのであつた。

然らば噂にのみ聞いてゐて其の一切が判明しなかつたホリウッドのナイト倶樂部とはどんなところか？

## 2

二三年以來、我が國の讀書界に猟奇趣味が恐しい勢で歡迎される樣になつてから、世界各國のあらゆる秘密も陰謀も根こそぎ暴露されて月々の雜誌や單行本を賑してゐる。それなのに何うして淫風極りない此の俳優ナイト倶樂部だけが紹介されないかと云ふと、この倶樂部の規則として絶對秘密が第一の信條となつて居り、會員相互が口を緘してゐるからである。だから「秘密」と云ふ言葉は此處で全くその存在をみとめられる譯なのである。

筆者は過日或る偶然な機會から、此の一部を知ることが出來た。で今諸君に紹介するのであるが、此の一文がヨタ記事でない理由として、種の出處を明かにして置かう。これは昨年十一月發行なる米國西部地方の好色雜誌「ワーダフル・セックス」(輸入禁止本。毎號エロ寫眞數葉、情話とエロ實話とを僅少の伏字入りで滿載してゐる)に現れたもので、これだけでもこの秘密倶樂部の大體の輪廓だけは察知し得るだらうと思ふのである。

先づ所在地であるが、不幸同誌にもこの點は明かにされてゐない。唯一年乃至一年半位づつ轉々と移動されるらしく、如何なる新聞の探訪記者も雜誌記者も、これをあばき出す事は困難らしい。

倶樂部の設立は一九一六年であつた。勿論此の當時は現在程の淫蕩さはなく、普通の倶樂部と同樣、俳優、監督、その他映畫關係者の休憩所であり慰安所にすぎなかつた。が、一九二二年になつて全然內容を改め、總てを秘密にして仕舞つたのである。だからそれ以來この倶樂部は絶對に排他主義をとり、その中で行はれるあらゆる狂態は完全に外部へ洩れない樣になつてしまつた。

そしてこの會員の主なる者は現在ホリウッドのスター六〇五名の中二八九人。各映畫會社の監督、人事係、宣傳者、製作者等三二八人の中一三六人で合計四二五名、他に準會員とみなされて出入を許可されてゐる者が約八十餘名ある相である。入會金は三百弗、他に月々百弗づつ納金するのであるが入會は實に六ツ難しくて、名ある俳優とても容易に入會出來ないのである。

扨て、このナイト倶樂部の入口は何處のそれとも變りがない。ノツクすると扉の上部の小窓が開いて來訪者を一瞥する。會員であれば默つてゐても扉が開けられるが、それ以外の者であれば一言の挨拶もなく小窓は下されて仕舞ふ。假令それが如何なる名優だらうと又は官憲だらうとその待遇に變りはない。

內部の廣間――此處では實に禁酒國のアメリカとは思はれない様な光景が連夜明け方まで展開されてゐる。場內至る所でポーン〳〵とシヤンパンの拔かれる音、ウヰスキー・グラスの觸れ合ふ音。そして笑聲、嬌聲、裸體の動搖だ。吾々がスクリーンでお馴染のスター連や監督連が、此處では遠慮なく人間の持つ赤裸々な野獸性を發揮して誰はばからうともしない。醉ひ倒れて女優とソフアにからみ合つてゐる者、賭博に夢中になつてゐる者、この有樣を一目でも垣間見たら、およそスクリン上で美しい夢を描いてゐる善良な全世界の人々は、餘りの驚きに氣絶して仕舞ふかも知れない。

廣間から離れて私室が十三設けられてある。この私室中での出來事なぞは前記デイヂー・デ・ヴオの事件の様なことばかりなのだ。

以下、同誌に掲載された女優達の亂行を二三御紹介しよう。

## 3

クララ・ボウの尻輕は今更書く程ではないが、彼女が一九二九年の一年間に關係した男の數は六十七人に及んでゐる。然しその男等と接した場所は勿論倶樂部ではなかつた。彼女と共に此の倶樂部を一番利用したのはパラマントの製作部長シルバーグで、一時「妾」とまで噂が立つた位である。が、ボウの様な女にも同性愛があつたので、その相手として選ばれたのがワンサガールの前記デイヂー・デヴォであつた。二人は此の倶樂部の密室で重にサッフイスを行つてゐたので、一夜の中に時には二回から三回も交換しあつたと（デ・ヴォは告白してゐる）それがやがてデ・ヴォの習慣性となつて、男の 密所を弄 するサツフイムに興味を持つ様になつたのである。

　別の例を擧げると、今年三十四の大年增、アンナ・キユ・ニルソンは、離婚々々と離婚では前科四犯の女優であるが、三度目の良人ヂョン・ガナーソンと結婚した當時はこれ迄になく幸福さうに見えた。が、映畫界での名聲はもう彼女を見放し始めた頃だつたので、已れの名聲を持續させるため、監督や宣傳部長や人事係に自分自身を此のナイト倶樂部の密室で提供したのである。然しこの行爲は最初誰一人として知る者はなかつたが、事は意外な方面から暴露して仕舞つた。と云ふのは、或る日彼女は秘密に羅府のW・メソンと云ふ醫者を訪れて、肛門の性病を治療してくれと申し込んだ。それ故醫者が診察すると、單に肛門の方だけを患つてゐて、當然同じ病氣に冒されてゐる筈の前門の方は何でもないのである。だから醫師は驚異の眼を瞠つた。所がニルソンはこれについて更に驚く可き秘密を打ち明けた。即ち、自分は現在良人を此の上なく愛してゐる。けれど映畫界で人氣の失墜するのは何より悲しい事だから、その筋の人々に自分を提供してゐたのである。が受する良人に不實でありたくないと思ひ、彼等にはたゞ後門のみを許してゐた、と云ふのであつた。それで彼女は彼等の誰からか惡病を染され、良人の爲めに保留された前門の方には異狀がなかつたと云ふのである。これもナイト倶樂部に關係した一挿話と云へよう。

　日本の映畫フアンが處女の代表者の様に思つてゐるフオツクス社の秘藏女優ジヤネツト・ゲイナーでさへ、社長のフオツクスや宣傳部長のヨーストと共に屢々此の密室の人となつてゐると云ふのであるからましてフラッパー女優達が、好奇心から此の倶樂部に這り醉つて素裸のかくし藝を披露する位のことは、もう珍らしくも何ともないのである

## 4

この様に彼等ホリウッドの映畫人は、既に尋常な性の享樂では滿足出來なくなり、變態に變態にと傾いて來た。そして此のナイト倶樂部での狂態は、當然家庭にまで持ち込まれて、妻に或ひは夫にそれを實行させ様とする。けれどその變態行爲も或る點までは互に耐え忍ぶが、度を越してマソヒズムに及ぶともう我慢が出來ない。それがやがては「虐待」の名に依る離婚となるのである。だから彼等俳優連達の離婚理由は必ず虐待であり、その虐待とは變態性を意味することなのである。

映畫界唯一の藝術家チヤールス・チヤツプリンでさへ最初の妻ミルド・レツト・ハリスから、二度目の妻リタグレイから共に虐待の名目で離婚されてゐる程である。況んや精力絶倫を誇つてゐた拳鬪家チヤツク・デンプシーが、餘りに淫亂底知れないエステル・テイラー（その昔彼女はナイト倶樂部の猛者であつた）にその精力を吸收させて拳鬪界から退かねばならなくなり、今また離婚への道をたどりつゝあるとは、何と荒淫極まる彼等の性生活を想像するのにかたくはないではないか。

『亭主なんて一種の趣味なんだわ。だから時折り替えて樂しまなくちやあ……』

こんなことを臆面なく廣言す女優がゐるホリウッドである。

『今夜から私の寢室の扉には鍵がないのよ。遠慮しちや損だわ』

離婚披露の席で堂々と次の犧牲者を物色して招待しようとする女優がゐるホリウッドである。

彼女等をかうした性質に導いたのが皆そのナイト倶樂部の放逸な空氣であると云つても今更間違ひはないのだ。

——一九三一・九——

# 談奇黨夜話

談奇黨同人

## 消防手の日記

彼のエツフエル塔にも似た、遙か天界の女神に向つて勇ましくも挑戰するペニス型の大火の見。その標高正に六〇米。いざとも言はゞホースの尖端、男性の熱泉を逆らさんず用意怠りなく、日夜興奮に猛り立つ地の陽性、火の見櫓。俗塵を離れて空間に存在し、帝都防火の警備に任じつゝある此の櫓の上に、意外なるエロの探求が行はれて居やうとは一寸驚異に値しやう。左にその熱心なる探求家たる一消防手の日記を拔粹して閲覽に供する。

某月某日。午後十時登臺。氣溫八十一度。

流石に地上の暑さに較べては別世界の感がする。涼風に吹かれながら例に依つて双眼鏡を手にエロの探求に取り掛る。先づ吉例の妾宅の二階を望見したが、今宵は旦那の御來臨が無い日か、例の不釣合ひの大卓子に酒肴の用意も整へてない。此處の御本尊はソレ者上りか仇な立姿の中年增で、遠見は七、八にも見えるが、實際は三十の關も越えて居やう。

此の仇者が過ぐる夜、窓の隱し板に氣を許してか座敷の中央に正面切つて、その爛熟の局部を惜し氣もなく御開張に及び、これは亦南無三、大事な毛をひばちの火で燒いて居る處をムザと拜見した事があつた。

此の女の趣味か、旦那の注文か、何時も酒が始まると定つてエロチックな身振りで伊達卷を解き出す。その立ち姿とその媚羞を含むだ嬌めかしさには一種恍惚たるものがあつて、薄物一重の腰の線を眺めながら盃を口に舌なめずりをする、彼氏旦那たる者の滿足さ加減は思ひやるだに些か氣色が悪い。……

某月某日。午後八時登臺。氣溫八十三度。

今夜は思ひ掛けなくも大なる藝術品觀賞のチャンスを得た。今迄は兎角裏通りにエロを物色して居たが、今宵はフト此のS町御殿と呼ばれる大實業家、多額納税者にして貴族院議員たる彼のI家の洋館のベランダに、薄光を背に浴びて涼を納れて居る令孃を發見した。芳紀正に十九歲、今春お茶の水を卒へた華麗花を欺く佳人で、何々畵報の第一頁を飾るナンバーワンと自他共に許す淑女たる彼女が、今その雪白の裸身を我が眼鏡に映じやうとは、實に現實にては在り得ぬ奇蹟の現出だ。自分の双手の震えだすのも無理からぬ事だらう。突如、令孃が室内に步を運んだ時、僅かに細腰を包むだ羽衣ならぬ大タオルのスルリと床に落ちたのを、フト足を止めたが其の儘取上げやうともせず室の中央に立つた。

オヽ！　何んたる麗容華態。髣髴として泡より生れたるヴイナスの化身か——薄水色のカバーに蔽はれた綠光を浴びて立つ全裸の姿。これ眞に稀代の名作、絶世の大藝術品だ。

髪黑く容姿端麗、雪なほ黑からんず雪白の肌。春色漸く柔軟の丸みを加へて双乳覆盃に似て、薄墨に彩られしデルタの影下腹に盛れ上り、白牙の兩脚古代ローマ宮殿の丹柱を形造る。豐滿の腰肉、ドームの臀。——正にロダンの神技と雖も及ばざること猶遠しとせん。

嗚呼、此の女神、抱く者は誰れ？　この柔肌心の儘に汚す者に呪ひあれ！

某月某日。午後十時登臺。氣溫八十度。

今、俺の手は震えて居る。俺の身身は燃えそうだ。あゝ弱き女！　獸性の男よ！

まだ俺の舌は渇いてゐる。火だ。恰で火の様だ。俺の血は心臓の扉を烈しくノックし續けて居る。——

　靜かな夜だつた。ヂーッと耳を澄したら夜空に樂の音が聞とえそうな夜だつた。それなのに、あの憎むべきサタンの暴力の前に——あの夜空の流れ星の様に、可憐な地上の花が誰れにも知られずホロリと散つて逝つた。

　今夜、あの好きなE子の家——それは花家と云ふ料理店だが——を眺めて居た。E子は其處の養女だつた。若しかして彼女の姿でも見られるかと思ひ乍ら……でも、E子を見出す事は出來なかつた。其時、二階に五十近くのデップリした男が上つて來たと思つたら、やがて酒肴を運んで來た女中の後ろからE子の養母たる女將——彼女の前身は十二階下の女だつたとの噂だが——が入つて來て、馬鹿に叮重に御氣嫌を取つて居る處からして、店としての上客とでも思つて居た。處が忽然としてその座敷にE子が現れた。俺は喜んだ。口の中で名を叫んで見たりした。今年十八だと云ふ彼女は、齢よりはずつと幼氣な日本髪のよく似合ふ娘だつた。瓜實顔に桃割れの髮。今時には一寸珍らしい前垂れをして、常に伏目勝ちに物を言ふ靜かな娘だつた。俺はその娘々した物靜かさが好きだつた。

　と、何か女將がE子に囁ひて女中と襖の蔭に消えると、急に客はE子にビールを勸め出したが彼女は愼しやかに斷つて、唯オド〳〵して居る様子が明瞭りと見えた。

　其時、客が差出すコップに麥酒を注ごうとしたE子の手を、突然右手に握つた男の力に引き摺られて、彼女は前のめりに男の膝に轉げ込んだ。——と、その男は矢庭に彼女の顔を抱えるやうにして彼女の唇に巳れの唇を重ねた。アツ！　畜生！　俺は危く眼鏡を取り落す處だつた。誰れか！　誰れか！　俺は思はず怒鳴つた、が然しそれが何になろう。

　E子が顔に手を當てゝ泣き出した瞬間に、彼女を抱へた男は突嗟に彼女を押倒して猛然と蔽ひ被さつて行つた。E子の手がその男の頬を打つた。足が宙に跳ねた。好みの桃割れ一髮がバサと亂れた。亂花狐藉——

　けれど、けれど——遂ひに彼女の足は此の肥大な獸の腰を廻ぐつて左右にもち上げられ、その純白な太股の燕脂の前垂れがパッと跳ねられた刹那、E子の手は何物かを掴むやうに宙間に打ち震えたが、やがて其の手は力なく顔を蔽ふて、風にも耐えぬか細い肉體は男の暴力の儘に荒々しく揺り動かされて居た。……

◇

此の夜を最後に俺は消防手としての生活を棄てた。消防手なるが故に人知れぬエロに蕩酔して來た自分は、亦消防手なるが故に見るべからざるものを見て遂ひに已れ自身破れ去つて仕舞つた。明日よりの俺の生活——それは今宵貞操を失つたE子と共に、暗い地底の人と成る事であらう。

## 或るエッフエミニストの書翰

次の一文は或る反性色情患者が獨逸の有名な性慾學者A博士に宛てた手紙である。

拜啓

最近博士の御發表なさいました變態性慾の著書まことに興味深く拜見しました。そして、世の中には私と同じやうな境遇にある人が案外に多いのに驚いてゐます。

全く私はこの一文を博士に差上ることは身を焼くやうなもの恥かしさを感じますが、然しどんなに恥しくとも、私の不幸な病的經歷を申上げなければその原因が明かになりませんから、今日までの私の性的生活を告白して、博士の御教示を仰ぎたいと存じます。

申上るのも眞にお恥しい次第ですが、私が初めて性的感情に捕はれたのは八歳の時で、既にその頃から私の性質はまるで女のやうでありました。小學校に通學するやうになつても、私は只女性の美しい衣服が羨ましくて、自分でも赤や靑の模樣入の洋服が着たくて耐りませんでした。ですから、家に歸るとこつそり妹の服を脫がせては、それを身に纏つて喜んでゐたのでしたが、或る時、それを母に發見されてひどく叱られた事が御座います。然し、叱られた位では私のこの變態的要求は決して抑へることが出來ませんでした。いや、それどころか益々反撥して男子の服裝をつけることが、いやでいやで耐らなくなつてくるのでした。

かくして十一二歳頃になると、私の性的感情はだんだん發達して、それが自分の生殖器を通じてハッキリと自分に分るやうになりました。もうその頃は、男子の中に混つて遊ぶことは殆んどなく、いつも女兒の群に投じて毬や人形などを持つて遊ぶのが好きでした。丁度十二歳の秋だつたと思ひます。或る日父の友人が訪れて私の頭を撫でながら「この兒はほんとうに綺麗ですネ。これに女の衣裳をつけたら立派なお孃さんだ。」と言ひました。これに父はそれをきいて只苦笑してゐたゞけですが、私はすぐに次の部屋に下つて鏡に向ひ、何とも云へぬ喜ばしさを感じながら自分の姿を映したのを覺えてゐます。

それ以來は、父母の眼を盜んでは顏に白粉を塗つたり、妹の着物を纒つて樂しむやうになりました。漸く春情の募る頃になると、もう私はすつかり女と同じでした。年長者の男子の前では羞恥を感じ、水泳、入浴などの如き肌を他人の面前に晒すやうなことは絶對に避け、只、いかにして美しい女に見せるかといふことだけが自分の念頭から去りませんでした。

私の寢室には一枚の額がかゝつてゐましたが、それは妙齢の少女が山徑にて足に棘刺の傷を受け、その友だちの一少年に棘刺の一片を肉中から拔き取らしてゐる圖でした。

その巧妙な意企と優雅な筆法は恰かも生ける少女の如く、而も麗はしい顏を傷の痛みでいぢらしく顰めながら、雪のやうな白い足を短かいスカートより露はして、なよなよと少年に托してゐる表情が、それを見るたびごとに私の性的昂奮をいらだゝしいまでに煽り立てるのでした。その爲に私は屢々强姦に類する性的感情に支配されたり、筋骨逞しい蠻人から凌辱される空想を描いたりするやうになりました。又ある時は淫蕩な兇徒の腕に抱きすくめられて、もがき苦しむ狀態を想像することがどんなに私を愉快な感情に導いたか知れません。ですから、自分は婦人に接する時の喜びとか、婦人を愛撫する樂しい場面だとかいふものは只の一度も空想したことがありません。いつも男から戀慕はれ、外部から犯される悅びなどばかり考へるのでした。

その傾向が次第に募ると、私はもう化粧にバカバカしい時間を費したり、派手なパラソルを持つて街頭に出るやうになつて了ひました。ハイヒールの靴、けばけばしい女装などしてゐることは申上るまでも御座いません。そして、自分から男子に働きかける程の度胸はないくせに、誰か豪壮活發な青年が誘惑して呉れゝばいゝと、いつもその機會ばかり狙つてゐました。

私が十七歳になると、もう誰が見ても立派な美しい處女でした。そこで、私は屢々女装して舞踏クラブへ出入するやうになつたのです。ベルリンの有名なW舞踏場、こゝで遂に私は一人の青年士官から戀を囁かれました。その時の云ひ知れない喜び、怪しい感激は到底私の筆をもつてしては述べ盡されません。

それから二人は薄暮の公園を散歩したり、暗い木蔭のベンチでは甘い接吻に陶醉したり、世のありふれた戀の道程を辿りました。そして、いよいよ最後の幕、それは私が最も怖れ、不安を感じてゐたのつぴきならぬ場面に達しました。連込ホテルのダブル・ベッドの上に臥すまで、私はどうしても、自分が男であることをその青年士官に打明ける氣になれなかつたのです。

然し、事件がそこ迄せつぱ詰つたのではもう如何することも出來ませんでしたから、私は泣く泣くその眞相を訴へました。今迄彼を欺いてゐたことに對して、彼がどんなに怒るかを想ふと、私は一刻もぢつとしてゐられない氣持でしたが、あゝ何といふ惠まれた自分であつたでせう。彼の士官はニッコリ笑つて、生れて始めての、而も最も愉快な一夜を過させて呉れたのです。この幸福なる最初の印象は私の精神をすつかり昂奮させ、第二回、第三回と密會するやうになつては、もうすつかり私は彼の戀人になり切つて了ひました。今でも時々二人はW舞踏場に姿を現はしてゐますが、この私の狀態はもう永久に續くものでせうか、私は自分が男子であることを、この上もなく呪はしく考へて毎日惱みつゞけてゐます。

（終）

# 神の戯れ

マツ・コオノス

舊約全書が基督教の根元である事は誰も知つてゐる事だが、その中に盛込まれた樣々の物語にはエロでありグロであるものが尠なくない。試みにあの全文を現代語で綴つたならば必らず發賣禁止ものである。
さすがにエロの本場の國の宗教、經典即性敎育の本元に合致するところ感服の外はない。
さてその舊約の初頭、人類創生の始めを描いた『創世記』の中から目ぼしいところを二つ三つ書き拔いて見やう。

創世記第十七章にはエホバ（神）が人間に『割禮』をなすことを命じた件が書いてある。割禮とは現今の醫術で言ふところの包莖手術の事です。
でアブラハムと言ふ爺さんもエホバの命令に依つて割禮を受けましたが、アブラハムその齡九十九歲、その息子イシマエルは十三歲で、此時其一族皆割禮を受けたと書いてあります。

これは言ふまでもなく人類全體に完全な性交の能力と快美感覺の增進とを與へ、以つて子孫の增殖を計つた神の意志の現れで、此の爲にはエホバは割禮を行はない他民族とその信者との結婚を禁じた項が後章にある。

創世記十八章にはその御利益《りやく》が說いてあります。當時アブラハムは九十九歳、その妻サラも年老ひて俗に言ふ『男になつてゐた』のであつて、つまり月經が上つてゐたのだが、その時ヱホバはサラに現れて『來年の今頃にはお前の子が生れる』と申し聞かされます。

サラは心中に神樣の御告げをあざ笑つて『御冗談でせう、亭主のアブラハムは百に手の屆く年寄だし、妾もとうに月經が上つて終ひ此頃は夫婦の樂しみもないのに何んで子供などが出來るものかネ』なんかんと遣らかしたところ、忽ちそれがヱホバの心に響いて、お前はそんな事を想ふが今に見なさいきつと余の言つた樣になるから、と豫言される件が書いてある。

言ふ迄もなくこれはアブラハムが割禮を行つた故にその精力復活の効驗をヱホバが彼等に豫言したのである。

創世記第十九章の終りは頗るヱロで、此處には父親がその二人の娘と難をさけて山に逃げ、男一人に女二人切の無人島に上陸したやうな生活を送る內、娘達がその種族の滅亡を恐れて父と　　し、父に依つて互に一人宛の子供を生むと言ふ物語りがある。餘り面白いから一寸その全文を此處に轉載して見やう。

『斯くてロトゾアルに居ることを懼れたれば其二人の女《むすめ》と偕にゾアルを出で上りて山に居り其二人の女子とゝもに岩穴に住り、玆に長女《あねむすめ》季女に言ひけるは我等の父は老ひたり、又此地には我等偶て世の道を成す人あらず、然らば我等父に酒を飲ませて與《とも》に寢ね父に由て子を得んと、遂に其夜父に酒を飲ませ長女入て其父と與に寢たり、然るにロト（親父）は女《むすめ》の起臥を知らざりき、翌日長女季女に言ひけるは我昨夜わが父と寢たり、我等此夜も亦父に酒をのません、爾入りて與に寢よ、われ等の父に由りて子を得ることを得んと、乃ち其夜も亦父に酒を飲せ季女起つて父と與に寢たり、ロトまた女の起臥を知らざりき、斯くてロトの二人の女其父に由りて孕みたり、長女子を生みその名をモアブと名づく即ち今のモアブ人の先祖なり、季女も亦子を生み其名をベニアミンと名づく即ち今のアンモニ人の先祖なり』

何と奇怪な物語ではないか、然し人類の種が此の世から絕えやうとした時代には此んな手段も或は許されたのかも知れない。ともあれこれが聖典の中の物語である、ものがものであるだけに一入の怪奇を感ずる。

　さて、酒を呑まされて娘にヨバイをされた親父が二晩續けてその娘と交接しながら醉つぱらつてそれを知らなかつたと言ふから愉快です。然かも百發百中 液をつぎこんで二人の娘に子を孕ましたところ、また娘達もよく目的通り子を孕んだなど『此親にして此子あり』とでも申しませうか。とに角餘程両方の器械が超特作であつたと見えます。

　創世記第二十章にはエホバの神の權謀術策が書いてある。此處ではエホバが一九三〇年の濱のチヤブ屋の用心棒の如く、或はまた音に聞く上海のナイト倶樂部のギヤングもどきに美人局の舞臺廻しの大役を演じてゐる件が書いてある。

　前々章のアブラハムは其後ゲラルと言ふ土地に移住したが、何故か其土地では自分の妻のサラを妹だと言ひふらして居ました。そこで其土地の王樣のアビメレクは其噂を聞いてサラを召出してその妾《めかけ》にしました。

　ゲラルと言ふ國は餘程女ひでりの國だつたに違ひない。何故ならサラは其時は月經も上つて居たと言ふのだから餘程の婆さんだつたに異いない、それにも係らずアビメレクは彼女を妻にしたのだから。

　然しそれにはチヤント深い理由があつた。エホバの神の待駒にアビメレクが除々に乘せられてゆく第一歩の暗い運命が彼を取卷いてゐた。此時エホバはメフイスト・フエレスのやうな薄氣味惡いニタ／＼笑ひをして舌なめづりをしてゐたに違ひない。

　閑話休題。さて、ところが或夜エホバがアビメレクの夢枕に立つて『コリヤ／＼アビメレク汝の近頃召入れた女サラには夫がある。ありや亭主持ぢや、主ある者を妻にするは不都合ぢや、汝はその罪に依つて死なねばならぬ』と申し渡されました。

　いやアビメレクの野郎驚いたの何んのつて眞蒼になつて辯解した『いやどうも飛んだ事で御座ゐます。實は彼の女は近頃此國に参りましたアブラハムと言ふ男の妹だと言ふ話で安心して召入れたので御座ゐまして、夫があらふなどゝは夢にも存じませんでした。然し幸な事に私は未だ彼女と交接致しては居りません、何しろアブラハムは妹だと申しますし、彼の女に聞けばあの男は自分の兄だと申しますので、實は私は何んにも知らないで致したことですから御勘辯願へないでせうか、あなたはそれ共何も知らないで罪を犯さうとした正しい者をも殺さうとなさるのですかそりあ聞えません』とうらめし氣に搔き口說いたところ。

『いや〳〵余もお前が知らないで遣つた事だと言ふことはよく存じてゐる。だから今日まで彼の女をお前に許さぬやう蔭乍ら護つてゐたのだ。然らば彼の女をその夫アブラハムの許に歸せ、さすれば彼の女は豫言者だから汝の爲めにその生命の長久を祈るだらふ。然し若しお前がサラをその夫の許に歸さぬと言ふのなら汝等の一族郎黨立どころに死の運命を見舞ふぞ』とおどかした。

　さて翌る朝、アビメレクは夜のほの〳〵明けに起床して家來を悉く一堂に集めて昨夜の夢の一件を語つたところ、いやもう家來共の驚き一方でない。皆んな生きた心地もない程に恐れおのゝきサラをアブラハムの許に歸すやう進言した。

　アビメレクは早速アブラハムを迎えにやつたのでしたが、さてアブラハムがお召に應じて參殿しますと頭から怒鳴り付けた。

『こりや、アブラハム!! 汝は余に對して何んと言ふ事を致したのだ。余が何か悪い事をしたのでお前は私と私の國に罪を作らせやうと企んだのか、一體全體何を見てこんな事を仕たんだ』と疊みかけました。

　アブラハムは落付いたもんで『此土地の人は神を畏れないから、私の妻のため人が私を殺すだらふと思つたゞけです。私は噓は申しませんよ、實は私の家内が私の妹だと言ふことも決して噓ではないのです、あれは私の母のでない父の子、即ち腹異いの妹でして、一緒に住んで居る内に遂一緒になる樣な事になつちまつたんです。ですから妻であり亦妹である譯です。それに國を出る時エホバが私達に申さるゝ樣、お前達は他の國に行つたなら兄妹だと言へ。これは余の汝等に施す恵みであるぞ、とおつしやつたもんですからネ』とシヤア／＼と述べ立てました。

何んの事はないゲラルの王様アビメレクもエホバとアブラハムとサラの三人組の美人局に美事に引掛つちやつた譯で、此の代償として、羊、牛、僕、婢、銀千枚、を甘々とアブラハム達にせしめられ、サラはアブラハムに返した上『汝等兩人余の領土の内何處でも好める土地を選んで住むがよからうぞ』などゝつらい男氣を見せねばならぬ破目になつたのでした。

馬鹿を見たのはアビメレクです。

だが、さすがにエホバは神樣です。決してアビメレクだけに損をさせる樣な片手落なことはしませんでした。

アブラハムも亦此のまゝ猫バヽをきめて居るのは義理が悪いと思つたのでせう。

『是に於てアブラハム神に祈りければ神アビメレクと其妻および婢を遺したまひて彼等子を生むに至る。エホバさきにはアブラハムの妻サラの故をもてアビメレクの家の者の胎をことごとく閉ぢたまへり』と言ふ譯で、つまりアビメレクがサラを妻にした故を以つてエホバはアビメレクの一族の女達を悉く性的不能者にして置いて、さてゆる／＼とアビメレクをおどかしたのであり、また實質上の女ひでりの國にして置いてアブラハムとサラとをゲラルに入國させた、とも解されます。

エホバの深謀遠慮の程唯々驚くばかりであります。

だが後年アブラハムはアビメレクの良い相談相手となり百七十五歳まで生存らへて死んだと言ふのですから世の中の合緣奇緣は不思議なものと言はなければなりません。

# 性検閲アメリカ通信

談奇黨編輯局

見るもの、聴くもの、讀むもの、何一つとして自由を束縛されざるはなきわが國に比較すると、フランス、ドイツ、イギリス、イタリー、支那なんて國は、その醜猥賣に見るに絶えざるものがある。

これらの國々では、到底日本へは輸出できない書物が公然と刊行されたり、怪しい秘密クラブが公然の秘密になつたり、春情を唆る繪畫が威風堂々とサロンに陳列され、又ナポリの博物館などには、夜の樂しい世界そのまゝの繪畫彫刻が累々と折重なる如く陳列されてゐるといふことである。

又、上海の書房などでは到る所に金瓶梅や肉蒲團、如意君傳、紅夢樓などの珍書が公々然と白日の下に晒され、わが日本をまるで野蠻國扱ひにした不屆仕極の振舞である。

然るに、最近又々日本の官憲を頻めつ面させるやうな性検閲問題が、太平洋の彼方、弗の國アメリカに勃發した。と云ふのは、いやしくも、日本などで　〇〇〇を半分も埋めなければ忽ち禁止、忽ち罰金になるであらうところのマリー・ストープス博士の「結婚愛」が、全アメリカの隅々まで發賣頒布されるやうになつたことである。

此書ばかりは、過去十三年の長きに亙り、「わいせつにして不徳義なり」といふ名目の下に、尊敬すべきアメリカの官憲はダンゼンこれが發賣頒布を禁止してゐたのである。

イギリスなどでは老舗ブツトナム書房の手によつて今日まで既に七十萬部を賣り盡したとのことであるが、女のことゝいふと、すぐに眼を皿のやうにする日本と米國では、まさか共同戦線を張つたわけでもあるまいが、この書の検閥方針は同様であつた。

これを發賣しても構はぬといふ判決を與へたのは判事ウールシ氏で、時恰かも一九三一年四月六日。

ヤンキー・ガールども喜ぶまいこか、あの際どい夫婦和合の方法論に、赤いアンダー・ラインをひいては、ひたすらに良き夫へのサービスを研究してゐるといふ。

いや實に困つたものだ。今に日本の娘たちまで讀みたがるやうになるであらう。

まだ、それ許りではない。產兒制限運動の第一人者であり、避妊の國際的權威であつたオランダのドクトル・ヨアンネス・ルトゲルス氏の「その生物學的意義に於ける性的生活」が公然と輸入されるやうになつた。

この原著はルトゲルス氏の死後二十年を經て、ウヰンのある書肆から發行されたものであるが、圖解入の素晴しい逸品で、これを百二十部ばかりシヤトルの某書店が輸入したところ、忽ち稅關官吏に押收された。これが日本の商人などなら直ちにペシヤンコにへえつくばつて了ふのだが、「稅關吏の獨斷では如何なる書籍も禁止できぬ、輸入の可否についての問題は聯邦法廷によつて決せらるべきだ！」と喧嘩ごしになつて爭つたところ、豈計らんや輸入者側の勝訴になつた。

最後に理學士ヘレナ・ライト氏の「結婚に於ける性的因子」これもどこかの國みたいな、まだ人民どもの精神が訓練されてゐない國では、當然發禁ものであるにも拘はらず「わいせつ、不德義と認めるなにものもなし。」といふあつさりした判決であつたといふことである。實に寒心に堪へぬ次第であるが、われ〳〵談奇黨員にとつてはこよなき吉報で、アメリカ合衆國性檢閲鬪爭史上のエポック・メーキングとして、二度でも三度でも世に紹介したい。そのうちにはウールシ氏みたいな血の氣のある名判事も出ないとは限らぬ。

文明が少しをくれてゐると、なんでも彼でも罰にして了はねばならないものと見えて、日本の出版法違反の罰金の高いこと。こればかりは世界一と威張つていゝ。（終）

# ふんどし綺談

久峻山人

たいていの人間に一つや二つのエロ失敗談があるやうに、僕にも亦愉快な思ひ出がある。敢て自慢にもならないから、まアお茶でも呑みながら聽いて頂きませう。

それはまだ僕の若かりし頃――と云つても今だつて老人ではないが――僕の勤務してゐたA地からB地へ轉任した時のことだ。

なにしろ天降り的な轉任だつたので、妻や子供を連れて赴任するといふ餘裕がなく、僕は落莫たる孤獨の旅をしなければならなかつた。ひとり旅――これがそもく失敗の原因である。といふのは、數日間汽車や汽船に乘つてゐたので、出發間際に取替えた新しい畢包《すんづゝみ》が甚だしく汚れた。殊に酷熱皮膚を燒くやうな眞夏であつたし、汗と油でベトベトになつた。誰でもさうであらうが、この汚れた畢包を股間につけてゐることは可なり不愉快なものである。僕はたまらなくなつて、宿につくとすぐさまトランクを引掻き廻して探してみたが、妻も餘程あはてゝゐたものと見えて、思慮畢包の事にまでは思ひ及ばなかつたと見える。流石の僕もこれには參ゐつた。着任早々宿の女中に畢包の洗濯も依賴出來ず、洗濯屋に出すのも氣がひけた。そこで、何はともあれ、畢包の新調を買つてやらうと、フラリと表に出て呉服屋を探して歩いた。僕は學生時代と雖も、畢包みだけは獨りで買ひに行つたことが一度もなく、穢くなると、僕のよきマヽはいつでも新しいのと取替へて呉れた。漸く呉服屋を探して

「おい、畢包をくんな」とやつたものさ、するとナ。番頭の野郎怪訝な顔つきをして

「おあいにくさま!」と來やがつた。

こんな大きな呉服屋に畢包の一つや二つないなんて、そんなベラ棒なことがあるものかと思つたが、いくら思つたところでないといはれるものは仕方がない。又次の呉服屋を探した。こゝでも前と同じやうに

「おあいにくさま!」と吐した。それから次次と探し歩いたが、どうしてもないといふ。

高が知れた畢包ごときで、これ程迄に苦勞するのかと思ふと、さすがの僕もうんざりした。確か八軒目か九軒目の家であつたらう。この家ならきつとあるに違ひないと思つて訊ねたところ、やつぱり畢包《きんづゝみ》はないといふ。

そこで遂に業を煮やした僕は、呉服屋の店員を叱りつけるやうに

「いつたいこの町では畢包はどこゑ行つたら買へるかネ」

すると店員が

「へえ、きんづゝみでござんしたら、そこの先の小間物屋さんへゐらつしやいますと御座います。」といふぢやないか。

「小間物屋?」

僕は頗る不審に思つた。所變れば品變るつていふが、この土地では小間物屋で畢包を賣つてるのかと思つて、又ノコノコと小間物屋へ出かけて行つた。なアんだバカバカしい。さうならさうと最初から判つてゐれば、九軒も十軒も呉服屋を探し廻らなくともよかつたのに――と、愚痴をこぼしたところが、土地の習慣なら仕方がないと思つて、諦めるより他に致し方がなかつた。

そこで、小間物屋の店先でいきなり

「おい畢包《きんづゝみ》を呉れないか」と洒々としてやつたものサ。

「ハイハイ、暫らくお待下さいませ!」

かう云つて番頭が起ち上つたから、やれ〳〵、これでや

つと安心した。大願成就、奪ひ取つたり蚤の睪丸といふことがあるが、僕のその時の喜びは、蚤の睪丸どころではなかつたらしい。

あゝ然るに、あゝ然るにだ。僕の側へ近寄つて、ペコリと頭を下げた番頭殿が云ひけるには

「あのう、きんづゝみはどんなのがよろしう御座いませう。品物はいろ〳〵御座いますが、縲皮《なめしがは》がよろしう御座いませうか、それとも呂刺に刺繍のも御座います」

この變竹林な解答は又々僕を阿然たらしめた。僕の家もさう貧しい暮しはしてゐないが、幼少の頃より未だ嘗つて縲皮だとか刺繍の睪包などいふものは、てんで肌身につけたことがなく、面喰つたといふよりも些かテレて了つて、

「いやなにそんな贅澤なものでなくても晒木綿で結構だ。」

と答へたものだ。

「はあ、さやうで御座いますか、ではこれぢやあ如何でせう？」と差出された品を見るとこれはしたり、晒木綿には違ひなからうが、それこそまさしく鬱金《うこん》の金巾《きんちやく》ではないか。

「ワツハハハ……」

俄然僕は頓狂な聲をあげて笑つて了つた。「これは君きんちやくぢやないか。僕の頼んだのはそれぢやなくて、これを包むんだよ、これを……と、股間のあたりを指さしたところ、番頭も腹をかゝえて吹き出した。

「アハハハ……あなた、それあふんどしぢやあ御座いませんか。」

そこで僕はいよ〳〵テレて仕舞つた。

ふんどしを知らないなんて、まるで嘘のやうな話であるが、その時は全く褌といふ名稱の存在することを知らず、その證據には、番頭がふんどしと云つたのを、ふんどんと耳の中に入れこんで了つた。

「ふんどしならこの先の呉服屋にゐらつしやい」と敎へられ、まるで狐に鼻でも摘まれたやうに、キヨトンとした顔附をして悄々と再び呉服屋へ引返したものす。

ところが呉服屋へ引返して

「君、睪包ではなかつたよ。ふんどんを呉れ給へ。ふんどんはあるだらう！」とやつた。すると店員又々おかしな顔附をして

「てまへどもにはふんどんは御座いませんが……」

「だつて、僕は今そこの小間物屋さんできいて來たのだよ！」と些かカツトした句調でたゝみかけると

「いや、それあ何かのお間違ひです。ふんどうでしたらどうか金物屋さんへ行つておきゝ下さい。」

いや僕は全く分らなくなつて了つた。金物屋に睾包があるなんて、そんなバカげたことがあるものかと思ひつゝ、半ばヤケ糞も手傳つて、又ヨチヨチ金物屋を訪れたのだから、あゝ、なんと淺間しい、われながら呆れ果てたオタンコ茄子であつたことよ。

最初から一西三尺とか六尺とか云つて買ひにゆけば、かうしたチグハグな喜劇を演じないで濟んだであらうが、そこがそれボンチ育ちのあさはかさ、自分で買物をしたことがまるでないのだから、まるで嘘のやうな話である。

だが、一面に於て多分に磊落剽輕な僕のことであるから、金物屋を訪れて

「君ふんどんを呉れ給へ」とやると

「ハイ承知いたしました。重さはどの位で御座いませう。」

これには僕もムツと來た。いやしくも、他のことならいざ知らず、他人の秘具の重さを訊くなどとは以ての外、人を嘲弄すにも程があるぢやないか。

睾《きん》の輕重によつて、その善悪、或ひは丈夫不丈夫を試すつもりか、それとも、粗惡な品を賣るつもりか、兎にも角にも人を辱めた不届仕極の質問である。僕は腹立まぎれに

「重さかネ。重さはお前のと同じ位だよ……」と云つてやつた。すると店員いぶかしさうに

「へえ、でも私しの方にもいろ〳〵御座ゐますので……」

といふ。

「うん、それあさうだらう。小僧から番頭までそれ〴〵その重さは異つてゐるだらうが、しかしそんなことは如何でもいゝぢやないか、こんなことで時間をつぶすのはバカバカしいから早くして呉れ給え。」

「でも旦那、重さが分らなければどんなのを差上げていゝのか分りません」と吐す。

僕は熟々慨歎した。僕の母が只の一度でも僕の睾丸の重さを調べて睾包を買ひに行つたことがあるであらうか。僕

の妻が只の一回でも掌中に乗せてその重さをはかつたことがあるであらうか。いや斷じてない。又、妻から「あなたの睪は何グラムありますから、睪包はこれだけのものをお求めなさい」と云はれた記憶も一つもない。

　そこですつかり諦めてしまつた僕は

「重さはお前のと同じ位だと思ふが、それで見當がつかなければふんどんはもう要らないよ！」と言つてやつた。

　すると店員も困つたらしい顔附をしてゐたが

「まア、そんな頑固なことを仰言らずに、せめて棹だけでも拜見させて頂けませんか」といやにしつこく搦んで來た。

「なにつ！棹を見せろだつて？」

　實に言語同斷なことを吐す奴ぢや。古今東西いづくの地に行つても、睪包が欲しいと云へば、棹を見せろといふ商人がどこにある。ふざけるにも程があるではないか。たとへ對手が偕老同穴の契を結んだ妻と雖も、こんな不躾なことは滅多に云はない。而も、大道の店先で着物をまくりあげて、そんなたわけたことが出來るものか。いくら夕暮近くの薄闇とは云ひ條、客の取扱を知らぬ無禮な奴だ。これが舊幕時代でゞもあつて見ろ、忽ち一刀兩斷、心眼音なしの構へとかいふ奴で、モロに素つ首を放ね飛ばしてやるところだ。が、さうも出來ないので

「チエッ！ ばかげたことをいふナ」と、カン〳〵に怒つて、僕は踵を返して了つた。

　僅か五十錢足らずの睪包を買ひに出かけて三時間半、遂に宿望を遂せずして僕は空しく旅館に舞ひ戻つた。そして撫然たる面持で女中に訊いてみた。

「この土地ではこれを包むものを何といふかね」と、例の箇所を指示すると

「あら、旦那さまはそれを御存知ないんですか。褌《ふんどし》のことでせう。」と云つて、何だか意味ありげにウフフ……と笑つた。

　さうだ褌だ、褌、褌、その時僕は始めてふんどしといふ名稱をハッキリと覺えたのである。睪包——金巾——分銅——褌——

　あゝ何と愉快な、何とバカげた、あまりにもナンセンスな思ひでゞあることよ。（終）

# 倫敦の寡婦クラブ

ヘンリー・クラウソン作
山田宗是譯

## 一

停車場を出たロオレンゾは、はじめてのロンドン訪問のこととて、少からず面喰つた。「チャーリング・クロス」といふ鐵道地名標の前に暫くの間はたゝずんでいたづらにスーツ・ケースを兩手で遊んでゐるより外に途はなかつた。時計を出してみると、もう約束の支店員クラアク君が出迎へに來てくれる午後四時なのに、どうしたことか、ロオレンゾの目には彼れの姿が見えなかつた。

（どうしたんだらう？　困つたなア。もうそろ〳〵日が暮れかけると云ふのに）

彼れは漸く茜さしはじめた空を見上げながら、呟き〳〵停車場の大玄關からフラフラと入口の方へ歩き出した。彼れはもう待ち切れなくなつてゐたのである。

ロンドンの街！　それは初めて見るものゝ目には何んと狹くるしく雜然と見えたことだらう。まして、東印度の熱苦しい黄麻《ジュート》の原産地から商命で出張して來た彼れの目に、どんなに生活しにくゝ見えたところで、あんまり不思議ではなかつたらう。彼れは物珍らし氣にあたりを見廻しはじめた。左手にある「シャンベル・アンド・コムパニイ」の建物の三階の硝子窓が一つだけ開いてゐて、そこからは若いタイピストが指を動かしてゐるのが見えた。それから、洋服屋、雜貨店、ホテルの特有な旗、店、店。街の眞ン中に立つてゐる雲突くやうなヘルメットは交通巡査だ。こゝはホワイト・ホールの大通り——バスが走る、タキシ、自轉車、紳士が通る、女が行く——それはこの世界中のどこにもある市街風景だ。

（冗談ぢやない！　クラアク君はどうしてるんだらう）

ロオレンゾは眞ッ黒な顔を少ししかめて、もう一度あたりを見廻した。

丁度、その時、目の前へそゝくさと一臺のタキシが停つて、同時に、一人の男が半身を出して、ステッキを車の窓から高くさしあげた。

「ヨオ、こゝだ、こゝだ」

それは待ちに待つたクラアク君だつた。

（冗談ぢやない）

もう一度彼れは口のうちで叩きつけるやうに呟いて、少しムッとしたやうな顔で默つて立つてゐた。

「隨分待たせて、すまなかつたねェ。暫らく振りだね」

クラアク君は懷しさうに降りて來た。

「冗談ぢやないよ」ロオレンゾははじめて口を開いた。「こゝにかうして四十分以上も待つてゐたんだぜ。もう五分もして來なかつたら、一人でホテルをとらうと思つてゐたところだよ」

「すまん、すまん！」クラアク君は人の好ささうな笑ひ方をして頭を掻いた。「その代り、吾等の社へ顔を出すのにはまだ二日の餘裕があるから、今夜はその謝罪の意味に歡迎の意味も籠めて、實に愉快なロンドンの半面を案内しやうぢやないか」

「ウフフフ」すつかりロオレンゾは上機嫌になつた。「よからう！　だが、僕はごらんの通りの印度製だが、果して、ミス・ホワイトのウヰンクの圏内に突進できるだらうかなア」

「その心配なら御無用さ」クラアク君は彼れの肩を叩いた。「わがジョン・ブルの國にはそんな偏見を持つ女はゐないんだ。さあ、ゆかうぢやないか」

「だが、ホテルはどこか――」

「任せておき給へ。惡いやうにはしないから」

クラアク君は待たせてある自動車に、ロオレンゾを引ッ張り込むと、車は何もかも承知といふ風に走り出した。

「さて」クラアク君は快活な調子でロオレンゾの膝を叩いた。「一つ、僕が、赤毛布の君に、無料案内者《ヴァランティア・ガイド》にならうかな。いゝかね。この通りはホワイト・ホールの大通りであります。そらツ！　前方に見え出した高い塔が、あれが國會議事堂であります。あの頂上にある大時計が、かのベンヂヤミンの造るところの『ビッグ・ベン』、その向ふの塔が貴族院、まだ見えないが、そのうしろに見えるのがウエスミンスタア寺院《アベイ》、左の橋がウエスミンスタア橋、アベイの向ふがトラフアルガア四辻、ネルソンの柱像が天を摩してゐます。それから、橋の手前に見える古めかしい赤瓦のビルデイング、あれがイギリス海軍省、それから、……」

「もう澤山だよ。クラアク君！」ロオレンゾは苦笑した。

「僕は旅行に來たつて、建物や風景には至つて興味のない方だからね」

「いや、同感！」クラアク君はこんどは自分の膝を叩いた。「益々君は話せる代物だ。ぢや、ロンドン遊覧案内の方は撤回しやう。その代り、ホテルへついてから、すつかりロンドン・エロ・グロ案内に就いて、この二日の時間を最もいかに有益に使用するかについて、二人でプランを樹てやうぢやないか」

「愉快！」ロオレンゾの方も膝を叩いた。「僕は君のやうな頼もしい男を友人に持つて光榮だよ」

「ストップ！」

タキシはキイーとゆるやかな軋り聲をあげて、或るビルディングの前に停つた。

「さあ、ロオレンゾ君！　着いたよ」

クラアク君は元氣よく自動車から降りた。

「これが、當分、僕の巣になるわけだね？」

「左樣。だが、晝間のあひだ丈けさ」

クラアク君はタキシの勘足をすませると、ロオレンゾの左腕を摑んだ。

「部屋は、失敬ながら、もう既に僕が定めて置いたよ。氣に入らんか知らないが、我慢してくれ給へ」

「有りがたう。何もかも結構だよ」

ロオレンゾにして見れば、郷里の黄麻《ジユート》工場の事務所附屬官舍から見たら、凡そ、どんなホテルだつて、美しい天國には見えたゞらう。ロオレンゾもクラアク君も亦、こんどの歡迎にはホテルの善惡などはプログラムに這入つてはゐないからであつた。

## 二

それから、このホテルの一室で、約一時間ほど密議を凝らした彼等は、やがて、クラアク君を先頭にして、弓から放たれた矢のやうにドアの中から飛び出して來た。

「さあ、行かう」クラアク君がロオレンゾに云つた。「だが、前以つて云つて置くが、君、相手の女の名前や身分を聞いたりしてはいけないよ。それは絶對に禁じられてゐるところなんだから」

「よし、よし」ロオレンゾは目を細くして云つた。「レディも至極いゝがねエ、五十を遙かに越したお婆ちゃん――なんてのはあやまるぜ」

「大丈夫！　いかに名稱が『寡婦《ウイドウズ》倶樂部《クラブ》』と云つたからつて、君、科學的に見て、女性として生命のないやうな者は、入會を禁じられてゐるといふ、頗る合理的なクラブなんだよ。しかも、これが君、わが上流社會の美しい寡婦オン・パレエドを呈してゐるんだから、先方から御馳走が出て、しかも、萬事われ〱をエンヂョイしてくれると云ふんだから、凄いだらう？」

「凄いも凄い、とても凄いが、僕はこの二十五になる今日まで、ガウダマ・シドハラタ以來の歴史を繙といて見ても、こんなうまい話は見つからないよ」

「大丈夫さ！　僕は既にその客員なんだ。だからウソ偽りの有らう筈がないぢやないか。」

「よろしくたのむよ。僕は、實際、君のやうな……」

「おツと、――頼りのある友人を持つたことを光榮に思ふよ――だらう？」

「いや、叶はない」

「さあ、タキシだ」

そして、二人はホテルの玄關からタキシを走らせた。

「旦那！」二分もするとタキシの運轉手が聲をかけた。「まだお行先をうかゞひませんでしたが、どちらまで」

「チープサイドだ」と、さう云ひかけたクラアク君はあはてゝ云ひ直した。「ベル・メル！」

「すると、チープサイドへお寄りになつて、それから」

「違ふよ。ベル・メルへ眞つ直にゆけばいゝんだよ」

「あゝ、ぢや、旦那方はクラブへ行らつしやるんで」

「さうさ」

「この節は大分クラブの紳士方も隨分お早くお出でになるんですな」

「何故だい？」

「だつて、旦那！　まだ八時をやつと廻つたばかりでございますぜ」

ロオレンゾが時計を見ると、まだ午後八時を十分とは過ぎてゐなかつた。

「馬鹿なことを云へ！」クラアク君は負けてゐなかつた。「お前等はすぐさう云ふ風に考へるから、一生タキシの運轉手をやつてゐるんだぜ。同じクラブへゆく紳士にだつて、われ／＼のやうに全くの清遊を目的とする階級もある――」

「エヘヽヽヽヽ」

運轉手はいやな笑ひ方をして、フロント・グラスを斜めにした。

二人を乘せた、自動車は、夜の雜踏の四辻をいくつか曲つて、やがて、目的地のベル・メルのクラブ街へと突進した。こゝは流石にクラブ・ランドと云はれるだけに物靜かで、軒をならべた「△△クラブ」「×××クラブ」の明るい窓はあつても、その建物の中で行はれる凡そこの世の素晴しき秘密は、とてもその分厚い化粧煉瓦にさへ切られて洩れるものではなかつた。

「さあ、旦那方は、どこのクラブでお降りになるんですか？」

運轉手は彼等に心安さうに聲をかけた。

「よし、こゝらで、おろしてくれ」

クラアク君は運轉手に命じた。

「だつて、旦那、こゝはまだクラブ・ランドのホンの入口ですぜ」

「いゝから、降ろせばいゝんだ」

「ヘエ」

タキシはピタリと街頭に停つた。彼等はしこたま運轉手にチップを彈むことを忘れなかつた。

「クラアク君、一體、こんなところで、僕を降ろしてどうするんだね」

「まア、默つて僕についてくればいゝんだよ」

クラアク君は車道を横切つて向ふ側の人道へ移つた。ロオレンゾも亦仕方なく彼れの跡を追はねばならなかつた。

それから、二人は幾つかの小辻を曲つて、やがて、袋小路になつた一角に聳えてゐる四階建の相當大きいビルディングの前まで來ると、クラアク君はそつとロオレンゾの肘を輕く突いて云つた。

「こゝだよ。われらの目的地は」

ロオレンゾは異常な緊張味を感じて、默つて彼れの跡について行つた。

クラアク君は玄關に立つとベルを押した。すると、受附子には惜しいやうな若い女が出て來た。

「ウイドウズ・クラブへ」

「はあ、どうぞ」

で、彼等はホールを横切つて左側の階段を上つて、そこからリフトで三階の廊下まで送つて貰つた。

「さあ、いよ〳〵、そのドアの中が目的地だよ」

クラアク君はまた呟いた。

「僕は？」

「僕はツて？」

「いや、君は顔見知りかもしれないが、僕は初めてだからな。それに」

「だから、僕が紹介の労を執るわけぢやないか。何をそんなにビク〳〵してるんだい。君にも似合はない。いつかダッカでビイを買つた時のやうな元氣になるもんだよ。君」

「わかつた、わかつた」

そこで、クラアク君はドアに向つて成儀を正して、かねて合圖のノック信號をした。

（――…――…――…――…――――）『よろしいですか？』

「はい」

間もなく、内部から若い女の澄んだ答へがあつて、それから、このノック信號に對する答へが響いて來た。

（――……――――――…）『萬事、O・K！』

と、同時に、コトリと低い音がして、ドアが開いて、美しい眼の若い女が顔を出した。

「まあ、クラアクさんでしたか？　ようこそ」

「ごらんの通り！」クラアク君は大仰に兩手を擴げて見せた。「グリンバンク夫人は？」

「はい。いえ今夜はドウソン夫人の受持でいらつしやいますわ」

「ほゝお！」クラアク君は兩手を揉んだ。「それは益々よろしい。ドウソン夫人と云へば、わがクラブの美しきクヰンでゐらつしやるのだから」

「まあ、お口のうまいこと！」

「いや、本當ですよ。ぢや、そのドウソン夫人に僕と、もう一人印度の友人が來てゐることをお取次ぎねがひたいですな」

「では、この應接間で、暫らく、どうぞ」

若い女は二人を殘して向ふの部屋へ消えた。

二人は傍の善美なソフアに腰を下した。

「おい、クラアク君！　僕は公用に來たんぢやないんだぜ」

「それはどう云ふ意味だね」

「だつて、お取次があつたり、應接間で待つたり、チエツ！　この次ぎに現はれるのは青いテイブルのオフイスだらう」

「ところが、左に非ず、これからが面白いんだ。我慢し給へ」

「ぢや、今夜のドウソン夫人の受持と云ふのはどう云ふわけだ」

「一々聞く男だね。君は。それは會員が四十人あつてね、それが順番に司會者をやることになつてゐるんだ。つまり、今夜はドウソン夫人が司會者だといふわけだよ」

「すると、今夜も亦、四十人の寡婦さんが向ふの部屋にズラリと來てゐるつてわけかね」

「原則としては、さう云ふわけだが、そこは澤山の人のうちだ。病氣不參や事故不參も出來やうぢやないか。だから、平均毎晩二十人以上のウイドウが御臨席になつてゐるのだ。さうして、われ〳〵のやうな男性の客員の隨時訪問を待つて、『プリズ・カムイン』と來るんだから、有難いよ」

「な、な――る程」

ロオレンゾは感心してうなづいた。

そこへ、先刻の若い女が歸つて來た。

「お待たせいたしました。では、とうぞ、いつものお部屋へ――」

「御苦勞様！　ミス・パーカーはいつもお若くてお綺麗ですね。きつと、今に良縁に惠まれますよ」

「いやな方！」

娘は耳たぶを少し桃色にして、脣を嚙んだ。

「さあ、君、ゆかう」

促されたが、ロオレンゾにはミス・パーカーの桃色の耳たぶが氣になつた。

「おい、ロオレンゾ君、何をしてるんだよ」

「ねえ、クラアク君！」ロオレンゾはオヅオヅとして云つた。「あの娘みたいな人も可哀さうな寡婦かい？」

「ウハヽヽヽ」クラアク君は腹を抱へた。「十七娘を寡婦だなんて。あれは、君、このクラブの受附子だよ」

「僕は彼女の方がいゝよ。君。ドウソン夫人なんてヤモメ女は消えてなくなれだ。ミス・パーカーとは、いゝ名だな」

「おい、しつかりしてくれ給へよ。お芝居はこれからなんだから」

クラアク君は正面のドアをノックしながら小聲でロオレンゾに囁いた。

# 三

「ドウソン夫人！　これが私の友人で、同じ仕事の同僚のロオレンゾ君！　見かけは栗のやうに黒いですが、洗練された佛敎主義者で紳士です」

「まあ、それはようこそ！　東洋の珍客が不意にゐらつしやるなんて、今夜はよツぽど私は幸運なんですわ」

「で、早速ですが、このロオレンゾ君に誰方かお一人、適當なお話相手を御配慮ねがひたいもんですな」

「承知いたしました。では、私にその詮考を一任して下さいますか」

「結構です」

「ぢや、暫らくお待ち下さい。調べますから」

　ドウソン夫人は女辯護士のやうな態度で、颯爽として立ち上ると、一冊の分厚なアルバムをとり出して、それを一枚々々めくり初めた。暫らくすると、その或る頁のところで、夫人はその忙がしく動く指をピタリと止めた。

「ねえ、クラアクさん」

「はい」

「ちよツと」

「何んです？」

　クラアク君は起ち上つて、夫人の傍へ行つた。その間、ロオレンゾ君は頗る手持無沙汰であつた。

「この方なんて、どうでせう？」

　ドウソン夫人はクラアク君に相談を持ちかけてゐた。

「これは――はゝあ、ヘギン夫人ですね。あのコチコチに痩せた」

「まあ、お口が悪いこと！　あなた、ヘギンさんとお話になつたことがありますの？」

「あるどころの段ぢやないですよ。前後無慮四回ありますよ」

「ぢや、いけませんわねえ！　さうすると」

夫人はまたいそがしさうにアルバムをめくり初めた。「この方は？」

「はゝあ、ミセス・スタウントン！　――おや、こりやア美しい方ですねエ。これは素晴しいな。こんな方が會員の中にはゐらしつたのですか！　では、どうです。夫人！　これは僕の方にねがへませんか？」

「まあ、クラアクさん！」夫人は目を皺だらけにして笑つた。「今はあなたのパートナアを撰定してゐるのですか、御友人の場合ですか、どつちですの？」

「いやア、これは撤回します。ぢや、この幸運なロオレンゾ君のために、この方をパートナアに撰んで戴きませう」

「承知いたしました。では、こんどは、あなたの番ですよ」

「僕はその夫人と踊ることが出來ないならば、あなたを措いてはいやです」

「まあ、あたくしをそんなにも讃美して下さるなんて、とても光榮ですけれど、合憎、御覧の通り、私は今夜は司會者なのでねエ」

「司會者だつて介はないぢやありませんか」

「いゝえ、このクラブはとても規則がやかましいのです。決して、律を破ることは出來ないのです」

「ぢや、僕はどうすればいゝのです？」

「ですから、あなたも亦ロオレンゾさんのやうに他の婦人を物色していたゞきませう。それとも、いつものスリップ夫人をおねがひしませうか」

「いゝえ、あの婦人なら結構です。踊りにくゝてあの人は駄目です。御面倒でも、では他の方にねがひませう」

その時、そこへ、案内も伴はずに一人の若い婦人が這入つて來た。

「今晩は！　遲くなりまして。皆さん、もうお揃ひ？」

「おや、ハンタア夫人！　お珍らしい」

「えゝ、一寸旅行に行つてたものですから。皆さんは、あちら？」

「もう先刻からお待ち兼ねですよ」

「ぢや、失禮しますわ。ドウソン夫人、またゆつくりと後ほど」

さう云ひ置いて、ハンタア夫人はニコヤカに向ふの扉へ消え去つた。

「ドウソン夫人！　あの方は？」

クラアク君の目は異様に輝いて來た。

「あの方は古い骨董屋さんの未亡人で、とても旅行好きな方なんですよ。お氣に入りまして？」

「いや、夫人！　實に素晴しい美しい人です。僕は大好きになりましたよ。若し。他の客員にリザーヴがなかつたら、一つ、今夜はあの夫人と踊りたいと思ひますがな」

「よろしいです。幸ひ、あの夫人はこゝのところ數週間休みつゞけてゐらしつたのでリザーヴした方はありませんから。でも、もう少し遲くいらつしやるととても駄目でしたらうよ。本當に、あなたは運のいゝ方ですわ」

「仰有る通りです」

クラアク君はもうロオレンゾのゐることなどは忘れてしまつたやうになつてよろこび勇み立つてゐた。

「さあ、では、お二人ともパートナアが決定してお目出度うございます。では、ホールはあちらにございますから、存分にお遊び下さい」

ドウソン夫人はさう云ふと、卓上のベルをならして先刻の美しい女を呼び入れた。

「あのね、ミセス・スタウントンとミセス・ハンタアのお二人を、お呼び申しておいで」

「はい」

ミス・パーカーは反對のドアの中へ消えた。間もなく、二人の麗人はイヴニングの装ひも美々しく二人の前へ現はれた。「ミス・スタウントン！」ドオソン夫人はまづロオレンゾを紹介した。「この方はロオレンゾさんと仰有るインドの紳士で、今夜の踊りのお相手ですから、どうぞ」

「まあ、あたし」スタウントン夫人は有色人類に對して嫌惡を現はす代りにロマンテイツクな目なざしで酬ひた。それは自然の高い教養から放射されるものでなくて何んであらう？「東洋の方にお相手ねがふなんて、とても詩的ですわ」

「それから」ドウソン夫人は次ぎにハンタア夫人をかへりみて云つた。「ハンタア夫人、あなたは、このクラアクさんです」

「クラアクさん！　たうとう踊る機會に惠まれましたわね。あたし、どんなにあなたと踊りたがつてゐたか、御存知？」

「さあ、さあ」ドウソン夫人は持て餘したやうになつて云つた。「さう云ふ私事はあちらへ行つてなすつて下さい。こゝは神聖なオフィスですのよ」

## 四

それから二時間ばかり經つと、廣いホールは五六十人の男女で流石に立錐の餘地もなくなつてゐた。今宵は頗る愉快なプログラムに富んでゐて、ダンス競爭から初まつてさま〴〵なアムールの遊戲がつゞけられて、今や、キスの競技會といふのが初められた。

「さて、皆さま！」司會者のドウソン夫人はステーヂに立つて聲を張り上げた。「これから初めます遊戲は『キス競技會』と申すものでありますが、初めます前に、一寸この競技の規約を申述べさせて置きます。この競技は決してキスの耐久力や技巧などに就いて競技するのではございません。この廣いホールに、今夜は三十組の男女の方がゐらつしやいますが、私が電燈のスヰッチを切りましてその眞の暗闇の中で、たつた一人のパートナアを捕へて、その方にキスを求めるのです。一旦捕へた方はその方より以外に他を求めてはなりません。また捕へられた方も亦他に走つてはなりません。況してや、他にある方を奪ひとつたりしてはなりません。これは紳士淑女の暗闇に於けるタブウのメンタルテストと見て戴きたいのです。

――次號へ續く――

# 編輯室から

× × ×

談奇黨創刊號は出るとすぐ禁止になりました。後からずゐぶん御申込を頂きましたが、以前からの約束通り、御氣毒ではありましたが創刊號は御屆け出來ないことになりました。

× × ×

士は已を知る者の爲に死し、女は已を知る者のために戀します。談奇黨また然りです。

雜誌談奇黨は讀者諸氏に御迷惑をかけないことをモツトーとしてゐますから、確實に配本するために、時に平凡、時に俊烈、その時々の狀勢によつて仕事を圓滑にすゝめますが、途中で失望したり嫌になつたりしないで、たつた一ケ年ですから購讀をつゞけて頂きたいと存じます。我々がどんな努力をし、どうして皆樣の期待に反かないやうにするかは、最後まで頑張つて頂ければ、必ずお分りになつて頂けるでせう。

× × ×

既に、彈壓々々と聲を大にして云ふ時ではありません。彈壓されることを威張る奴はバカ者です。だまつて彈壓に服して、積極的に諸氏へ御迷惑をかけないやうにすること、そのことだけに最善の努力を傾けたいと思ひます。といふ意味は、決して雜誌をつまらなくするといふ意味ではありません。我々が度胸があるかないか、それらはすべて後になれば分ることです。

× × ×

本號は前號に較べると、可なり調子がさがつてゐます。然し、われ〳〵はまだ〳〵多くの仕事をしなければなりません。一號や二號で叩きつぶされたのでは、恥を後世に殘すといふやうなものですから、時に山を越え、時に川を渡ることも必要です。

× × ×

誤植、誤謬、研究的なあやまりがあればどし〳〵これを指摘し、べんたつして下さい。その他すべての質問應答は時間の許すかぎり之を圓滑にして行きたいと思ひます。


昭和六年九月二十五日印刷
昭和六年十月一日發行（非賣品）

發行兼編輯印刷人　鈴木辰雄　東京市牛込區市ケ谷田町一丁目 市谷ビル内

印刷所　泰雲社印刷所　東京市神田區五軒町四二

發行所　書局 洛成館　東京市牛込區市ケ谷田町一丁目 市谷ビル内

# 談奇黨第二回通信

談奇黨第二號が愈々本日出來ました。創刊號は發賣早々禁止の災厄にかゝり、編輯發行人は勿論、筆者の人々まで一人一人取調べを受け、合法的な仕事に對する取締としては、從來その比を見ざる程の嚴重ぶりでした。

併し、合法的なるが故に讀者諸氏へは絶對に御迷惑をかけず、將來も亦安心して購讀して頂けるやう最善の努力を致します。

禁止

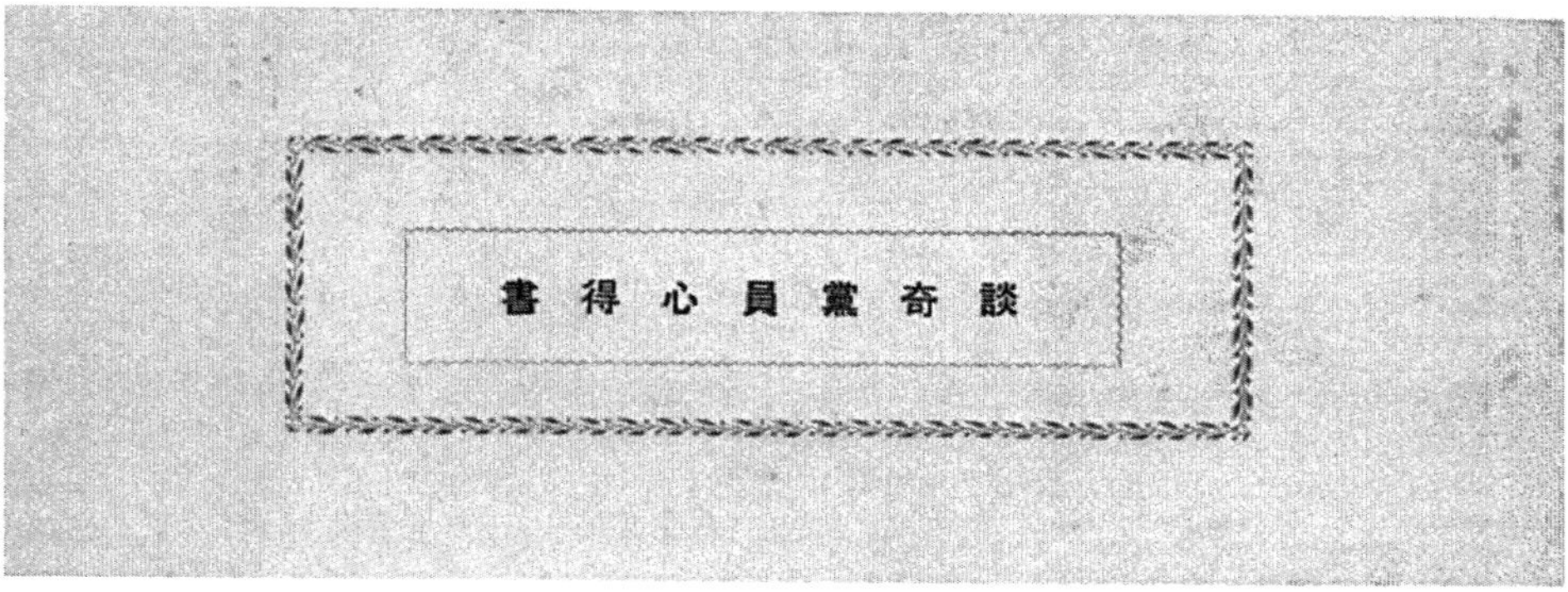

談奇党員心得書・表紙／裏表紙

# 談奇黨員心得書

## 〇 伏字の場合

〇が一つの場合は　穴、膣、開
〇〇が二つの場合は　局部、陰部、陽物、逸物
　陰具、女陰
〇×とある場合は　陰核、子宮、睾丸
×〇とある場合は　割目、龜頭
〇一ツの下に「る。」があれば　寢る。
〇一ツの下に「ひ、ぶ」があれば　轉び。轉ぶ。
〇一ツの下に「ぐ」があれば　脱ぐ、剝ぐ、脱がせ
〇一ツの下に「かせ」があれば　寢かせ。
〇〇二ツの下に「る。」があれば　はめる。入れる。
〇〇二ツの下に「たら」とあれば　入つたら、はめたら
　入れたら
〇〇二ツの下に「やう」とあれば　はめやうと、入れやうと
〇〇二ツの下に「し、す、せ」があれば　挿入し、挿入す。
　挿入せ
〇〇二ツの下に「む、ん」があれば　押込む、突込む
　押込ん、突込ん
「〇〇たり〇〇したり」とあるときは
　入れたり出したり
　拔いたりさしたり　｝と讀むべし
「〇〇に及ぶ」とある時は必ず　一儀に及ぶと讀むべし
〇〇〇と三ツの時は　いじる、くじる、つまむ
　いじり、くじり、こする
　こすり、摩擦し
〇めたり〇めたり　締めたり緩めたり

## × 伏字の場合

×が一ッの場合は　腰、股、腿、脚
××が二ッの場合は　太腿、股倉、兩脚
×一ッの下に「む、ん」がある場合は　挾む、挾ん
×一ッの下に「かし」とある時は　動かし
×一ッの下に「き、く」とある時は　抱き、抱く
××二ッの下に「ひ、ふ」とある時は　つかひ、つかふ
××二ッの下に「あふ」とある時は　抱きあふ。
××二ッの下に「つき」とある時は　抱きつき、組みつき
××二ッの下に「しめ」とある時は　抱きしめ、
××二ッの下に「り、る」とある時は　跨かり、跨がる
×××三ッの下に「げ」とある時は　持ちあげ
×××三ッの下に「ける」とある時は　押へつける
　押しつける
×××三ッの下に「せし」とある時は　組合はせ
　組合はし
×××三ッのときは　のばし、のばせ
　のばす、ひろげ
××××四ッの下に「と」とある時は　ひつたりと
眞××とある時は　眞裸體
××かゝるとある時は　乘りかゝる

## □ 伏字の場合

□が一ッの場合は　液、汁、唾
□□二ッの場合は　精液、精水、淫水、流水　射精
□一ッの下に〔れ〕があれば　濡れ、漏れ
□一ッの下に〔め〕があれば　嘗め、舐め
□一ッの下に〔ひ、ふ〕があれば　吸ひ、吸ふ。
□一ッの下に〔く、き〕があれば　拭き、拭く。
□□二ッの下に〔し、す〕がある時は　射精し、す、放射し、す、
□□二ッの下に〔法〕とある時は　射精法
□□二ッの下に〔する〕とある時は　射精する、放射する
□□二ッの下に〔こむ〕とある時は　流し込む、注ぎ込む
□□□三ッあれば　しぼり、すぼめ、ちゞめ
□□□□□五ッあれば　最後の一滴

△ 伏字の場合
△が一ッの時は　尻、臀、後
△△が二ッの時は　交合　交接、性交、一儀
ムが一ッの下に（らり　るれ）がある時は　握り、握る、握れ
△が一つの下に（み、む　め、ん）がある時は　掴み　掴む　掴め　掴ん
△が一つの下に〔ぐる〕とある時は　くすぐる。
ム△が二ッの下に〔さ、し、す〕とある時は　勃起さ、勃起し、勃起す
△△が二つの下に〔い、てく〕とある時は　引抜いて、引抜く
ム△△三ッの下に〔か、き、く〕とある時は　氣が行か、氣がいき、氣がいく
△△△△四ツの下に〔ら、り、ろ、れ〕とある時は　ほどばしら、迸り、迸る

、伏字の場合
、一つのときは　鼻、唇、舌、胴、腹、脇、肩、指、乳、毛、等に用ふ文章の前後より判讀すべし
、、が二つのときは　接吻、愛撫　興奮、快感、快樂
、一つの下に（れ、　なり）とある時は　重ね、重なり、
、一ッの下に〔き、く、ぎ、く〕がある時は　吐き、吐く、喘ぎ、喘ぐ
、一ッの下に〔れ〕がある時は　戯れ
、の下に〔ひ、ふ〕がある時は　弄び、弄ぶ
、、二ッの下に〔動〕があれば　上下動
、、二ツの下に〔え〕があれば　身悶え
、、、の三つの時は　喰附け、密着さ、接觸さ
ア………　アレ、ア、
モ………　モウ
……の如き　熱火の如き
……りと　ぴつしよりと、ぐつしよりと、ぐつたりと

▮▮ 伏字の場合
▮▮▮一ッの場合は　突、弄、抜
▮▮▮▮▮▮が二ッの場合は　突撃、合戰、激戰、闘爭
以外ニ該當セザルモノハ全然文字ヲ抹殺スル。

# 談奇黨正誤表

# 『談奇党』（秋季増刊号）

談奇黨
秋季増刊號
交合閨房秘書
現代艶道通鑑
東京淫神邪佛考
支那性愛笑話集
龍田の情死
太平禪寺物語
復讐の淫虚魔
3.

# 談奇黨

## 秋季增刊號

禁止

秋季増大號正誤

伏　　屍　　殿

ダンス・エロテイカ

淫婦のシムボル

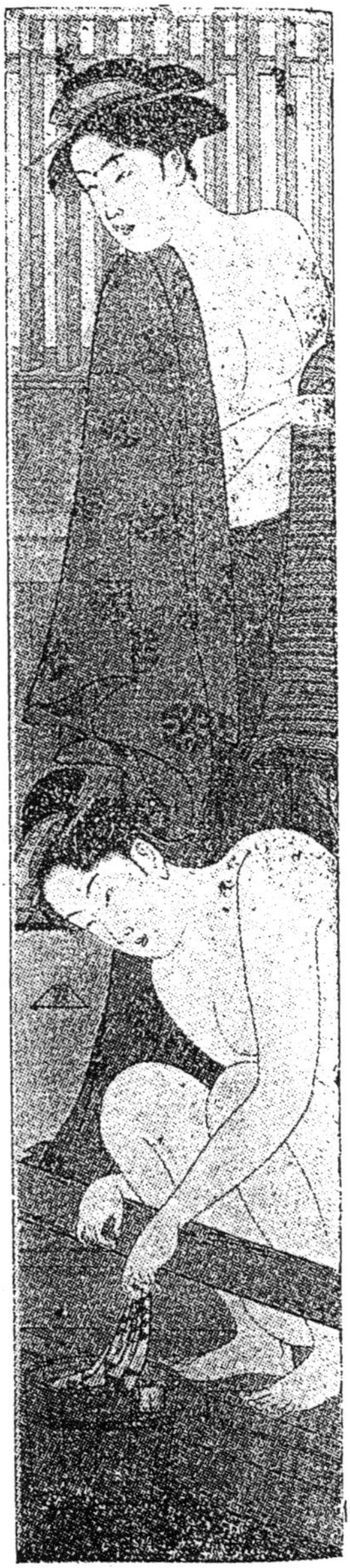

# 交合條例 閨房秘書

談奇黨編輯部

この書は明治十五年三月十三日内務省に納本され、世上一般に領布されたものである。然し今日では悠に珍書の部類に屬するもので、これを學究的に批判すると頗る幼稚なものではあるが、その所論の大膽なる點、その態度の眞面目なる點、それでゐて今日巷間に流布される何々博士著の性慾教科書より遙かに面白いことだけは事實である。修正なり意見を加へたい點は多々あるが、これを一個の文献として見る場合には原文のまゝを發表した方が妥當と思はれるので、敢て一句の駄辯をも附加へないで發表する。

たゞ、必要なる箇所に註釋のみ附加した。

# 緒言

予一日親友某を訪ひ、談偶ま衛生の事に及ぶ。某壁間揚る所の一扁額を指して曰く。人生の樂交媾より大なるはなく、人生の害亦交媾より先なるはなし。これを節すれば則ち衛生齊家の道となり、これを貪れば則ち損生破産の媒となる。樂しむべく亦恐るべきは其れ唯交媾乎。故に我假に交合條例を草して以てこゝに掲げ、竊に夫妻の鑑戒となすと。予讀了一回其意の深切、其の文の周密なるを感歎し、請て一本を寫得て歸る。予獨り其惠を受るに忍びず、遂に印刷に付して以て公衆に頒つといふ。

人倫の道夫婦より親きはなく、夫婦の情淫慾より先なるはなし。されども淫慾の事たるや甚だ六ケ敷きものにて、若しこれを節するに度を以てし、これを行ふに道を以てせざれば疾病隨て生じ、彝倫由て破れなん。豈に愼まざるべけむや。因て左に閨門中守るべきの條規を掲げ以て平常の鑑誡となす。庶幾くは健全を保ち倫理を全ふするに至らんことを云爾。

## 第一條

房事は毎週二回づゝ即ち一年一百三四回ぐらゐ行ふを適度となす。是より少くとも多くは決して行ふべからず。されども是は無病にして壯年なる者に就ていふのみ。老人と虚弱の者は此限りに非ず。

## 第二條

交合は情慾の眞に發動して生殖器充分に勃脹する時にあたりて行ふべし。情慾の自然に發動せざるを無理に促し、強ひて行ふが如きは甚だ健康に害あり。

身體健康心思《こゝろ》爽快にして夫悦び妻樂しみ、情慾自然に發動して抑へんとすれども自ら抑ふる能はざる時の如きを眞の情慾の發動といふ。かゝる時は極めて快美を覺ゆるものなり。若し之に反して身體に病氣あるか、又は夫婦和せざるとき強ひて情慾を遂ぐるが如きは、身體に害あるは論なく、決して快美を覺えざるものなり。人もし交合の眞の快美を極め且つ身體の健康ならんことを欲せば、須らく本文の趣を守るべし。

## 第三條

結婚當時及び壯年期に於ては、兎もすれば交接の快美なる味ひに夢中になるの餘り、夜となく晝となく之に耽溺する者多し。多淫に因て起るところの病多しと雖も、先づ左に叙列するが如き病の起るを以て其普通なるものとす。

第一　筋緩む
第二　心臟の働き不順となる
第三　卒中
第四　肉落ちて瘦す
第五　皮膚の色死人の如くなる
第六　風邪引きやすし

第七　眼凹み穴の如くなる
第八　髮の毛脱ける
第九　身體懶惰となりて働きを嫌ふ
第十　少く働きても忽ち疲る
第十一　肺の傷寒を患ふ
第十二　食事前に心持あしく或ひは氣遠くなりて食するに懶《ものう》し
第十三　食後に嘔氣を生す
第十四　夜眠りがたし
第十五　音聲濁りて淸らかならず
第十六　眩暈
第十七　喘息
第十八　視力衰ふ
第十九　聽力衰ふ
第二十　勉強力失ふ
第二十一　臆病となる
第二十二　記憶力衰へて物事忘れやすし
第二十三　人と談話するを嫌ひ常に靜寂なる所へ引籠るを求む
第二十四　顏靑くなる

第二十五　氣短かくなりてやゝもすれば怒りやすし
第二十六　手震へて筆等を把りがたし
第二十七　背髓に疼痛を生ず
第二十八　不意に失意《きぬけ》す
第二十九　些細なることにも驚き恐る
第 三 十　物事に心を止むることなくなる
第三十一　涕《はなみづ》出る
第三十二　房事を夢みて遺精す
第三十三　疝氣を起す
第三十四　陽物の勃起力衰ふ
第三十五　レウマチスを患ふ
第三十六　癲癇となる
第三十七　呼吸苦しくなる
第三十八　咳出る

## 第　四　條

精液の缺乏は多淫若くは手淫のために生ずるものなり。これを復せんには暫らく交合を禁ずべし。

尙ほ外に一方あり。寒水浴を陰部に行ひ、朝は六時前より起き、晝間は適宜に運動をなし、牛乳鷄卵の如き滋養分多き物を喰ひ夜は軽き衾を用ゐて眠るべし。此の如く四五週間も行はゞ次第に補充するを得るものなり。

## 第五條

夫婦は同室に寝るを以て其通例となせども、その室は務めて廣きを要すべし。

凡そ健康なる壯年の人は大抵一分時間に二十立方尺の空氣を呼吸するものにて、一たび呼吸したる空氣は甚だ毒を含むものなれば若し閨房せまき時はふたゝび吐きだしたる空氣を吸はざるべからず。故に本文の如く言ふなり。されども裏店住居の如きは別に寢室とてもなければ、是等の人々は適宜に空氣の流通をさへ注意すれば可なり。

## 第六條

世人は交合の姿態を種々《さまざま》に變へて見て、婦女を弄頑す惡癖あれど、なかには身體の健康を損ふべきものもあれば、みだりに姿態を亂用すべからず。交合の體勢は正しく一様なるを要し、婦人は兩脚を延ばして正しく仰向に臥し、男子は體を整へて俯向くべし。彼の隔山取火陰陽異位等は婦人の白帶下又は子宮病などを起すことあり。戒めざるべからず。但し、人體の局部は各々その人によつてその構造を異にするものなれば、正しく一様にては男女いづれか滿足せざる場合もあれば、かゝる場合にのみ姿態を變更して試みるも可ならん。而し、これとて婦女の忌む時は避くるやうにし、對手の身體を壓迫して苦しめざるやうにすることを常々注意せざるべからず。

## 第七條

男女ともに陰毛は有効なるものなれば長くのびたりとも濫りに剪取るべからず。

凡そ人身の機關及び其の官能《はたらき》をなすの類數多しといへども一つとして無用のものなし。男女の陰毛は苟初《かりそめ》に思ふときは贅物の如くに見ゆれども甚だ効用あるものにして、先づ交合のときに於て陰部の電氣力を發せしめ、又交合の時男女の壓擦より生ずるところの電氣を其中に包藏するの職掌《やくめ》あるものなり。上帝豈に無用の冗物を人體中に與ふべきや。深く思ふべし。

## 第八條

交合の時精液早く漏れて充分の快美を覺ゆる能はざるは身體の衰弱によるものなり。是より種々の病氣を引起すことあれば須らく意を用ひてこれを防ぐべし。

これを防ぐの法は種々ありと雖も先づ左の如くすべし。

交合を節制すること

滋養物（肉類）を食ふこと

淫史春畫を覩る等凡て慾情を促すべき源を斷つ事

輕き寢道具を用ゐる事

夜は側面《よこむき》に臥す事

一日に二三回陰部に冷水浴を行ふ事

## 第九條

婦人の交合を嫌ひ惡むものあるは其の夫の陽物婦人に適合せざるが故なり。かゝる事に出逢ふときは夫たる者自から其身を歎じて決して婦人を咎むべからず。

交合に臨みて其の快美を覺ゆるは男女の陰具共に適合せるによれり。若し適合せざるときは何を以て快美を覺ゆべき。されば交合を嫌ふ婦人とても眞に嫌ふに非ずして、其の快美を覺えざるを以て假にこれを嫌ふのみ。故に獨り婦人を無情なりと思ふべからず。

（註）夫婦の局部が互ひに適合しないからと云つて、人間の本能が抑制できるものではない。若し男女の何れかゞ全然インポテンツである場合は醫師の治療を受けるか、離別するかのどちらかを撰ぶ以外に方法はない。この惱みを補ふために世上往々催情藥を用ふる者あれど、己の妻に秘具を用ひて交接することは、ほんとうは粋人のなすべき業ではなく、秘具は寧ろ情婦とか、玄人女と惡戲に耽る場合にのみ用ふるものである。世に秘藥と稱するもの數多あれど、多くは陰部に短時間の刺戟を與へるものゝみで、これを常用することが、身體に惡影響を及ぼすことは云ふまでもない。

## 第十條

睪丸は交合に於て最大有用の者なれば常にこれを大切に保つべし。

人もし睪丸を缺けば交合を行ふべからず。今其の理を說かむに、睪丸の内部の釀精管は精液を造る所なり。もし睪丸なければ釀精管なし。釀精管なければ精液なし。精液なければ情慾起らず。されば睪丸は交合を行ふの最大要器なり。豈にこれを輕んずべけんや。否これを貴重すべきなり。

## 第十一條

婦人には精液なし。交合に當り陰戸より出るところの液を以て誤つて精液となすべからず。婦人には精嚢なし。故に精液のあるべき理なし。交合のとき溢ふれ出るところの液は全く陰部の兩側にある數多の小孔より流れ出づ臭液なり。此の臭液は交合の頼りよきために上帝の婦人に與へられたるものなり。

## 第十二條

交合にも忌む時期あり。たとへ已が妻といへど、みだりにこれを行ふべからず。夫婦和合の悦びは、眞に兩者が滿足するところにあるものなれば、双方互ひに心の和やかなる時を撰びて之を行ふに如かず。心和やかならざれば慾念起らず、四隣かまびすしければ快樂これに伴はざるは理の當然にして、左の時期には交合を行ふべからず。

一　朝起きる前
一　強く醉ひたるとき
一　食後二十分を過ぎざる時
一　傳染病の流行する時
一　婦人の病ある時
一　婦人の月經中
一　酷寒劇暑の日

一　心に憂ひ若くは恐れある時
一　身體の疲れし時
一　婦人の情の動かざる時
一　不消化の物を食せし時
一　事務繁多にして心落かざる時
一　旅行中宿舍などに宿せし時
一　帶をも解かず假に小宮等に臥せし時
一　精神のいたく疲れし時
一　憚るべき人の隣室等に臥せし時
一　寢床等の不潔を感じて厭ふの心生せし時

（註）　右のうちには些か妥當を缺くものもないではないが、曉でなければどうしても氣分の湧かぬ人も稀にはあるべし。若しこの場合、男女揃つて朝の一儀を好む人があれば、近隣のまだ起きぬ前を撰んで行ふを可とす。旅行中宿舍で云々とあるは、自己の品位のためと、宿舍の人々の言を憚つてのことならんも、これは殆んど守るべくして不可能なり。旅先での氣分は又格別と稱する人もあればなり。

## 第　十　三　條

子を擧《もう》けんと思ふ時は婦人月經終りたる後二三日目ごろに交合すべし。しかる時は孕むものなり。

月經後一週間は子となるべき卵子宮にあり、この時男子の精液注ぎ入りてこれに觸るれば、直ちに孕むなり。若し此の時日をすぐれば決して孕むことなし。

（註）これは必ずしも的確ではない。たゞ、卵子が子宮に現はれて來るのは月一回で、月經前後が大部分であると稱されてゐるためと、この月經前後、殊に月經後に於ては女子の淫慾は平素よりもずつと高潮して來ることだけは事實である。

## 第十四條

前條に反してもし妊娠を避んと欲せば月經後一週間交合すべからず。しかる時は決して孕むことなし。理は前條に說くが如し。故に復た贅せず。

## 第十五條

月經後一週間內に交合を行ふといへども生涯孕まざる婦人甚だ多し。斯くの如きは交接の過度なるに因るものなれば、若し子をもうけんと欲すれば決して多きに失すべからず。

交合過度なる時は婦人の卵を弱くし、或ひは烈しく喇叭管を縮むるより其卵を壓潰《おしつぶ》し、或ひは子宮退きちゞみて其の卵を外に逐出し或ひは子宮の縮むによりて男子の精虫を入らしめず外にてこれを拒絕する事あり。かくの如くなる時は孕むべき理なし。

## 第十六條

懐妊を避けんがため男子氣のゆかんとする時突然陰門の外に於て精液を注ぎ出すものあり。是等のことは男女ともに健康に大害あれば愼みて爲すべからず。

氣のゆかんとするときに臨み、突然陽物を抽出せば徒らに婦女の電氣を散すが故に、これがため次第に互の精力を失ひて衰弱に陷るものなり。就中婦人は白帶下、子宮病等にかゝること多し。

（註）以上の理由からして、夫婦間の交接に於て屢々サックを用ふることも弊害のあることは云ふまでもない。婦人がまさに快美のクライマックスに達せんとする時は、彼女の陰具が男子の精液を激しく要求してゐることは論ずるまでもないことで、當今の八釜しい産兒制限にひきづられて、新婚の夫婦が次第に多くこのサックを用ふるやうになつたことは悲しむべき傾向である。

かくの如く人工的な避妊を施して、暫て子供を孕んだ場合は、その子供はどうしても不健全である。

## 第十七條

交合過度なるときは精液不足して精虫を釀造するの遑なきにより子を設くること能はざるものなり。子を設けんとすれば交合の度數を過すべからず。

## 第十八條

精液は至て貴きものなれば濫に泄すべからず。もしこれを愼まざれば其身の健康を破り遂には一命をも失ふに至るべし。

精液は體中諸液の中一種特別のものにして至て貴き成分をあつめ全體の力をあげて造り成せるものなればその量一匁を費せば血百匁の量を費すと等しと云へり。且つ精液は精嚢に滿つるともこれを泄し出さゞるときは再び以前の血液となりてまた外の用となるものなり。故に誤つて餘りに泄さゞる時は反て健康に害ありなど〻思ふべからず。

## 第十九條

妾《めかけ》は金銀を以て我れに交合を賣るものなり。彼れ眞情我を愛するものにあらずいかで眞の歡樂を盡し眞の伉儷を遂ぐべき。理學上より論ずるも亦道德上より論ずるも蓄《お》かざるを以てよしとす。

## 第二十條

陰部の周圍より多く汗を流すことあり。是は尋常《よのつね》陰部の脂にあらず。手淫、多淫より起り來れる一種の輕患なり。もしこれを棄置かば遂には他の大害を招くものなり。治療を加ふべし。

其の療法は陰部を毎日石鹼にてよく洗ひ清め且つ犢鼻褌を度々取り換へ新しきを用ゐれば大抵は治するものなり。

もし是にて効なければ直に醫師の治術を乞ふべし。

## 第二十一條

痳病は頗る感染し易きの性を具へ且つ治療の効を見ること甚だ遲緩《おそ》きものなれば大に恐るべき症なり。速かに治療を施すべし。

世人或ひは淋病を以て梅毒の一種となすものあり。大なる謬見なり。淋病は梅毒とは全くその質を異にせり。蓋し淋病は多淫手淫或ひは酔中の交合のために粘液膜中に熱を發するより起るものにして、その感染せし初めに在りては尿道に痒みを生じ、尿口腫れ起りて赤色となりそれより粘液を漏して遂に濃膿を出すに至る。此際に於て速に治療を加へざれば其餘毒他部（直腸、膀胱）等を傳はり遂に其の全治の効を奏する能はざるに至るべし。終身淋病のため苦しむもの往々あり、是れみなその治術を怠るが故なり。恐るべし。

## 第二十二條

婦人の姙娠中月經なきを幸ひとして、夜と云はず晝と云はず、時を撰ばずして交接をなすは大なる心得違ひなり。愼むべし。

姙娠中月經の時に相當せんと思ふ頃に交合をなすときは、婦人に害あるは論なく、その腹中なる兒のためにも甚だよろしからず。時としてはそれがため流産をもなすことあり。月經の時に當らんと思ふ頃の外は交合をなすも大害なきに似たりといへども、正しく月經相當の時なりと識別するも難き業なれば、姙娠中はすべて交合せざるを以てよしとす。

（註）古來、姙娠中の交接を賛美する者もある。姙娠中の陰具は通常の場合よりも一段快味が增すものとされ、出産前に交合することは、婦女のお産を安らかならしめるとさへ云はれてゐる。又、生産前に交合すれば生兒にアザを生ずとも傳へられてゐるが、孰れにしても、姙娠中に屢々交合することは避けた方がいゝ。

## 第二十三條

生兒の我が容貌に似ざればとて、我が胤にあらずとて婦人を疑ふべからず。生兒我に似ざるのみにあらず、時としては他人に感肖《あやか》ることとあり。

生兒の感肖する的例多しと雖、今其の一二を左に揚ぐ。

第一　生兒その體軀と心志との構造に於て多少其父母特に人に勝れたる所を顯はす。

第二　生兒の容貌、性質、その父若くは母に肖《に》ることとあり。

第三　生兒全く其父母に肖ず時としては母の常に親しくせる人に感肖ることとあり。又その母の畫像を觀て常に慕ふところの古《いにしへ》の英傑賢婦の容貌に肖ることとあり。又其の夢中に於て感觸せしものに肖ることとも少しとせず。

第四　再緣の婦人は屢々前夫の容貌に肖たる兒を娩むことあり。又初め一夫に嫁したる後改めて他家に嫁し、或ひは數回妾となりて數男子に接するも初め破瓜せられたる良人と情夫とに肖たる兒を產出すること多しとす。

第五　懷姙したる婦人快からぬ事又は醜く怪しき物等に嚇されて恐るゝことあれば、その生むところの兒右等の如き感動を受け、或ひは嫌ふべき醜怪物にその容貌を肖することあり。

## 第二十四條

凡そ情を解する者は其の妻を去るべからず。いかにとならば離別の後其婦人（即ち去りたる妻）を娶る者あれば、其の婦人には前夫の讓與へたる音聲、態度、習癖等存し居るがゆゑに後の夫必ず忌嫌ふの念生じて、その婦早晚難儀に陷るべし。殊に其生兒前夫に肖たるを以て危禍にかゝる者少しとせず、亦憐むべきの至りならずや。

再緣の婦人時として前夫に肖たる兒を娩む故は他にあらず。其婦人の子宮前夫の磁氣に感染すること深く、後夫の勢力を以てこれを攘除《はらひのぞ》くには數多の星霜を費さゞるを得ざればなり。且婦人は其の破瓜の際に當つて交合したる男子の磁氣に深く染む者にして、其他の夫に接するとも其の破瓜を行ひし男子は、其の兒の性質を進退するに足るものとす。すべて子宮に感染せる磁氣によりて其の胎兒の性質容貌を造成すもの多しと知るべし。

## 第二十五條

月經不順の原因は種々あれども其遽に止るものは多くは其經に臨みて神經を動かし、或は酷寒毒暑等に感じ、又は心に恐れ戰くことあるよりして起るものにて痛みを生ずるを其の通例とす。又全く數月間經水のなきものもあり。是も亦其の原因は右の如しといへども、大抵は貧血症より起れり。故に血液の少き婦人には此病常に多し。されども多血症なりとても此病無きにあらず。それは卵巢の位置正しからざるより起るものなり。右等は何れも早く治療すべし。其儘に棄置くときは大害あり。

## 第二十六條

女子の年若くして情慾いまだ發動せざるものと交合するは其の理手淫と相同じくして毒害を男女兩體に蒙らしむること甚だしとす。故に少女との交合はこれを避くべし。

男女交接するの際、互ひに情慾を發するときは陰陽二電氣相發して其の快美を助け、其の缺損《かけ》を相補ふがゆゑに害毒なしといへども、若し男子のみ情慾を漏し女子は更に一點の慾情をも動かさゞる時は男は空しく陽電を失ふのみにしてこれを補ふに由なく、又女子に於ては空しく壓力摩擦力を受くるは論なく、枉《まげ》て男子の意に從ふて其身を疲らすこと大なり。故に共に共毒たるを知るべし。彼の娼妓等を買ひし夜は非常に勞れを覺え翌朝頭重く、精神大いに疲るゝことあり。これはたゞ夜更に至るまで酒を飲み、肉を食ふの致すところにあらず。前に述るが如き理由あるによるものなり。

（註）男女の交接、殊に夫婦間の交接に於ては、兩者互ひに滿足することは絶對に必要なり。男子のみ滿足して妻の快美それに伴はざるが爲家庭の不和を生ずる例極めて多し。姦通事件などの背後には殊にさうした例が多く、よく〳〵意を用ゐて婦女を滿足せしむるやう心がくべきなり。元來、交接がそのクライマックスに達する時間は、男子よりも女子の方が長くかゝるを通例とするが、技巧の如何によつて容易に婦女を陷入れることを得るものなり。一儀に及ぶ前の豫備行爲として、私語、愛撫、抱擁、接吻等の必要なることは、夙に古人の敎ふるところにして、――女の心を安んぜしめ、婦女の心を柔げ、慾念自から湧出するやう導くことは云ふ迄もなきことなり。弱少の陽具と雖も訓練の如何によつては巨砲に勝り、常に長時間の交合に絶え得るやう努力すべし。交合の調節一度破れんか、それは囘を追ふごとに男女間の時間的懸隔甚だしくなり、遂には―女をしてあたら不感症ならしめ、ひいてはヒステリー、ヒポンコンデリーなどの餘病も發せしめる。

斯道の達人某氏の言によれば、早老を喞つ人々は常に陽具に冷水を浴びせ、暇さへあればこれをいぢり、一儀に及びては婦女の體勢を安樂ならしめると共に、已の運動は絶えず小刻みなる呼吸を以てすべし――と敎へてゐる。かくして、戰ひ將に破れんとせば、想念を他に轉ずるか、種々の空想を逞しうして最後の一瞬をよく頑張り、既に溢ふれ出でんとした精水の退くを待つて又再び行ふべし――と云ふから、常に敗戰の憂目を見てゐる人々は奮起して勝利の榮冠を贏ち得られたがよからう。

但し對手が執拗なる婦人病にて如何ともすべからざる不感症なれば、こはこれのれんの腕押し、ぬかに釘の類なれば、速かに名醫の手術によつてその缺陷を癒す以外に方法なし。

### 第二十七條

身體遊惰なる者は淫慾熾んにして遂には衰弱に陷るものなり。其の身の强健ならんと欲せば身體を程よく勞すべし。其の理を說かむに、身體の運動少きときは忽ち影響を陰部に傳へ、精液の製造分にすぎて多くなるなり。精液分に過ぐれば隨つて情慾を起すべし。故に運動を缺かざるものは强健にして遊惰なる者は陷るは衰弱に當然のことなり。

### 第二十八條

身體健康なるときは睪丸强く縮まり居るものなり。もし睪丸の長く垂るゝことあらばこれ手淫又は多淫のために精液素の衰へたるものと知るべし。(老人病者は此限りにあらず)かゝる徵候あるときは堅く交合を禁じ、早く醫師に乞ひて藥を服すべし。

### 第二十九條

幼稚《こども》の時は精液いまだ精囊に具はらざれば度々陽物を摩擦すといへども精液更に漏れ出るの理なし。されどもこれによりて諸種の病ひを釀し、就中腦病神經病を發して死するもの尠からず。父母たる者平生その子の動作に注意して嚴に手淫を禁ぜざるべからず。

兒童は精液漏れ出でずといへども、屢々陽物を摩擦すること烈しければ神經系を亂し、漸く神經力を損し遂には其の本部たる腦に感觸して病ひとなるなり。例へば猶ほ跡をくすぐるときは神經これに感じて腦上に傳ふるが如し。故に屢々手淫を行ふの兒童《こども》は軀體《からだ》死せざるも其の心志《こゝろ》は恰も既に死せるが如く全く智力を失ふて白痴となるべし。

## 第三十條

婦德は貞淑《しとやか》にして從順なるを貴ぶといへども、時としては良人の言をも聽くべからざることあり。そは良人泥醉せるときなど、交合をもとむるとも決してこれに從ふべからず。斯の如きは良人の健康を害するのみにあらず呆子《ばかのこ》或は癲癇症などのある兒を娩むは多くは是等の時に孕むものなれば、たとへ良人の怒りに遭ふも斷然これを辭すべし。尙ほ第十二條に記せる時斯の如きは辭するをよろしとす。

## 第三十一條

胎兒の男となり女となるは因よりこれをして然らしむるの理ありて存せり。蓋し偶然にあらざらなるなり。男子の氣力强盛なるにあたりて交合し懷妊するときは胎兒自から其氣に感じて男兒となるなり。此理は決して動かすべからざるものとす。

前例をあげむに壯年の男子少女若くは四十以上の初老女《おほとしま》に交接して擧くる子は大抵男子なるを見て知るべし。

（註）この項は要するに臆說であつて、はつきりした理論的並びに科學的根據があるわけではない。世間には主人が精力絕倫で、女はそれ程でもないのに女の子ばかり生れる家もあるし、又その反對の場合もある。只、比較的この項に適する場合が多いことだけは事實であらう。

## 第三十二條

前條に反して婦人氣力强盛なるにあたりて交合し懷姙する時は胎兒自ら其氣に感じて女兒となるなり。故に男子を擧げんと欲するか若くは女兒を欲する時は前條の理を知りて交合すべし。しかる時は心のまゝに娩得らるゝなり。

婦人の强盛なるときは女兒を生むの例は三十歳前後の婦人にして成童（十五六才）又は初老（四十以上）の男子と交接して孕むときは大抵女兒を設くるを以て知るべきなり。されど時としては五十以上の男三十歳前後の婦人と交接して却て男子を娩み、五十以上の婦人にして壯年の男と交合して女兒を娩むが如きの事なきにあらず。是等は變例にして蓋し壯年男女の氣力却て老者少年に劣るところありて然るべし。

## 第三十三條

多淫なる交合は弊害ありと雖も、全然交接せざるも亦餘り芳しからず。交合適度に適ふときは害なきのみならず大いに健康を助くるものなり。其の効大抵左の如し。

婦人の强ひて情慾を抑へこれがために引起したる鬱結病には甚だ効能あり。

神經質の人をして氣分を爽快ならしむ。

胃弱の人をして速かに食物を消化せしめ食慾を進めしむ。

世上の人を較べて見るに配遇者ある人は獨身の人よりもすべて長生を得るなり。これにつけても交合の度數を失はざるときは健康に益あることを知るべし。

（註）この實例は我々の屢々目擊するところにして、常に性的生活になれて來た婦人が、突如として交接する機會を失ふと、その影響は直ちに彼女の顔面に現はれ。而もそれは日に日に焦燥の氣を帶びて皮膚の色は蒼白となり。その擧動はヒステリックになつてくる。然るに、その空閨の惱みがなくなると、再び彼女の全身には精氣が溢ふれて、焦燥の色が消滅する。偉なるかな交接の魔力。

## 第三十四條

婦人の孕む日限は其人によりて同一ならずといへども大抵その交合せし日、或は月經の停まりしより算起すべし。而して妊期には長短あるも交合せし日より分娩までの日數は大約二百七十五日とす。其の短きものは二百七十日に出でず。長きも二百八十五日には上らざるものとす。その見積りを以て產所の用意等を爲すべし。

## 第三十五條

遺精は手淫或は多淫より起るものにして甚だ恐るべき病なり。もし拋棄《すてを》くときは次第に衰弱に陷り遂には生命をも失ふに至る。

遺精の原因を逑むに抑も精液は精囊と輸精管と相連る所より尿道へ通ずる細き管を過ぎて漏れ出ずるものにして。此の細管は自體健康なるときは常に塞がりありて交合の感じによりて注ぎ出すにあらざれば決して精液を出すべき筈なし。しかるに手淫又は多淫をなすときは其の細管次第に弱り弛みて遂には少しくこれを接すも容易く精液を漏らすに至るものなり。若しその細管いよ〳〵弛むときは少しも接さゞるも常に漏れ出ずるに至るべし。豈に恐れざるべけむや。但し遺精は手淫或は多淫より起るもの多しといへども稀れには痔疾、痳病若しくは包皮肉に分泌液とゝもに汚物相混りて溜り又酒を飲み過し、或は甚だ強ひて情慾を抑ふるより來ることあり。しかれども其理は皆手淫、多淫と同じく彼の細管を弛む爲に由りて起るものなり。

## 第三十六條

男女ともに陰所をば常に清潔にせざるべからず。殊に交合の後は乾々的《さつはり》と拭去るを要す。不潔のまゝやりつぱなしてをくときには是れより陰部の諸病を引起すものなり。

## 第三十七條

人やゝもすれば秘藥を陰部に塗り立てゝ交接を行ふものあり。是等の藥劑はたゞ陰部の熱を増すを目的として製出せし毒物なれば愼しみて是等の惡謔をなすべからず。その他、燐の玉、肥後ずゐき、變形サックなどいふものを用ふることも差控ふべし。

## 第三十八條

婦人は閨房の秘訣を知らざるべからず。しからざれば往々良人の愛を失ひ覺えず良人をして遊蕩に陥らしむることあり。

婦人に於て情慾を生ぜざれば男子も亦交合の感薄し。男子いかに愛變たる婦人にても、婦人に情慾なければ決して充分に快樂を得ること能ず。充分の快樂を得ざれば去りて色街の春を買ひて佳興を求め、遂にはその婦人を顧みざるに至るべし。夫婦和せざれば家の不吉これより大なるはなし。されば婦人たるもの閨房の秘訣を知るは齋家の道、幸福の基なりと知るべし。

（註） 本項の提案たるやまことによし。されど提案のみによりて方法論なきはまことに遺憾といふべし。もしこれを審かにせるの書、一家の主婦のみに限りて發賣頒布を許さるゝものとせば、その効果、その利益は單に夫婦間の交接をして愈々愉快ならしむるのみでなく、その生れ出づる子孫に與ふる好影響も如何ばかりか大ならん。婦女嫁して閨房の術を知らざるは、學術技藝の足らざるよりも猶ほ恥とすべきに、これを悟るに何等の敎育機關なきは悲しむべきことなり。

拙劣なる妻の交接技巧に飽き足らずして、遊里に足を踏み入るゝ男子の如何に多く、而も彼等が遊女の爽快なる圓熟の技巧に弄せらるゝや、その味はひ容易に忘れ難くて、遂に身を誤まる者極めて多し。遊女の陰所悉く傑れたるに非ず。その技すぐれたればこそ、多くの浮氣男を惹きつくなり。

粉黛を施し、香料を放ちて、單にそれが男子の慾情を唆り立てるものとしか考へ得ざる婦人こそ惱むべし。閨房の秘訣――學び易くして、學ぶ何物をも與へられざるこそ恨み深しと云ふべし。

## 第三十九條

男女ともに情慾は熾ならんことを貴ぶなり。情慾熾ならざれば子を孕みがたし。倖ひにして孕胎《みごも》り得るも其の兒は必ず氣力薄弱にして身體不健なるを免れず。故に情慾益々熾なれば兒を生むの道に於て益々好し。

## 第四十條

情慾は先づ一方に發し、延て他に及ぼすものにして通例婦人の情慾先づ發して男子の情動を誘動すものとす。故に所の兒必ず强健なるべし。

男子濫りに情慾を以て婦人に迫るべからず。必ず婦人の誘ひ來るを待つべきなり。斯くの如くなるときは其の生るゝ

（註）この項には多少の異論あり。稀に婦人側より誘勤すことは必要ならんも、その度を越ゆる時は寧ろ男子に嫌惡の念を生ぜしめ、醜婦の深情けと同樣の惡影響を與ふればなり。

古書にある如く、――一儀にのぞみて女の方よりしきりと持ちかくるは餘り芳ばしきものにあらず。男より誘ひかけられても、「あれお止し遊ばせ」「あたそのやうなことといやでござんす」と、退くるやうにしてこそその妙味は深きものなり。――とある如く、時によりて、せめて表面だけにても輕く辭するは、對手の慾情を愈々熾んならしむるためにも忘るべからず。

## 第四十一條

淋病は不正不潔の交合を行ふより發するものなり。これを防がんと欲せば先づ左の如き場合を避くべし。

婦人の月經中

白帶下の際

尙ほすべての遊女等と交接したる後は、直ちに小便又は洗滌することを怠るべからず。

交合の後五分以内に小便をなせば、大抵の場合は病毒の感染を免がるゝものなり。

## 第四十二條

兒を娩まざるの罪を婦人に歸し、偏へにこれを責むる者少しとせず。兒を擧げざるは豈たゞ婦人のみの罪ならんや。

男子も亦その責を分たざるを得ず。

世人やゝもすれば子なきの婦人を罵つて石女《うまづめ》といひ、これを譴責する者あり。されど男子もし虚弱にして精球とて精虫の居るところの小球常に熟せざるか、又は交合度に過ぎて精液の氣力を損ふときは、たとへ婦人に病なしとても子を設けざるものなり。故に男子も亦その責を分たざるを得ずと本文にいへるなり。

## 第四十三條

陽物の充分に成長せざるは手淫或は多淫に原因す。

陽物の充分に成長せざるは其の原因種々ありといへども多くは少年の頃手淫に耽り、或は交合度に過ぎて陽物の勢力を衰へしめたるに因れり。故に陽物の小なるに誇るは自からその多淫なるを示すと同じ恥ぢざるべけむや。

## 第四十四條

處女成女を判つに處女膜の有無を以て定むるは非なり。處女膜を以て判定するときは弊を蒙る者多し。

處女の陰戸には薄き膜ありてその半を掩ふ。これを處女膜といふ。此の膜の有るを以て處女となし、無きを以て成女なりと定めんと欲する人あり。大なる誤りなり。何故となれば處女膜は甚だ薄く脆きものなれば初度の經水或は陰部の病にかゝりて破るゝもあり、或は浴みするとき陰戸を洗ひ、知らずして破り取ることもあり、或は淫のために引裂くもあれば十七八歳のころまでそのまゝに存するものいと少し。故に此膜の有無のみを以て處女と成女との鑑定をなすは難しといふべし。

（註）近代醫學の進歩は處女と成女の判別をなすに血液檢査を以てこれを立證するやうになつた。文明國では結婚に處女を娶ることが異常な誇りとされてゐるが、南洋の蠻地の或る種族では、處女のまゝ結婚することが大いなる恥辱とされる。その理由は何人からも顧みられなかつたのが遺憾であるといふにあるらしいが、そのために、わざ／＼公衆の面前で處女の誇りを破らせ、その揚句に結婚させるといふ奇習が今猶ほ殘つてゐるといふことである。

## 第四十五條

夫婦交合をなすには心と身體との邪魔になるべきものは一切攘除《はらひの》けて只一心不亂に行ふをよしとす。中途にして停め、或ひは傍より妨げられつゝ交合するときは其身の健康を害するは云ふまでもなく、孕むところの兒にまで惡影響を及ぼすものなればなり。

（註）嘗つて妙竹林齊氏が憂鬱なる性生活を排斥された如く、全くよき子孫を得んとするには、誰に遠慮もなく、誰に氣兼ねもなき交合をなすことが必要である。或る優生學者が言明してゐるやうに、人間の體質が次第に低下するのは、外部の刺戟物が增加するのと、人類の惱みが深刻になりつゝある結果であると述べてゐるが、殊に日本人の性生活には、一心不亂に交合すべく餘りに邪魔ものが多過ぎる。もつと愼重に考慮研究する必要があらう。

## 第四十六條

交合をなすには心神爽快なるを要す。故に懸物、扁額、活花、盆栽等の如き眼を慰め、心を娛しましむるものを閨房に飾り附るをよしとす。殊に衾褥は清淨なるを要す。

## 第四十七條

陰部の清潔にせざるべからざることは既に三十二條に述るが如し。しかれども交合の後直ちに冷水を陰戸に注ぎ入れて洗ふは甚だよからぬ業なり。いかにとなれば陰戸交合のために疲れて溫度を復する力なき時にあたり、俄かにこれを冷すが故にその害を受くればなり。

尙ほ又、冷水を注げば膣內の精虫が死滅するとて、避姙のためにこれを繰返すなどはよく〳〵愼しまざるべからず。上帝の惠みに反くの道を採るもの如何でかよき幸せあらんや。寧ろ交接を斷つべし。

## 第四十八條

世に半陰陽《ふたなり》といふものあり。しかれども其實は挺孔大にして陽物の如くに見ゆるにて、これを棄て置くときには害あるものなれば、速に醫師に乞ふてこれを截り去るべし。

挺孔《さね》は感覺極めて銳敏にして、これを摩擦るときは忽ち春心を發動するものにて、春心の起る時は陽物の如く勃起する氣味あるものなり。半陰陽といふものは全く挺孔大にして陽物く如の見え且つこれに似たる動作(即ち勃起)をなすゆゑに、世人誤まつて眞の陽物なりと思ふなり。かゝる者はそのまゝ成年に至るときは多くは憂鬱病にかゝるものなれば速かに右の物を尋常の挺孔の形に截り取るべし。しからざれば病に苦しむのみならず世上の不學の人は目して不具者となし生涯迎へて妻となすものもあらざるべければ忽せにすべきにあらず。

## 第四十九條

交合にあたりて心身を此一事に委ぬべきことは既に第四十五條に說くが如しと云へども、男女の情慾餘りに急激《はげ》しくして精神これがために躁亂するときは、その生るゝ兒にその性を傳へて狂躁者を娩むべし。故にその感激に陶醉するの餘り躁亂の癖ある者は、交合に臨みては殊に戒愼を加ふべし。

（註）俗に一儀に及んでよがり泣きと稱するものあり。勿論、感極まつて餘勢の然らしむるところとは云へ、なかには夫の悅びをして愈々深からしむる爲に、その行ひを誇張する女往々あり。それに習慣づけられて、女の方よがり泣きをせざれば承知せぬ男ありと聽くが、共に愚かしきことなればよく〳〵愼しむべきとは云はん。

## 第五十條

男女ともに化熟期旣に至るの後にあらざれば決して交合すべからず。又化熟期旣に過ぎるの後尙强ひて交接を行ふは倶に健康に大害あり。恐れざるべらず。

化熟期とは男女情慾の發動するの年期を云ふ。男子の初めて春情を動かすは十五歲乃至十八歲、女子の破瓜期は十四歲乃至十五歲に始まる、これより後を化熟期旣に至ると云ふなり。又化熟斯の枯廢は其人の健康と陰部の疲勞とに因つて各々同一ならずといへども大約男子は六十乃至七十歲にして陽物萎縮して作用を廢し、婦人は四十五乃至五十歲にして經水收まりて化熟期全く終るものとす。

## 第五十一條

手淫は天理に背きて精力と健康を破ること多淫よりも尙ほ甚だしく、實に恐るべきの孼業なることは吾人の善く知る所なれば、今復た贅せずといへども、手淫はたゞ少年の時これを行ふのみにあらず中年に至つても猶ほこれを止めず、妻を迎へた夫に嫁ぐの後といへどもひそかにこれを行ひて以て快を取るものあり。斯の如きは其害ますく甚だしくして遂には不治の病症に罹るものなれば、速かに此の悪業を廢して天授の壽を全ふすべきなり。

手淫につきて起るところの病害多しといへども今其の大要を述べむに、多くは精神恍惚として耳鳴り、眼かすみて遠方を覗がたく、又背髓に大なる害を起して終には勞症等の如き病となり、次第に身體の熱氣を失ひて食慾は常に變ぜずといへども身體糸の如くに痩衰へて遂には生命を落すに至るものなり。又婦人の此病にかゝる時は虫等の背骨を下るが如き感觸を來し、それより次第に衰弱するに至るものなれば最も愼しまざるべからず。

交合と手淫とは均しく是れ情慾を滿すものなればその利害なかるべきが如しといへども大いに然らずして、手淫は前に述ぶるが如く大害あるの理をこゝに說かむ。抑々交合と手淫との利害の相分るゝ所以は其快美を得せしむる所の電氣によりて起るなり。上帝の交合につきて與へられたる所の電氣三種あり。即ち人身電氣、含密電氣、摩擦電氣これなり。交合は此三種の電氣を備ふるものなれば無限の快味を得るのみにあらずして、健康を破らざれども（多淫の外は）手淫に至つては其中の一種なる摩擦電氣のみなれば其の身體を疲勞せしむること極めて甚だしく、これ手淫の大害ある所以なり。

今左に三種の電氣の性質及び効用を簡單に述ぶべし。

「人身電氣」凡そ動物の體中には、必ず生氣ある電氣を有するものなり。しかるに此の電氣は別て男女ともに其の陰部に多くあるものなれば、交合の時には全身に充るところの、電氣皆陰部の一所に集り來りて快美を得せしむるなり。

「含密電氣」此電氣は鹽基性物と、酸性物との結合によりて生ずるところのものにして、婦人の陰部には鹽基性の流動物を多く貯へ、又全體の表面よりは酸性の流動物を蒸發す。しかるに男子の陽物よりはたゞ酸性物をのみ蒸發するがゆえに交合の時この兩物の蒸氣互ひに戰ひ無限の快樂を成得せしむるなり。

「摩擦電氣」此の電氣は全身中何れの部分にもあらざる所なけれども、就中其最も多く包有する所は、陽物の龜頭陰門の挺孔《さね》これなり。少壯の婦女自からこれを摩擦して一時の快を貪るは即ちこれに因れり。以上述る所を玩味せば手淫の大害たるは自ら悟り得べし。

## 第五十二條

天癸《めぐり》既に終るの婦人時としては、陰門より出血することなしとせず。誤つてこれは經水なりと思ふは非なり。これは血管の充血若くは身體虚弱せしために血崩するものにて、決して月經にあらず。かゝる時は速かに治療を乞ふべし。

## 第五十三條

不學の人或は婦人月經の間は不淨にして、物事に關はらしむべからざるものとして、これを忌避くるもの少からず。これは物理を知らざるの致すところにして笑ふべきの陋習なり。速かにかゝる僻説は除き去らざれば世人の笑ひぐさとなるべし。

## 第五十四條

始めて月經に値《あ》ふは大凡のことなればよく注意してこれに抗拒《さから》ふべからず。故に少女には常にこのことを說き聽かせ置きて月經初發の時自からこれを經理《しまつ》する方術《てだて》及びもし久しく停滯らばこれを導くの法あることを知らしむべし。

### 第五十五條

陰門の尿翅《われざね》大きくして長きは病根となるものなれば速にこれを切りとるべし。

尿翅長大なれば陰門を塞ぎて粘液等其下に溜滞する故焮衝を起すのみならず、益々太くなるときには其の兩唇粘着きて、終に不測の害を引起すに至るものとす。

## 閨房秘書附記

本書謄寫成るの後これを友人に示す。友人書中に就て審かならざる所の事數件を問ふ。吾れ筆者に代り其の實例を擧げて以てこれに答へしに友人謝して去れり。今本書を印刷するにあたり其問答を記して以て左に附載す。

○第九條の例　友人の質問はこれを略す。一女子あり。年十七にして富豪に嫁げり。其の良人は容貌溫和にして性質も亦篤厚なり。しかるに此女子双棲すること三年に及べども同衾を喜ばず。夜に入るを以て苦惱となすもの丶如し、されども良人と相親しまざるにはあらず。其の情は琴瑟を皷するが如くなれども、只同寢《ひとつね》に及びて例の一儀を行ふことを甚だしく嫌ふのみ。しかるに五年を經たるの後其の良人病ひを以て死したれば、女子もまた他夫に再嫁せり。さるに此度は前夫に反して後の良人と晝夜の別ちなく相觸れてしばらくも離れず。夜に入れば自から良人を促して喜々として閨房に入れり。人大いにこれを怪しみ、その故を問ふに女子顏を赧くして答へず。强ゆること再三に及びければ、遂に已むを得ず答へて曰く。前夫の陽物は不充分にして妾の陰部に適合せざるがゆえに美快を覺えず。たゞその壓力を受くるのみにて苦痛を感ずるのみ。しかるに今の良人は陽物尋常に成長なし居れば妾《わらは》をして滿足せしむるを以て斯の如きのみ。――と。

○第二十三條の例

(イ)牛込に住する一婦人あり。人となり貞節にして品行方正なるは普く鄕黨の知る所なり。しかるに其後一兒を設けしに其の容貌婦人の常に親信する所の學士に寸分異ることなし。自からも大いにこれを怪しみしに理學家某氏生兒は屢々其の信愛する所の人に肖ることあるの理を說聽かせしかば疑團始めて解けたりといふ。

(ロ)往年吾が近所に一婦人あり。不幸にして無賴の一少年に强姦せらる其男子は容貌さへ知らざるものなり。しかるに此婦人一回の交合のために姙娠して遂に一兒を娩めり。其兒の容貌は彼の强姦を行ひし男子に甚だ肖たり。其の後婦人は人に嫁して兩兒を娩みしに不思議にも兩兒の容貌は彼の惡漢と毫も異なることなかりしとぞ。

(ハ)一婦人あり。一日他行の際其家の方に當つて出火あるを望見して大に驚けり。しかるに後年兒を娩むに及びて其子の額に火焰の如き赤砂記《あかあざ》あり。又一婦人あり。全體色黑くして顏面熊に似たるの一兒を生めり。しかるにこの婦人がかゝる奇異なる兒を娩みし原因は此の婦人常に名畫師某の畫きし熊の圖を愛して壁間に揭けおきしがこれに感せしものなりといふ。

○第四十條の例

一富豪の娘深窓の內に養はれ、甞て外人に言葉をさへ濫りに交せしことなし。此娘後紳士某に嫁ぎしに其の新婚の夜處女膜の既に破れありしを以て良人穴隙を鎖りしことならんを疑ひてこれを舅姑に告ぐ。舅姑大に驚きてこれを問へども彼此事絶えてなしと答ふ。因て醫師に乞てこれを診斷せしに此女十二歳の時嘗て病ありて猛烈《はげ》しく下痢を服せし事ありしにこの時陰戸より出血せしといふ。因て處女膜は全く此時に於て烈破せしものならんとて、此事を其夫に告ぐるに夫の疑始めて解けて伉儷《かうれい》の情を遂げしといふ。

又これに反して一男子あり。一婦を娶る。婦の年紀《とし》二十七八にて再嫁《さいえん》せしものなり。而して夫はこれを知らず。然るに新婚の當夜樂しき偕老の契りを結ぶに至りて彼女の陰門より少しく出血せり。夫自ら謂《おも》へらく。此婦年既に三十に近しと云へども未だ男と同衾せしことなきゆゑ處女膜破れて斯くの如きならんと。因てこれを女に訊すに、婦答へて曰く。然り未だ男の味ひを知らずと。夫こゝに於て喜び禁ず能はず、逢ふ人毎にその未通女なること誇り、新婚なりと吹聽す。然るに隣里鄕黨《きんじよきんぺん》その婦人の再嫁なるを知らざるものなければ大にこれを嗤ひ、その夫を目して自負夫子《うぬぼれをとこ》と曰へり。蓋し此婦は其の性甚だ狹滑なれば處女膜を贋造するの方術を知り、巧みに陰部を狹窄《せまく》し他の血を以て膣道《あな》に塗り、いまだ交接したることなき體をなして其夫を欺きしものならんといへり。

○第四十七條の例

一男子あり。家貧なれば其婦をして懷妊せしめざらんと欲し、交合の後毎に冷水を陰門に注ぎ入れて精虫を殺さんことを謀れり。婦已むを得ずこれに從ひ、斯の如くすること二月許りに及びしに忽ち子宮に痛みを起し勾《ひき》つること甚だしく、遂に一儀を行ふに役立々なくなりしのみならず身體次第に衰弱して死せしとぞ。

## 手淫害毒論

前稿閨房秘書に於ても屢々引用されし如く、手淫の害は特に婦人に於てはその害一層甚だしきものあり。

こゝにその一篇を草して、子女をもつ父母を始め、なべての人々に警告を發せんと欲す。

女子の手淫に耽るより生ずる弊害は甚だ多く、遂には不治の難病にかゝりて生涯兒を孕まず、或ひは難産をし、産れたる兒は極めて病弱の性を受くるなど、百年の契り全く鴦鴛の娯しみを傍目《よそめ》に羨むもの實に枚擧に遑あらず。

抑々まだ在學中の少女が既にこの恥しき手淫に慣るは元より婦人の生殖器が男の陽具より甚だ感じ易きと共に、その構造手淫を行ふに便利なると、男子と異りて幾度にても續けて手淫するに支障なきに因れるなり。かゝる年齢の頃には手淫はいと恥しき處行とも亦身體に大毒ありとも知らざれば、敢て咎むべきにはあらざるやうに思ふものゝ、人一たびこれに慣るれば稍年長《た》けて羞恥處行《はづかしきわざ》なることを自ら悟るとも既に遲し。

元來婦人といふものは繼嗣繁殖のためにつくられたるものにて、交合は婦人第一の目的なれば生殖器も亦第一の寶器にて、男子の陽具に較ぶれば猶更緊要なる作用を賦與されたるものなり。

當人尚ほ幼少《いとけなき》ものなれば手淫に慣れ初めて久しく經たざる間に、陰唇は膨れあがり、膣內には濕りを帶び、粘液の量も以前とは變りてゆもじなどに汚點を殘すほど多分に分泌すべし。このゆもじに汚點あることは確かに手淫を行ひし證左なる故、人の母親又は傳母《うば》ともならば、その子の換衣《きがへ》沐浴などの際《とき》に臨みては常々注意して之を點檢《あらた》め、かゝることを認めたる時は必ず忽《ゆるがせ》に看過すべからず。

通例手淫する少女には精神活潑にして饒舌多く、子供らしきものは甚だ稀にて大抵は精神昏曹《うっとり》として常に俯視き、或ひは一點を凝視め日々學校にあるに一向に學事に意を用ふることなく、人若し呼ぶときは恰も熟睡せし人が喚起されて夢醒めたる如く、眼中眞赤に變るべし。

男子には甚だ稀なれども、手淫癖のある少女は、如何なるわけにや同朋を呼び、互ひにこの醜行を試み合ひ、少しも恥秘することなきは、婦人の所行としては實に呆れ果てたる行ひといふべし。

されば二人の少女を同衾せしめるは勿論、その他兩人互ひに相睦み、仲良き素振りある時はその監督者は常にその所行を點檢すべし。

手淫に慣れば陰部の感覺ます／＼鋭く、閨房の想ひ頻りに起り色慾のことは片時も忘ること能はずして天資《うまれつき》の爽潤なる氣象は跡なく消失し、朋友と集まりて遊戯《たわる》ることを娯しみとせずに、却つて妙齢の女の娯しみを羨み、頻りに大人の動作を眞似、已れも速くかゝる美しき婦人となれかしと、卑猥の方にのみ想念《おも》ひを馳せるものなり。又、學業は放棄して人情本を好み、男子にはなるだけ親しまれんと勤め、何事にても閨房に緣あるものは眼を圓くして意を留む。

この淫少女が稍年たけて年頃に至り、辛くも年來の志望を達し得たる時には、既に天帝がこれ迄の方外なる處行をば罰せんとて、その身は衰へ、交合を嫌ひ、生涯亭主を持たぬなど云ひて男子の笑種ともなるなり。

手淫に耽りたる女は陰部の病ひを起すが、就中最も恐しき病症は挺孔の腫れ上るものにて、これは無暗に玩弄びて刺戟最も強きより起り、その形狀甚だ醜く、外部より窺ふても挺孔の見得るほどになり、絕へずこれに衣服が抵觸して尙更刺戟を強らしめ、遂には變じて消渴ともなるなり。

それを放任してをくと病勢はいよ／＼募り、呼吸異臭、頭痛、胃痙攣等になり、心神不快、皮膚弛緩、眼は凹み瞼は黑き輪をかけたる如く變色す。かくて揚句の果には命を落すに至りなり。

殊に、手淫病中最も恐ろしきは子宮墮落にて、子宮が次第に下りて陰唇のところまで突出し、外部からさへ直ちに窺視るやうになる。その慘狀まことに見るに絕えず。

よく／＼注意してかゝることなきやう婦女とも努力すべきなり。（終）

# 現代 艶道通鑑

## 性科學ど性的技巧 ‖

妙竹林齋

## 第一章 性交の基本形態

### 緒論

凉しうなつた。馬も肥えやう。星も笑はふ。

俺《わし》もお蔭でだいぶん元氣づいた。胃腸を損ねたりワイフからお目玉を頂戴したり、氣がクサ〳〵して第二號では艶道通鑑の執筆もおぢやんになつた。そこで今回はその埋合せとして、どつしりした文獻的價値のあるもの、ヤンヤの喝采を博するものを書いて呉れとの注文である。

然し、俺《わし》は自分で書きたいものしか書けないから、人さまが面黑からうと、面白くあるまいとそんなことに媚を提するのは大嫌ひぢや。只、前の約束もあるから、こゝに現代艶道通鑑の讀篇として、俺が常々絶賛措く能はざるところの、ヒルシュフエルドの性慾哲學と、その性的技巧の方法論とを批判検討しつゝ筆をすゝめやう。

性的知識の不足が、完成せる一個の人間にとつてどんなに不幸であるかは、敢て俺がツベコベ云ふ迄もなく、早漏、陰萎、インポテンツ、これ皆遺憾この上もないことゝ云はんけれあならん。

俺《わし》の大慈大願は、今日まで屢々云つたやうに、此の世の中から只の一人の性的不具者も出したくないと云ふことである。

美人を女房にしたいとか、女房が醜婦だから取替へたいとか、そんな不了見な奴等には用はないのぢや。駿馬毎駄《しゆんめつねに》ニ痴漢ニ奔《ちかんをだしてはしり》。　巧妻毎件ニ拙夫ニ眠《こうさいつねにせつぷをともなうてねむる》。と、伯虎と云ふ毛唐人までが看破しちよる。だから緣《えにし》は天帝の定めと諦めて、せめて同穴の契り、俗に云ふ一儀の快樂なりとも滿足するやう心がけねばならん。然るにぢや、凡ゆる科學は精密周到なる研究調査が發表せらるゝに拘はらず、この道ばかりは昔から研究調査の發表自由が許されて居らぬ。

そこで、俺は出來るだけ注意して、この性慾哲學の講座――即ち性愛技巧の指導理論を述べるつもりぢや。

## 指導書の必要と性交史

傑れたる指導理論なくして、傑れたる政黨は成立しない。――とロシヤのレーニンは云ふたさうぢや。

傑れたる指導理論なくして、傑れたる性的快樂はあり得ない。

これは妙竹林齊のチヤチな啖呵ぢや。お笑ひなさるナ。

サテ、諸君が百も御承知であるやうに、性生活に關する書籍は實に汗牛充棟もたゞならぬ程出版されるが、新婚の夫婦がいざ〇〇に及ぶとなると、それらの書物が果してどれだけ役に立つかは頗る以て疑問である。

ある者は物語風に、ある者は論文風に書かれてゐるが、この特種問題に關する完全な知識は、巷間に流布される書物では到底學び得られない。なかには、その影響するところ風俗壞亂よりも始末の惡いものさへある。なにが故に、性科學、又は性愛技巧に關する研究が等閑に附されなければならないか。徹底せる性教育は、その對手によつては娯樂雜誌のいかものエロや、インチキ・グロより遙かに安全であると俺は思ふ。

もし、その内容の秀でた性愛技巧の教科書が、たとへばキリスト教の牧師の手から若夫婦に與へられるとか、式典の行はれる神社の宮司から與へられるとかいふ制度があつたら、世界の人類は現在の不幸の三分の一を減ずることが出來るぢやらうと俺は思ふ。思ふなと云ふても俺は思ふ。思ふぶんには何を思つたつて差支へはないのぢやから。

鷄が卵を生むのは技術ではないかも知れんが、成育せる男女が△△するのは、これは誰が何と言つても技術である。〇〇を〇〇に導き入れて、□□の□□が完全に遂行されるまで、それを内外に〇〇たり〇〇たり、或ひは上下に××廻したりすることは、それは只單なる動作ぢやと云ふて了へばそれ迄ぢやが、その動作たるやまことに並々ならぬ動作である。草いぢりや、土をほぢくるのとは少々わけが違ふ。

誰が行つても、性交の動作は一律一樣、最も純正なものゝ如く考へられるが、この簡單な動作も、それをたゞ何心なく繰返してゐるのと、ある種の技巧を以てするのとでは、その結果に於て實に雲泥の相違があるのぢや。それはまだ頑世ない兒童が、初めて描き出した頃の繪と、世界屈指の畫家が、圓熟せる技巧を懸命に打ちこんだ傑作位の相違がある。ゆめ〳〵仇やおろそかに行つてはいかん。

性交の指導理論などゝ云ふと
「チエツ！ 性交に指導理論もへつたくれもあるもんか。そんなことは上は一國の大臣から、下は廣場の土管に起居するルンペンに至るまで、夫婦の間ではちやあーんと行はれてるんだ。つまらないことを吐すない」と、眞向から犬見得を切る御仁がないとも限らぬ。

然しぢや。方法は大同小異でも、この道の技巧の優劣は、その歡樂を異にし、その感覺を異にすること萬々疑ひない。もし世の若き多くの夫婦が、忠實に俺《わし》の言を聽き、俺の云ふところを受容れたら、彼等が今日まで夢想だにしなかつた性の歡樂を十二分に味はふことが出來るであらう。

女が男に惚れたのでも、顏や氣立に惚れたのと、〇〇に及んでその妙練熟達なる技巧によつて征服されたのとでは、同じ惚れ方でも惚れ方が違ふ。前者の戀が刹那的であり、後者の戀に永續性があるのは、割鍋に閉葢みたいな夫婦が、いとも圓滿に暮してゐる多くの實例によつて證明される。

男がよくて、氣立がよくて、おまけに金がふんだんにあつてあれが達者と來たら、それこそ天衣無縫一點非のうちどころはないが、そんな男を選んでゐたら女は一生獨身で暮さねばならぬ。△△の技術が下手糞ぢやからといふて、女は一度嫁せばもうそれ迄ぢや。煙管のラウ替みたいに、ヤニがたまれば取替《とつか》へるやうな、しかく簡單には行き申さぬ。かるが故に、性愛技術の指導書が必要になつて來るのぢや。子を持つ親、將に桃花綻びんとする結婚前の處女、或ひは、臥薪嘗膽、年來の鬱積を初夜の一戰に依つて晴さんとするの未婚男子は、眼光紙背に徹するの努力を罩めて、この指導理論を熟讀頑味する必要が御座らう。

誰しも記憶《おぼえ》のある事ぢやらうが、新婚早々の若夫婦といふものは、凡そ一ケ月間位といふものはもう夢我夢中に一儀に耽る。甚だしいのになると勤め先から歸つて、ワイフがまだ晩餐の準備に餘念がないのにも拘はらず、

「おい、ちよつと床をのべてくれ。」

「あら、だつて、お夕飯は召上らないの」

「いや、飯はあとぢや、あとぢや」なんていふ厚かましいのさへなきにしもあらず。甚だ汗顔の至りぢやが、俺《わし》の若い頃の記憶にもたつた一度ある。然し、たいていの者が、二三ケ月も放恣な△△を續けると、もうそろ／＼飽きて來て、もつともつと素晴しい性的感興を滿足さす爲に、更に變つた△△法を探し始める。そして、百人が百人、千人が千人、その好みに應じて我流の變態的な△△法を編み出すことは、これ天下衆知の事實であつて、どんな顰めつ面をしてゐる人でも、その一瞬を回顧すれば思はず微苦笑を漏さずにはゐられないであらう。

その我流の不細工なざまたるや、なかには見るに堪へない滑稽なのもあらう。又、なかには奇妙奇天烈、ブルドツクがチンとつるんでゐるやうな格好のもあるであらう。だが、△△によつて得る快樂や健康を、猶一層增進させる手段並びに秘決などを知悉する迄には、たいていの人間が長年月の實地經驗を要するのである。

俺《わし》が云ふまでもなく、自然は陰陽の合體ぢや。又、合體を望んでゐる。生きとし生けるものこれを望まぬ者は一つもない。咲き誇る野の花も、空に飛び交ふ混蟲も、又は山水の魚獸に至るまで、萬物悉く特種な性的交際をなしてゐる。

遠き昔のアダムとイブ以來、連綿として打ち續く人類の性交は、將來も亦永劫無窮に繰返されるぢやらう。古代ヘブライ民族の女房たちは非常な好色者で、男子も亦はかり知れざる精力に惠まれてゐたといふことぢや。即ち、彼等は一人の男が十人から十二人の女を已が妻とし、而もこれを每夜次から次へ制御して些かの疲勞も見せず、些かの肉體的苦痛も見せなかつたと傳へられてゐるからたいしたものぢや。尤も我が朝でも、德川十一代將軍家齊さまは三十餘人の愛妾を有し、子供だけでも五十五人製造したと傳へられてゐるから、別に眼を丸くして驚く程のことはない。

文明が進步すればする程、子供を欲する念は人類の頭から薄らいで來る。古代ヘブライ人たちも、年々子供か增えるのには少々うんざりしたと見えて、彼等の知能が發達するにつれて姙娠を避ける何者かを探し始めた。いや、ヘブライ人だけぢやない。アングロサクソンも、東洋の有色人種もみな一様に避妊に就ては頭を惱ました。かくして、遂に發見した避姙法なるものは例の引×法といふやつぢや。これはあとで詳述するが、サンガー夫人の產兒制限論の中にも、ちやんとこの引×法といふ奴は發表されてゐる。此の避姙法が發見されるや、一人の男に嫁ぐ女の數は漸次減少しだしたことは云ふ迄もない。何故なら、今迄のやうに女が懷妊したから性交を止める必要がなく、孕みさへしなければ幾らでも一人の女と性交が出來るから――

性交はいつ頃から行ふべきかといふと、それは云ふ迄もなく、結婚してから行ふに越したことはない。だが、今時の人間に、結婚するまで交接するなと云つてみたところが、それこそ緩簾に腕押しみたいなもので云ふだけ野暮の骨頂だ。

早熟《ませ》た惡童《がき》になると八九歲頃から色氣がつくし、薄ぼんやりした兒供は十六七歲になつても何等の感興さへ湧かない。少年は睪丸に精液が溜り始めてから、少女は月經があり始めてから情慾を覺ゆるのであるが、覺えたら行つてもいゝかといふと、それは罷りならぬ。

フランスといふ國は日本などゝ違つて、一般の婦人は非常に性的知識に丈けてゐる。また、それだけによくないことをやらかすが、國の內外を問はず、少年の睪丸に精液がたまり始めると、その少年は兎にも角にも人生の危險地帶に踏み込んだことになる。彼の睪丸から□□される美□は、どこかの婦人によつて必ず虎視眈々と狙はれてゐる。

西歐の或る性慾學者の言によれば、彼等の最初の放射物は、之を嚥み干すと婦人の健康と、美と、そしてその顏色さへも見違へる程美しくすると云ふてゐる。

また、談奇黨第二號でも、精液がどんなに素晴しい藥になるかといふことは、破琴莊主人の懇切な敎示によつて、大方の諸君はとくと御存じぢやらう。

殊に少年の□□は、最高の强壯劑と說く學者もゐる。ドイツでは、ある病める婦人が、その子の□□を一ヶ年間□

ひとつた爲に、すつかり元氣回復し、メキメキと丈夫になつて以前よりも遙かに精力旺盛になつた例があると云ふことぢや。

然し。そんな愚かしい眞似は決して行つてはいかん。第一子供がバカになつて了ふ。まアそんなことは別問題として、愈々研究題目の本舞臺へ乘り出さう。

## 基本的五種の法

性愛技巧に關する書物は、こゝ數年來我國で發刊されたものだけでも、カーマシヤストラ・アナンガ・ランガ、ヲテラ・ハスヤ、薫園秘話(ジヤルダン・パルフューム)等の飜譯を始め、それらを綜合したものに更に江戸末期の戲作者たちの文獻まで加へた梅原北明君の「秘義指南」などが出てゐる。その他「老人若返法」など飜譯まで出來上つてゐたのに、遂にそのまゝになつたのは返すぐも惜しい。

まだこの種の文獻ものはいろいろあるが、前記の書物の流れを汲んだものと思へば、まづまづ間違ひはあるまい。

△△の姿態は我國では一般的に四十八手と云はれてゐるし、アラビアの性典には二十九通りの樣式があるし、支那では三十六態、英國では三十一態などゝ云はれてゐるが、これらは確かな根據があつて云ふのではなく、只、何かの文獻に現はれたものから、誰云ふとなくさう云ひ始めたものぢやらう。

俺の考ふるところでは、江戸時代の戲作者の著書、その他飜譯物に現はれた性典などから推側して、△△の基本的な姿態はだいたい次の五種だと思ふのである。

第一　正　交　法

第二　鷄　姦　法

第三　カニリングス（別名フランス式性交法とも云はれるが、これはドイツなどでも旺んに行はれ、その代表的な作品としては舊文藝市場社のフロッシイなどがある）
第四　手交法又は指弄法
第五　素　法
この五つの基本的な形態がいろ〳〵に變化し、そのうちどれが最高の愉悦に浸らし得るかといふと、それはその人その人の體質なり局部の構造によつて差異があるから斷定は出來ぬ。だが、如何なる男女と雖も、もし眞に戀の奴隷として最高の、、を望むならばぢや、この何れたりとも決して等閑に附してはならないのである。いや、等閑に附さないだけでなく、之を試みる場合と雖も、輕々しく取扱つてはいかん。この方面の輕卒から生ずる失敗は、他人には見せられぬ場面だけに、それこそ飛んでもない恥晒しを演じなければならぬやうになるし、又往々、兩者體を、、、せたり、悶々として七轉八倒の喘ぎをつゞけ乍ら病院に搔ぎこまれる實例さへあるのぢや。その不樣な格好と來たら見ちやあ居られぬ。
だからぢや、性交の享樂を充分に味ふとするには、如何なる貴賤貧富の男女と雖も、必ず適用される一つの通則がある。
ナイト倶樂部や、魔窟あたりの賣春婦は己れの醜行爲を人に見せる位は、まるで我々が屁一發放つた時よりももつとケロリとしてゐるが、いやしくも、商賣人でない限りの男女は、交接は極めて秘密に行ふが一番よく、古今東西いづれの民族と雖、秘中の秘、秘中の歡樂として之を行ふてゐるのぢや。從つてものに驚かされたり、覗き見をされたり、萬一の場合はいつでも身體左右にサッと別れて了ふことが出來るやうな方法を講ずることが肝腎ぢや。
日本人なら厚い柔かい蒲團、もし毛唐を眞似てダブル・ベッドと洒落てみたい御仁は、極く柔かい毛布か、バネ附の上等な寢臺を選ぶに越したことはない。國産でも最近ではいゝベツトが出來た。ペヤレスなど素晴しく賣れるといふから、上流階級の人々は、さぞやさぞ韓凰狂蝶の痴體の限りを盡してゐることぢやらう。その味ひたるや酷いか甘いか、實《じつ》に大牢も猶ほ及ばざるべし。美ましき沙汰の限りぢや。

寢室のことに就ては、日本人など甚だ無關心で、同じ上流階級でも日本人の寢臺は支那人のそれに遠く及ばない。洋式の寢室と雖も、圓宿ホテル見たいにダブル・ベッドがボツンと室の一隅に置かれてあるだけでは甚だ物足りない。七ツ道具といふわけぢやないが、ベッド以外に肘掛椅子、普通椅子、ソファー、それに眼を樂しませる額や花瓶、手洗又は嗽含用の水瓶など是非必要である。寢室の脇に浴室があるともつと結構ぢやが、さうまで贅澤にしなくともよからう。云ふまでもない事ぢやが、枕は柔かくふつくらしたもの、それから、餘り部厚くないふわ〳〵した座蒲團など用意しておくことも粹人の忘れてならないことであらう。なんのために座蒲團が必要かつて? 云はずと知れたこと、仰臥した場合に女の尻の下に敷くんぢや。昔の大名がたはその寢室へは蘭麝の香を漂はし、馥郁たる香氣と共に一儀の絶妙なる雲霧のうちに陶醉した。叶はぬ迄もそれ位の希望は抱いてよからう。安香水でもかまはぬから、金槌でぶち壞して、部屋中をプン〳〵させる位の度膽がほしい。

それから〇〇に及ばんとする程の男女は、理窟抜きにして眞裸體となるべきである。これは皮膚の接觸感を爽快ならしむるばかりでなく、筋肉の摩擦によつて血氣の循環をよくせしめ、健康上にも有益である。但し、晝間眞××で〇〇に及ぶ御仁は偷視されないやうに、細心の注意を怠つてはならぬ。

# 基本第一

## 正交法

正交法とは言はずと知れた世間一般で行はれてゐる性交である。

女が背を下にして、蒲團或は寢臺に仰臥し、股倉を左右にひらいて、男はそれにのりかかるやうにすればいゝのだから、別に説明もなにも要らないぢやらう。

この正交法に於て、男子が注意しなければならないことは、女の、を強く壓迫しないことである。女に苦痛を與へることは、非常に△△を不愉快ならしむるばかりでなしに、彼等がそのクライマックスに達するのにも時間を長びかせる。女が男の首に兩手をまきつければ、男は右手を肩から、左手を脇下から〇〇て輕く突きあげる様に運動をつゞける。

性的技巧の優劣は、先づこの女に苦痛を與へないことから出發し、如何にして長時間の、、動に堪へ得るかといふ一語に盡きる。そして、女が、、のクライマックスに達しても尙ほ且つ餘裕綽々たる軒昂の意氣を示す男子こそ、これぞまさしく、女子にとつては贊美喝仰の的であらう。僅々一二分の激戰によつて、もろにブチのめされてクタ〳〵になるやうなヘナチョコ野郎では、その容貌いかに秀麗絶佳の美青年と雖も、それではまるで支那の兵隊と同じだから、女に愛想を盡かされること火を見るよりも明かぢや。

然るに、世の中には結婚後數年になつても、尙且つ支那の兵隊さんが非常に多い。はち切れさうなガツチリした獨身青年が、三十日目にお女郎買をしたやうに、跨がつたかと思ふと直ちに落馬する呆氣なさでは、既に人生は暗澹たる闇以外の何者でもない。

普通、いづれの家庭でも、多くは男の方が先に　　を投げて降參し、女の方が勇猛果敢に××みついて最後の覇權を握らうとするらしいが、事實はそれと全く反對でなければならん。女が先に□□して、息も絕え絕え、心身疲勞を覺えてゐる時、いとも嚴そかに男子が□□をほとばしらせてこそ、人生至高の享樂があるのぢや。

その一瞬に於ける女が男に對する熱愛は、それこそ一蓮托生、死なばもろともといふ可憐らしい心を湧き起させる。凡ゆる技藝を通じても同じことぢやが、緩急よろしきを得るといふことは、△△の場合にも大切ぢや。孤軍奮闘、まるで敵軍に包圍された時のやうに、只徒らに逆せ上つたところが始まらぬ。古人が九淺一深、三深六淺の法を說いたのも、要するに△△に及んでの我武者らを戒めたものである。

かくして、敵陣既に危ふしと見たら、その時こそ遠慮は要らぬ。男も女も、闘牛士のやうにあばれるがいゝ。□□を□□する感じが近づいても、まだ釣糸を垂れた太公望みたい氣取つてゐたのでは埒があかぬ。軈て雲霧飛散、紺碧秋空の如き清朗なる氣持になつたら、□□□□□を□ひ取られるまで、男は女の體に柔らかく凭れて、愛撫なりとキツスなりと、思ひのまゝになさるがよろしい。俺は知らん。

尙ほ、東西の學者が注意してゐて吳れるやうに、人間各々その容貌を異にする如く、婦女の○○もこれ亦千差萬別、上下の差別どころか、その位置まで變化に富むものぢやから、○○の餘りに下についてゐる婦人と△はる場合は、下腹部が上に突出るやうに座蒲團とか枕をしく必要がある。

最後に一言附加へてをくが、こゝでいふ正交法とは、男子の○○を女子の○○の內部に○○せしめて行ふ△△のことで、姿態《ポーズ》のことを云ふのではない。

姿態に就ては既刊の珍書に幾らも紹介されてゐるが、これは何れ章を改めて書くことにしやう。」

## 基本第二

### 鷄姦法

この鷄姦法といふ奴は變態である。古い言葉ではソドミー、立派に役立つ道具があり乍ら、まともな所では面白くないとあつて、わざ〳〵御門違ひへ武器を運ぶ變り者の△△である。日本人でも、江戸時代は陰間などいふ男娼があつてなか〳〵繁昌したものぢやが、こゝでは男色のことは述べない。甚だ始末の惡いことで流石の俺も氣がひけるが、女の△をめがけ〇〇に及ぶ不屆者を膺懲するつもりで書くことにする。

かりそめにも、れつきとした妻のお△を〇〇なんて、人倫の道に外れた畜生化道にも似た行ひが、今なほさかんに人類の間で行はれてゐることは、どう考へても俺は遺憾に堪へぬ。只、せめてもの慰みは、日本人には此の種の馬鹿ものどもが殆んどゐないことで、この點われ〳〵日本人たるもの中外に對して鼻が高い。

餘儀ない事情で獨身を强ひられてゐる人間が、こつそり手淫を行ふとか、或はオナニズムに耽るとか云ふのは、まア〳〵その不便さ、耐らなさに同情して、或程度まで默過することが出來るが、殊更に變つた色好みからかゝる非道を行ふことは、極刑にも價すべき罪惡ぢやと俺は思ふ。

この鶏姦はフランス人又は支那人が旺んにやるとのことぢやが、その方法如何といふに

女が寢臺の上に腹這ひに跪づいて、兩膝を左右に張り、彼女の△を高く〇〇〇げる。すると男は女の背後から迫つて、その〇〇へ押〇〇る爲、彼の〇〇を女の△と水平の高さにまで持つて行く。そして女の上から輕く×××かり、一方の手で女の身體を押へ、一方の手ではその〇〇を輕く〇〇〇だり、△ぐつたりしてやる。かうして尙も女の〇〇が男の〇〇を〇〇る爲に、まだ充分潤んで來なければ、身體を押へてゐた方の手で、僅かに鴇色をした　を△ぐつたり〇〇だりしてやるのだが、〇〇にはオリーブ油かワゼリンを十分に塗つて濕した方がいゝ。又男の×〇にもワゼリンを十分塗つて辷りをよくする。押〇〇る時は、決して亂暴にしてはいかぬが、特に注意すべきは〇〇も亦二吋以上〇〇んではいけない。

と、斯道の先輩ヒルシュフエルドは敎へてゐる。

この鶏姦は變態であること勿論ぢやが、止むに止まれぬ事情から、これを行ふ場合がある。それは、有夫の人妻が貧ゆえに大切な操を提供する時など、のろまな男は往々この搦手戰術にしてやられる。また、前門を閉ざして後門を開くは、敢て貞操を汚すものに非ず――なンて考へるのも沙汰の限りぢやが、獨逸の醫學雜誌などには、よく婦人の肛門患者の記事が出る。前門には些細の異常もないのに、後ろの門に悪しき病毒を感染されてゐる婦人は、大半既記のやうな體驗を經たものだと云ふことぢや。

然らば、この變態的行爲が男女双方に正しい△△と同じやうな、、を與へるか如何か? 普通の體質、普通の感覺を具へてゐる人々には、それは殆んど信じ得られないことで、梨や林檎を喰つて、實よりも皮がうまいといふ人間でなくちやあ試みても無駄と知るべし。

## 基本第三

### カニリングス

これは別名フランス式△△法と呼ばれてゐる。けれども現今では世界各地で行はれ、日本の魔窟でもこれを專門にして、變り者の客足を惹きつけてゐる娼家さへあるとのことぢや。なに、場所を敎へろ。そいつは困る。俺の門を叩いて、圓タク賃と、遊興費と、その前に氣の利いた御馳走にでも預からねば俺はいやぢや。第一、終生の契りを結んだ妻に對して申わけない。第二に父と呼ばれる我が子に對して慚愧に堪へぬ。第三にその筋からお叱りを蒙る。この三つの犧牲すら敢て忍んで、その上無料で敎へるなんて、そんな馬鹿げたことは老ひたりと雖も妙竹林齊、まだそこまでモウロクしちよらん。

フランス式△△法とは、男と女が、お互ひに對手の○○を×め合ふことによつて、彼等の△△の目的を遂げる一つの名稱である。これにフランス式と云ふ專賣特許みたいな名稱を附した所以は、夙にフランス人によつて行はれたばかりでなく、フランスの男女が一般的にこの妙技に耽るからに相違ない。これはフランスに洋行して、少し氣のきいた所、いや氣の利かない所でもよろしい――で遊んで來られた御仁がつぶさに體驗されたであらう如く、△△に及んでは必ず行はれるところの壯絕快絕なる閨房戰術である。

この□ひ合ひ、□め合ひの基本的姿態は、△△者の恰好が69と云ふ數字の型に類似してゐるので、別名69の名稱で普遍化されてゐる。一トロに69型と云へば事は仕極簡單であるが、よつて以て生ずる種々の樣式變化は、これ又千種萬態、詳細な技巧《テクニック》は後章で明かにしやう。

扨て、このフランス式性交法の基本形態ぢやが、これは女が蒲團又は寢臺の上に、背を下にして○ながら、×を十分に××て、膝頭は上に×××げる。男は跪づいて女に△△り、彼の顏は女の脚の方に向けて匍匐ふ。これまで云へば顏はどこにあるか、手はどこにあるかなど〻餘計なお喋舌りをしなくても、たいていの見當はつくぢやらう。

かくの如くして、男は自分の顏を女の×の間に隱くし、彼の兩手は女の△の下にあてがつてから、靜かに○○の唇を開いて、彼の柔らかな舌で女の○×の周圍を△すぐり續ける。この場合特に注意すべきは、彼の齒が彼女に痛みや、苦しみを與へないやうにせねばならぬ。

かくして男の動作が續いてゐる間、女の方にあつては、一方の手で男の○○を△り×○を口へ○○る爲に□めたり、△ぐつたりするのである。

實際これらの狀況がそのクライマツクスに達すると、それは如何なる△△にも增して男女は熱狂する。

かくして、彼等はお互の□□を止めることなく、□□が完全に遂行されるまでお互ひに□□を□ひ合ふのである。

フランスの婦人が、一般的に他の國々の婦人より艷々しい皮膚と筋肉とを持つてゐるのは、この□□を□ひ合ふことがどれだけ役に立つてゐるか知れない。

又、女の口中が○に劣らないだけの効方を有することは、一度でも女の口に○○を○○た經驗のある者なら、誰しもその眞實性を否定する者はないであらう。

華のパリー、戀のパリー、黄金の波につゝまれる都の裏面には、絢爛優美の華がその美を競うて咲き亂れ、多くの俱樂都の奥深い殿堂では、井の中の蛙には想像も出來ないやうな亂舞狂爛の曲が奏でられるのぢや。

# 基本第四

## 指弄法

これは讀んで字の如く、相愛の男女がそれぞれ自分たちの、先を、對手の○○の上にをいて、お互ひに○○○合ひをするといふ、世にも床しきいちやつき加減を發揮するもので、若い頃は、誰でも一應はやつてゐるに相違ない△△法である。そんな覺えはないと云つて涼しい顏をして見たところが、別に自慢にもならない。

それで、俺はこの方法の善惡に就て、懇意な人々數名にその實地經驗を問ひ質したところが、みな云ひ合はしたやうに惡くないと云ふ。それはさうぢやらう。戀女房や、戀人から、己れの○○を、ぶられて面白くないといふ奴があつらた、それこそ犬に喰はれて死んで了へ。

この戯れはそれが極めて簡單であるが故に、何人も一見してすぐそれを眞似ることが出來る。だからパリーなどの粋な家では、或る程度まで公にかうした場面を覗かせてくれる。

然らば、それ程までに簡單なことだから方法は如何でもいゝかといふと、あながちさうとばかりは限らぬ。双方ともお互に○○まで手が屆くやうに並んで坐るか、それとも○るかしなければならぬ。

例へば彼等が寢臺か椅子に並んで坐つたとする。この場合男は女の右側に坐るべきである。並んだら男は自分の△を女の△に、、、ける爲に、彼の左手で女の×を×き、それから先づ女の〇〇を〇〇〇る。そして右手では靜かに〇〇の唇を開け、それから、をそつと〇の中に〇〇る、〇の中は殘るくまなく〇〇〇廻す。、先は〇〇たり〇〇たりして氣を揉ませ、たまには〇×を△ぐつてやる。

からして或る場合は迅速に、ある場合は輕やかに繰返して、彼女の〇×の底から□□が奔流するまで行はねばならぬ。

尙ほ、これを行ふにあたつては　先はよく洗ひ、　は短かく滑らかに剪つておき、更に蜜蠟を施してをく必要がある。なぜなれば、〇の皮膚は粘り強くて頑丈ではあるが、往々にしてあたら大切な〇〇を傷附ることがあるから、念には念を入れろといふ格言を尊重しなければいかん。

ところで、女の方はどうかと云ふと、對手の△△してゐる〇〇を靜かに右手で△り、それを柔かに、そしてゆるやかに〇〇〇なければならぬ。かくの如くして、女性の柔かい手で已の〇〇を〇〇〇れることは、男子の本快これに勝るものなしと云ふても過言ではなからう。

又、時には母指を濕して〇〇の頭を暫く〇〇〇てやる。すると彼の〇〇は薄桃色の輝きを更に一段の活氣を呈して來るぢやらう。軈て男が我慢し切れなくなつて□□を□□する運びともならば、女は彼の×〇を徐ろに△り締めてやるのである。

かやうにして、二人の掌に□□が充ち溢ふれるまで、、し合ふことは、孔子さまの云ひ草ではないが、水を呑み、石を枕とするも樂しみ又そのうちにありといふもんぢや。

この方法は、どんなに二人が若くとも、その精力が旺盛であればある程、他のいかなる技術よりも簡單に、而もその効果の安直でないことに於て何人にも喜ばれる技巧《テクニック》である。

# 基本第五

## 素股法

これも亦よほどの薄ぼんやりでない限りたいていの人間が知つてゐる筈ぢや。たちの悪い娼婦などがよくこの手を用ひるので、對手が年の若い、いけ好かない醉つ拂ひ野郎だつたりした場合は、極くあつさりと己れの××を利用しておさらばを告げる。された奴こそいゝ面の皮で、貴重なる金錢を水に流したといふのは、全くこんな場合を云ふのぢやらう。

夫婦間の場合では、これは徹頭徹尾女の方が損である。骨折損のくたびれ儲けと云ふ奴で、くたびれ儲けどころか、××へ對手の□□を流されて、その後始末までもやらなければならぬといふ、甚だもつて割の悪い役割で、芝居で云ふと馬の脚よりもつまらん。

が然し、敢てそれを忍ばなければならぬ代りに、女だけが徳をする場合もあるのぢやから、この際不平をこぼすのは愼しんで貰はふ。この素×法といふ奴は、どんな場合に行はれるかといふと、精力絶倫、といやしくも△△に及ぶことなら、精勤無比、一日たりとも缺かしたくはないといふ男が、愛妻がメンスの期間中、それも僅か二日か三日の辛棒が出來ないといふ場合に用ひられるのである。從つて、かうまで厚かましくなることは、お互ひに避くべきことだが、物は序といふこともあるし、又、事實行はれてゐることだからこゝにその片鱗を述べる次第である。

男と女が相並んで横向きに○る。双方の××はかたく、、、てゐる。

女は男の○○を○○て、△の×○から○○近く、己の×へすべり込ませる。かくして男の○○は柔かい××の肉に○○○れて□□するといふ、まことに他愛のない方法である。

この際、男に必要なことは、女の持つすべての魅力と、忘れがたい○○のことを、繰返し幻想に描きながら行ふことである。

女の方では、たとへ自分ではつまらないと思つても、平素と同じやうな、ゝを男に施してやらねばならぬ。そして、××に×んだ○○に刺戟を與へるため、靜かに×を××ふて○めたり○めたりしてやる。と同時に、己の指先で自分の×に蠢めいてゐる○○の先を時々○○○たり、△ぐつたりしてやると、それは丁度○○の役目を果すのである。

この方法は、又、對手が若い女で、男の○○を○○○むには餘りに○が細いやうな場合に、多くの男子から相當推稱される場合もないではない。然し、そんな時は色々な豫備行爲が必要であることを心掛けてゐなければならぬが、それらの豫備行爲は、又別の機會にゆづる。でないと、餘りいろんな知識を一時に詰めこまれたのでは、悟道に達することが出來ぬ不安があるかも知れぬ。

以上で先づ基本形態論は終るが、其他の數々の技術に就ては追々述べることにしやう。

# 第二章　何故性交が必要であるか、性交と健康、性交と美感

サテ、第一章で性的生活の具體的な基本的方法論を述べたから、本章では少し屁理屈を並べやう。

あんまり柔かいばかりでも役に立たぬし、硬いばかりでも始末に困る。それに、たまには屁理屈や駄法羅も並べないと、俺の方でも肩が凝つて仕様がない。

硬いと云つたところが、御用學者の思想善導論ではあるまいし、讀んでゐて眠くなつたり、退屈して欠伸が出るや

うなことは俺は書かぬつもりぢや。こんなものを書いて別に博士になれるわけではなし、又ならうとも思はぬ。

インテリ博士のヒルシユフエルドは、さもしかつめらしい顔をして云ふのである。

性交は自然現象の一部であつて、單に人口を殖やすのみならず、人類の完全なる發達を目的とするものである。

一儀もかうなるとなか〱上品なものぢや。

インテリ博士は更に云ふ。

自然に於ては總ゆるものが皆性交の二字に一致されてゐる。花の健全なる精子は風や混虫によつて雌花の子房に送られ、その結果は新しい花の種となる。混虫や、鳥類や、魚類や、獸類、それらのもの何一つとして性交せざるはない。

文化は人の思考力を發展させ、其の考へが又△△の技術を、より完全なる現在の高い狀態にまで發展させたのである。

又、人間の身體には、如何なる部分でも、他の部分と比較して、他より重要でないと云ふ處はない。從つて身體の他の部分を、それ〲發達させる進歩に比例して、彼の精力を發達させ樣と望む事は、人類にとつて正當なことである。——と。

インテリにしろ、なんにしろ、矢つぱり博士は博士だけのことを云ふ。うまい云ひ廻しぢや。

更に問題は進展する。

如何なる器官でも、其の一つが生殖器官よりも、人間組織の上に、より以上の効果を齎すと云ふ事もない。我々はこれらの諸器官の强さに依つて健康なのである。だから色々な完全の方法で、人體の諸器官を發達させるやうに、生殖器官も活用させて、一層强く發展さすべきである。

何と云ふ用意周到な、なんといふ懇切な教示ではないか。かうなるとなか〳〵屁理屈どころではないが、下手に感心ばかりしないで次を讀むと、

試みに完全に發育した、典型的な體格の婦人を見るがいゝ。さすれば、彼女の身體の何れの部分の性能でも、實際に制限される事なく完全に發達してゐる事が判るであらう。勿論、誰でもが完全な筈はないけれど、此の完成された女の各部分を尙ほ注意深く、些細に點檢すれば、自然によつて與へられた此の貴重なる器官の各部分は、愼重なる注意を拂はれない女よりは、一層幸福に、而も樂しげに作られてゐる。

ボカンと道を歩いてゐる者と、それ相當の鑑賞眼をもつて歩くのとでは、女の姿を見てもこれだけの區別がある。

事實、性の恩惠が如何に偉大であるかといふ事は、結婚したばかりの夫婦を、數週間注意してみてゐると直ぐに判る。

第一に男の頰には健康の赤味が加はつて、結婚前の神經衰弱らしい憂鬱な陰影が消える。おまけに強壯で生々した風貌となり、彼の步行は活氣を呈して末賴母しく、瞳は確固たる決心と希望の光りに輝いて來る。

たとへば或る役所の退廳時間のベルが鳴つたとする。一群のサラリーマンが屋外に出る。旣にその時、家庭に妻のある人間と、下宿の薄暗い部屋に燻ぶつてゐる獨身者とでは、步く恰好からして違つてゐる。

女も男と同樣である、娘時代は痩軀細腰のヒョロ〳〵者が、見る見るうちに胸は豐かに外へ膨らみ、△は圓く大きくなつて、より一層魅惑と威嚴とを備へて來る。稀にはその反對もあるが、それは多くの場合過淫によるものが多いのぢや。さもなければ、彼等の結婚に憂ひがあるか、双方愛し合つてゐない證據である。

仲のいゝ夫婦間の樂しい和合が、兩者の健康を損ねるやうなことは絕對にない。

かるが故に、若い夫婦は第一章の基本を忠實に硏究して、つぶさに圓熟の技巧を學びとることである。

變化に富む性的生活が、琴瑟相和する主要條件となるは云ふ迄もなく、又、それは結婚直後の蜜月と同じやうに、いつまでもいつまでも、彼等の全生涯を通じて、樂しい愉快な日を送る事が出來るであらう。

嘘か眞か別に證據を握つたわけではないが、或る有名な女流聲學家は、彼女の不思議ないゝ聲を益々よくするために、ひそかに彼女の夫から□□をもらつては呑んでゐるといふことぢや。單に聲をよくするばかりでなく、□□は彼女の白い齒並まで美しくさせ、皮膚はいよいよ瑞々しい美くしさを加へてゐる。

もしそのことに依つて、藝術家としての使命が益々高められるならば、それも決して惡いことではない。なぜなら吸〇法によつて□□を□ひ取られる男の方も亦決して惡い氣持はしないであらうから。

實際この吸〇法の素晴しい効果は、日本人の間でも最近かなり推稱されるやうになつて、東京近効のある魔窟でも、賣春婦にこれを專門に行はせてゐる家があつて、日一日と客脚を增やしてゐるといふことぢや。

その界隈ではこれを稱して尺八サービスと云つてゐるが、尺八サービスとは實にうがつた名稱ではないか。吹くと吸ふとの差別はあるが、なかなかうまい考へぢやと、これには流石の妙竹林齊も感歎した。只惜しむらくは、この年になつては、まさか尺八サービスをして貰ふといふ譯にも參らず、若い者どもの土產話をきいて空しく切齒躍腕するのみぢや。

全く、同じ美くしさでも、處女時代の美くしさと、人生の春を充分に經驗してからの美くしさとでは、そこに可成大きな差異がある。楚々たる風情の處女の美は、恰かも溪谷の木蔭に咲いた百合の如く、中年の婦人の美は絢爛バラの如き美しさがあり、魅力は寧ろ後者にある。

フランスの賣笑婦たちは、顏や、胸や、手の皮膚を美しくするために、吸〇法のうつゝなきゝに憂身を窶し乍らも、時にはわざわざ男子の□□する□□を顏や首や胸のあたりへ受けて、いとも丹念にすりこむ者さへ稀ではないといふことぢや。これは實驗者から直接きいた話だから噓ではないぢやらう。

まだそのあべこべに、女子の□□も男にとつては頗る有効なもので、フランスの紳士が常に若々しくスマートなのもその爲だと云はれてゐる。

男女の□□には別にこれと云ふ味はないが、一種の腥い香りと稍々鹽辛い味のあることだけは事實である。

嘗つて發刊されたフロッシーのストーリーは、全篇を通じて吸○法の場面であるが、それでみると□□の味は頗る傑れたものであるやうに書かれてゐる。勿論、匂ひ、味には各々好き嫌ひがあるからどちらとも云へぬが、美味であらうとあるまいと、どうでもいゝと云へば如何でもいゝ。なにも無理に我慢して迄呑まなければならぬ法はない。

古人の敎へて呉れたところによると、女は男の○○をたゞ口に入れた丈でも偉大な恩惠が與へられるといふ。假に毎日五分間づゝこれを□ふてゐたら、男子が全然□□しなくとも、女の顏色はメキメキとよくなるといふから、顏色の悪いお方は試みたがよからう。夫のものなら錢は要らぬ。高い滋養强壯劑など呑むもんぢやない。

尙ほ、性交と健康問題に就ては、詳しく述べるとなると到底五十枚や百枚では書き盡せないし、たいした興味もないからいゝ加減に見切りをつけやう。

只、未婚の人々に注意したい事は、殊に女の方は、まだ肩あげもとれない間から怪しからぬ戯らをしないことである。これは特に親が注意しなければならぬ。

萬一あやまつて、年少の女が大の男から貞操を破られたりすると、まだ充分成熟もしてゐない○○に負傷して結婚しても不感症で泣きの涙で日を送らねばならない。よしんば不感症にならない迄も快感に達する時間がかなり長い。

従つて、新婚早々の夫婦が○○に及んで、もし妻が容易に最後のクライマックスに達しなかつから、その原因は多くの場合、過去に於てさうした忌はしい經驗をもつてゐるものと解釋されても仕方がない。これは俺の獨斷ではなく、古い通人が夙にさう云つて敎へてゐるのぢや。

又、俺の友人に若い醫學士がゐて或る大きな病院に勤めてゐるが、年に二組か三組位は必ず男女、なり合つたまゝ病院に擔架でかつぎこまれる。

つまり不自然の△△や、△△中びつくりする事件に出會はして身のあがきが取れなくなつたのである。本人同志の不體裁は云はずと知れたことぢやが、家庭の親たちや、或はワイフたちの面目なさは、それこそ穴でもあれば入りたい位。

ところがかうした病人が擔ぎこまれると若い醫師たちは、さも重大病人の如く扱つて「私し一人ではどうも取扱ひにくいですから」てなことを言つて、次から次と同僚を呼んで來て拜見される。拜見される奴こそ態ア見やがれぢやがこれなど少し心得があれば、なにも醫師よ病院よと表沙汰にしなくてもすむのである。然らばその方法は如何？と云ふと、ぬけないで喘いでゐる女にコップ一ぱい位のブドー酒を呑ませて、暫らくそうつと安靜にしてをいてやると、ひきつつた〇〇の筋肉は間もなくゆるみを帶びて、難なく兩者を引離すことが出來るといふ。

自分にはさう云ふ不しだらなことはなくとも、どこでどういふ人にさうした災難がないとも限らぬ。さうした場合に、さういふ機轉をきかせてやれば、經濟的にも、精神的にも、受難者はどんなに救はれるかも分らない。心得てをいて損のないことぢやと思ふから、敢て醫師の領域にまで進入した。

# 第三章

## バス・コントロール批判

文化の發達は人類の悲劇を深刻にする。

實際、見るもの聽くもの、何一つとして朗かなものはない。

俺は元來、「あいつはちと足りないのぢやないかな」と親兄弟は云ふ迄もなく、遠近の緣者たちからさへ批難された程の樂天家ぢやが、近頃の世相は、天上天下唯我獨尊、今古獨步珍無類の妙竹林齊をすら憂鬱にする。

今や人口過剩に惱む世界の人類は、睾解禁を餘儀なくされ、廣汎なる失業者群、貧苦に喘ぐ若きプロレタリアートは、又、必然的に睾解禁の苦惱にのた打ち廻つてゐる。

これによつて蒙る女性の性的飢喝と、肉體的並びに精神的煩悶は、性界の危機を孕み、結婚難の自棄糞まぎれから乘り出す就職戰線への進出は、いやが上にも空房空閨のいと惱ましき事實を尖銳化しつゝある。

完全なる夫婦と雖も、次々にひねり出される穀潰しの餓鬼を恐れ、たまたま夫から睾を解放されても、氣乘りのせぬ避姙法を行つて〇〇に及ばねばならぬといふ、泣いていゝのか、笑つていゝのか、とんと見當のつかぬ性的生活を營んでゐる。

これみな、科學の發達による人間勞力の削減から生じた結果であつて、これが深刻な悲劇でなくて何であらう。

夫婦和合の道は赤ン坊の增殖のためだ——などいふ理屈は、今日の時代に於ては既に唐人のたは言にも價しない。人間に生殖器が與へられたのは、これは飽迄使ふために與へられたもので、決して子孫增殖のみのためではない。もしさうだと云ふならば男女性交の時々に一人の子供が出來るものと假定して、年に一回だけ交接すれば、その役目は立派に果されるが、幾ら何でも、年一回では、憚りながら我慢が出來まい。

俺の思ふところでは、生殖器も心臟其他の器官と同じやうに、吾々人體の重要なる組織の一部であり、望みにまかせて自由な活動を續けさせてやるべきである。

從つて避姙などいふことは、生殖器本來の使命から云つて不自然極まることには相違ないが、こやつなか〳〵傲慢不遜なる思想《かんがへ》を有し、人間に食慾があり、食を斷たれては命がないと云ふことを、恬然として顧みぬ不屆者なのである。

親の心子知らずとはよう云ふたものぢや。

焼野のきぎす夜の鶴、親は凡惱で子は可愛いが、伜ばかり可愛がつてゐたのでは親の口が干あがる。

畢解禁もそのためであり、バス・コントロールもその爲である。

ゴムの衣を着せて、生れ故郷に歸したくはないが、不況の折柄ぢや止むを得まい。

どうせ避姙が止むを得ないことだとするならば、人は各々その最良の方法を撰ばなければならぬ。俺は自分の氣持から云へば反對ぢやが、現今行はれてゐる凡ゆる避姙法をこゝに批判檢討して、世の人々が墮胎などの重罪を犯さないやうに力説しやうと思ふ。

ほんの僅かな不便さへ忍べば、男女ともに恐ろしい罪を犯さなくてもすむのである。單にそれだけではない。方法の撰び方によつては通常の△△よりも、寧ろ、、を增すものさへある程ぢやから、六根を淨めて熟讀玩味されるがよい。

從つて姙娠を避けたい程の者は、それらの方法に不注意であつてはいかん。注意を怠る位なら性交を斷つか、でなければ大して有難くもない次男次女、三男三女の穀潰しが、年々歳々續出することを覺悟してほしい。

そもそも、姙娠の原理たるや極めて簡單、そんじよそこらの女學生たちすら知つてゐることだが、念には念を入れろといふ諺もあるから、こゝで更に詳細に述べてをくことも强ち無駄なことではあるまい。

兒童は別として、すべての婦人には月に一回づゝ小さな卵、即ち一個の卵形が彼女の卵巣から排出されて子宮にはいつて來る。これは月經といふ御婦人がたには誠に危介仕極な血の流出によつて成就されるのぢやが、此の卵は或る不定期間、その子宮内に殘留するもので、人によつては一週間位月經が續き、質の惡い婦人などは十五日から二十日ぐらゐも續くのもある。

此の卵が婦人の子宮内にウロ〳〵してゐる間に△△し、男の□□を幾分でも――よしそれがどんなに微量でも危險は起るが――子宮内に這入ることに成功すれば、女は必ず、受胎の告示を受けるのである。

一旦、姙娠して了ふと經水は止り、さうなると女にとつては、最早△△くとか、男が□□するとかいふことは問題にならぬ。既に母としての第一歩に踏入つたわけだ。

だから、姙娠を避けやうとすれば、要するに女の子宮に□□を□□しないやうにすればいゝわけだ。

さうするには、前に述べたやうなフランス式△△法、指○法、なければ素×法の何れかによらなければならないが、然し、變態性慾者でない限り、△の○や、××などより、矢張りほんものでなくちやあ承知が出來まい。だから、承知の出來ない人々は次の様な各種の避姙法を試みられたがよからう。

## 洗滌法

前以て斷つてをくが、子を作る行ひをして子を欲しくないといふ、どちらかと云へばちと圖々しい考へからやることとぢやから、甚だもの足りない場合もあるかも知れぬ。だが、その位の我慢はしなけれあ罰があたる。

さて、洗滌法といふやつだが、これは、男が□□するまでは、二人がどんな姿勢で、どんな樂しい△△に耽つてゐやうともそれは構はぬ。たゞ、男の□□が終るや否や、女は一刻の猶餘もなく、まるで足下から火がついたやうに、ムツクリと起き上つて直ちに局部の洗滌にとりかゝらなければならぬ。洗滌に用ふる器具は灌腸器が最も輕便で、男女とも○○に及ぶ前から大匙二杯の粉末硼砂を、コツプ一杯位の冷水でよく溶いて使用するのだが、これは多くの青樓待合などで、娼妓に行はせてゐる。

實際、娼妓が洗滌に行く時の恰好と來たら頗る興がさめるものぢやが、戀人や妻のそれと來た日には、もつと興がさめるかも知れぬ。が、それはそれとして、洗滌に依つて避姙の目的を達しやうとするならば、△△中の男は、彼の□□がいよ〳〵始まると同時に、彼の〇〇を〇から半分ばかり△△いて、極く靜かに〇てゐるがいゝ。かうすると□□が子宮に進入して行く量を非常に減ずるからである。

女の方では、男が□□して了ふと、何はさてをいても飛び起きねばならんと云ふたのは、□□が子宮に達せぬ前に洗滌する必要があるからで、愚圖々々してゐたのでは間に合はぬ。

## 引　法

凡ゆる避姙法のうちでも最も簡單なもので、サンガー夫人の產兒制限論にも述べられてゐるし、サンガー夫人による迄もなく、可なり以前から行はれてゐる。

子供を欲しない夫婦、子供が出來ては都合の惡い戀人同志で、この方法を用ひない男女が果して幾人あるであらうか？　こと程左樣に猫も杓子も心得てゐる。

けれども、これは婦人にとつては可なりつまらない藝當で、鮎をとる鵜が咽喉を締められてゐるのと同じやうなものだ。

うまいものを喰つたことは喰つたが、咽喉へ通らないから腹がふくれないのと同じやうに、〇〇たり〇〇たりしてゐる間が花なのだ。男子の□□が近づいて、熱つた彼女の〇〇が今や遲しと□□の□□を待つてゐる時、ボクリと大木が折れたやうに△△かれるのだから、子供の欲しくないことなど忘れ果てゝ、思はず知らず男の×を××しめて放すまいとする。

この場合、〇〇を△△くのに最も都合のいゝ方法は正×法であると云ふ迄もない。然し。女ばかりでなく、男の方でも最後の土俵際でうつちやりを喰ふやうなものだから、生理的には餘り芳ばしい結果は齎らさない。今將に△△△くところを諦めて、××と交代するのだから、これぞまさしく敗殘の將である。

然し、事態すでにこゝに至つたら、女は素早く〇〇をその掌中に△り、せめてもの慰めに男が□□を□□するまで、優しく勞はるやうに〇〇〇つゞけてやる必要がある。そして、自分は男の□□した□□を××に受けて、徐ろに×を×かしてゐるがよい。

さりながら、かゝる場合と雖も、若し男が△△の道に丈けてゐたら、先づ女に△△△かせ、自分も亦彼女と殆んど同じやうな悅びに達することが出來る。

もう一つ男子が心得べきことは、たいていの婦人は男の□□で自分の×や、××や、〇のあたりがひどく□れることを非常に喜ぶことを知つてをく必要があらう。

書間汽車や電車や自動車の中で、どんなにつンと澄しこんでゐる立派なマダムでも、このことばかりは十人のうち八人までは間違ひなくさうだと斷定することが出來るぢやらうと俺は思ふ。

## コンドム

扨て今度はコンドムに就て一言のべやう。俺は醫學者でもなく科學者でもないから、コンドムがどこから産出され、如何なる方法で作られるかといふことは知らん。だが、これが極めて薄い、インドゴムで作られた細長い筒だと云ふ事位は知つてゐる。そして、これは一方が閉ざされて、寸法も殆んど〇〇と同じであり、形も亦それと同じであることも知つてゐる。知つてゐるばかりでなしに、たとへ一つの器具、特種な△△法にしても、これみな己れの體驗から出發してゐることだけは、天神地祇に誓つて嘘僞りは申さない。

このコンドムは、〇〇に及ぶ前に、先づ〇〇にあてゝ、危急存亡の瞬間に□□の□□を防ぐ役目をするもの。しかも非常に薄くて殆んど、ゝを減じないばかりでなく、女子にとつても、あるかなきかの如く思はれる眞に結構輕便な豫防具である。

我が國でも、最近では實にいろ〳〵なコンドムが發賣され、四ツ目屋藥房賣出しの品だけでも實に十數種ある。殊に、最近非常に好評を博したのは短形のもので、これは×〇にだけかぶせるものであるが、なるほど効果は百パーセントだ。

これを使用するものがよく〳〵注意しなければならんのは、使用する前に完全無傷なものか如何かを一應大きく膨らせて見る必要がある。もし、針で突いたやうな小さな穴があつても、それは最早や姙娠豫防の器具としては役に立たぬ。一匹の精蟲はこの針の穴よりも小さいこと數倍であるから。

又、コンドムを用ひてゐるから安心し切つて、思ひ切り×を××ふことも注意しないと、亂暴な△△から破れたり千切れたりすることは往々ある。だから、使用した後破れてゐるかどうかを確かめてみることを怠つてはならぬ。

氣前のいゝ人々は、たとへ價の高いコンドムでも、一度使用するとさも汚ならしい顏附をして捨てる人があるが、どちらかと云へば餘り怜悧ではない。これを短時間冷水に浸して洗ひ、よく乾かして滑石の粉末を内外へ施して藏つてをけばまた使用出來るばかりでなく、過ぎし日の記憶を呼び起すよすがともならう。

更に、コンドムを施す前に、女は男に一應〇〇を□ふて貰ふと、それは彼等の△△をよりよくするのに一層の効果があることも心得てゐてほしい。なぜなれば、×〇も□れ、コンドムも□れ、〇〇の行動は益々敏速活潑になるであらうから。

## 間休法

「糞面白くもない避妊法なんてもう止して呉れ！」

もうそろ〳〵大向ふから文句が出さうになつた。事實、俺もこんなくだらないことで餘計な勞力を費したくない。殊に俺はマルクス・ボーイの云ひ草ぢやないが、實に身を以て凡ゆる危險と抗爭して來たので、子種が盡きたのか、病氣のせいでか、一年に二人も子供を生ませてみたいのに、今以て妙竹林齊二世はないのである。尤も、妙竹林齊二世なんて奴はもう二度と再度世に出ない方がいゝかも知れぬ。

だが然し、俺の所へ、避妊についてわざ〳〵訪ふて來る人も多いので、序でぢやからもう少し喋舌らせて貰はう。人の退屈など三年でも我慢の出來る人間だから、いやになつた方は、本を閉ぢて夫人同伴別室にでも行かれるがいゝ。

醫學者のいふ所に依れば、普通の女に於ては、月經後十二日目位から、次の月經の五日前まで位は、姙娠豫防安全期間だと云はれてゐる。要するに子宮内に卵が出さへしなければ、その間は豫防もへつたくれもいらないで、若い夫婦は思ひのまゝに房事に耽つていゝやうなものだが、この期間内には絶對的に卵が出ないかといふと、必ずしも絶對的とは云ひ得ない。

從つて、噓かまことか試してみなければ分らない。試す度每に、每年子供が出來るやうなことがないとも限らぬから、絶對的に子供の欲しくない人間は、こんなあてにもこてにもならないことは止して、矢張り安全第一の道を選んだ方が怜悧であらう。

## 海綿

妊娠豫防のために「消毒海綿」のあることも諸氏は疾くに御存じであらう。女郎の詰紙と同じやうな方法だが、質がよくて柔かいものなら、消毒海綿の方がましである。

海綿は餘り大きなものではいけない。之を用ふるには絹糸を數本その兩端に結んでをくが、これは使用後に容易く引出すためであること勿論である。

先づ性交前に女が○のうちに○○するのであるが、極めて稀薄な規那酸粉末の溶液に浸して、充分でないまでも濕りを與へてをく。

これを使用すると、男子の□□した□□は悉く吸收されるばかりでなしに、規那酸によつて□□を全く無價値にして了ふ。

これは何處の藥屋でも賣つてゐるし、誰にでも製作できるから、型は各自の思ひ通りに切り取つて、二三本の絹糸を縫ひつければいゝ。使用後は云ふまでもなく、よく洗つて乾かしてからしまつてをく。

## ペッサリー

最近。有閑マダムやインテリ・モガたちの間で、ペッサリーが非常にセンセイショナルな話題となつてゐる樣ぢや。かういふものが出來るたびに女といふ奴は喜ぶものぢや。實に怪しからん。一流どころの美粧院の控え室で、もし彼女たちの談話を二三十分も盗み聽きして見よ。それこそ、いゝ加減女房には甘い野郎でも、「ダアー」と云つて首を捻りながら、てめえの女房を綿密周到に觀察したくなるであらう。またせねばならん。

俺の知人に下町でも有名な秘藥秘具專門の商人がゐるが、お得意さまには可なり上流の御夫人乃至はマドモワゼルとやらいふものがゐられるさうぢや。

幾ら下々《しもじも》の人間でないからと云ふて、子供が幾ら出來ても構はんといふ法はないが、（いや〳〵、下々の者こそ七男八女なんていふと甚だ困る）求めた品物が安全確實に旦那樣の手に渡るか如何は頗る以て如何はしい。もし渡らないとすると……？

ちえつ！　こんな下らない詮議立は止さう。ペツサリーのことをとんと忘れて了ひさうだつた。

アメリカなどでは古くから使用されてゐたが、日本では無産派の東京市會議員、産兒制限の大家、ドクトル馬島僩氏の創製に依つて發賣されてゐる。

ペツサリーを使ひたいほどの人間は、必ずやプロに多いことぢやらうから、値段も大衆的とやらにしたといふが、大衆的といふても一圓なにがしはプロにとつてはもつたいない。況んや、それが一儀に用する道具とあつては、もつたいないのに赱をかけたやうなもので、購買者の大半は中流以上だといふから、世の中は飽迄も皮肉であり、救ひがたい天《あま》のジヤクだ。

で、このペツサリーといふ奴は、子宮にかぶせるゴムの帽子みたいで、これを用ひて○○に及ぶなら、如何に屢々男が□□しても、女の子宮はダンゼン一群の子種をはじき返す、云はゞ鋼鐵のタンクみたいな役割を果すのだから、浮氣女が得たりや應と喜ぶのも、敢て無理とは俺は思はぬ。而も恩惠はそればかりではない。コンドムみたいに一回ごとに取敢へる必要がなく、隨時隨意に雌雄を決しても子を孕む危險がないといふのだから、月經の前後數日間さへ省いてをけばいゝことになる。

たゞ、これは使用法が一寸難かしくて、子宮頸に冠せるのになか〳〵ピントが合しない。又、子宮口が實際に見つかつても、それを如何すれば最も効果があるかと云ふことは一般の婦人は殆んど知らないが、もし諸君に新しい戀人でも出來て

「美しベッサリーを持つてるのよ！」とか何とか云つて、それをいとも巧妙に使用する女があつたら、〇〇に及ばぬ前に、さつさとお辭儀をして退いても、決して諸君は悔いることは何であらう。なぜならば、彼女は餘りに多くの男を知つてゐるであらうから。

ヤンキー・ガールのベッサリー使用は素晴しいもので、子供さへ生まなければ處女のつもりでゐるのだから、他人《ひと》ごとながら面白うない。勿論少々妒ける點もないではないが――。

## 明礬水

もうだいぶん古い話だが、まだ產兒制限が今日程八釜しうない頃に、例のもの好きから避姙に關する書物漁りをやつたところ、うす穢い謄寫版に、明礬水を用ひて避姙を行ふ方法が書いてあつたものを手に入れた。

それによると、男女が△△する前に、小指の先ぐらゐある明礬を盃一杯ほどの水に溶かし、これを女の〇〇に塗附して行へば、中年增の婦人の〇〇も、妙齡處女の如きものとなりて、、を增すと同時に子を孕むことなし。――と書いてあつた。

その他、藥の方面に於ては續々と新劑が發賣され、花柳病豫防藥として數へ切れない程あるから、子供の欲しくない人は行きあたりばつたりに試みたがよからう。强力なる殺菌作用を起し、〇內に浸入して――と新聞廣告に出てゐる奴は、たいてい避姙を暗示してゐること云ふまでもない。

まだ〳〵書けば幾らでも方法はあるが、これ以上諸氏を退屈せしむることは甚だ申しわけないから、諸氏が生唾を飮んで期待してゐる本壘奪還、ヒツト・エンド・ランの妙技を見せて、覇權獲得の一路に邁進しやう。

# 第四章　初夜權の心得

## 結婚當夜に於ける男女の心理的考察

「俺が好きか。俺に惚れたのか。よし、好きなら俺について來い。」

たつたこれだけ言つて、初夜權の悦びを知つた日本共産黨の幹部がある。新聞記事に多少のヨタはあらうが、簡單明瞭もこゝまで徹底すると、いさゝか拍子拔けがして、對手の父親が漢學の道學者先生だつたら、モンドリ打つて腰を拔かし、

「言語同斷、不屆至極、男女七歳にして……」なアんてわけのわからぬことばかり繰返して怒つたかも知れぬ。

かういふ例外は別として、普通に結婚した若い男女は、結婚當夜、三々九度の盃が終つて愈々新郎新婦の寢室に入つた時、はたしてどんな氣がするであらうか。

結婚前にいろんな女と關係してゐた男でも、新婦が純情無垢、淸廉花百合の如き女であつたら、若干の羞恥と、慌たゞしい感激とを禁ずることはよも出來まい。

殊に双方が品行方正で押通して來たものだつたら、そこにのべられた柔かい夜具を一瞥した時に、胸もワク〳〵するやうな素晴しい期待と、名狀し難い不安とが相綜錯するであらう。そして新婦は只モジ〳〵し乍ら、襖の模様を眺めたり、新夫の視線を避けて俯向いたり、眩しい電燈の輝きを羨めしさうに偷視するであらう。時刻は既に夜半に達し、四隣寂として音なき折、相觸れ、相離るゝ逼迫した情感で胸は重苦しい。

女は生れて始めてなすがまゝにされるのであり、未知の世界へ達するのである。

そして、新夫の唇を銜いて出る何ごとかの囁きを今や遲しと待ち構へてゐると同時に、今から展開される事件に對

して、彼女の想像は樂悲二様の混迷に陷入り、默然たる中にも膝頭に異様な顫へを感じて來る。心はピーンと張り切つてゐるのに、首から胸へかけては逆せるやうな熱氣が迫る。笑つてい丶のか、泣いてい丶のか、それとも愛想よく夫に何事か話しかけるべきか、對手の擧動に對して柳に風の態度をとるべきか、亂れに亂れた心をぢつと乳房の奥で引締めてゐる數分間、まことに處女から成女への方向轉換にはふさはしい狀景である。

それを想ふ時に、押かけ女房からい丶加減にあしらはれた初夜の記憶は、妙竹林齊いま思ひ出しても胸糞が悪い。あ丶日月再び廻り來らず、われ又何をか云はんやだ。

さて、この時この際、いやしくもチョンガーからお婿さんに進級した男は如何にすべきか。新婦と共に恥かしがり屋の魂競べをしてゐやうものなら、千載一遇の喜びは哀れ泡沫《うたかた》の夢と消える。

それで、この場合、彼等の會話が如何なる形式でなされやうとも隨意だが、忘れてならないことは、女が安んじて彼と共に蒲團に身を埋めるやうに、優しく、親切に、ならうことなら慈愛海の如き廣大さを見せてをく必要がある。

そして、仲よく同衾したら、彼女に過去のことなど餘りきいてはいけない。自分たちの將來が、まるで春たけなはの野原の如く、百花絢爛の幸福に充されてゐるやうな物語を始めるのだ。

「君はこれ迄戀をしたことがあるか。ラヴ・レターを貰つたことがあるか。ほんとうに處女か、男があつたか。」なんて對手の感情を損ねるやうなことはをくびにも出してはいけない。ひどい奴になると

「あつたならあつたでい丶から、ほんとうのことだけ云つてをいて呉れ。なになかつた？　そんなことはなるまい。」

など丶云つた奴がゐるといふから、そんなことのないやうに呉々も注意してをく。

さて、双方が互ひに安んじて床に就いたら、女はもう既に一切を諦めてゐる。諦めてゐるだけでなしに、彼女の全身は新婦の行動を心待ちに待つてゐるに違ひない。それは多分に恐怖心を伴つてゐるが、人妻としての勤めといふも

のが果してどんなものであらうかといふ樂しい豫想も加はつてゐる。

初夜權の浸犯は先づ男子から働きかけ、女子は飽迄パッシブでなければならぬ。又、それ故にこそ、不安と恐れに戰いてゐる女に、折角の期待を失望させるやうなことがあつてはならぬ。

なぜなれば、初夜の契りはその夫婦にとつては永久に忘れることの出來ないものであるが故に、不快な印像を殘すことは將來のために損であること云ふまでもない。

もし誤まつて、初夜の△△が亂暴に取扱はれ、處女膜を破る時甚だしい痛みなどを新婦に感じさせたなら、彼女の心はすつかり畏縮して、それに依つて蒙る精神的打撃は頗る大なるものがあるぢやらう。

然し、その反對に、お互が純粹の信實に富み、底知れない愛を以つて圓滿なる契りを結んだら、その愉快な印象は實にその後の數百回の印象に勝るものがあらう。

單にそれは印象だけの問題に止まらず、彼女の情熱は初夜の素晴しい感激によつて幾何級數的に增大し、彼女の心臟に貯藏された信賴と熱愛はさながら熱病患者のやうに猛烈に昻揚されるであらう。

然らば、それに就ては前以て如何なる用意をしてをくべきか。これを知つてをくことは、實に數萬圓の持參金よりも更に更に尊重すべきことでなければならぬ。

浪花節語りぢやないが一寸一服してから述べやう。氣候はよし、天氣はよし。机にへばりついてゐるのは實に辛い。

## 結婚前の豫備智識

個人集團の區別を問はず、いかなる事件と雖も難關を突破するには、いづれもそれ相當の用意が要る。

政黨が總選擧に臨むのも、學生が試驗を受けるのにも、或ひは俳優たちが劇を上演するのにも、すべてそれ以前の對策なり準備なくしては行はれない。

何等の用意なくして一つの事件に臨むことは、武器を持たずに戰地に忙ぐ兵士、レールがないのに山に登る汽車と同じである。

結婚を目前に控えてゐる處女も矢張りそれと同樣である。裁縫が出來る。料理が出來る。學問がある。只それだけでは立派な妻となる資格を備へた人間とは云ひ得ない。

それらの資格を悉く備へた上、美貌秀絕にして近隣美望の的であつた淑女が、嫁して一ケ月も經たないのに離婚される例さへあるではないか。

こゝに於て性的豫備知識も亦重大なる必要條件となつてくる。

先づ女の方では、結婚する對手が定まり、愈々結婚の當日が近づいて來たら、その一週間位前から毎日〇〇を洗ひ清めなければならない。特にオリーブ油が融解ワセリンを以て、處女膜及びそれに接近した〇の內部を毎日繰返して叮嚀に洗ふことである。これはその薄膜を柔かにするばかりでなしに、それが破られる事を容易にするであらう。

かうした知識と云ふものは、どんなに朗かな淡《あつ》さりした親兄弟でも決して敎へて吳れるものではない。

初めて嫁して行く家の新夫が、皆悉く妙竹林齊の樣な通人だと考へたらそれこそ飛んでもない心得違ひである。

結婚當夜に於ては、世の中の大部分の男子が最初の〇〇に際して、實に亂暴に　　してくるものである。豫め新婦を興奮させる手段を選ぶやうな賴母しい青年は恐らく十人に一人もゐないであらう。衣服を脫いで床に入るや否や、小さくなつて顫えてゐる小鳩に對して、恰かも鷲のやうに襲ひかゝつて來る暴慢無類な男子の態度を、多くの婦女子は前以て覺悟してをかなければならぬ。

かゝる重大事が今以て何等の關心をもたれないのは日本の性敎育に對する彈壓が餘りに嚴しいからに外ならない。

だから俺の説くところは、なる程部分的に見れば風俗を亂す恐れがあるかは知らぬが、いかなる人から見てもそれが極めて妥當であり、僞りでないことだけは理解されるであらう。

さて、再び話しは元に戻つて、やがて新郎新婦は枕が二つに胴が一つにならうとする。

その前に、新夫は迫り來る激情をよく抑制して新婦を冷靜に導き、勞はり、愛撫し、彼女の情慾と愛情とを昂めなければならない。けれども、一つぱし通人のつもりで、いきなり手を〇〇の方へ運んだりすることは、對手の自尊心を甚だしく損傷することを注意しなければならぬ。愛撫のスタートは先づ接吻から始めるを可とするが、これは男の、で女の、を△ぐりながら次第に口中にすゝめるがいゝ。

それから肩を撫で、胸を×××て、、を〇〇〇、兩脚はしつかりと組み合せて靜かに女の樣子を窺ふのである。

かくの如くにして、女の顏に△△を喝望する表情が濃厚になつて來たら、その時始めて、、を徐々に〇〇の方に近づけて、そこに如何なる變化が生じたかを見極め、女の方で×を×かしながら、、、えするやうな素振りが見えたら、その時こそ己の〇〇に充分□を施して本壘殺到に備へるべきである。

然し、もつと注意してワセリンの用意などがしてあるとそれが最初の△△であるだけに、より一層効果的であることは云ふまでもない。而も、この行ひは決して初夜に限つたことでなく、永久に眞似て決して差支へないことなのである。

「なアんだ、それだけのことか」

誰しも一應はかう叫ぶであらう。だが然しぢや。今日では既に三人も四人もの子供がある人々が、過ぎし日の初夜のことを冷靜に回顧するならば、「うむ、さう云へば、俺もあの時はちと慌てすぎたわい」と些か脇下に冷汗の滲み出る人も多からう。

實際、世の中には斯道の達人らしいことを云ふくせに、案外支那の兵隊さんが多いのである。談たまたま猥褻なることに及べば、滔々縣河の熱辯を奮つて、玄妙不可思議な奥義すら拜見させ呉れさうな人物が、その裏面に於ては早漏なるが故に家庭爭議の絶えないやうな滑稽無類の事實さへある。

況んや新婚初夜の△△に於て、それほどファイン・プレーが演じられやう筈がないではないか。

甚だしき例に至つては、初夜の行ひの亂暴さに呆れ果てゝ、新婦は夜の明くるを待つて蹌踉と實家に逃げ歸つたといふやうな喜悲劇もある。してみれば、初夜の浸犯こそこれ一歩誤まれば千刄の谷、破綻を見ぬ前の用意こそ最大の結婚資格ではないか。

更に、結婚前に於て男の方に千軍萬場の經驗があらうとも、それまで彼が試みた種々の方法を矢繼早に試驗してはならぬ。

このことはまだホヤ〳〵の新婦に餘りに強い衝動を與へるばかりでなく、新夫の過去に對していろ〳〵と忌はしい聯想を呼び起させ、それが間もなく疑惑を生み、疑惑は昂じて、彼女の胸に充ち〳〵た信愛の念をすら薄くする。

つゝましく、隱かに、そして近代的な明るさとスマートな態度を以て暫らくの間は正△法一點張りに滿足すべきだ。かくして、破れた處女膜の疼痛を感じなくなり、○全體が次第に圓滑に訓練され、彼女の、、が愈々つのるに從つて徐々に他の方法を選ぶのである。

そして、夜半にふと眼ざめて、ホト〳〵の新郎の肩をたゝく程度にまでお互ひの熱愛が高められたら、その時に至つては新夫が如何にしやうと我れ又何をか言はんやだ。

げに人生は賭博である。賭博でなければ競爭である。行手にあるものはすべてこれ輝く勝利か、悲しき敗殘の何れかに屬する。

よきスタートを切つて華々しくゴールに入る爲には、矢張り平素の心がけが肝腎で、自から求めて知らねばならぬ。

スタートで失敗すると、女は處女膜は破られ、その口元にある纎弱な筋肉は破れ、〇の長さに迄も影響した上、その他〇〇全體の機構を損傷して不快な印象をいつまでも殘さねばならぬ。

結婚前の男女が、彼等の性的生活に對して正しき理解を得てをくことは、誰の目から見ても決してそれは悪いことではない。本篇の如きは實に隱れたる教科書として研究してをいても、決してそれによつて損失を來すやうなことはないと思ふ。

最後に、凶徒によつて亂暴極まる行ひで貞操を蹂躙された處女や、或ひは止むを得ず處女膜を破られたりした婦人は、その結婚前に於て見るも痛ましい程惱みつゞけるものである。

さうした女が、結婚の當夜に於て、如何しても處女の如く装はれなければ都合の悪い時は、結婚當夜の數日前から缺かすことなく明礬水で洗滌するとい丶。かくすれば〇の筋肉を非常に緊縮せしめ、男が〇〇を〇〇するのに容易ならぬ困難を感じさせるし、叉、夫君より△△を挑まれた場合は石の如く固くなつて、自分が貞操を汚された當時を追憶して出來るだけ苦痛の表情を示すべきである。

もう一つ、男子が結婚前に婦人を選ぶにあたり、もし彼等の△△をして眞に愉快ならしめやうとすれば、センチメンタルで、鋭敏で、喜怒哀樂の情にもろい女を選ぶべきだ。のツぺリした氣樂さうな女は、〇〇に及んでもこれ叉實に悠々と樂天家ぶりを發揮し、お話しにも樂しみにもならないからである。

よく喧嘩する夫婦が、忽ちケロリと仲直りするのは、その眞因を探れば〇〇に及んでの激情も亦想像するに餘りあるからに外ならぬ。サテ、俺の紙數もどうやら盡きた。まだ〳〵最新發見の△△恣態、艶道奥秘傳、秘藥、秘具論にまで及び、古い性典と比較研究して筆をすゝめる筈ぢやつたが、もうこゝらで御免蒙らして貰はふ。御縁があれば叉來年にでも書かして頂く。お退屈さまでした。

# 東京淫神邪佛考

片田信雄

## 序説（生殖器崇拜敎一般）

民間信仰の九十パーセントまでは生殖器崇拜に基く原始宗敎的な迷信だと見做していゝ。これは吾國上古以來の風習で、男女の生殖器の形象を彫刻した木石或は其形象に類似した自然石（陰陽石の意味）を祀つて、幸福や豐饒等を祈つたものだ。尤も最初は、南洋人の如く、惡魔の危害を防ぐ武力的シンボルとして尨大なる男根を祀つたのに始るが、それが展化して凡ゆる危害を防ぐ神として民間信仰の大部分を占めるまでに至つたのである。神代の事蹟を書いた「古語拾遺」を見ても「宣以二手宍一置二溝口一作二男莖形一以加レ之」とあり、即ち蝎の害を防ぐために男根を作つて其處に立てたと云ふ記錄もある。

何れの國に在つても同じことだが、その國の神話時代の傳說に逆上ると、生殖器岸拜のシンボルと認むべき神話が大半を占めてゐる。吾國に例をとると、先づ、イザナギ、イザナミの陰陽二神が天の浮橋に立つて、天の瓊矛を以て滄溟を探り、その矛鋒の滴が凝つてオノコロ島となつたと云ふ神話がある。これは「天の瓊矛」が男根を象徵し、「矛滴」が精液を意味してゐるものと看做していゝ。更に、陰神二神が「ミトノマグハイ」をなして大八州の國土を生んだと云ふ神話も、考へると「國土の發生を神の生殖力」に歸したものに外ならぬ。その他、吾國の神話には女陰に關する說話が多く、例へばスサノオの命が天斑馬を逆剝にして服屋の中へ投げ込んだ時、織女の一人がホトを衝いて死んだと云ひ、天照大神が天岩戶に姿を消された時、アメノウズメの命が裳緒をホトにまで垂れて踊つたと傳へてゐる。更に大物主神が丹塗の矢に化けて、モヤタトラ姬のホトを衝いて戯れたと云ふ神話もある。これは何れも女陰を男根と共に神秘化した上古時代の思想のほのめきであるに過ぎない。

男根を岐神（クナドの神）として崇拜され出したのも上古時代からで、これは「日本紀」に依ると、イザナギの命の投げた杖から成つた神で、（勿論この杖は男根形のもの）それが出雲國を讓る際、經津主神の率いる皇軍の嚮導となり四方を鎭定した神となつたのだ。道の嚮導をしたのであるから、岐神といふ名となり、それが更に道路の守護や行人の安寧を司どる神となり、次に惡魔の來るを塞ぎ止める「塞《サヘ》の神」となり、轉訛して「幸《サヒ》の神」となつて今や幸福、除災、開運、良緣、出產等を祈る對象となつたのである。

ところが、この岐神を俗に道祖神と稱してゐる。これは「共工民の子遠游を好む。故に死後祀つて以て祖神と爲す」と云ふ支那の傳說に影響されてのことで、道の嚮導に當つた岐神と遠游を好む祖神とを混同して、或は更に附會して道祖神と稱するに至つたのだ。それは奈良朝時代からであるが、平安朝になつて塞《サヘ》の神が幸《サヒ》の神となり、而かももと〳〵道路の神樣だから道端になければならぬとして、その結果、陽石の自然石を道端に發見し、石の神即ちシャクの神とも稱へるやうになつたのである。この道祖神に類似した性的崇拜物が朝鮮にもある。それは矢張り縣道とか郡道とか云つた道路に、木製乃至は石製の奇怪な容貌を擬した圓柱狀の建物を起て、所謂これに天下大將軍、地下女將軍なる稱號を奉つてゐる。これ皆、生殖器崇拜に基く變形物たることは言を俟つまでもないことだ。更に朝鮮には石製或は木製の男根を奉祀して官衙の守護神として、これを「府君堂」と云ふ堂宇に安置されてゐる。これは朝鮮の全道に通じて見られる現象である。

以上の如く、吾國には上古時代より南洋及び亞細亞東北大陸より輸入された生殖器崇拜に、更に佛教が輸入されると同時に、印度のフアリズムが猛烈な勢ひで闖入されて來たのであつた。古來、印度とエヂプトは性崇拜の二大本場で、今日の印度教に見ても解る如く日本など問題にならぬ位だ。寺院殿堂の壁畫中には猥褻極る圖畫をもつて埋められてゐる。その上、印度教の寺院の本尊は怖らしい程大きな男根で、信者の凡てが、小さな陰莖《リンガム》を型どつた頸飾りを胸間にぶら下げて宗教上の裝飾具としてゐる。恰もクリスチヤンの十字架型の頸飾と同樣に印度では毎年この小さいリンガムが數十萬個も製造されるとの事である。日本でも、例へば淺草の觀世音を始め、成田の不動、雜司ケ谷の鬼子母神、新井の藥師、堀の內のお祖師樣、川俣の帝釋天、新宿のお閻魔樣、赤坂の豐川稻荷、その七福神の數々に至るまで皆男根乃至女陰を型どつた偶像が本尊であるが、流石にこれ等は明治以後の本尊露出嚴禁によつて、或はおサイ錢などの收入の關係から自發的に隱して、別の偶像を本尊としてカムフラージユしてゐる。ところが印度では皆この本尊露出であるから愉快だ。支那でもチベツトでも道教のラマ寺へ行くと矢張りむき出しの陰陽佛が左右に二體安置されてある。

扨て話は印度に戻るが、この頸飾りとしてのリンガムを手にとつて調べると、女陰《ヨニー》の形を模した石製の盆の中央にリンガムを立たせてゐる。これは普通一般のものだが、少し高價なものになると、半人半獸《バンガミ》の陰陽二性神がリンガムとヨニーを結合せしめてゐる黃金製のものもある。それは普通寺院の境內にあるバンガミの彫像を模してミダルにしたものである。この寺院にあるバンガミの彫像は毎日清められ、花や香氣のある木を以て裝飾され、信者はそれに水或は乳を注ぎ、その滴り落ちる液を取つて治療用に供し、或は魔術を行ふ秘藥に使用されるのである。また不妊の女は、その〇〇をリンガムの尖端に接觸して妊娠の祈願を乞ひ、或は處女は他に嫁するに先つて〇〇の上に××がつて、その處女膜を破るのである。

この宗教を殆んど鵜呑みに吾國へ輸入したのは眞言密教で、殊に立川眞言流は其最たるものであつた。

立川眞言に依ると、天地萬象を金剛界と胎藏界との二部に分け、これを理智の二者を代表するものとなし、更にこれを男女の兩性に配し、男は決斷の智あるが故に金剛界の德を具へ、女は靜の德あるが故に胎藏界の德を有すると說いて、理智の妄合と男女の△△とを同一視し、△△をもつて即身成佛の秘術であるなどと唱へ、「瑜珈行品」にある「男女二根相互會する時、五塵大佛事を成す」を引證して、生殖器崇拜の風習を助長せしめたのであつた。最近邪敎として目下豫審中にある被告岸道太博士の「人の道」も同じく立川流の性崇拜で、それを神道化して獨立せしめたものであるに過ぎない。立川流は、斯うして印度敎を鵜呑みに輸入し、それに支那道敎の性崇拜と、吾國のイザナギ、イザナミの陰陽二神の傳說を加味して「赤水心經」「白水心經」等の經典を僞作し、男女の交りをもつて理智の冥合にして成佛の因となし「相當即道の妙、餘敎超絕の大秘」と言明して、一時は多くの信者を獲得したのであつた。

斯くの如く、男根女陰の彫刻物は、立川眞言や道祖神を坐み、幸の神、道陸神、鹽釜明神などの各神の下に、悉く男根を神體となし、それに例の歡喜天、聖天、大黑天等の男根崇拜も混合し、現代世俗信仰の王座を占めるに至つたのだ。

序說はこの程度に止めて、東京を中心に附近一帶に安置されてゐる邪佛淫神の正體を爆露して見やう。

## （一）淺草寺の觀音樣

こゝは坂東巡禮所第十三番、江戶三十三所札所の一で、天臺宗の總本山比叡延曆寺の直轄である。寺の正式の名は金龍山傳法心院と云ひ、俗に淺草寺と唱へ、德川時代では上野東叡山輪王寺の宮の御管掌で寺領五百石を領してゐた。そしてその當時では寺中と稱する支院が相當あつたが、現在では二十四ケ院と若干の末寺を有するに過ぎない。併し、彼の有名な待乳山の本龍院聖天宮（これは別項參照）もその支院の一に屬してゐる。

この觀音樣は今から一千二百有餘年前、推古天皇の朝に此地に奉祀せられたもので、爾來その靈名（？）は相當に弘まつてゐたには相違なからうが、併し現今の如く其繁昌を誇るべきものでは勿論なかつた。

彼の源頼朝が平家の長袖者流に畏縮して、この觀音樣に願をかけ、そのお蔭で志を遂げたと云ふので、そのお禮に田園三十六町を獻納し、自分一人では物足りないと云ふので尼將軍と共に深く長くこれに歸依したのであつた。それほど當時に於てすら有名ではあつたが、此附近一帶は、つい明治の初期に至るまで荒寥落漠たる村に等しいさびれかたであつた。

更に、家康が江戸に幕府を開くや、寺領五百石を獻じて觀音樣の御機嫌を伺つたこともある。そしてこれを一つのきつかけとして三代家光の時代に入るや、天下の諸侯に命じ、禁裡並に伊勢太廟は云はずもがな、全國三十三ケ所の神社佛閣を造營せしめ、諸侯の軍用金をこれに費さしめて百年の計を立てたのであつた。日光を造營したのも此時代である。

目下、修築中の觀音堂は家光が慶安三年天下の名工を集め、本堂だけでも一萬二千兩と云ふ當時にしては莫大の大金を費して建立したもので、金碧鮮かなる十八間四方の堂々たる大伽藍であつた。

震災當時、觀音力の比護に依つて、遂に此處だけは類燒を免かれたと云ふので、特に震災以來は靈顯あらたかとかで、現在每日參拜者拾萬を下らぬと云つた繁昌振りを占めてゐるが、扨て、この觀音樣の御眞體を洗つて見ると、一寸八分の黃金製の〇〇を顏にした奇怪な佛像で、×〇に目鼻がついて耳まで二つ揃へてあると云へば何人も驚嘆するであらう。

推古天皇の昔、武藏國宮戸川のほとりに、武藏國造の裔土師眞仲知《はぢまつち》と其家臣檜前濱成《ひのまへはまなり》、同じく武成《たけなり》と云ふ二人の兄弟が住んでゐた。然るに或朝、一葉の扁舟に棹して江戸浦に網を下したところ、少しも獲物がない。そこで更に進んで今度は宮戸川の河口に網を下した所が、魚の代りに金色輝く得體の知れぬ佛像が引き上げられた。主從三人は驚いて磯に上つて草を結んで形ばかりの廬の丸屋を作つて此れを安置した。時に推古天皇第三十六年三月十八日の朝であつた。

翌十九日の朝、附近の草刈童子達が十人許り連れ立つて此處を通りがかり、その佛像を發見して皆麽の共有物にしやうと協議を始めた。その時、眞仲知主從三人の者が來て其一伍仕什を物語つた。そこで更に協議の結果、柱を建て茅萱を刈つて家根を葺いて些かな草堂に安置することにした。そしてこれを藜堂と云つたが後世更に訛つて阿伽《あかん》牟堂と呼ぶに至つた。ところで此緣起を嗅ぎつけて學者や僧侶達が集つて來た。そして此れを當時流行の道祖神とするか、或は支那傳來の觀音佛とするか、一同の凝議の結果、樣は道祖神に似てゐれど、身體に手が八本も出てゐるから、これは矢張り觀音佛と見るのが至當であらうと云ふことに一決し、何にしても、黃色製の佛像を河中から拾ひあげたのは何かの因念に違ひないと云ふので、その功德に依つて、主從三名は三社權現、十人の草刈童子は十社權現とされ奉祀せられたのである。就中眞仲知主從の三人の子孫は連綿として今日までも其血統を絕たずに、即ち眞仲知は專當坊、濱成は齊頭坊、武成は常音坊と云つて、この子孫たちは代々觀音堂に奉仕してゐるのである。

ところで、この秘佛を道祖神の如くに、眞體を露出してをいては、他のものならいざ知らず、斯かる靈顯あらたかなる佛に對して佛罰を招くに違ひないと云ふので、孝德天皇の御代から、鐵箱に秘めて此れを隱し今日に至つたのである。事の起りは孝德天皇の大化元年に、勝海上人と云ふ僧侶が、此堂に籠つて日夕面のあたり禮拜してゐた。ところが一日彼が片時も身を放さなかつた大切な三衣一鉢を失ひ、悲みの餘り觀音大士に祈願を罩めた。そこで觀音が、「汝我聖容を拜すること冐瀆の罪ならず、至心に歸依の志ありと雖も爭でか冥顯の恐れなからん、我汝を罰せんとするには非ず、懲さんが爲めなり」とのお告があつたと云ふのである。

彼の錯覺に依つて誤信した「觀音樣のお告げに依つて」秘佛とされるに至つたのであるが、扨ても巧妙なる奸智が、これを隱してカムフラージユとしたのであつた。それが明治初年になつて、太政官の役人が、秘佛臨檢役として二十人許り出張して、當時の住職たる惟雅僧正に立會の上、開帳を嚴命したことがある。そこで僧正は念佛堂の片山周諦と目附の筆頭役大橋亘に命じて秘佛を開いた所が、何しろ十重二十重の布に捲きつけられてゐたが、案の條リンガムの顔をした佛像であつたと云ふことだ。

　一體、佛像は、これを公開するのが原則であるが、普通一般に秘佛としてこれを禁止してゐるのは、大部分がファリズムの對象佛で、風俗を壞亂し劣情を挑發するからである。

　大體、觀音は、その形像に於て何れもファリズムに立脚し、リンガムを表徴するものに青頸觀音あり、又ヨニーを表徴するものに魚藍觀音、色觀音、大開觀音、鐵開觀音、〇〇觀音、産形觀音、等がある。淺草寺の觀音は青頸觀音に屬し、これは勿論男根佛である。その正體を一般愚衆に知られることのつらさに、わざと御開帳と稱して、これを十倍大にした一尺八寸の身代り觀音を拜がましめて、おサイ錢を減らさぬやうに心掛けてゐるのだ。

　尚ほ、この觀音の境內には、種々雜多の神佛を合祀してゐる。

　先づ本堂の正面には御本尊の御前立として五體の觀音像がある。その中央の一體が秘佛の十倍大の一尺八寸の代物で、問題の開帳佛なのである。そして此れは普通龕に納まつてゐる。慈覺大師の作だと傳へられてゐる。で、この中央の龕に納まつてゐる開帳佛と背中合せに裏觀音と云ふのがある。これは一個の唐櫃の上に安置されてゐる。これも開帳絕對罷りならぬ秘佛で、これは〇〇觀音即ちヨニーのシンボルである。

　以上御前立五體は內陣正面の須彌壇の上に納まり、更に內陣の四隅には持國、增長、多聞、廣目四天王の像が立ち、又內陣の左右には觀世音菩薩の妙智を應用した三十三身の像が安置されてゐる。

　又、本堂の正面右側に在る一間を護摩堂と云つて運慶作の不動明王を、左側の一間には同じく運慶作の愛染明王が安置されてゐる。

　その他、本堂內には賓頭盧《ヒンヅル》尊者の像と、左の十三個の小祠がある。

　迦樓羅王、毘沙門天、愛染明王、千體地藏、神農祠、三寶大荒神、庚申尊、木下川藥師如來、子育地藏、文珠大菩薩、虛空藏菩薩、大黑並蛭子天、辨財天等である。これ等は何れも性的神佛であること論を俟たない。（これ等の解說

は先きを急ぐ關係上一々省略するが、若しページに餘りあれば一々詳解したい）

以上、十三個のうち、神農祠と愛染明王、千體地藏の四個は、餘りに形像が露骨すぎるので、本尊と同樣に錠を下して外部からは覗ひ知れぬことにしてある。大黑天の如きも印度傳來のシヴア神が忿怒の相荒々しく、左手にリンガの槌をもち右手ヨニーの袋をぶらさげてゐる。（大黑天の考證についても後章に述べたい）

次は堂外に奉祀する合祀佛であるが、例へば（1）久米平内兵衞堂（次章に別項として詳述讀まれたし）（2）錢瓶辨天祉これは俗に老女辨天と云ひ、玆覺大師の作で白髮の老女なるが故に老女辨天と云ふのだが、これは江ノ島辨天、總州布施の辨天と共に關東の三辨天として有名である。辨天は無論〇〇をシンボルした性的佛であるが、これは忍池の辨天の項に於て、辟天そのものゝ本體を爆露したいと思ふ。（3）は延命地藏で、俗に鹽なめ地藏或は因果地藏とも云ふ。仁王門の左側、平内兵衞堂の向にある。これには常に鹽が小高く盛りあげられてある。この地藏は以前藏前の某大家の塵捨場から拾ひ上げられ鹽で清めて安置されたので、これに因んで鹽をあげられてゐるのであらうが、一説に依ると昔二十軒茶屋の邊りに住んでゐた醫者が過去の因果に依つて斯くなつたのだと口癖のやうに云つてゐた。その死後近隣のものが、これを憐んで菩提の爲に石の地藏を建てゝやつた。それで此れを因果地藏とも云ふのだが、これに似た例は近年お初と云ふ十歳の少女が鬼のやうな養父母のために虐殺された事件がある。當時筆者は新聞記者であつた爲め、而かも此事件を各社に先んじて特ダネとして抜いたことがあり、現場に立合つた關係で良く知つてゐるが、このお初の慘殺されたに對して近隣の人達が深く同情し、町内なる淺草北福富町椎寺の境内に「お初地藏」を奉祀し、お初の實母の菩提寺たる下谷根岸の要傳寺にもお初如來と銘を打つた石佛が安置された。兩者共參詣人が仲々澤山で常に香華の絶え間がない。話は稍々脫線したが、「由來「地藏」なる存在は男根佛のシンボルである。この地藏尊の本體については後章の淺草の萬願地藏の項に於て詳述したい。その他簡單に列擧すると、（4）荒澤堂。（5）大行院内の諸佛堂、(6)仲見世閻魔堂(性的佛としての閻魔様の項に於て詳解)(7)江戸六地藏、(8)寅藥師堂、(9)韋駄天祠並三峰社、(10)昔そこから錢が湧き出たと云ふ錢塚辨天祠、(11)一言不動堂、(12)六地藏、(13)千日參供養觀音、(14)橋本藥師堂、(15)馬頭神王祠、(16)カン〳〵地藏、(17)六角堂、(18)念佛三昧堂、(19)釋迦堂、(20)六十六佛堂などである。又、神社としては境内に先づ前記一寸八分の本尊を拾ひあげた眞仲知主從の三社權現を始め十名の草刈童子の十社權現、それに惠美須社に宮戸森稻荷社、千勝神社等がある。千勝神社は十社を合祀したものだが、その中の一つである姥宮は特に有名だから一寸解說して置く。

即ち、これは例の淺茅ケ原の一ッ家の姥と其娘を祀つた社である。この淺茅ケ原の話は古來色んな傳說が流布されて、どれが眞實であるやも判斷に迷ふ次第だが、大體に於ては「回國雜記」が正しいとされてゐる。それに依ると「往古武藏野の頃、此野邊原に一軒家ありて罪惡深き老婆住めり、幾多の旅人來りて宿を求むれば之を許し、而して夜半に上より石を墮し殺害し、衣類金錢等を奪ひ生活としたりけり。或時、一人の旅人來りて宿を求めけるに、老婆喜び宿を與へ、夜半に至り例の如く是を害せんとしけるに、如何しけん吾が最愛の娘旅人に替り伏しありけるを不知、遂に是を殺害し、後に老婆吾が子の死屍を見て驚きの餘り一念頓に罪業を悔ひ、池に身を投しけるとなん。これを以て姥ケ池の號あり」とあり、白河院の御製にも「武藏には霞ケ關や一つ家の石の枕の野寺あるてふ」と詠はれてゐるほどである。ところが、此事實(勿論傳說なれど)に對して、觀音側の意見を叩くと斯うである。觀世音が武藏野に橫行する盜賊の害を除かんがため、シヤカラ龍王を老婆に、又その第三の龍女を嬋娟たる處女に化せしめ、彼等盜賊が宿を求めると此れに應じて娘と共に石の枕に臥せしめ、夜半に娘に相圖してその場から逃れしめ、上から石を落して賊の頭を碎き、もつてその害を除いたと、手前味噌の勝手な緣起を製造してゐる。とんだ笑ひ草だ。

次に神社は此程度にとどめて、他に「お狸樣と銀杏の神木」とがある。これについても一々緣起ものなどあつて述べてゐたいが、先きを急ぐのでやめにする。只だ一言斷つておくのは、多くの銀杏の中に、本堂の背後十萬人講塔の側に相生銀杏樹と云ふ大木がある。これはもと二本の幹であつたのが今は互に抱き合つて一本となつてゐる。ファリズムの對象木としては、千駄ケ谷の「お　　こ榎」と同樣の好個の資料となる資格充分にある。で、これも後述の「お　　こ榎」のやうに、一寸造作を入れて改良したら場所柄として大繁昌疑ひなしだ。

## （二）久米の平内兵衞堂

寛永年間に於ける美男にして剛勇無敵の武士久米平内に關しては旣に幾多の講談本によつて餘りに有名だ。本名は兵藤平内兵衞であり、久米は妻女の氏である。現在彼等夫婦の菩提寺は本郷駒込の大智山海藏寺と云ふ禪寺にあり、青い石で作つた夫婦同會一基の墓碑の下に永遠の眠りに就いてゐる。碑には「兵藤氏、無鬭一素居士、久米氏、松室瑩壽大姉」と云ふ法名が刻まれてある。

平内は幕臣青山主膳に仕へ、寛永年間赤坂に住し、眞劍勝負に强かつた。後ち浪人して罪人の首斬役を務めたが、一千人の首を斬つた時、流石に氣持ちが惡くなつて、首斬をやめ、鈴木九太夫入道正三の門を叩いて仁王座禪座の法を修行し、淺草寺の金剛院に住居を移した。そして三谷の石工に命じて自分の仁王座禪に餘念のない像を彫らせて、これを觀音境内の老女辨天の西北三間餘の所に立て「これをふみつけるべし」と立札し、人々に自分の像を踏ましめて、身の罪業消滅を期せんとしたのであつた。所が當時、氣の早い江戸ッ子のことだ。踏み付けを文付けと早合點して、これを緣結びの神にして了つた。その上、どん〳〵信者が殖えたので、遂に久米社と云ふ神社にして九尺に八尺五寸と云ふ堂を建てた。千人斬の殺人鬼が斯くして一躍緣結びの神樣となつた。そこで、緣結びの祈願者は、一封の願書を神前に捧げ、前の祈願者某の捧げた願書を其返事として持ち歸り、その文意に依つて其吉凶を判斷したのであつた。ところが、それでは範圍がせますぎるのみか、そんな小きもな商賣では駄目だと云ふので、今度は社前に封文を色々に創作して、これをバレン刷にして商ふ店を出すことにした。これを文茶屋と云つて、信者の凡てが爾來この店で、文一封を十二銅に代へて、それを神前で取替へるやうになつた。江戸の一名物となつて威勢のいゝ兄哥連や下町の小町娘達にダン然人氣を博したものだ。が其後何時とはなしに此風習がすたつて、今では、只だ緣結びの神樣として普通の祈願のみに止まつてゐる。

この堂から發行してゐるお札は、現在三種類あるが、その中に、「和合御守」と云ふのがある。これが問題のお札である。エンコ(公園)の不良少年は申すに及ばず、現在一寸氣の利いた軟派屋の殆んどが、この「和合御守」を懷中に秘めてゐるから愉快だ。三一年型の不良モボに此迷信あり、世は樣々である。彼等の迷信談に依ると、このお札を持つてゐれば、一旦覗ひをつけた女は必ずものになる。それに　にはもつてこいの禁厭で、これが只の五錢で堂から買へるんだから、今時一寸ない掘り出しものだ——なんて、うそぶいてゐる。併し、このお札も古くなると利き目が薄くなると云ふので、大體一ケ月毎に新しいのを一枚づつ買ひとつて、古いのは隅田川へ流すか、さもなくば火で燒いて了ふのた。考へて見ると、彼等が寄つてたかつて久米平内祉の經濟を支へてゐるやうなものだ。迷信も此處まで陷入れて了はないと惡魔的でない。

## (三)不忍池の辨天樣

上野公園不忍池の辨天島にある辨天樣は、實はヨニーのシンボルだと云へば、人々は今更の如くに驚くであらう。元來辨天樣は不忍池のみに限らず、江ノ島のでも井ノ頭のでも辨天と名のつく限り、もとは印度の神樣なのである。今、簡單に辨天の考證をすると、辨天は辨才天、大辨天、大辨才功德天、美音天、妙音天とも云ひ、色々まち〳〵であるが、梵名はサラスハテイと云ふのだ。サンスクリツトでサラスハテイと云ふのは大體「水多き者」の意味で、最初は北方印度の河名であつたのが、神格化して女神となつたのである。そこで此の河神は當然、荒れた田野に肥沃の土壤を推積して、土地の豐沃、垢染を洗淨する等と云ふのが目的でなければならない。が、智慧の女神ヴーチと同性愛に陷つて、これは變態性慾の女神となつて了つたのである。日本では、これを智慧の女神として、先づ其シンボルとして（記憶、決斷、德の源泉として雪白の寶冠を戴かせ、それに白色の頸飾をつけ、琵琶を彈じて蓮華に坐せしめて）ゐる。印度では、左手にヨニーのシンボルを握り、右手にバナナ型のハリス（兩端使用に堪へる張形）を握つて、如何にも同性愛の女神らしい坐像であるのに、日本のこれは又どうしたことかと笑ひたくなる。

それこれが後ち支那へ渡つて日本へ輸入されたのであるが、その間の轉訛に關する文獻を一切省いて簡單に説明すると、印度で同性愛の神が支那へ來て、昔の施福神に戻り、それが聖武天皇の天平十三年に日本へ來て、矢張り表面は施福神でおさまりかへつたが、源平盛衰記が出て以來、陀《だ》枳《き》尼《に》と混同され、更に大平記に依つて龍神とされ、德川時代に入つて本地法身の如來となつて彌陀如來の名を汚し、一方龍神説から今度は白蛇の神となり、稲荷様の向ふを張つて倉稲魂《ウケタマノミコト》となつて了つた。稲荷に就いては後述で詳しく解くが、この陀枳尼《だきに》と倉稲魂の命は其神使としての狐と聯合して稲荷となり、それが又、白蛇或は龍神を其神使として使ふ便宜から、これと聯合して辨財天と名のりを擧げたのである。恐らく辨財天自身も、その身を何に託して良いか迷つてゐることであらう。

ところで、同性愛の辨天が日本へ來ると筑前琵琶の神様のやうにされて了つて、肝心の二つのリンガムが、その手からもぎとられて了つた。そこで、その寂しさを慮つた粹人達は、考へに考へぬいた揚句、彼女の神邊近くに二つの地藏様を安置することにした。地藏様はリンガムのシンボルであり、二つの地藏としたのは、辨財天即ちサラスハテイが同じく女神ヴーチと同性愛に陷り、ために彼女等の性慾を等分に滿足さすには、當然二つのリンガムが必要である。然るに印度の辨財天は弓形のリンガムを握つて、これは當然同時に相抱擁し乍ら、その兩端を使用し得るやうに仕くまれてゐるのに、別々に獨立された二つの地藏を置くとは、ちと受けとれないと思ふ。そこで不忍池には二つの地藏を置いたが、他の辨天にはあながち二つの地藏でなく、一つの所も隨分出來てゐるわけで、何れにしても辨天の園の寂しさを忘れしめる唯一の性具として、この地藏が存在の意義を有してゐるのである。

先づ筆者は不忍池に戻つて、これを調べると、辨天堂の直ぐ横の小島一隅に、三基の石像が安置されてゐる。そのうち最北端に安置されてゐる行者の石像が、彼女の性具の役目を果してゐるのである。高齒の足駄を履いた立像で、頭には傘形の兜巾を冠り、右手に錫杖、左手に獨鈷を携へてゐる。これは正面の石刻であるが、背面を見ると大變だ。男根そのものである。丈二尺五寸、肩巾一尺、顏の巾三寸(この顏の巾が背面から見ると龜頭になつてゐる)で、後述の上駒込の「行者」の男根に比較すると稍々小さいが、形の類似、雅趣に富んだ刀法を比べると、同一人の作ではないかと思はれる此石像は古來「髭地藏《ひげじぞう》」と云はれ、一般には地藏尊の變形かと考へられてゐた。

大體、地藏は前も云つた如く、吾國に於ける最も通俗的なフアリズムの對象佛で、これを現すにリンガム若くはヨニーを以てし、或は其結合物を以て表象してゐる。現に此髭地藏の近くにある三體のうちの一つ、即ち延命地藏は、「遊戯六道拔苦興樂」を刻んだ臺石の上に、舟形の石を重ね、その中央に安置されてゐる。舟形はヨニーのシンボルで、地藏尊はリンガムを人物化したものであるから、いはずと知れた此延命地藏は陰陽和合の形式を示したものである。

併し、この延命地藏ではヨニーのシンボルとしては物足らなく感ずる人は、どうぞ鎌倉まで御見學に行つて下さい。鎌倉延命寺の裸地藏は、全國で最も女陰としての氣分を發揮してゐる好個の標本である。

## (四)瘡守稲荷と笠森お仙

下谷區谷中三崎町に高光山大圓寺と云ふ日蓮宗の寺がある。この寺の境内にあるのが、瘡の神で、俗に瘡守稲荷と云ふのである。入口には、大きな二個の石柱があつて、「かさ守いなり堂」と刻まれてゐる。入口から中へ入ると大殿堂があつて、玄關が二つになつてゐる。その右の入は瘡守殿で、左は經王殿になつてゐる。又、石柱と、この殿堂との中間には上行菩薩の石像が安置されてゐる。そしてその隣にあるのが笠森お仙の石碑である。

そこで、この瘡守稲荷の緣起を調べると、幕臣で大前孫兵衞と云ふ武士が正徳元年に攝津國から、この稻荷を迎へて、自分の屋敷に祀り、一家一門深くこれを信仰してゐた。ところが或日のこと、この主人公が、安ものを買つたか瘡、今で云ふ梅毒に罹つてゐたことを發見したので、大に驚き醫者や藥やと凡ゆる手を盡したが、病氣は次第々々に重くなる一方であつた。そこで詮方なく今は神佛に縋るより方法がないと云ふので、差當り常に信仰する此の稻荷神に更に祈願を罩めることにしたのであつた。すると不思議にも靈驗が忽ち現はれて全快したと云ふのである。（多分、週期的に出る此病氣のことだから、或は一時また潜伏期に入つたのを全快したと過信したのであらう。どうせワツセルマン氏などの反應試驗が發見されない前のことだから……）で、何にしても全快したと云ふので、附近の人達の評判になり、人これを「瘡守稻荷」と稱して、一般の人々に宣傳したのであつた。そこで當時、吉原や新宿その他の宿場で頂戴して來た江戸の若人達は吾れも〳〵も日々に祈願者が多くなつたので、享保五年に、現在の大圓寺十三世の住職が大前氏の屋敷内から、今の境内に迎へ移したのであつた。その上、この瘡守稻を更に〳〵有名にしたものがあつた。それは絶世の艶女笠森お仙の魔力と、錦繪の巨匠鈴木春信の筆であつた。お仙は武州草加宿の名主山本忠衞門の長女で、明和年間父の忠右衞門が賭博の失敗で窮してゐるのを見兼ね、身を吉原へ賣つて其急を救はうと快心した。ところが父の知人で此瘡守稻荷の前に茶店を出してゐた鍵屋太兵衞と云ふ人が此事實を知つて、子のないのを幸に一片の義俠心から二十五兩で買受けて養女となし、早速その茶屋の茶汲女にしたのであつた。

然るに、天の生ぜる麗質は忽ち市中の大評判となり、加ふるに前記の鈴木春信がその肖顏を錦繪にまでして盛んに宣傳しだしたので、瘡でないものまで、わざ〳〵瘡を仕入れて來て（まさか、それほどでもあるまいが……）とにかく稻荷をダシにして門前市をなすと云つた大繁昌。

爾來の隋性が今日までも相當の繁昌を續けしめてゐるのであらう。そこでお仙であるが、彼女も矢張り美人薄命の例に洩れず、容色劣らぬ彼女の二人の妹と共に相前後して非業な最後を遂げたのであつた。これは伯山の講談本か直木三十五の大衆文藝に一任することにして、とにかく瘡守稲荷にして見れば、お仙は今日あらしめた大恩人である。當時の女の子達の手鞠唄にさへ「向横町のお稲荷さんへ、一錢上げてざつと拜んでお仙の茶屋へ、腰を掛けたら澁茶を出して、澁茶熟く／＼横目で見たら土の團子か米の團子か、お團子團子先づ／＼一貫貸しました」と唄はれ、今尚ほその唄が殘されてゐる位だから、彼女のために石碑の一つ位建てられてゐても當然なお禮であらう。

祈願の方法は先づ最初祈願をする時に、堂前の掛茶屋で娘から土の團子と土製の狐を一疋買つて、先づ土の團子の方だけを神前に供へ「どうぞ私の病氣が癒りますやうに、全快の上はお禮として土の團子を米の團子に取換へて差上げます」と祈つて、狐の方は自宅に持ち歸つて日限を定めて我家の神棚に捧げておく。斯くて病氣が癒つたと思つたら今度は當然米の團子と例の狐を神前へ奉納しに行かねばならない。現在は知らぬが四五年前筆者の行つたときには簡單なトタン製の小盆に粘土製の團子が十個入つて五錢であつた。そこで筆者はからかひ半分に「こんなものを五錢ぐらゐで賣つてゐたのでは商賣になりますまい。何かもつといゝ宣傳と、それにもつと色んなものを賣りつけるやうにしやうぢやないですか」と問ふて見た。彼氏は筆者が新聞記者だと信じてゐたので、別に此問に對して怒もしなかつた。そして團子の他に懷中御守、癒瘡護符、瘡除護符、蟲封護符などのお符を出してゐるし、その上「お石」と「瘡守妙符」を發賣してゐるから、當分この程度でいゝと答へた。「お石」と云ふのは小さな石ころで、その兩面に神意の籠つてゐる表徴として赤と黑い繪具で塗りたくつてある。信者は此れを借り受けて歸つて、數十萬のスペルヘイティパルリイダが繁殖してゐる患部を此石で摩擦し、若し癒るとそれに米の團子と幾かの金をつけて「お石」を返納することになつてゐる。で若し、この「お石」を返さないと什ふなるか？　神官の言に從へば「思はざる災難を蒙るから誰も其儘にして置く人はない」との返事である。斯くして同一の石が甲から乙へ、更に乙から丙へと轉々とする。却つて惡性の病毒となつて感染するのは云はずと知れたことだ。最近新聞で見ると「反宗教」が大分熾んで、片ッ端から檢束されてゐるやうだが、そんな暇と經費があつたら、斯うした危險極る病毒の傳播を助長するやうな宗敎に對して彈壓を加へてお貰ひしてもいゝものだ。

「お石」の次は「瘡守妙符」であるが、中をあけて見ると「瘡守洗米」と書いた白紙に米が二粒恭しく封じ込まれてある。重患は日に三回、三週間分服用せねばならない。一服五錢だから日に三服三週間として金參圓拾五錢がとて必要な譯である。それでも尙ほ重患で、はかぐ\しく行かない人は御祈禱せねば癒らないのだそうである。この祈禱料金は五十錢以上である。身分に應じて夫々適當に徵收してゐる信者の大部分は水てん藝者と兵隊さんである。

扨て、この稲荷の堂前にある上行菩薩も中々繁昌してゐる。常に線香の烟が絕えないといふことだ。これは大體に於て稲荷の補助役を務めてゐる。若し眼病の祈願者なら、藁ダワシに水を浸してその菩薩の眼を洗つてやると、自分の眼病が癒るし、腰の立たない信者なら其タハシで菩薩の腰を洗つてやるのださうである。本尊の稲荷は「瘡」にだけしか効き目がないのに對して、この菩薩は萬病向きに出來てゐるので、この方が本尊より遙かに多忙を極めてゐるそうである。これも癒つた人は、お禮に藁ダハシを奉納することになつてゐる。

ところで、この大圓寺に向ふを張つて、すぐ二三町離れた谷中の初音町功德林寺には「瘡守稲荷」と云ふのが祀られてある。勿論これは互に本家爭ひをして、訴訟沙汰にまでなつたと云ふことだ。

## （五）下谷の七裏大善神

瘡守稲荷の向側にある龍江山妙法寺と云ふ日蓮宗の寺にある神樣で、これはヱロと云ふより寧ろグロに近いものだ。何にしても此寺にある神體は獵奇百パーセントで吾等談奇人には愉快な存在の一つである。

ところで、この七裏大善神の神體は蛇である。生きた白蛇である。死んだ蛇でないと云ふところに此神體の强味《つよみ》があるのだそうである。由來蛇はスサノオの尊の八俣蛇の大征伐以來、或は三輪の神の情事を始め、蛇が美男子に化けて妙齢の佳人とランデブウしたなどと云ふ詩的な傳說はざらにある。隨つて蛇を神體として奉祀する神社佛閣が迚も〱多い。神道派の人々はこれを宇賀神と稱してゐるが、佛敎では八大龍王として祀り、日蓮宗では法華經を引合に出して七裏大菩神として、甚だしいのになると辨天樣まで此れに引入れて了つてゐるものもある。蛇の信仰は勿論リンガムの代表物としての存在であつたが、それでは宣傳上甘く行かないと云ふので、福の神の侍者と云ふことにして了つたのだ。

それは、とにかくとして、扨てこの本堂に參詣する人は先づ神前の三寳に一見ぞつとするやうな大きな白蛇が奉納されてあるのに一寸度膽を拔かれるであらう。本もの丶生きた白蛇に何處にゐるのか知らないが、住職の怪氣焔に從へば、白蛇は九百年前から此地に鎭座まし〱て、今ぢや御老體で御座るが、尚ほ御存命で、とき〲御尊體をお示しになつて、住職よ、吾を粗末に扱ふ勿れ、とお告げになられるさうである。

信者の祈願に對する目的は勿論種々雜多であらうが、一番靈驗のあらたかな病氣は陰萎即ちインポテンツなのださうである。次は若返りに卓効があるとのこと。して見ると、あながち「まむし酒」を飮まなくて濟むわけである。

社務所には例に依つて、此處でも御影とするものと、開運御守とお札の三種類を發行してゐる。御影と云ふのは、首から上は人間で體が蛇で、その中央の上部に「七裏大菩神　開運　七難即滅　七福即生」と印刷し、下部には龍江山妙法寺の文字を墨で刷つてある。一枚五十錢とはちと高かすぎる。

それにしても、一體この蛇は、神道に屬するものか、また日蓮宗に屬するものか、一寸判斷に苦しむ。と云ふのは、信者が拍手を打つて祈願をこめてゐる點から觀ると、どうも神樣のやうだし、又、神前に向つて日蓮宗の僧侶が汗を流して大聲を張揚げてお經を讀んでゐるところを見ると、どうも佛敎に屬するものであるやうにも思はれる。

## (六) 淺草の聖天樣

聖天は全國至る處に奉祀されてゐるが、就中最も有名なのは生駒山のと待乳山の聖天である。待乳山は淺草觀音の裏、聖天町にある小丘に安置されてゐる。正式には待乳山聖天宮と云ひ、淺草寺の支院の一つで、待乳山本龍院が此れを管掌してゐる。淺草寺の支院ではあるが經濟は獨立してゐる。

この聖天様が待乳山に應現まし／＼たのは、淺草の觀音様と同じく推古天皇の御代である。當山の誇りとして公表してゐる緣起を左に錄すると、「抑當山は人皇三十三代推古天皇即位三年乙卯の歳九月二十日淺草寺觀世音出現の先端として地中より忽然湧出の靈山にして其時金龍天より降り、山を繞りて之を守護す、依て金龍山と號す。然るに同じく推古天皇の九年夏風雨時を失ひ百穀實らず、炎熱燃ゆるが如くなれども地上一滴の水なく、萬民の苦惱阿鼻叫喚に過ぎたり。此處に十一面觀世音の應作大聖歡喜尊天衆生慈愍の慈眼を開き、拔苦與樂の妙用を顯はして此山に降臨し、天下萬民惱亂の苦を救濟し給ふ。是は尊天鎭座の起原なり。その後人皇五十五代文德天皇天安元年天臺中興の祖慈覺大師東國を行化して當山に參籠ありて三七日浴油の修法を練行して國家鎭護の祈願を爲し給ひ、次に木地秘密の供養法を勸修し、赤檀を用て十一面觀世音の尊容を彫刻し奉る、即ち今の本地佛なり。爾來星霜を閲みること正に千年尊天の利益は信賴に任せて愈々顯著なり、崇むべく欽ふべし。

抑々歡喜尊天は諸神、諸佛の父母一切衆生の根元にして一禮一敬も其功德の力測り知ること能はずとは佛の金言、諸神諸佛の捨て玉ふ願求も一心に信ずるものは直ちに成就せしめんとはこの天の誓願なり。洵に末代澆季相應の尊天と申し奉るべし。豈信仰せざるべけんや。」云々とある。

一體、觀音と聖天とは、その性質上まるで差位のあるものなのに、どうして待乳山の聖天宮が淺草寺の觀音様の配下になつたり、一度び變身術を行へば毘沙門になつたり六觀音になつたり三十三に分身したり、或は男に或は女に化けることの自由自在の觀音様が、何を苦んで十一面觀世音となつて聖天の身代りをつとめてゐるのか甚だ疑はしい緣起である。勿論これは慈覺大師の自分に都合のいゝ宣傳をして、聖天を觀音様の配下にして了つたのだ。

此處も觀音様の秘佛のやうに、本尊は奥の厨子の中に鎭座され、年一回十二月八日の煤取日に住職の一人だけがお煤取りの序に拝むのみで他は何人にも嚴禁されてゐる。御開帳と稱して公開するのは秘佛の本尊でなく慈覺大師作の十一面觀音である。秘佛の正體は何だと云へば、象頭人身である上に、此二神が相抱き相接してゐるのだ。性神佛の中でも最も風壞なものである。公開を避けてゐるのは多分このためであらう。更に進んで本堂の奥に安置されてある佛像を調べて見ると、歡喜地藏の立像と虚空藏菩薩の座像、その他不動明王、愛染明王、宇賀神、辨天等の座像が主で、何れも厨子の中に納めてある。境内には歡喜天地藏尊を始め辨財天、稲荷神等の小祠がある。この辨財天は弘法大師の作で政子御前の守護佛であり、稲荷は道灌稲荷と云つて太田道灌が勸請したものである。以上は何れも立派な性的神である。本堂の裏手には周圍六尺餘の榎が一本ある。根もとから一尺ほど上にヨニーに似た穴がある。これを神木としてメ繩が結びつけてある。震災で什ふなつたか、その後まだ一度も訪ねたことがないので解らない。

一般信者の奉納物は青葉のついた儘の生大根である。それは本堂の石段の直ぐ下に特に大根花扱所を設けて賣つてゐる。併し金持ちの信者になると、そんな大根位では効き目がないと白米の俵や現金を奉納して、番附札を賑はせてゐる。

此處に注意すべきは、この建築物や諸道具に至る凡てに大根と巾着との紋章の刻まれてゐることで、十一面觀音の如きも、右手に大根、左手に巾着を持つてゐるこの關係は後述に鬼子母神同樣に柘榴をもつてゐるのと同じ意味である。由來大根はリンガムのシンボルであるから、世界一の性的佛である聖天の好むのも道理である。巾着はリンガムに對するヨニーの對象物で、この二つが聖天の紋章をなしてゐるのだから彼の性力絶倫さ押して知るべしである。殊に聖天は二股大根が好きで、その股に一寸人工を施したものを獻ずると取り分け靈驗が崇かだと云ふことである。本殿の裏の玉垣には西洋諸國に於けるヨニーのシンボルたるハートの紋章を一つ加へてゐる。

元來、聖天は印度固有の佛樣で、それが佛敎の渡來と同時に吾國に輸入されたのである。吾國では聖天樣、天尊樣、或は大聖歡喜天、略して歡喜天などと云つてゐる。歡喜とは性慾のクライマックスに發する絶叫を意味すること勿論である。支那では聖天と云はず、凡て歡喜天と云つてゐる。本家の印度では(1)ビナヤーカ、(2)ガナパテイ、(3)ガネーシヤなどと云つてゐる。ガネーシヤはガネーとイーシヤとの結合名詞で、シヴア神の侍神の主長を意味してゐる。

この聖天は又形體が樣々で、何れが本體であるか解らない。併し凡てを通じて象の頭に頸から下が凡て人間同樣であるのには變りがない。筆者の支那及び日本にて目撃したもののみにても、(1)二臂の像、(2)四臂の像、(3)單身六臂の像、(4)四方六臂毘那耶迦《ビナヤーカ》の像、(5)六面六臂の像、(6)双身の像等である。就中(6)の双身の臂は最もポピユラーで、また最もエロチツシユなものである。二神とも象頭人身の夫婦で、相抱擁して立ち、男神は顏を女神の右肩につけて女神の背部を見えるやうにし、女神も又その顏を男神の右肩に寄せてゐる。二神とも足と踵をあらはに履物を履かず、中肉中脊で、男神は冠を着けないで肩に赤色の袈裟をかけ、女神は花環の冠を被つて袈裟をつけてゐない。手足に瓔珞と飾の環を嵌め、その兩足で男神の足の爪先を蹈み、二神共に赤色の腰卷を締めてゐる。

喇嘛寺へ行くと更に猛烈で、色んな淫猥な形態をして歡喜天が寺の本堂を埋めてゐる。例へば、この歡喜天が人間を犯してゐるもの、獸類を犯してゐるもの、又、人間と獸類とを強制的に姦せしめて、それを足下に踏みつけてゐる像など千差萬別である。北京の黄寺や奉天の法輪寺などで見た人は知つてゐるであらうが、まるで春畫や彫刻の展覽會にでも行つたやうな感じを與へる。

もと〲この聖天は印度の傳説に基く性神である。その傳説に從へば、印度隨一のねい猛な性神シヴアの本尊シヴアの妃バールワテイ（佛教ではウマヒと呼ぶ）が或日その子ガネーシヤ（聖天）の美貌を誇つて日の神の子であるシヤニに見せた。所が此シヤニは熾烈な火を眼から常に燃出してゐる神であつたから堪らない。忽ち可弱いガネーシヤの頭は其火焰のために燃かれて了つた。バールワテイは可愛い自慢の子が斯く燒かれたので悲しみの餘り梵天に泣きついて身の治療を乞ふことにした。すると彼は「この子を蘇生さすにはたつた一つの方法しかない。と云ふのは、これから家へ歸るまでに最初に出逢ふたものゝ頭を斬つて、この子の頭と取りかへてつけたら助かるのみだ」と教へてくれた。ところが最初に出遇つたのが折惡しく象であつたので、仕方なく象の頭をきつて聖天の頸についだのであつた。そのため爾來聖天は象頭人身なのであると云ふのである。

長ずるに隨つて兇惡亂暴な婆羅門教の大魔神となり、佛教を苦しめ或は罪なき良民の子女を手當り次第に姦して平然たるものがあつた。その上牛肉と大根が大好物で、これを常食としてゐた。そのため牛が年々減つて殆んど今は殘り少なくなつたので、人々は牛の代りに死人の肉を與へた。ところが死人の肉も忽ち食ひつくして了つたので、今度は人々の止めるのもきかず勝手に生きた人肉を誰れ彼の容赦なく食ひ始めた。そこで今は默止し難い暴狀なりとして全印度の國民と共に大臣が先頭に立つて彼を征伐する事になつた。すると聖天は大鬼王《マーラビナ》毘那夜迦と化して諸々の毘那夜迦と化して諸々の毘那夜迦を率ゐて虚空に飛び去り、國中に恰も毒瓦斯を撒き散らしたやうに疫病の黴菌を撒き散し國中を疫病で埋めつくし、死んだものを片ッ端から食ひ始めた。そこで大臣も國民も弱り果てた揚句遂に大慈大悲の金看を掲げてゐる十一面觀世音に其救濟方を懇願した。化身術に古今獨歩の觀世音は早速艷麗花を欺くやうな毘那夜迦の女に化けて聖天を訪ねた。すると好色漢聖天は忽ち慾心ぼつ然として湧き彼女を意の如くにせんとした。併し彼女は、これをさへぎつて、佛教に歸依し、民心を安からしめ、亂暴は絕對に愼しむなら親しい友になつてもいゝと云つた。聖天は絕世の美人を前にして、言葉巧みに欺かれ、爾來猫のやうに柔順になつて彼女と相擁し、遂に歡喜の叫びを擧げるに至つた。歡喜天の名は此傳說に依るのである。斯くして彼は性的神として、或は除障礙神として、乃至は施福神として愚民愚衆の崇拜を受けるやうになつたのである。

東京に於ける信仰では花柳界が一番で、次は商賣繁昌の上から商人階級も中々多い。ところで此處に注意すべきことは、祈願に就いての行事である先づ毎朝早く起きて參詣せねばならぬこと、(2)には衣類や下駄等は新らしいものを使用しては駄目で(3)は祈願中は絶對に美食してはならぬ、(4)は大根を絶對に喰べぬこと、(5)は一定の祈願期間の終るまで夫婦の交りを絶對に中斷せねばならぬ。なぜならこれは聖天が嫉妬を起して本來の障礙神たる兇惡な性質を發揮して却つて害を與へるに至るからだと云ふのである。尙ほ聖天を念じ此れに祈願し修業をする面倒な魔術的なグロ百パーセントの修業法あり、これを完全に遂行する事が出來れば世界の美人と世界一のブルジョアになれるとのことであるが、これを解いてゐると紙數が馬鹿に長くなるので、若し希望者多ければ次號にでも詳解したいと思ふ。

## （七）千駄ヶ谷の「おこ榎」

市内のことを大分述べたので、今度は市外にあるものを調べて見やう。先づ第一に有名なのは千駄ヶ谷の「おこ榎」である。これは千駄ヶ谷町字南前四七三番地の榎坂の道路に沿うた崖に生えてゐる欝蒼たる榎の古木で、千年以上の壽命を保つてゐると噂されてゐる。

この榎の根もとから約六尺位の所に三叉になつて三方に枝幹が伸びて天日を蔽ひ、聳ほ暗い程枝葉が繁茂し、その岐れ目から下方數尺の部分が〇〇に酷似してゐる。これが問題のおまんこ榎の稱號を奉られてゐる中心物なのである。この樹を其儘の神體として根元に高さ三尺位の小祠があり、その中に榎神と社と書いた木の札と外に狐や猿の像或は狐の繪馬などが雜然として入つてゐる。祠の前には石製の線香臺が据えてあるが、これは四六時中煙の絶えたことがない。

その左手に榎大明神、古里大明神などの小幟がへんぽんとして飜つてゐる。これは信者の奉納に依る小幟で、數十本を一々調べて見ると、あきれたことには、奉納者の姓名がどの幟にも臆面もなく明記してあつた。線香臺の右手には竹筒に數十本の房楊子が挿してあり、その附近には賽錢の銅貨が、いつも數十枚そこらに散亂してゐる。

さて本尊の〇〇に酷似してゐる部分を見ると、その部分に白い飴が澤山塗られ、それが漸次に融けて、□が局部を傳つて地上に流れてゐる。これは流石の筆者も筆を避けねばならぬやうな醜態を爆露してゐる。

何が故に斯かるものを神として信仰し、何の目的をもつてこれを祈るのか？

信仰の重なる目的は婦人科病に屬する子宮疾患と齲齒の治療を欲する盲者どもの祈願である。その方法は、樹に塗りこめられ、而かも局部へ融けて流れ出してゐる飴の小部分を借用して家に歸り、これを患部の奥にまで塗つたり、或は嘗めたりして、次の祈願日には更に新しい飴を買つてこれをもとの局部へ塗つて返納するのである。局部へ塗るのは勿論子宮病の祈願で、これを嘗めるのは齒痛に對する祈願である。インキンやタムシ毛虱にも効果があると云ふので男の信者も可成りある。多くは青年團と云ふ手合ひの階級連である。

ところで、この榎の局部の裏の根元に、とき〲「祈り釘」が打ちつけられてある。これは吾國古來の「呪ひの魔術」である。筆者は多年千駄ケ谷に住んでゐたので、よくこれを見に行つたものだ。この「呪ひの魔術」は勿論夜中に祈願に來るので、大抵は嫉妬から、自分の夫を奪はれた相手の女を呪ひ殺す呪術である。

三一年型のモダン日本がもつ一つの變態現象としてグロテスクな存在である。

更に、齒痛の患者には飴を嘗める祈願の他に、竹筒に挿してある房楊子を借用して歸り、この楊子で齒の患部を摩擦する方法もあり、これはお禮として別に新しい楊子を返納することになつてゐる。

で、この榎の傳説についてであるが、古來色々に理窟づけられてゐる。その一つを簡單に拾つて見ると、(1)昔、四谷に一人の飄輕な大工がゐた。彼が或日の夕方、仕事先きからの歸途、此榎の樹下に休んで、ふと眼を榎に注ぐと、樹の岐れ目が○○に酷似してゐたので、忽ち好奇心を起し、面白半分に持合せの鑿をもつて其恰好を一層よく直して家へ歸つた。すると自分の家内が先刻來急に下腹を痛んで、もがき苦しんでゐる。そこで大工は非常に驚き且つ畏れ、直に件の榎の下に駈けつけて、榎に向つて熱心に先刻の不埒を詫びたのであつた。そして家へ歸つて見ると家内はケロリと子宮の痛みを忘れたやうにピン／＼してゐた。そこで大工は更に驚いて樹の下に早速鳥居や祠を立てゝ榎神社と稱して祀り、そして之を崇拜し始め、且つその宣傳に大童となつたと云ふのが、この榎に對する緣起の一つである。その他、尙ほ德川家康の愛妾お萬の方との間に此榎が因緣をもつと云ふ由來もあれど餘り長くなるので此程度に止めておく。

## （八）吾嬬神社の眞羅稻荷

吾嬬神社は南葛飾郡吾嬬町にあり龜井戸天滿宮より數丁離れた所にある。これは日本武尊と橘媛命を奉祠してゐること世人の知るところである。日本武尊が駿河の國造を誅し、更に進んで東國の蝦夷を征せんと相摸の三浦郡走水から舟を出し、まさに上總に渡らんとし給ふや、海上俄かに風浪起り船中進退きはまるの危地に陷られた、この時最愛の橘媛命が「これ必ず海神の震怒に觸れたるならん。妾御神に易りて海に入りなん。御子はまけの政遂げて覆奏をしたまふべし」と云ひもあえず、逆捲く怒濤に身を沈められた。これに依つて海波忽ち靜まり、尊は難なく目的地に上陸されることが出來た。現在、輕井澤の輕便鐵道に乘つて草津溫泉へ行く終點は吾妻と云ふ地點である。これは、尊が蝦夷を征伐された後ち、此處で身を犧牲にされた最愛の橘媛命を追憶され「吾が妻戀しや」と絕叫されたので、それが此處の地名となつたのであるが、この悲劇を一般の人々が憂ひて、今の吾嬬町に御兩尊を奉祀し吾嬬神社としたのであつた。この神社は今では緣結びの神樣として相當繁昌してゐる。緣結びである以上、その御神體は勿論生殖器《ファリ》崇《ズム》拜をシンボルしたものに作りあげられてゐる。この神社の境內にファリズムの御大である道祖神と眞羅稻荷と云ふ露骨な名をもつ性欲のはちきれるやうな稻荷樣が奉祀してある。眞羅稻荷には、その堂內を中心に琴平神社（性的神）と東照宮との二社を左右に合祀してゐる。一堂で三社を兼ねた重寶な社である。

道祖神は、此處では俗に「水神」と呼ばれ、その堂の裏手にある。これは雨晒しになつてゐる。神官の辯明に從へば「眞羅とは日本武尊に奉仕した唯一の武人で、これはシンラと讀む」と説明してゐるが、正史には幾ら調べてもシンラと云ふ家内の存在については書いてない。殊更に神宮は、かくして「シンラ」と讀ませることに努力はしてゐるが、人々は皆これを「マラ稲荷」と呼んでゐる。この稲荷の御神體は勿論ファリズムの權化たる男根である。陰萎と性病の神様として相當のファンをもつてゐる。

　そこで、諸君。もう筆者に與へられた此稿は遙かに紙數を超過してゐる。この邊で筆を止めて、次號に續稿したいと思ふ。

次號は、(1)板橋の縁切り榎、(2)練馬の八大龍宮、(3)赤坂の豐川稲荷、(4)雑司ケ谷の鬼子母神、(5)龜戸天滿宮の鶯替、(6)日暮里のまねぎ客人、(7)上駒込の色行者(8)王子のお石様、(9)目黒の不動様、(10)二瀬川の金勢様、(11)虎の門の琴平神社、(12)立川の普濟寺、(13)南多摩の色觀音、(14)新宿のお閻魔様等について一々メスの双《は》をたてゝ行きたい。幸に御期待を得ば感激の極みである。茲に長々と諸君の御退箇を謝す次第であります。

# 支那 性愛秘話集成

狂夢樓主人

## 主氣の說

王陽明先生がある日書を樓上で讀んでゐると、樓下で書生達が議論する聲が聞えて來た。ふと耳をすまして聞いてゐると、陽物に就いての議論らしい。ある者が「骨だ」といふ說に對して、他の者が「いやあれは筋に違ひない」と云ひ張る。と第三の聲がきこえて「いや〳〵、あれは氣の昇降するのだ」と云つた。すると王陽明先生思はず机をたゝいて、下にむかつて大聲でどなつた。「主氣の說がまことに正しいぞ！」

## 意外

新婚の初夜、まさに一儀に及ばうとしておもむろに一物をさし入れた婿が、「どうか」ときくと、婦の曰く「好くない」そこで婿は婦にきゝかへした「それでは拔いてしまふか」と云ふと婦の答へるのには矢張り「好くない」とある。どうしていゝのか思案にあまつた婿が「どうすればいゝのかね」と恐る恐るたづねると、婦は莞爾として「わたし入れたり、拔いたりして欲しい。」

## 肚腸

一人の未婚の娘があつた。たま〳〵父の陽物を不思議がつて母にたづねたが、母はあらはに云ふのを憚かつて、あれははらわただと答へて置いた。ところがやがて婚期が來て娘は嫁入つた。然るに母は婿の家が貧乏なのを氣遣つてそれとなく娘にきいてみた。すると娘の答へていふのに「エヽ、貧乏だけど、たゞあのはらわただけはいつも食べられるから好いわ」

## 三凸の説

道學先生が房事を行つた。既にすつぽりと裸身になつて將に取かゝらうとして、腕組みをして云ふことには「わしは色を好むために一戰を行ふのではない、祖先のために血統を永く殘すためだ」、かう云つてぐつと一突 した後、又云つた。「わしは色を好むために一戰を行ふのではない、國家のために人口を殖す一念からである」かう云つて又一ぐいと をつかつて、さて革つてまた云ふことには「わたしは色を好むために一事を行ふのでは無い、天地のために化育を廣うせんとする一念からぢや」さうして又一つ腰をつかつた。と、ある人が「それでは第四凸目にはどういふ說を唱へるだらう」好奇心を以てきくと、ある物識りがいふのに「こんな道學先生なんか三度突き立てるだけで氣をやつて了ふのだ、第四說なんて何もあるもんか」と云つた。

## 雨に情有

夫婦が褥をおなじうして寢た。夫が妻をうながして一義を行はうとすると、妻の云ふのには「いけません、あなたは明朝早くお墓參りをしなければなりませんから、身を淨めてゐなければなりません」そこで夫は仕方なくあきらめて眠つてしまつた。ところが妻君は夫の寢顔をつく〴〵見ながら、さつきすげなく斷つてしまつたことが悔いられてきた。がどうして夫に持ちかけたらいゝかと思案最中に、ふときくと意外に雨の音がきこえた。妻君はをどり上つて夫をゆりさますと、晴やかに云つた。「あなた聽きなさいよ、それ雨が降つて來たのよ、ね、恰度都合がいゝわ」さう云ひながら夫に寄りそつた。

## 頑迷

どんな方法ですれば容易く男を生むことが出來ようか、とある男が聞いたのに對して「それは譯はない、睪丸を二つとも　に入れて行へば、必ず男が生れると云つた。そこで、夜になつてその通り行はうとして、さて左の方を　に入れると、右の方が納まらず、右の方がやつと納まつたかと思ふと、今度はまた左の方がどうしても思ふやうに這入らぬ。さんざ苦勞した揚句、その男の嘆じて云ふやう「エ、じれつてエ、强情張り奴が、こんなことをして出來た兒だつて、きつと强情張りにきまつてらア、いつそ止すことにすべえ。」

## 心？ 身？

妾をたくはへた男が、本妻と例の一戰に餘念ない折から、妻のいふことに「あなたの身體は今此處にありますが、心はきつと向ふに行つてゐるでせう」と怨ずるのをきいたその男「それぢや一つ俺《わし》の身體が向ふに行つてゐて、心だけがお前のところにあつたとしたら、お前それでも滿足かな。」

## 唯今一發

下女の一人がたま〲主人の前で一發放屁してしまつた。烈火の如く怒つた主人はこれに鞭をくれてやらうと、その　をくるりとまくりあげたものである。ところがその下女の色の白さ、思はず淫欲を發した主人はいきなり下女を押し倒すとその場でとぼしてしまつた。その翌日、主人が書齋にゐると誰かほと〲と扉を叩くものがある。誰かと思つてみると、昨日の下女である。主人はいぶかしがつて「何か用か？」ときくと、その下女は一つ顔をさげて「ハイ、御主人樣、實は唯今わたくし一發仕りました」と答へた。

## 尿器無用

妻君の悋氣を持てあました男が友人に語つて いふには

「俺とこの女房の悋氣にも困つたものさ。下女を一人傭ふことも許さない、傭つたが最後、暇を出すまでは悋氣のし通しだからね」と嘆ずるのを受けて友人「いや下女なら兎も角、わしとこでは美男の僕《しもべ》を置くことも許さん、これには參ちまふぞ」とこれまた嘆息をもらした。とそれを聞いた他の一人が「いや〳〵、君達のお家樣はまだ〳〵賢い方だ。ところがどうだ、わし所の奴ときたら全くお話にならんよ、下女や下男ならとも角として、わしが用達する尿器《しゆびん》を置くことさへ叶はん、見つかると直ぐ鐵槌で碎されてしまふんだから、全く以て正氣の沙汰ではないよ。」

## 枕

他鄕に嫁入つた娘がある日里歸りで生家に歸つて來た。母が心配してあれやこれやと向ふの樣子をたづねると、娘の答へていふのには「エヽ、母樣別に變つたことはありませんわ、唯變つてゐるのは枕の用ひ方ですわよ。だつてね母樣、こちらではいつも頭の下にすけたでせう、それが向ふではお尻の下にかふのよ……」

## 感謝

近日嫁入りする娘があつた。泣きながら兄嫁にたづねるには「一體誰が婚禮の制などきめたのよ、」それに對して兄嫁は周公であると答へた。娘はそれをきくと口ぎたなく周公を罵つた。がさて嫁入りも濟んで里歸りの日のこと、娘は何か喜びに堪へぬかのやうな面持で、周公は今何處にゐるかとたづねるのであつた。兄嫁は不審に思つて、一體周公をたづねてどうするの、と聞きかへすと娘のいふやう「わたし靴を作つて彼に感謝したいとおもふわ」

## 半分宛

荒淫の夫婦、一義を終つてのち疲れが餘り甚だしいので、夫は妻にはかつてこれから後一義に及ぶときには半分だけ入れて止すことにしようと云つた。妻もこれを承知した。やがて事を行ふに際して妻はたちまち喜悅のあまり夫の腰を抱いて　　をすつぽりと根本まで　　にひたした。それをみた夫は妻に對して約束が違ふとなじつた。すると妻は夫をふり仰ぎながら「どうして？　あなたが上から半分入れたので、妾が下から半分持ちあげたぢやないの、これでいゝでせう」

## 隣りも同然

夫婦が晝間一義に及ばうとしたが、傍に子供のゐるのを具合わるく思ひ、母は子供をすかして隣りの家で遊んでおいでと云つた。とやがて間もなく子供は出て行つたかと思ふと直ぐ歸つて來た。それをみた母親は怒つて子供にむかつて「どうしてそんなに早く歸つて來るぞ」となじつた。それに答へて子供は云つた。「だつて母さん、隣りの家でも母さんとおんなじことを言つたよ。」

## 良家の娘

一人の男があつた。結婚して間もなく外泊して家に歸らなかつた。そこで妻は生家に歸つて母に訴へていつた。「あたしあの人の云ふ通りにはとてもなれないわ。」母が驚いて、どうして？　ときくと、娘の答は至極はつきりしてゐた

「だつて母さん、私は身分ある家の娘でせう。それなのに、いくら何んだつて私下になつて、あの人に組みしかれるなんて口惜しいわ」

## あれ小便が

馬鹿の男があつた。妻を娶つたが交合のすべを知らないまゝに時日が過ぎて行つた。これをもどかしがつた妻はある夜夫を抱いて自分の上に乘らしめた。そして一物を膣にあてゝあしらふ程に、やがて快樂の絶頂に達した夫は「ちよ、ちよつと待つてくれ、わしは小便がしたくなつた」と叫んだ。これをきいて妻は「いや大事ないから、中へそのまゝやりなさいよ」と答へた。馬鹿の男は云はれるまゝにそれに従つた。やがて二人の仲には一人の女兒が生れたので、夫は妻にむかつて「この兒は一體何處から來たのか」とたづねた。妻は「それ、例の時、あなたは小用をなさつたことを覺えてゐませう」と云つた。それをきいて馬鹿者はなるほどと合點したのであつたが、暫く經つて妻をなじつて云つた。「ウム、なるほど、小便をしたので女の兒が

生れたんやな、それなら小便をしなければきつと男の兒が生れたんやらう。それならさうと何故始めからわしに言つとかないのだ」

### お願ひ

董永といふ男が孝行者であることは世間の誰しもが認めるところであつた。この事が天上に聞えたので上帝は一人の仙女に命じて董永の許に嫁に行けと云つた。多くの仙女たちが集つてその仙女のために盛んな餞別の宴を張つた。ところが皆が皆までその仙女に言傳てをして賴むことには「どうか下界へ行つて孝行者が見つかつたら是非とも手紙をよこしなされ」と云つた。

### 案外

新婚の夫婦があつた。姑は嫁の年が若くて本當の娘にさへなつてゐないのを心配して、夜分こつそり行つて樣子をうかがつてゐた。と、自分の息子がどうしたことか痛い痛いと云つて悲鳴をあげるのをきいた。そこで翌日息子をとらへてその譯をたゞすと、息子は答へて云つた「だつて母さん、あれが私の腰をつかんで離さないんですもの」

### 雲隱れ

結婚した一人の男が初夜の晩床に入るや否や、臀をむけて新婦にいどんだ。妻は恥かしさうに夫の物をさぐつたがどうしても見付からなかつた。そこでいぶかつていふのに「どうしたでせう、あれがありませんわ」と首をかしげた。それならと云ふので今度は夫が妻の物をさぐつて見たがこれも驚いたやうに「おや、お前のもどうしたことか無いぞ、無いぞ」と大聲で叫んだ。

### 腹壁を破る

新婚の男があつた。一義は生れて始めてなので樣子が更にわからなかつた。そこでどうすればいゝかを友人にたづねたが、それでも尙はつきりと合點が行かなかつた。そこでまゝよとばかり新婦の腹の上に跨がり一物を以て妻の腹を上下にこすつてゐた。と暫らくあつてどうしたはずみでか、ずぼ〳〵と例の一物が閉中深くぬめり込んで行つたものである。驚いのたはその男、はね起きるといきなり着物をきて後をも見ずに家を飛び出して行つた。そして數日、何處に姿をかくしたのか家には歸らなかつたが、ある夕ぐれひそかに路次にあらはれ、傍の人に聞くのであつた。「一寸お尋ねしたいことがありますがね、實はそれがし所の女房が先夜腹の皮を突き破つてしまつて驚きましたが、その後別に變つた樣子は見えませんですがな」

## 我こそ半死

夫婦の者が一義を行ふに際して、子供の眼を避けんとかんがへ、そこで子供を寢臺の一段高い板の上に眠らせた。やがて興奮の極致にあたつて、身も世もあらぬ興がりやう、果ては寢臺も震動して大地震のごとく、妻君は我を忘れて思はず死にます、死にますと叫ぶ程に、いつか床の上にほうり出された子供がこの母の聲をきゝつけて「なんや、母さんなんかころがつてゐても大丈夫死にやしないよ。それよりや、この僕の方がこの通り半殺しにされちやつたわよ」

## 道理で

自分の娘が男と通じたのを知つた母親は、一日娘を呼びつけてその不行跡をなじつた。すると娘は辯解大いにつとめながら「だつてあの男が惡いのよ、わたし始めから嫌だつたけれど、あの男が無理にするんですもの」と答へた。そこで母親が「それならなぜ聲を立てゝ人を呼ばないのよ」と責めるをきいて娘はすました顔で答へた。「だからさ、母さん、わたし一生懸命になつてハア〳〵わめいたにはわめいたのよ。それだつてあの男がその時わたしの舌をきつく吸つてゐて離さなかつたと思ふわ、きつとさうよ、だから私どうしても聲が立てられなかつたわよ」

## 成る程

一人の男が酒を飲むとすぐ色をたしなむ癖があつた。これを心配した友人が忠告していふのに「大醉して房事を行ふと五臓がひつくりかへるから、甚だ身體のためによろしくない。よしたがよからう」それをきいた男は即座に「いや俺には大事ない」と答へて平然としてゐた。そこで友人が「どうしてさ」とあきれ顔にきき返すと、その男はにつこり笑つて云つた「實はだね、わしが一義をする時にはいつも二つやるからさ」

## 醫者に從へ

酒と一義とを過した男が遂に病氣になつた。醫者に診てもらふと案の定、これは酒色をすごした爲だから、今後は二つとも愼しむがよからうとのことであつた。と、その言葉を側できいて妻は不滿らしく醫者をねめかへした。それと悟つた醫者は妻君の意をくんでか、前言をひるがへして、いや先づ淫慾をつゝしむことが出來なければ、酒だけはつゝしんだがよからうと云つた。それを聞くと病人は「いや〳〵、淫慾の害は酒の害よりもひどいと聞いて居りますので、こちらも酒と同樣につゝしみませう」と答へた。すると傍の妻は憤然として云つた「あんた何を云ふのです、先生が折角あゝ仰言るんですもの、それに從はなければいけませんよ。先生の云ふ事をきかないでどうして病氣がよくなるものですか」

## 酒の代り

貧乏な婦人があつた。その日は朝から一粒の米も喉を通さなかつたので、夫妻は飢腹をかゝへながら床についた。それでも妻はこぼし〳〵貧乏を嘆いてやまないので、夫は妻を慰めながら、よし〳〵その代り今夜はわしが一物を以て今日の三食のかはりに食べさせてやらうと云ふので、妻はその言葉に從つた。さて翌朝になつて夫妻とも起き出でたが、目まひがして、足腰がふらつき、足踏みさへたゞさへ出來ぬ有樣である。これを見た夫は妻をかへりみて云ふのであつた。「お前、ゆうべの一義は奇妙だぞ、なるほど飯の代りにはならないが、十分酒の代りはつとめたわい、うふふふ」

## 我自ら

一人の婦人が陰中の病氣にかゝつたので、醫者を招いてその治療を乞ふた。醫者はしばらく側にゐる夫の様子をうかがつてゐたが、いくらか足りない男であることを知り、おもむろに云ふのであつた。いや大したことはないが藥を塗つて置かねばならん、どれわしが一つ塗つて進ぜよう。さう云ひながら龜頭に藥をぬり、婦と共に一義をたのしむのであつた。この有樣を側にあつて暫らく眺めてゐた夫は、やつと氣がついたやうに「いや先生、その藥が若し先につかなかつたら、わしは何處までも疑ひますぞ」

# 殺し方

妻と妾との仲が惡くていつも爭つてゐた。夫は妻よりも妾を愛してゐたので、一計を案じて殊更らに妾を叱つて云つた。「碌でなし奴、お前を殺して妻の氣の濟むやうにしてやるから、待つてろ」といふ聲の怒氣を含んでゐるのに驚いた妾はあわてゝ自分の部屋へ逃げ走つた。その後から夫はかたはらの大刀をつかむが早いか、阿修羅のやうな形相で妾のあとを追つた。それを見てゐた妻は果して殺すだらうかと思ひながら、後をつけてひそかに來てみると、豈はからんや、妾と夫とは折りかさなつて今しも雲を呼び雨を降らす一義の最中ではないか。それとみるよりかつと怒つた妻は、部屋の中に飛び込みさま「あなた、あなた、あなた、そんな殺し方があるなら、さあ、さあ、この、この私を先に殺して、殺して、殺して下さい」

以上の小咄は「笑府」なる書冊の中に納められた作品である。原作は支那大陸の所産であるが、これが日本に飜刻せられたのは弘化三年初夏の候である。出板は菱屋彌兵衛となつてゐて、尙その傍らに、「淸慾墨慾齋主人編」と記名してある。これから推すと、之等の小咄は一人の作者の手にもなつたのではなく、諸國に散在するものを集大成したものと思はれる。こゝに抄譯したものゝ外に尙幾多の好話柄を納めた一冊がある。

×　　×　　×

江戸大奥秘話

# 龍田の憤死

江川蘭三郎

この一篇は、無思慮な性生活の破綻から、遂に死を撰ばなければならなくなつた江戸時代御殿女中の哀話中、彼の有名な江島さ並んで代表的な主人公の一人である老女龍田の、世にも悲しい物語りである。野卑なスーハー式さ違つて、その性慾描寫の飽迄藝術的なる點に於て、近代好色文學作品中の逸品さして推薦する。

鐘一つ賣れぬ日はなし江戸の春——豪華絢爛を極めた元祿十二年、彌生は花の大江戸の春。永き大平の夢に馴れた江戸八百八町の老若、綺羅を飾り裝ひを凝らして歌舞肉林に日も足らず、互に贅を盡し其の粹を競ふた、浮華淫樂の時代。時は春。所は雲深き江戸城の大奧。今も昔の女護の島。窈窕の花咲き亂るゝ花御殿。

憧れ多き青春の、夢も圓かに結ばれず、況てや生者萬人が胸に沸り來る自然の本能に對しては、悶惱慰するに術なき美醜幾百の女性。混濁の情火渦を卷いて、慾念消《ケ》さむに悟りなく、錦糸の裲襠《シカケ》立矢の帶に身を鎧ひ、嚴戒の掟を城として僅に身を持する。觸れなば爛れむ熱火の集ひであつた。

中老龍田――も矢張り其の一人であつた。大奥に上つて廿餘年。早や四十の坂を二つ三つ、越へて色香も葉樓に、褪なむ齢ひと成りながら、天の成せる麗質は、髮黑々と烏羽玉の、濡れにぞぬれし濡れ羽色、瓜實顔に鼻高く、巷《チマタ》に在らば遠近《オチコチ》の、好き者の口に乘せられむ女房振り。大奥の朝な夕べ、登り下りの折々に、廊に遺す色と香は、美女百娟《ケン》を競ふその中にも、敢て十指に折らるゝ麗わしさ。威容美態――加ふるに溢れむ許りの情艷。之《コ》れ正に若女輩《バラ》の追隨を許さゞる所。宜べなる哉、古語に曰く、色は年增に止どめ刺す。

今、龍田は出仕を了へて自身の部屋に下つて來た。片苦しい勤めと共に、重い裲襠をするりと背から脱ぎ棄てると、側の脇息に凭《モタ》れて吻ッと一息した。控への侍女が差出す薄茶を手に受けはしたものゝ、口にもせずに凝つと目を瞑つて居た。龍田は寂しかつた。獨りヂッとして居たかつた。自分で自分の胸を力の限り抱き締めて、泣けるだけ泣いて見たかつた。此の年に成つて――と龍田はつく〲自分自身が怨めしかつた。戀――と言ふのか？　否々、むしろ情念と云ふのが至當であらう。

此の春。と云つても遂ひ十日程以前だが、小身乍ら旗本たる實家からの願出で、祖先年忌の爲めと三日間の賜暇を得て駿河臺の邸に下つた。その折ふとした輕口が因で父の近侍なる、渡邊主馬と云ふ色小姓上りの若侍と、假寢の契りを結んだのであつた。

堰かれて居た堤が切られた。戒律に抑へられて居た情火が燃え揚つた。禁慾生活の反動が如何に烈しいものであるか。況てや年增、火の玉の様になつて男の胸に飛込んで行つた。中老としての尊大さも、大奥の女としての愼みも只一瞬に吹き飛んで、理非も辨へぬ凡俗の女、情慾の虜《トリコ》と成り果てたのであつた。「主馬殿！」と小聲で、自分自身の心に叫びかける様に叫んで見た。淋しい、遣瀬《ヤルセ》ない――何だかから、胸が引き締められる様に頼り無かつた。ホロリ――

―と音も無く泪が膝に零れた。何時か龍田は泣いて居た。彼女は不思議だつた。此の年になつて、戀の爲めに男の爲めに泣いて居る自分がお可笑かつた。笑つてやれ、嘲つてやれ――と思ふ自嘲の心と同時に亦一方では、此世に又と無い程吾が身が愛《イト》しく思はれるのであつた。

龍田は唯々無精と男が戀しかつた。あの元服した許りの初々しい主馬の美しさ。そしてその肌の若々しさ。曾つて遠い昔に味つた事のある果物の味が、生々しい新鮮さを以つて彼女の感覺の中に蘇つて來たのだ。禁慾の城中生活者たる彼女に取つては、喩へそれが何れ程年を經た不味な果物であらうとも、その生溫い感觸は到底人工的細工物の比でない、其處には心地良い溫度がある。程よい柔軟さがあり、彈力がある。況して眼の色、口の動き。其處には神秘があり、情感がある。そして其等の一つ〳〵が、總て惱ましい情痴の雰圍氣を醸《カモ》し出すのだ。況てや水も滴らむ新鮮なるものに於ておや。

嗚呼、戀しい！　觸れて見たい……

あの若い雪白の肌に、あの力强い腕の中に、そしてあの熱い唇の上に――逢えたなら、觸れる事が出來たなら――死んでもいゝ、殺されても本望だ。いつそ骨も碎ける程抱き締められて、情痴の臥床の中で生を了る事が出來たら、どんなにか自分は幸福者であらう。そして男も一諸に死んで呉れたなら――

「御中老様――」フト呼どれて龍田は我れに歸つた。其處には侍女の八重が氣遣はしさうに自分を見守つて居た。此時龍田は、この八重の實家が大きな呉服渡世をして居て、去年から自分の口利きで此の大奥に出入の叶ふ樣に成つた事を思ひ出した。そして月に三、四回は番頭の久藏と云ふ男が商賣に遣つて來た。彼が背負つて來る大きな呉服繩蓋。――その事がチラと腦裡に閃いた刹那、龍田の顏面は俄然緊張した。そしてツト身を寄せると八重の手を握り、その耳元に何事かを熱心に囁き出した。其時部屋の絹行燈の油がヂューと微かな音を立てゝ居た。

◇

或日の午下り、例の如く番頭の久藏が彼の大葛籠を背負つて大奥に遣つて來た。常ならば控へ部屋に通る處を、龍田の侍女八重の案内で直に中老の部屋に通された。

「御中老樣、御機嫌宜う被居まする。」と久藏は丁重に兩手を突いて畏つて挨拶した。

「此度は亦何かとお骨折り――嬉しく思ひますする。」龍田は心からの感謝を此の番頭風情に捧げたのであつた。

命懸けの仕事――全くそれは生優しい仕事では無かつた。傳統的な戒律に包まれた此の大奥に、然かも白晝何んと大外れた生身の人間を運んで來る――これが命懸けの仕事でなくて何としやう。

嚴戒を破つて惚れた男と忍び逢ふ――既に其の事自體が死線上の行爲なのだ。それ丈けに龍田の胸中には禁令を破る興奮と、死を想像する危惧に異常なる戰慄が走るのであつた。あの紺の大風呂敷に包まれた竹籠の中に、若い戀人が居るのだ。あの優しい主馬は此の前代未聞の密會に、嗟ぞかしわな〳〵と身を震わして居る事であろう。可哀想に――一刻も早く××しめて、この燃ゆる情熱に彼の男の危惧の心を包むでやりたい。それは一瞬にして男を無我無憂の境地に安堵《ド》させるであらう。そしてそれは亦自分の異常なる興奮に戰慄する心をも安らかにして呉れるのだ。

龍田はかう思ふともう我慢が出來なかつた。燃え熾る情感に身内の震えて來るのを覺えた。で、彼女の前に控えて、流れる汗を拭き〳〵して居る久藏の前に幾干かの金包みを差出した。

「イヤコレは……こんな事を仕て戴きましては」と儀禮的に辭退する久藏の言葉も耳に入らぬ程、今の龍田は興奮をして居た。

早く〳〵――と半ばは手眞似でその金を受け取らせると、早々に此の大仕事をして呉れた男を追ひ立てるやうにして歸したのであつた。宵闇が迫り、部屋々々に灯が入ると、待ち兼ねた龍田は葛籠の傍に走り寄つた。

「主馬殿」と小聲で呼びかけながら紐に手を掛けた。その手は我れにも非ず微かに震えて居た。紐を解き大風呂敷が取り除かれると、恐る〳〵中から打伏して居た顔が持ち上げられた。鬢《ビン》髮の僅かに亂れた、未だ廿歳前かと思はれる美男、その顔色は空恐しさにか仄白く灯に寫し出された。

「主馬殿――嗟ぞ窮屈で御座つたらう喃……」男の背に手を掛けた龍田は、さも愛《イト》し想にその顔を近々と差し寄せて囁いた。

「龍田樣……餘りに、餘りに恐ろしう御座居ます。」男の體はその言葉通りに震えて居た。

「主馬殿、其方は震えてゐやるの」その聲は何か科《トガ》める樣にも聽えたが、一方如何にも男の初々しい氣持を案じ慰める樣にも響いた。

「…………」主馬は無言だつた。彼に取つては、口から出る言葉そのものゝ一つ〳〵の音響が、此のシーンとした大奥の靜かな夜氣の中に反響するのが空恐しかつたのだ。

「何も案ずる事はない。此處は妾の部屋ぢや、何の氣遣ひがあろうぞ」龍田は男の氣持を努めて平靜にしやうと努力した。

「さ、此方へ來やれ」男の手を取ると、無言で男はそれに從つた。其處には既に友禪の臥床が用意されて居た。

「マア坐りや」龍田は下から男の手を引いた。それ迄無言で停立して居た主馬は、不意を喰つて片膝突くなり、其儘龍田の傍に崩れるやうに坐つた。

「主馬殿、逢ひたかつた――」胸一杯の情熱を吐出す樣に叫びながら、龍田は男の首を抱えた。身は火の樣に燃えて居た。その息は熱かつた。片手で男の柔わ手を弄びながら、

「主馬殿、其方は逢ひ度うは思はなんだか――」男は無言で頭を振つた。今、主馬の心中は混雜な氣持で散々に亂さ

れて居た。

不義密會、捉、――刑罰、死。それ等が走馬燈の樣に頭の中をぐる〳〵と走り廻つた。

「マア、眞面目な顏をして、何をお考へぢや」龍田はヤキ〳〵仕出した。餘りにも男の樣子が賴りなかつた。モット〳〵強く、圖太く、情熱的であつて欲しかつた。死を懸けた此の戀は、もつと物狂わしい狂的なものであり度かつた。

「其方は恐しいのか？　命迄も懸けた妾の心を汲んでは給らぬか？　喃、主馬殿」但し主馬は默り續けて居た。彼れにすれば女の望む程の眞劍さは到底持ち得なかつた。彼は若かつた。美貌《ボウ》だつた。何も好んで親子ほども違ふ龍田に戀々として居ることはなかつた。唯、ふとした機會から思はぬ契りを交しはしたものゝ、大切な首を賭ける程の情愛を持ち得やう筈は無かつた。それ故彼女が眞劍になれば成る程、怖しかつた。厭はしかつた。殊にこんな大外れた危劍からは一刻も早く身を退きかつた。それ故の無言だつたのだが、女はそれを思ひ違へて、唯々男の初々しさからの恐れとのみ思ひ込んで居たのだつた。

「さゝ、主馬殿、○やらぬか」龍田は艷めかしく男の耳元に囁きながら、抱へた右手に力を入れるとぐつと男の首を引き寄せるなり其儘、情慾に燃え立つたゝを男のゝに□ひ付けた。

先刻からの興奮に口中は涸《カツ》き切つて居たが、長い〳〵接吻はお互ひの唾液に濕《ウルホ》ひ、お互ひの熱い呼吸は亦、相手の情感を燃え立たした。何時か若い主馬は興奮を仕出した。先刻まで心を閉ざして居た危惧の念も解けて來た。抱かれた女の肌からは爛熟した年增の匂ひが犇々と鼻を衝いた。年に似合はぬ豐滿な肉體は、柔々と主馬の體を包むで居た。もう其處には年齡の隔たりも、主從の關係も、地位も怖れもそれ等一切が無くなつて、唯々甘い瀞ろける樣な情感が流れて居るのみであつた。

何時か二人は、ゝを、ゝねて××ついた儘横に倒れてゐた。お互ひの帶は解かれて肌と肌がぴつたりと、なりて、お互ひの手はお互ひの〇〇に戯れて居た。

「主馬殿！モウ妾は……」といふ龍田の哀願的な聲音に促がされる樣に、男は女の上に××ついて行つた。と忽ち展開された情痴の世界。――

男の×に纒はる女の×の仄白さ。ハラリと零れた紅帛は、水際《ミギワ》の花のそれに似て、紫友禪の臥床の上に美しく散つた。聲もなく、唯々切々として荒い息のみが、靜かな部屋の空氣の中に聞きなされた。烏羽玉の黑髮甘く亂れ初めて、末期の呼吸か低い嘆聲が、吐切れ吐切れに女の口から漏れて來た。

地獄――極樂。生か？　死か？

男は必死になつて無言の動作を續けて居る。衣摺れの音が慌たゞしさを增した。と、その×は躍動し出した。途端に女の指先が急に痙攣した。

「主馬殿……主馬殿！」女のゝぐ樣な言葉が斷れ／＼に聞こゑた。兩人の×の×かし方が其の速度を增して、何時か動きも水平　動にはげ　しくなつた。

あの輪廓の美しい龍田の顏はホンノリと紅潮して、ハラリと零れた後れ毛の二三本は、キリリツと喰ひ縛つた口に嚙みしめられて、夢見心地に閉ぢられた眼は一筋の糸を引いて稍々釣り上り、其の名にも似し龍田の紅葉《モミヂバ》の、夕陽照り榮ふ一汐の眺め。歌麿の筆か淸長か、繪にもあらんず風情なり。

男はと見ればこれも同樣、前髮取れて間もなき色若衆。月代の跡靑々と艷を帶び、纖《セン》手細腰、黑紋服の上品さ、眉長々と鼻高く、緊つと結んだゝも、喘ぎに喘ぐ氣忙しさうに次第に綻び、歡樂の悲痛に歪めた顏も、美男なればこそ謂ふに言はれぬ情を呼ぶ。

刹那、脊筋を走るゝゝにぶるツーと主馬は身を震わせた。□□が目前に迫つたのだ。

龍田は無我夢中だつた。死線を越へた大法悦境の世界に浸つて一切を忘れて居た。

極度の悦樂の峠に身を揉まれて、今はしん〳〵と頭腦に鈍痛さへも覺え出した。男を抱えた××の力も既に失せて來た。唯々心臟が音を立てゝ胸が　　　熱かつた。血が脈を打つて逆上する樣に思はれた、口中が乾き聲帶が涸れて、發する聲ももう言葉には成らなかつた。

其時、突如最後の痙攣が起つた。足が攣り×が釣つた。腹の奥底から殘された最後の一滴がしぼり　出されるのを感じた。

「アア……」口が半ば無意識に開かれ、半開の眼は黒瞳を空に白く潤《ウル》む。

「ム……」と主馬の手に急に力が加はつたと同時に、龍田の下　　　に猛烈な、、が與えられた。刹那、龍田の五體に電激が走つた。

「キリキリツ」と高鳴る齒軋りの音と同時に、死せるが如き龍田の××に力が滿ちて、むんずと組むだ兩の手は、男の體を××付け〳〵背は曲り、しどろと亂れた黒髮は、邪慾の蛇のそれに似て、長々と疊の上に匍ひ廻つた。聲もなく音もなかつた。嵐の呼吸もハタと止むで、今は寂とした大奥の夜の靜けさに返つて居た。時たま廊下を隔てた彼方の部屋から甲高い女達の笑聲が聞ゑて來た。

幾刻か情痴の世界に現世を忘れて居た兩人に取つては、それ等の人聲も唯々夢の樣に聽きなされるのだつた。

主馬は非常な渇きを覺えた。でツト立上つて枕元に置かれた銀製の水差しから錦卷繪の湯飲みに水を注ぐと、息をもつかずに立て續けに二三杯程飲み干した。何んとなく醉後の水の樣に心地良かつた。五體の火が除々に消されて行くやうな氣がした。氣分が明瞭りとすると初めて節々の懈《ダル》さが目立つて感ぜられた。肌着は…………りと□れて居た。

フト目を移すと臥床の上には龍田が先刻の儘に取り亂した姿態で、乘り出す樣な格好で目を閉じて居た。帶もない衣の前を押廣げて、艶やかな締り加減の××が象牙のやうに白く投げ出されて居た。男のかずを知らぬ双の、は、未通女のやうに年に似氣なくむつちりと隆起して、雪白の、にその存在を明らかにして居た。ポツチリ開いた唇は小娘の樣に愛らしく、恰も男の、、を待つ樣で、切れ長の眼は先刻《サキ》程の夢を見續けて居る。何んといふ整つた顏立ちであらう。

淸く美しく、艶に亦愛らしかつた。萬年新造とはこれを謂ふのだらうか？

此の美貌に加へて其の肉體には年增の油が乘り切つて居るのだ。しつとりと甘い情感が溢れてゐるのだ。玉の樣に滑らかな肌。ふつくりと盛れ上つた下腹部。彈力に富むだ××——何んと素晴らしい存在でそれ等はあるだらう。此の無心に開け放たれた媚態を觀賞して居た主馬の心には、亦龍田の肉體に對する情感が勃然と頭を持上げて來た。

主馬は靜かに傍に寄つた。そして夢見る樣に開かれた、に、を付けると、精一杯にそれを□ふた。パツチリと眼は開かれた。瞳は優しく男の顏を瞶《ミツ》めて居た。双頰は靨を作つて笑つた。

「龍田殿、咽喉は乾かぬか」と近々と女の顏を見下し乍ら言葉をかけた。

「水が欲しい、主馬殿飮ませて——」目元に媚を含むで見上げた顏は、艶に仇つぽかつた。主馬は口に一杯水を含むで再び女の、に、を押し付けた。ゴクリ——と嬉しそうに女の咽喉は鳴つた。更に欲求する女の口に水を移して遣つた主馬の、は、其儘龍田の、に捉へられて仕舞つた。同時に首に廻された手は強く主馬を××しめた。二人の、は膠着した樣に、離れなくなつた。引かれたのか、寄つて行つたのか、主馬の體は何時か女の上に、なりて、肌と肌とがぴつたりと　重ねられて居た。

手は女の例の所を弄んだ。と、それは忽ち櫻んぼの樣に硬化して、心臟が高鳴り始めた。

片手は何物かを探して居たが、軈て女は微かに、、え仕出した。×が高く×××げられて蔦の樣に男の×に卷き付いた。男が×を一寸引いて一瞬の動作をすると、二つの體は寸分の隙もなく、完全に×××せられたのであつた。暫く規則だつた動作が續けられて居たが、その內男の動作が一寸止められたかと思ふと、男の手は女の兩脇から女の半身を抱へ起した。女が浮き×に成ると其儘、その×は男の膝の上に降された。××の肉が張切れそうになつて、男の左右に見出された。

男の手が龍田の衣物に觸れたと思ふと、するりとそれは疊の上に落された。其處には忽然として輝く許りに豐麗な肉體が、全裸の形で現出されたのであつた。これが中年者の肉體であるだらうか？　色といひ、艶といひ、其處には些かの老ひも見られ無かつた許りでなく、反對に年若な女には求めて求め得ざる成熟さがあつた。どつしりとした×の重み、△肉の柔かさ——それ等を主馬は膝の上に感じて恍惚とした。

「惡戯な主馬殿！」と龍田は怨じながらも、その瞳は優しく男に笑ひかけて居た。

「其方も妾が眞裸かに……」と言ふが早いか主馬の衣服は美事〇がされて仕舞つた。斯くて今度は若々しい裸身が現出されたのであつた。男女は互ひに相手の肉體を喰入る樣に眺め合つた。その肌はいづれ劣らぬ純白さを以つて輝き渡つた。柳に牡丹——の色合せ。花も褪せなむ容色は、裸身に成つて一層その美しさを增したものと言はれやう。

肉體の嘆美から離れてお互ひの瞳が出會つた時、お互ひに相手の裸體美からの滿足と讃嘆の微笑が取り交された。と何方ともなく再び兩人の脣が合されて、ねつとりとして舌の甘さがお互の口に味はゝれた。主馬の腕に力が入れられたと思ふと、龍田の眞白い△部は男の掌に〳〵《のし》かゝり上へ×××げられた。次の瞬間、急に其の手が放されて龍田の△肉は、パチリ——と音して主馬の膝に落ちた。刹那、龍田は腹中の奧底に、腦心に響き渡る程の强い、、を感じた。それは一刺よく骨を刺——的の鋭いものだつた。

ズーンと五體に響き渡る丶丶に龍田は我れを忘れて男の體に×××着いた。主馬はその重みで危く後に倒れそうな體を片手で支へた。主馬は暫し受身の狀態で身を反らし體を支へて、次に加へる△△の準備に怠りなき樣子だつた。やがて女の　　が緩慢となり、その體重が重く主馬の丶丶に感じられて來ると、やをら身を起した主馬は、此の極度の情感に丶ぐ年增女に、致命的な肉的凌辱を加へやうと、徐ろに女の××を兩手に×××せると共儘高々と自分の兩肩の上に擔ぎ上げた。龍田の體は二つに折れて、丁度海老の樣に主馬の首にぶら下つて居た。男はグイと女の體を×××げると荒々しく自分の丶丶に叩きつけた。それは恰で仕事場の人夫が地均しをして居る樣な調子だつた。

それから暫らくして、女は泣いた。唸いた、身振ひした。下腹が微塵に碎かれた樣に思はれた。惡感に似た丶丶の戰慄が、背から頭の尖端に走つては通り拔けた。屈折した體は擦まれに擦まれて息も絕へ〴〵の有樣だつた。眼は血走り、心臟はカツカツと燃えて居つた。五體は火の玉の樣だつた。けれど不思議に冷い汗が腋の下から流れ出て、シツトリと肌を□らして居た。眉が寄り、口が開いて白齒がチラリと見えた。呼吸も先刻の荒々しさに代つて、ほつそり丶丶と靜かに引かれて居る。

最早や女の最後が迫つて來たのだ。

◇

晩春の惱ましくも亦物憂い夕べ、龍田は部屋でぽつ念として居た。先刻迄讀んで居たのか草双紙が膝の上に伏せられて居た。彼女は何事も手に付かなかつた。御殿に上つて居ても何か斯う案じ患つて居る樣子だつた。今日御臺樣からお訊ねの言葉を戴いてハツと恐縮したのだつた。で所勞と言ひ立てゝ午早々御殿を下つて部屋に入つたものゝ、其儘べたりと緞子の敷物の上に坐つたまゝ、身動きもせずに居た。侍女の八重が案じて他の部屋から借りて來て呉れた、氣慰の双紙も手に取りはしたものゝ、讀むでもなく考へ込んで仕舞つた。今、龍田は何人にも打明けられぬ思ひに苦しむで居るのだつた。それは主馬の事だつた。

逢ひ度かつた。顔が見度かつた。——心は唯その思ひで一杯だつた。龍田の頭の中には過ぐる夜の、あの甘い溶ける樣な情痴の世界が、まざ〳〵と浮んで居た。あの若々しい顔立、水々しい肌の匂ひ。彼の燒ける樣な感觸——それ等が或一種の擽《クスグ》つたさを伴つて想ひ出されるのだつた。あの當座の二三日と云ふものは、何を見ても、何も聞いても嬉しく愉快だつた。身内の何處かに未だあの夜の觸感が殘つて居る樣な心地がして居た。それが日が經つに從つて、遣瀨ない寂しさに變つて來たのだつた。なまじに逢はなかつたら——と思ふ下から、逢ひたい、死んでもいゝ、逢つて心行くまで泣いて見たい。龍田の胸はかうした思ひで千々に亂れて居た。

もう彼の日から一週り餘にも成つた今日、耐り兼ねた彼女は例の久藏を呼び寄せて、何か旨も含めて歸へしたのであつた。

龍田は夜に成るのが待ち遠しかつた。斯うやつて居るさへ氣が苛々して耐らなかつた。

男に逢える——此の期待が彼女を娘のやうに興奮させるのであつた。なら如何して彼女が考へ込んで居るのだらうか？ それには理由があつた。それは彼の翌日主馬が再び竹籠に負はれて歸る時、二人の將來の爲めにも、亦武士としての彼れの體面からしても、二度と此の番頭風情の背に負はれ竹籠に隱れて、夜盜にも等しく人を忍ぶ恥かしい行爲はしたくない——と言つた言葉であつた。これが最初で最後だとも言つた。階級的意識と恐怖心を多分に持合せて居る男には、戀の爲めに名を汚し、命を棒に振り度くはなかつたのだ。龍田は主馬の言葉が氣に懸つた。眞にもう逢つて吳れぬ積りであらうか。二度と此處へ忍むでは來て吳れぬ氣か？ 自分自身が眞劍である丈に、男の心が不安でならなかつた。

それで今日は手紙に、もう一度でいゝ來て欲しい。逢へねば死ぬと書いて持せて遣つた。實際、此儘主馬が彼女を見限つたら、必つと龍田は死ぬであらう。それ程年増の戀は猛烈だつた。地位も命も投げ出して掛つた龍田の心は、主馬の捉はれ過ぎた氣持と正反對であつた。其處には年の相違もあつた。禁慾と自由との生活の相違多分に由來されて居たに違ひない。兎も角、やがては悲戀に終るべく運命づけられた兩人ではあつたらう。

「御中老樣、久藏が……」聲を掛けられてハツと我れに反つた。其處には八重が手を突いて居た。

「早く、これへ」と龍田の聲は彈むだ。何時かすつかり夜に成つて居た。門限切れの後は、出入に嚴しい目が光るのだつた。で龍田は役目の表を利用して、門番御錠口に自分の名を通して、久藏の門限外通行許可を願出して置いたのであつた。

「遲なはりまして」久藏が入つて來た。何かオド／＼した容子だつた。が別に龍田は氣にも止めなかつた。否、そんな餘裕を持ち得なかつたのだ。心はもう浮釣つて居た。前のやうに金子を與へて久藏を引取らすと、轉げるやうに竹籠の傍へ飛び付いた。紐が固くて仲々解けないので苛々した。口を寄せて眞田紐の結び目を噛んで解かしに掛つた。男が嘸ぞ窮《キユー》屈だらうと思ふと濟まなさが一杯だつた。

漸く紐が解けると大風呂敷を撥ねて、「主馬殿！」と呼び掛けるなり取り縋つた。

ツト擡《モタ》げられた頭、振り向けられた顔――それを見るなり龍田は、アツと驚愕の叫びを擧げてべた／＼と其處に尻餅を撞いた。

「へへ……今晩は、初めまして……」と錆の利いた男の聲がして、ノツソリと五分月代に唐棧の着流し、三尺帶の傳法肌。色淺黑く眉太く、キリツと苦み走つた良い男、ガツシリとした胸幅にその圖太さも忍ばれる。年は卅七八か、謂はずと知れたヤクザ者風情。

「ネエ、御中老――確か龍田樣とか仰言いましたねへ」と男は太テ／＼しく聲を掛けた。流石の龍田も氣が轉倒して仕舞つて居た。何が何だか判らなかつた。恰で惡夢でも見てゐる様な氣がするのだつた。

「御返事が御座りませんね？」耳元で聲がして、酒氣を帶びた男の熱い息が龍田の頬にかゝつて來た。ハツと無意識に身を引いて、スツクと起とうした龍田の衣服の裾はムンズと下に引かれた。

「お騒ぎなさるな、お爲めに成りませんぜ」半ば恐迫的な臺詞にギクツと龍田の胸を衝いた。ハツとして龍田は其儘其處へ坐つて仕舞つた。龍田は今自繩自縛に落入つた形だつた。

「何もそんなに驚くには當らねえ、それは女の様な若衆と、こんな薄汚い野郎と入れ替つて來たんぢや、驚きなさんなと言ふ方が無理かも知れねえが、滿更これで棄てた男でも御座んせんよ。ハハ……それ色は黑ろても味は大和の——なんとかと言ひまさあ、まさかお前へさんを取つて喰ほふとは言やしねえ。だが野暮にジタバタ騒がれりや仕方《が》ねへ、元より命を嵌《ハ》めて乘り込んだ俺らの事だ。場所は大奥、御中老様と心中なら萬に一つの損はねえ、俺らの體に五光が差しまさあね。そんな譯だ、下手に動いちやお前へさんの損ですぜ。實は俺らもこんな事に成らうとは夢にも思はなかつたんだ。時に申し遲《オク》れましたが、私しア神田の虎五郎と云ふ賭場稼ぎ。まだホンの馳《カケ》出し者で御座んすが、丁度今日の夕方、賽の目に見限られて呆然りと歸へる途中、連れの三下奴が見付けた呉服の荷。彼奴を嚇して代物をコカそうと、そこが無頼《ナラズ》の下司根性、自棄で呷つた酒の勢ひも手傳つて、一嚇《オドシ》、嚇して背負荷を引奪つて見て驚いた。人間一疋が入つて居る。此奴は曰くがありそうだと、嚇しに掛けてこれ〳〵と白狀させての一狂言。身替り座禪ぢやねえけれど、俺らが吹き替へに成つて遣つて來たと云ふ譯だ。こう機關《カラクリ》が判かりや別に恐がるにも及ぶめい。替り榮えのしねえ俺らだが、お前へさんの様な年増には反つて喰ひ出があらうと云ふもんだ。隨分と御機嫌を取ろうから、マア精々可愛がつて遣つてお呉んなせいよ。」暴若無人の此の言葉。一か八か飽く迄棄身でかゝつた其の態度に、龍田は壓倒されて言葉も無かつた。

「お局さん、御得心が行きましたかえ」と差し覗き乍ら、膝に置かれた龍田の手をむずと摑んだ。龍田はゾッと戰慄を覺えた。

「慮外しやるな!」とキッと言つたが其の聲は低くかつた。場所柄高い聲は出せなかつた。事が事だけに、餘人に知られる事は直ちに身の破滅を招來する。怖ろしいのではなかつた。主馬とならば笑つて死ねる自分ではあるけれど、こんな見知らぬ無頼漢と恥を曝したくは無かつた。何んとか無事に事を納めたかつた。高が下郎の事、金でも遣つたなら——と思つて、龍田は男に言つた。

「有る丈けの金子を遣す程に、何も言はずに溫順しゆうして吳りやれ」それは身分も戒嚴も棄てた、只の女としての哀願的言葉だつた。けれど男は摑むだ手を緩めなかつた、

「冗談ぢやねえ、金が欲しけりや賭場へ行かア。何も命を懸けて粋な役は買つちや出ねえ、此方とらにアロも利いて貰へねえお局様と、しつぽり□れて見たさに忍んで來たのだ。そうと思やあ滿更憎い男でも有りますめえぜ」

「惡く思はねえでお吳んなせえ」と言ひつゝ摑んだ手に力を入れて龍田の體をグイと引寄せた。龍田は無言で男の膝に引寄せられた。淚の出る程口惜しかつた。けれど聲も立て得ぬ此場の事情も、元はと言へば自分から、謂はゞ自業自得だつた。で龍田は無言で抵抗した。だが力强い男の腕は容赦なく女の首を捲いて、グイと上げられた唇の上に、酒臭い男の口が重ねられた。龍田は悲しかつた。身震ひの出る程厭はしかつた。逃れやう〳〵と焦《アセ》る程、男の力は益々加つて行つた。手を押へて居た片手が×の間に□□められた。龍田は××に力を込めて其の手を阻《ハヾ》もうとしたが、後ろに崩れた體勢は自づと膝が浮ひて、その浸入を容易ならしむる許りだつた。手が隱された秘密の○○に觸れた時龍田はグイと首を捻つて男の執拗《ヨウ》な唇から逃れて聲を擧げた。

「堪、堪忍して……」と低い悲痛な叫びを以つて男に訴へたが、それは單に男の感興を唆《ソヽ》るに役立つのみだつた。再

びその、は、を以て塞がれ、手は完全に○○を占領して、我物顔に彼方此方と示威運動を開始した。荒々しい運動は、嫌厭と共に一種の、、を女に與へたのであつた。龍田は身を曲《クネ》らせた。××は次第に×××られて行つた。○○の扉は遂ひに開放されたのであつた。それは自然の順序だつた。龍田の心は口惜しさと、、、のヂレンマに陥入つて居た。遂ひにそれは甘美な感興が勝利を得て、龍田は自然の前に抵抗の力を失つて仕舞つたのであつた。

ガツシリとした岩の様な胸。節くれ立つた双の腕――それは主馬の柔弱さに較べて、極端な對照をなして居た。主馬は柔その物だつた。優しかつた。麗わしかつた。そして如何にも體全體が水々しさに滿ちて居た。それに引代へ此の男の頑強さ、其處には微塵の弛みも見られぬ、力そのものであつた。龍田は此の眞正面から打突つて來る、男の暴虐さに壓伏せられたのであつた。

其の男、虎五郎は思ふ儘に、、先の、、を味つて居たが、やがて女を其處に×××けた。飽く迄恥を知らぬ此の男は、龍田の帶に手を掛けて其の衣服をも剝ごうとした。流石に龍田は此の見知らぬ男に肌を見らるゝ事を恥じた。其の手は必死に成つて男の手を防いだ、が何條此の男の生來の圖太さに、情慾の油を注いで猛り立つ無賴の男を拒み切れやう。忽ち帶は除かれ衣服の前は×××られた。例のむつちりとした乳房も、丸々とした腹部の邊りも無慘灯の下に照し出された。滑らかな雪白の肌は今此の暴虐の男に汚されやうとして居る。藻掻うにも兩手は既に強力な男の手に捕へられて居た。聲は立てられず僅かに顏を背けて男の獸的な瞳を逃れて居る。

男は容赦しなかつた。女の神秘を包む最後の帳《トバリ》までも○ぎ取つて仕舞つた。眞しろき雪を載く高嶺の麓に、○○は暗き影を宿して居た。連なれる泉は既に其の口を○かれて流れ、象牙の○○は長く直列に横たわつて居た。一つの手が其れを運ぼうと努力を續けた。やがてそれは搖ぎ出して左右に○がれ、其處にどつしりとした男の體が○○られた。それでも龍田は最後の抵抗を試みた。如何に自らが求めた不義の結果とは云へ、彼女の「中老」としての自尊心が、此の下司下郎への拒否を續けるのであつた。女として情感の前に破れ、暴力の下に屈しても、永年の役目の誇りはもう無慘々々と棄てられなかつた。

「エヽ慮外な、身の程を知らぬか!」凛とした聲音だつた。必死の場合、流石に威猛かつた。侍女達だつたらハツと地上に平服したであらうに、――相手が惡かつた。

いざと言へば命を的の破落者《ナラズモノ》。白刃の下に鼻唄も唄はふ糞度胸。殊に如何に威張つて居ても高が女と呑んで掛つて居る上に、抱き寢をしたも同然の先刻からの仕度い放題。睨みの利かぬのも理の當然。男はビクともしなかつた。

「嚇しなさるな、お局さん。その臺詞は御殿ぢや通用しやうが、此方とらにや通らねへ。忌なら厭でいゝ、俺らと心中覺悟で俄鳴りなせえよ」と心憎きまでの落着き振り。相手に取つて不足のない此の取引は、勿論男に歩が有つた。

それ丈に虎五郎は强つ氣だつた。

「マア一夜の辛棒だ。靜かにしなせへ」と言ふなり女の上に××かゝつて行つた。

大幅の彼れの蔭に隱れて、龍田の體は白い××が見えて居た。ドツシリとした男の重みを受けて、龍田は身塞りそうだつた。やがて何物かゞ○○られた。それは巨大な體軀の持主だつた。

龍田の感興は支離滅裂だつた。恥を知る彼女の心は必死に自然の情感に反抗した。幾度か感覺の浪に浚はれて、涯無き情痴の海の眞只中に引入れられやうとしては、辛くも無念さの心に依つて支へられて居たのであつた。

然し生きとし生ける者總てが所有する情感は、何時まで自然に抗すべくも無かつた。身も心も擦みに擦まれて、今は一切の理性を放棄するの止むなきに至つた。唯々殘されたものは感興のみであつた。○○から與へられる刺激は益々强烈であつた。腹部から頭端に體中を感覺は躍り廻つた。それは止めやうのない必然的な性感の亂舞であつた。

龍田の胸は波立つて居た。鋭い衝擊が加へられる度に、ハツハツといふ苦しい息が、から押出されるのであつた後から後からと押して來る、、は、退いては寄する浪の如く、或は遠寺の鐘の音にも似て、斷たれむとしては亦强く五體に響き渡つた。

、、の極致は苦痛である。今や龍田の、、は痛苦を伴つて來た。其の、、は悲痛であつた。旺盛な體力に依つて爲される粗暴の動作は、それが粗暴であればある程その反響は甚大だつた。其の不屈な永續は遂に龍田を困憊《バイ》にまで陷入れた。今や彼女は聲も出ない程に突きのめされて居た。

だが男の[redacted]は止まなかつた、其の○○の銃さ、頑丈さは到底主馬の比ではなかつた。それは縱横無盡に戰場を馳驅する荒武者だつた。大身の槍を引提げて向ふ處、堅城鐵壁と雖も假借しなかつた。今や彼れの馬は乘り潰されんとして居る。だが彼は無頓《トン》着で荒れ廻つて居た。それは半刻に餘る[redacted]だつた。彼れに踏付けられた女の[redacted]は、彼の淩辱の○○に完膚なき迄に突き苛まれて居た。一度硬直した龍田の××は、疲れに今はぐんなりとして居た。興奮に紅潮して居た顏色も今は蒼褪めて、冷い汗がタラ〳〵と流れて居た。感覺は痲《マ》痺《ヒ》して腦髓はキリ〳〵舞ひをして居た。、、に代る鈍痛があつた。酒醉に似た眩暈に嘔氣さへが伴つて居た。體の動搖に連れて其度は益々昂つて來るのだつた。

其の中にも龍田は男の　　の急變を知つた。度は增し、その×は躍り出した。怒濤の如き　遣ひ、それは惡鬼の斷末魔にも似た唸きだつた。恐ろしい力が龍田の體を××しめ、巨人が其の偉大さを增して彼女の股間に爆發した刹那、龍田はアツと低い叫びを擧げた。悲苦悅樂の混濁した感覺が、彼女の五體を衝いて走つた。最後の感覺が一閃して消滅したのだ。刹那に男の體に捲かれた彼女の××は、再び力を失つてダラリと疊の上に長々とぶつ倒れた。既に彼女は昏迷の夢に入つたのであつた。ホツ――と息をついて虎五郎は體を起した。體は玉の　だつた。流石剛健な彼れも、長き此△△には疲れ果てゝ居た。やをら彼は恰も獲物から離れた猛虎の樣に、腹這つた儘片手を伸して水差しから美味そうに水を飮んだ。茶棚の傍から錦泥地の手提煙草箱を持出して、朱羅宇の長煙管を取上げると、水府の上刻みをパクリ〳〵と吹かし乍ら。氣味の惡い微苦笑を漏すのであつた。

　龍田は今、疲勞困憊極の昏睡して居た。雪白の肌は灯の下に剝出しにされて居た、それは淩辱された女の慘めな姿であつた。あれ程厭ひ、あれ程拒み續けた龍田の志操は無慘に敗れて、呪ふべき野獸の眼下に、その淺間敷き姿態を曝して居るのだ。女として最も恥ずべき〇〇を包む處なく×××て居るのだ。女の命を秘めた神秘の〇〇は、暴力に依つてその扉を破られ一切の秘密を掠奪されて仕舞つた。白き××に守られた其の〇〇は、廢墟の如く口を開いて沈默して居た。精神的困惑と肉體の疲勞——それは龍田を生ける屍とした。瞳を閉じて昏睡して居る彼女の顏は哀れにも美しかつた。死の樣な冷灰さが澄み切つて居た。精神的に打のめされ、肉體的に一切を失つた彼女は昏々たる、眠りの中に總てを忘却せんとして居るのであらう。それは何んと哀れにも亦悼ましき願ひでは無からうか？　だがそれも長くは許されなかつた。

　氣力を恢復した猛虎が再び獲物に近寄つたのだ。顏面は劣情にテラ〳〵と光つてゐた。片手が〇かれた〇〇の戸口に差〇〇られて、中の娘の目を醒まそうとした。同時に、は隆起した、の上に伏せられて、女の生ける屍に情感の息を吹き込まうとした。

　夢の中に龍田は此の　　を感じて眼を開いた。ボウ——とした視野の中に男の顏を見止めて戰慄した。忽ち先刻の忌わしい自分の姿が想起された。それは遠い昔の夢にも似た現實であつた。龍田は今更らの悔ひと愧ぢと口惜しさに、不覺の涙の滲み出るのを覺へた。俄破——と飛び起るなり×××た衣の前を抑へると、其儱體を丸くして其處へ打伏した。再び恥を繰返し度くは無かつたのだ。然し猛虎の牙は容赦しなかつた。ズイと寄るなり衣の裾を厶むでパツと跳ねた。後ろには何の防禦も無かつた。忽ち眞白いドウムの××が現れた。「アッ—」と言ふ絶望の悲鳴が走つた。それは再度の辱めに對する、極度の怒りと呪ひの絶叫であつた。、、えする龍田の後方から、丸天井を　　て〇

○に向つて、一氣に毒牙は○○された。斯くて亦再び夢多き神秘の祭壇は壞たれ、獸にも等しき暴虐痴漢の下に、悲戀の女龍田の心身は夜を通して責め苛まれたのであつた。

◇

記錄に殘る元祿十二年四月八日、灌佛會の朝。大奥中老龍田の局が、永き廿餘年の殿中生活の生涯を自刄して果てた裏面には、斯うした性生活の破綻が因を爲して居たと言はれて居る。

# 太平禪寺物語

愚老庵譯述

支那は四川省成都府汝川縣といふ楊子江《ヤンツエキヤン》の上流岷江《ミンキヤン》の沿岸地方である。一小村に井慶《せいけい》といふお百姓があつて、女房《ワイフ》を杜氏《とし》と申し、頗る婀娜《あだ》めいたいゝエロ宗《しう》の姐《ねえ》さん。とかく亭主と反《そり》が合《あ》はず、遂《つひ》に口論の末、杜氏女《としぢよ》は夫家《うち》を飛び出して三里ばかりの娘家《おやざと》へ逃げ歸つたが、やうやく諭《さと》しなだめられて夫家《うち》へ舞ひ戻る途中の淋しい野《の》ツ原《はら》で不意の大雨と來たのである。さあ困《こま》つた。被《かむ》るに雨具《あまぐ》なし翳《かざ》すに傘なし乘るに轎《かご》なし。ザアザア降《ふ》るなかでマゴ〳〵してゐると、端《はし》なくも聞《きこ》えた鈴《すゞ》の音《ね》に野《の》裡《なか》の小徑《こみち》を遠望すれば、荒れ果てたお寺《てら》がある……といふところから本話説《このものがたり》は始まるのである……寺院《てら》の名まへは太平禪寺といひ、十人ばかりの僧侶《ばうづ》と門首《かどぐち》の一房に三人の師徒がゐる。一人は納所《なつしよ》坊主。一人は僧名を智圓《ちゑん》と申す眉目秀麗風情愛すべき美男子。いま一人は僧名を大覺《たいがく》と稱する四十七八歲の老漢。この他《ほか》に此の老僧大覺《たいがく》の寵愛をうけてゐる十一二歲の小沙彌《こぞう》慧觀《けいくわん》といふのがゐるのだが、なかんづく老僧大覺に至つては、これぞ近代支那僧氣質《かたぎ》を十二分《ぶん》に持合せてゐる坊《ばう》さん達《たち》のなかでも、心性極《きは》めて淫毒。美僧の智園《ちゑん》を毎夜同衾《どうきん》し、女色《エロ》を談じ、淫藝名状すべからずといふのだから堪《たま》らん。そんな破戒坊主の巣窟とは知らなかつたのであらう、杜氏《とじ》姐《ねえ》さんは此の禪寺《ぜんでら》を一時《じ》の雨宿《あまやど》にしやうと思つた。丁度《ちようど》このとき老僧と美僧とは、寺の正門内に 站《たちどま》つて外の模樣を眺めてゐたのであつたが、雨を衝《つ》いて門先《もんさき》へ走つて來る姐《ねえ》さんの艶美な姿をチラッと見た刹那に、老僧の眼の色が變つたこと勿論。弟子《でし》の智圓《ちえん》に向つて「觀音菩薩進了門好生迎接着！」と來た。お觀音樣が御《ご》入來なすつたから歡迎しろといふわけだ。智圓が姐《ねえ》さんのそばへ飛んで行つた。

「小娘子《おくさん》は雨を避《よ》けておいでゝすか？」

「さやうでござゐます。途中で降《ふ》り出されましたので、此寺樣《こちらさま》の軒先《のきさき》を拜借してゐますの。」

「ぢや、そこは端近《はしちか》でよろしくありません。どうか此方《こつち》の小房《へや》にお入《はい》りなすつて、降り止《や》むまでお休みなすつては如何です。清茶《おちや》でも差上げませうから。」

と智圓《ちえん》。臉《かほ》に微笑をうかべてホク〳〵しながら引《ひ》つ張り込みにかゝつた。そこでハい、此處《こちら》で結構でございますと言《い》つて斷れば何の事はないのに、さう云《い》ふかと思つたら言《い》はない。根《ね》がエロ宗《しう》の浮氣女《もの》、青頭白臉の優男《やさをとこ》が情味たつぷりの聰巧《りこう》な言葉づかひに、好《す》いたらしいお坊さんと思ふ心から、フラ〳〵と色氣を起して
「有難うございます。さう仰有《おつしや》れば、だん〳〵大降りになつて參るやうで、急に止《や》みさうもございませんから、お親切に甘へまして、それでは暫くお邪魔させて戴《いたゞ》きませうか。」

と來た。坊主らに取つてはシメたもんだつたらう。何方《どちら》も何方《どちら》で、もはや世話なしと言《い》ひたい。況んや御婦人の方に積極的な挑戰の色が仄《ほの》見えるに於ては又何をか言はんや。杜氏女《としじよ》は寺内の小臥房《こべや》に導かれて、老若二僧の間に座を占《し》めた。そこへ小沙彌《こざう》の慧觀《けいくわん》が敬々《うやうや》しく清茶《おちや》を運んで來たので、受次いだ智圓が姐《ねえ》さんに渡さうとして、彼女の玉のやうな可愛らしい手に觸《ふ》れつゝ、胸を躍らせて彼女の妖艶な顏を、こツそり偸《ぬす》見ながら、魂を飛ばせた。お蔭で、いや、何、要するに是《これ》も一つは計略手段であつたらうが、彼女の衣《きもの》の袖にサッと清茶《おちや》を澪《こぼ》したのである。

「これは飛んだ疎忽をいたしまして申譯がありません。そのまゝではいけませんから、どうぞ房裏《あちら》にあります薫籠の火で烘《あぶ》つて、お燥《かは》かし下さいまし。」

と恐縮の態《てい》を粧ふて言つた。此方《こちら》もさるもの、このくらいの狂言は嘗くだらうと思つて心裏巳悄透了八九分怎當得他是喜歡だから毫《すこし》も驚かない。やゝ躊躇するふりを見せながら
「では、さうさせて戴きますわ。」

と立上つて、若僧《わかそう》のあとから小臥房《こべや》裏の薫籠の側へ楚々《そゝ》として向つた。若僧智圓は彼女を薫籠の前に案内すると直《たゞち》に退いて老和尚のもとへ引返し、意味ふかい眼くばせをした。杜氏女《としじよ》はハテナと思つた。彼女を此房《こゝ》に連《つ》れ込んだ理由は智圓が彼女を口說《くど》くためだとばかり思つてゐたので、立去つて行つたのが腑《ふ》に落ちないのだ。一番槍の功を師父《ししやう》に讓《ゆう》らねばならんと思つてした事とは知らずに、たゞ案外に感じながら燥《かは》いた袖《そで》を待《ち》して身を轉じた、途端に牀《こしかけ》の背《うし》後《ろ》から老和尚の大覺《たいがく》が地《ち》を蹴り飛躍し來《きた》つて、殺猪的の勢ひ杜氏姐《としねえ》さんを抱き伏せた。アツといひさま起き上らうとする。

「此處《こゝ》には誰もゐないから、いくら聲をしぼつて叫んでも、やつて來る者はゐないのぢや。さあ急いで拙僧《わし》の房《へや》に行かう。」

と老和尚が言つた。杜氏《とし》姐さんは心の中で何《なん》とかして逃げやうと思ふけれども、若僧《わかそう》が出て行くときに扉《と》をしめ切つたし、老和尚は無理にも言《い》ふことを聞かせやうとして姐《ねえ》さんの身子《からだ》をシツカリ擒《とら》へてゐるので、どうすることも出來ないのだ。姐《ねえ》さん。本《もとより》。これ廉恥を重んずるやうな量見の御婦人でないのだから、もう斯《か》うなつたら、ズバ〳〵言《い》ふてやつた方《はう》がいゝと思つて
「貴老《あなた》とあのお若い方《かた》と替つて下さい。」

「汝《こなた》は拙僧《わし》の弟子《でし》を惑はさうとするのか？　拙僧《わし》の心にも愛情はあるぢや。よし。汝《そなた》に用をすませてから、彼《あれ》を呼

んでやらうから存分楽しむがよいわい。」

といつて放さない。姐《ねえ》さんは年若《としわか》の美僧にこそ用があれ、こんなイケすかない老厭物に纏《まと》ひつかれやうなんて思ひもしなかつたことだ。然し逃げ出さうにも此の有様では駄目である。然《さ》りとて温順《おとな》しくしてをれば凌辱されるに決《きま》つてゐる。淫悪の禿的走賊《はげすけやらう》に肌身を汚されるのは、いかに不運とはいひながら死ぬより辛《つら》い。姐さん。いまや餓馬のまへに投げ出された槽《まぐさをけ》のやうなもので、食はれるのに手間時間《てまひま》はいらぬ。さう思つて苦悶しながら、いかにも怨めしげに老和尚の顔を見つめてゐたが、憤恨に堪え切れなくなり、衣《きもの》の裾《すそ》をシツカリ纂りつけて

「よして下さい！　佛僧の身でありながら、何といふ猥《みだ》らなことをなさるんですか！」

と叫び出した。これは大いに應《こた》へた。さすがの大覺和尚《おしやう》も少なからず興《きよう》が醒《さ》めた面相で姐《ねえ》さんから手を引くや否《いな》や、房門《とびら》をあけて弟子《でし》を呼んだ。聲に應じて美僧《びそう》智圓が入《はい》つて來た。

「師父樣《おししやうさま》。形勢は如何でございますか？」

「や。なか〳〵床《ゆか》しい人物ぢやが、殘念ながら今日は施與《ほどこし》がないわい。弄《からか》つて醜《はら》を搔いたでな。」

といひながらニヤリと笑つた。「今日本事不幇襯」とあつて今日は施してくれなかつたといふわけになるんだが、この和尚は女の貞操も矢張り一箇の喜捨物《ほどこしもの》と心得てゐるらしい。

「さやうでございますか、それでは私が參《まい》つて御手傳ひいたしませう。」

と言ひながら、美僧の智圓はつかつかと進みいで、房門《とびら》をしめ、ふりかへつて杜氏姐《としねえ》さんに抱きついた。

「私の親しい御婦人よ。これなる御老體《ごらうたい》に、どうか貴女《あなた》の肌をゆるして上げて下さい」

「厭《いや》でございますよ！　そんなことを仰有るよりも、この厭物《いけすかないやつ》が、あたしを手籠めにしないやうに言つて下さい。」

「何とも致しかたがありません。このお方《かた》は私の師父《ししやう》ですからね。どんなにでも私からお詫《わび》びします。」

と言ふうちに、からみついた儘寢床の上に横たへた。杜氏姐《としねえ》さんは一霎《ちよつと》のあひだ老和尚の手中に落ちたが、その無態《むたい》

さに堪えやらず、老和尙に掔《つか》みかゝつて打《う》ちのめした。

「交《かは》る交る人に纒《まと》ひつくなんて、ほんとに、あなた方《がた》は廉恥《はぢ》知らずのお坊さん達です！」

「師父《ししやう》と私とは地位が違ひますし、私と貴娘《おくさん》とは同年配で間違ひつこはありません。私と貴娘《あなた》との姻緣は斷たねばなりません。」

と言ひつゝ智圓が跪《ひざまづ》いて立去らうとするので、杜氏女《としじよ》は老和尙を押しのけて起き上り

「貴僧《あなた》はこの私《わたし》を老物《ぢぢい》に讓《ゆづ》らうといふ考へで、そんな可怪《おかし》なことを言ふんですの？　そんなら打明けて申しますが、わたしは心から貴僧《あなた》を愛してゐるんです。本當に惚れてゐるんです。」

と言《い》つた。かう言はれて智圓は凝乎《じつ》と彼女《をんな》を見つめたのである。浮氣女《もの》の獨白《せりふ》ではあるけれども口先ばかりではなくて心《しん》から自分に戀着してゐるんだなと思ふと、身中《みうち》に湧きいづる情惑の力も抑《おさ》へることが出來ないのだ。この若僧《わかそう》だつて、やはり色中餓鬼《エロトマニア》の一匹《ぴき》。杜氏《とし》といふ女が輕賤貪淫な性情をもつてゐることは、よく見ぬいてゐるのみならず、道《みち》ならざる淫行のために、身を亡ぼすほどの災禍に引《ひ》つ罹《かゝ》るのも、實に自《みづか》ら之《これ》を召《まね》くのであることも、充分知つてゐるのだが、破戒坊主の淺間しさに、ふらふらと妙な氣を起すと、もはや暗室に心を虧して毫《すこし》も忌《い》み憚るところなく、杜氏女《としじよ》の肉體《からだ》を弄《もてあそ》び、劣情を滿足することの意圖《かんがへ》で心は一ぱいになつて來たのである。下地《したぢ》は好きなり御意《ぎよい》はよしといふ奴《やつ》だ。色情家《エロや》の姐《ねえ》さん忽ち若僧《わかそう》の心中を讀んでしまつた。

「僧家《おばうさん》のくせに此の老厭物《おいぼれ》みたいに厭《いや》らしいことをしたがるなんて羞《はづ》かしい！　それは兎《と》に角《かく》、貴僧《あなた》が最初わたしに手を出したんでしたわね。ようございます。貴僧《あなた》がそれほど私《わたし》に思召しがありますなら、わたし、今夜は此處《こゝ》に泊《とま》つて、貴僧《あなた》と枕《まくら》を交《かは》しませう。」

と智圓に向つてお膳を出したから、若僧、大いに食《く》はざるべからずと來た。そばで聞いてゐる老和尙こそ、いゝ面《つら》の皮だ。

「それは多蒙《ありがたい》！　ところで小娘子《おくさん》。知らずにゐるのも何《なん》だから伺ひますが、貴娘《あなた》は何處《どこ》にお住居ですか？　そしてお泊りなすつても差支へないのですか？」

と智圓が訊《き》いた。

「わたしの家《うち》は姓を杜《と》と申し、媳婦《かはれつま》となつて井《せい》といふ農家に嫁《とつ》いだのです。このあひだ丈夫《をつと》と口論して娘家《おやざと》へ逃げて歸りましたが、また夫家《うち》へ戻ることになつて、この附近まで來ますと、あの雨なんです、さういふ譯ですから、夫家《うち》の方では、まだ私が娘家《おやざと》にゐることゝ思つてゐるでせうし、娘家《さと》の方では、もう私は夫家《うち》に歸り着いたことゝ思つてゐるに違ひありません。まさか私が此寺《こゝ》に入《はい》り込んでゐやうとは思ひますまい。一晩や二晩ぐらゐ泊《とま》つたところで誰が氣づくものですか。」

「それは僥倖《いゝあんばい》だ！　私たち二人は通宵《よつぴて》樂《たの》しめるといふもんだが、然し此のお師父様《ししやうさん》と一つ寢床に寢なくてはなりませんよ。」

「こんな老厭物《たいぼれ》と一床《しよ》に寢るなんて厭《いや》ですよ。」

「然し師父様《ししやうさん》は此寺《こゝ》の主《あるじ》だから、彼方《あつち》へ行きなさいと言《い》つて追つ拂ふわけにも行きませんからね。」

「わたし羞《はづ》かしうございますわ。三人一塊《しよ》に寢てあれを做るなんて厭《いや》ですよ。」

と流石《さすが》の杜氏女《としじよ》も顔を赤くしたが、そんなことには無頓着で自分達だけの快樂に沒入すればいゝではないかと、智圓、口《くち》を酸《す》くして遂に說き伏せてしまつた。師父《ししやう》も何もあつたもんぢやないといふ流儀だ。御馳走を弟子《でし》に奪《と》られて甚だ不愉快な老僧大覺の心底であつたが、その上に斯《こ》んな放埒千萬、傍若無人の會話を聽かされては、もはや我慢ならぬ。妬《や》けて妬けて悶々しながら、そこに居《ゐ》たまらず、一たん房外《そと》へ飛び出した、が、やはり房内《なか》の形勢が氣になると見えて、それとなく窺つてゐると、智圓杜氏女《としじよ》相抱擁接吻の御《ご》様子だから、愈々怺《こら》へかねて、然《さ》りとは餘り人を人とも思はない怪《け》しからざる振舞《ふるま》ひだと言ひながら、踏み込んで行くなり怒發した。美僧智圓も多分の氣の毒を感じたので、この女人は、どうせ此寺《こゝ》に一兩日泊《とま》る氣でゐるんだから。まあまあ、さう焦《せ》かずとも機會を待つがいゝではないかと百方なだめすかした。こゝに於て老僧大覺《たいがく》の心漸く解《と》けて納得《なつとく》し、放下笑臉ニヤリとしたばかりでない、大いに喜んで夜飯の仕度に取りかゝつたと言《い》ふのだから、ダラシのないこと、睨みの利かないこと、天下これほど夥しくお話にならぬ老厭物《おいぼれ》はをるまい。かくて房中三人食卓《テーブル》を圍《かこ》んで夜飯の幕《まく》になるのだが。餘り多く酒のいけない杜氏姐《としねえ》さんではあつたが、それでも智圓が注《つ》いでくれゝば多少は吃《の》む。老和尚が御《ご》氣嫌取りにお酌をしても、有難迷惑の體《てい》だ。のみならず智圓とは眼と眼、眉と眉とで仲よく語らふ有樣、いかにも親熱に見えて、老和尚に對しては一向に風《ふ》情《ぜい》がないのだから、大覺殿《どの》の心中興味《きようみ》索然として面白くなかつた。その夜飯もやがて片づいて、三人一床《しよ》に睡《ねむ》ることになつたのだが、杜氏姐《としねえ》さん、老朽《ちよい》を嫌つて少壯《わかもの》を悦ぶ淫婦の性《しやう》を發揮して、老和尚の眼の前で而《しか》も御構《みかま》ひなしの毫《がう》も顧みて憚《はゞか》るところなく、御《ご》遠慮なく、肆《ほしいまゝ》に淫意を智圓に告げた。老和尚こそ災難である。智圓と杜氏女《としじよ》とが昂奮する光景を見ると懊惱又難熬とあつて即《すなは》ち因此東模西恍左勾右抱着忙得狼這種形相就是十八個畫師也畫他不像的要相討好杜氏無如精力不濟如苦討好知圓又恐他太便宜了寔在沒个設法等了一會見他歇也不歇手就上去硬拉開來小和尚叫道師父我住不得手了倆十分高興倒在我背後做个天機自動罷老和尚道使不得野味不吃々家食咬々拮々纏優不往小和尚只得爬了下來讓他杜氏心下好些不像意那有好氣待他任他抽了兩抽杜氏帶恨撒了兩撒的那老和尚是急壞了忍不住一洩如注早以氣喘聲嘶不濟事了杜氏冷笑道何苦呢老和尚羞慚無地不敢則聲寂々向了裏床讓他兩个再整旗槍恣意△△兩人多是少年無休無歇的咯々睡了又弄起來老和尚只得嘸唓蠱毒魘魅的做盡了無數的厭景天明了といふやうな次第であつたが、さて翌朝のことである。杜氏姐《としねえ》さんは疲《つか》れた色もなく爽《さわや》かに起きいでゝ髮を梳《くしけづ》り顏を洗ひ衣《きもの》を整《とゝの》へて美僧の智圓に向つた。

「わたし家《うち》へ歸りますわ。」

「貴娘《あなた》は二晩や三晩ぐらゐ泊《とま》つても構《かま》はないと仰有つたではありませんか。人里《ひとさと》離れた此の寺ですから誰も貴娘《あなた》が泊つてゐることを知る者はありませんよ。何だつてそんなんとを言ひ出すんですか？」

と智圓が驚いて引止める。杜氏《とし》女《じよ》は悄々《しを〳〵》として答へた。

「わたしも貴僧《あなた》を棄て去る氣は更々《さら〳〵》ないのですけれども、あの、いけ好《す》かない老頭子《としより》に絡《から》みつかれるのが辛《つら》くつてなりませんから、貴僧《あなた》が私《わたし》を此寺《こゝ》に置きたいといふお考へでしたら、貴僧《あなた》と二人きりの寢床を設《まう》けて下さい。」

「それでは師父《ししやう》が承知しませんよ。」

「そんならお暇申すだけのことです。」

「待つて下さい。」

何《ど》うにもならんので智圓は老和尚大覺の處へ相談に出掛けた。

「あの娘子《ふじん》が家《うち》へ歸りたいと申します。」

「そんな筈はあるまい。汝《おまへ》にぞツこん參つて至《し》極相和《ごくあいわ》してゐるではないか？」

「ところが、あの娘子《ふじん》は良家の育ちと見えまして、三人一緒《しよ》に寢るのは恥《はづ》かしくつて厭《いや》だと申して、なか〳〵承知いたしませんのです。それで家《うち》へ去《かへ》ると言《い》ふてをりますが、私《わたくし》の考へでは彼女《あれ》を歸さないやうに、別に寢床を一つ設《まう》けて、房外《こと》に置き、はじめは私と彼女《あれ》と二人だけにいたし、彼女《あれ》が熟睡するのを待つて、お師父《ししやう》さんが忍んでおいでなすつて三人一塊《かたまり》になるといふやうな工夫《くふう》は如何かと思ふのです。さもなければ、彼女《あれ》の氣嫌を逆了《そん》じて、大家《おやさと》へでも逃げ還《かへ》してしまふことになります。」

「それもさうぢやなア」と言つたが、老和尚は此の說を面白いとは思はんのである。己《うぬ》が都合のいゝことを吐《ぬか》しくさるわいと考へた。然しながらまた一面に於ては、前夜《ゆうべ》のやうに三人一床《しよ》に雜魚寢《さこね》して、武運拙《つたな》く此方《こつち》は敗北した上に、とんだ濡《ぬ》れ場を見せつけられるよりは、いづれ一夜の快樂を味《あぢ》了はうべき時節の到來を待つことにして、房外《そと》の寢床に一人寢た方《はう》が悧巧であるかも知れぬと考へた。

「よし。よし。拙僧《わし》の寵愛する汝《おまへ》の言《い》ふことぢや。汝《おまへ》にとつて都合のいゝやうにするがよからう。」

と言《い》つた。本《もとより》これ口裏《くちさき》だけで、肚《はら》の中には前夜の仇を討たずにをくものかといふ醋意《うらみ》が渦を巻いてゐるのだ。許可を得た智圓が杜氏女《としじよ》の許《もと》へ引返して此旨《このむね》を告《つげ》げると、姐《ねえ》さん、　歡萬喜して、このまゝ寺《てら》に居《ゐ》連《つゞ》けすることになつたのである。その結果は何《ど》んな始末になつたであらうか。

## 二

老和尚道《いはく》。使不得野味不吃々家食咬々拮々纒擾不住。小和尚只得爬了下來讓他。杜氏心下好些不像意那有好氣待他任地抽了兩抽。杜氏帶恨撒了兩撒的……といつた具合で杜氏夫人は大いに怨《うら》めしげに老和尚のなすがまゝになるより仕方がなかつたのであるが、老和尚は彼女《かのじよ》に絡《から》みついたかと思ふと、もはや辛抱《しんばう》が出來ず、彼女の〇〇に已《おの》れの〇〇を〇〇するに至らずして一、、如注とはダラシのない話である。和尚《おしやう》さんは氣も喘《あへ》ぎ聲も嘶《いなゝ》く有様で肝腎《かんじん》のことも濟《すま》さずぐつたりしちまつたから、杜氏夫人が冷笑をうかべながら言つた。


「何苦呢！」

何《な》んてまあ情《なさけ》ないことだらう！　老和尚は羞慚無地。極《きま》りのわるいこと夥《おびたゞ》しく遂《つひ》に返《かへ》す言葉もなく、彼女を若僧の智圓にゆづつて房外《そと》へ立ち去つたのである。こゝに於て杜氏夫人と美僧智圓の鬪合戰が始まつた。二人は再び旗槍を整《とゝの》へて恣《ほしいまゝ》に△△した。二人とも年が少《わか》いので無休無歇的…一回も休まず濁流千里。遂《つひ》に疲れて眠《ねむ》つたのだが、こいつは〆《しめ》たと思つて様子を窺つてゐた老和尚がこつそり入《はひ》つて來ると、若い男女はすぐ眼を覺して二回目の△△を始めたのである。老和尚はガツカリ…只得《たゞえたり》嘸唖蠱毒魘魅的做盡了無數的厭景天明了…そのうちに夜《よ》が明《あ》けてしまつたとは、さてもさてもである。杜氏夫人は寢床より起きいで、顔を洗ひ髮を梳《くしけづ》り容貌をとゝのへて美僧智圓に向ひながら嫣然《につこり》と笑つて道《い》つた。

「わたくし今日《けふ》家《うち》へ歸《かへ》りますわ。」

「いけませんよ。幾日泊《いくにちとま》つても不妨的《かまはない》と、貴女《あなた》は昨日《きのふ》いつたぢやありませんか？　それに此處《こゝ》は邊鄙《へんぴ》なところですから、貴女《あなた》が幾日《いくにち》ゐたつて誰《だれ》にも知れやしません。貴女《あなた》と私とが斯《か》うして歡會《くわんくわい》を得《え》てゐる今《いま》、それを捨《す》て去《さ》つて家へ去《かへ》るなんていふことがありますか？」

と智圓が慌《あは》てゝ引留《ひきとめ》る。杜氏夫人は悄然として道《い》つた。

「わたくしだつて、こんな快樂《たのしみ》を捨《す》てやうなんて思ひますものか。貴僧《あなた》といふ人を手《て》に入《い》れながら、主人《をつと》の家《うち》へ歸らうといひますのも、あの老頭子《としより》が、昨夜《ゆふべ》のやうに、わたくしに纒《まと》ひつくでせう、それが厭《いや》で厭《いや》でならないからです。強《た》つて此寺《こゝ》に留《とゞ》まつてくれと、わたくしに仰有《おつしや》るなら。わたくしを貴僧《あなた》と二人きり一床《ひとつねどこ》に寢《ね》られるやうにして下さい。」

「私も出來ることならさうしたいのですが。何《ど》うして師父《しやう》が承知しませう！」

「承知しないと仰有《おつしや》るなら、仕方《しかた》がありませんから、わたくしお暇《いとま》しますわ。」

「ま、ま、待《ま》つて下さい。」

　沒奈何《いかんともするなし》！　若僧智圓は老和尚大覺の居室《へや》へ飛んで行つた。

「ごめん下さい。お師父樣《ししやうさま》。昨日《きのふ》のあの杜氏夫人《おくさん》が家《うち》へ去《かへ》りたいと申します。よろしうございますか？」

「それは可怪《おかしい》。あの娘子《おかみ》は隨分汝《おまへ》を好《す》いてゐる樣子《やうす》だから、去《かへ》る必要はなからうと思ふが。」

「でも彼女《あれ》は良家の夫人《ふじん》ですから三人一床《しやう》に寢《ね》るなんて賤《いや》しいことは恥《はづ》かしい。はじめは彼女《あれ》と二人だけ寢《ね》ます。それに就《つ》きましては、いかゞでございませうか、鋪下に一床《しやう》を置いて房裏に向合《むきあは》せ、彼女《あれ》が熟睡するのを待《ま》つて三人一塊《ひとかたま》りに寢ても遲《おそ》くはないと存じますが？　さもしなければ彼夫人《かのふじん》の氣性に逆《さから》つて、夫人《ふじん》を大家《よめいりきき》に逃《に》げ歸《かへ》してしまひます。」

老和尚大覺はあんまり呑込《のみこ》めた風《ふう》ではなかつた。夜間三人一床《じやう》に寝《ね》ることも愉快ではないが、女に去《さ》られるのは怖《こは》いのである。そこで考へた。智圓と杜氏夫人の△△が終るのを待つて、彼女《かのじよ》を房裏に呼《よ》んで、ゆつくり二人で一夜の淫樂《たのしみ》をつくさう。鋪下の床《とこ》に寝《ね》ながら他人《ひと》の淫行《たのしみ》を見てゐちや堪らない。（註に曰《いは》く。鋪下とは扉について ゐる環《くわん》なり。環下なり）

「うむ。なるほど、それもよからう。ともかくも女を引留めて置くことが肝腎《かんじん》ぢや。畢意大家この滋味あり。況んや且つ汝《おまへ》は我《わし》の心そのものぢやからのう。我《わし》と替《かは》るもよしよし。」

と老和尚は言《い》つた。それは口先《くちさき》ばかりの快諾で、心中は醋意《ふくしゆうしん》で一ぱいになつてゐる。智圓は杜氏夫人を待たせてゐる房内《へや》へ引返し、夜《よる》は別々《べつ〳〵》に寝《ね》ることになつたからと言《い》つて彼女《かのじよ》を寺《てら》に引留めた。杜氏千歡萬喜的住下了…女も泊《とま》りたいのが山々《やま〳〵》だから、まあ嬉しいといふわけで腰《こし》を落《おち》つける。かくて夜來《よるきた》り歡樂の到《いた》るを等《ま》つことになつたが、その宵《よひ》のうちに老和尚は智圓を呼《よ》んで吩咐《いひつ》けた。

「今晩。我《わし》は精神《こゝろ》の養生をするつもりぢや。汝《おまへ》は杜娘子《をんな》と一夜を面白おかしく歡談好話に過《すご》し、彼女を寺に留《とゞ》めて置くがよい。明日は彼女《をんな》を我《わし》にゆづらねばならぬぞ。」

「御尤《ごもつと》もでございますが、今夜は私が女と寝ましても、昨夜のやうな混擾《さわぎ》になつては、夫人が氣を悪くして飛出すかも知れませんから、そのおつもりに願ひます。」

と言《い》ひ置《お》き、智圓は去《さ》つて闘上房門の内に杜氏夫人とだきあつて寝《ね》た。△△は始まつた。…自由自在無拘無束快活不盡…といふ具合《ぐあひ》。この邊《へん》は看官《どくしや》の想像に任せるが…老和尚の大覺は何《ど》うしたかといふと…一時《じ》は杜氏夫人が家《うち》へ去《かへ》るのを怕《おそ》れるのあまりに、徒弟《でし》の智圓の言葉に従つたのであつたが、孤《ひと》り淋く房裡《へや》に在《あ》つて、今頃は杜氏夫人と智圓とが、いかに痴態のかぎり、快樂のありつたけを盡《つく》してゐるだらうかと想《おも》うと容易に眠《ねむ》ることも出來ず、一夜轉輾として明《あか》したのである。翌朝になると智圓のもとにやつて來て言《い》つた。

「汝《おまへ》たちは昨夜《ゆふべ》さぞ面白かつたらうな。我《わし》は淸冷《せいれい》そのものであつたわい。」

「はい。夫人《ふじん》も安心して泊《とま》りましたが、このうへとも安心して留《と》めて置く必要があります。」

「さうぢや。今夜は我《わし》の番ぢやからな。夜《よる》の到來を待《ま》つてゐるんぢや。」

智圓は敢て師父《ししやう》に逆《さから》はうともせず、杜氏夫人に勸《すゝ》めて師父《ししやう》の房中《へや》へ行《ゆ》かしめた。夫人は死《し》んでも不肯《いや》と來た。

「約束が違《ちが》ひます！　貴僧《あなた》にはあれほど堅く言ひ置いたではありませんか？　それなのに此《こ》の老厭物《おひぼれ》の房中《へや》へ伴《つ》れて去《ゆ》くなんて、あんまりだわ！」

「それはさうですけれども、これは自家《わたくし》の師父《ししやう》ですから我慢して行《い》つて下さい。」

「いけません！　わたくしは貴僧《あなた》のお師匠《ししやう》さんにまで侍《かしづ》く義理はありません。この人は無理無態《むたい》にわたしに挑《いど》みかゝるんですよ。怕《こは》い！　それでも行《ゆ》けと仰有《おつしや》るなら、一晩中でも走りつゞけて家《うち》に歸《かへ》りますからいゝです！」

といふ權幕《けんまく》。これでは駄目《だめ》と曉《さと》得つた智圓は老和尚に向つて言ふ。

「お師父様《ししやうさま》。ごらんの通りです。この夫人《おくさん》は恥《はづ》かしくて行《ゆ》かないと仰有るから、どうぞ夫人の房裡《へや》からお引取り下さいませんでせうか？」

「さうか。」

といふわけだ。老和尚依言。模將進去とある。立去るふりをした。（こゝまでは朝の話だが、こゝから一足飛《そくと》びに夜《よる》となつてゐる。夜《よる》になつたとは原文に記《しる》されてゐないけれども、さう見なければ筋が通らない）さてそこで杜氏夫人は一足《あし》お先《さき》に寢床へ入《はい》つて智圓の御入來《こ》を今か今かと等《ま》つてゐるところへ、これはしたり、老和尚が走り來《きた》つて彼女の寢床へ跳《と》び上《あが》つた。夫人《ふじん》驚くまいことか。さてはこれ智圓が老和尚に奉《ほう》ずること篤く忠を盡《つく》さんがための計《はか》らひであつたか。とさう思ひ悟《さと》つて眞向《まつかう》から
「何《なん》てまあ報念《しうねん》ぶかい老厭物《おいぼれ》だらう！」

と罵りさま跳《は》ね起きやうとした。老和尚は力《ちから》を竭《つく》して夫人《ふじん》を取つて押《お》さへ捻《ね》ぢ伏せやうとする。老和尚は彼女を姦《をか》したいばかりに腕力を用ふるのであつて、彼女を苦しめる考へはなかつた。猛烈な格闘は始まり既《すで》に彼女は危うく見えた、哀れむべし。老僧の獸慾はあまりに火の如く燃《も》えてゐたゝめに、はやくも「吁々氣喘上來」といふ情《なさけ》ない始末になつて來た。老和尚の〇〇は　れた。　言《い》ふてゐる。是《これ》則ち收兵的光景。杜氏夫人は老和尚が穢物を□□したのを見て取つたので、〆《しめ》たとばかり竭力一番。身を起して相手《あひて》を下床《ゆか》に突き落した。老和尚の〇〇から□□した□□は自己《おのれ》の×に粘々《ざう》涎々《く》と□□こまれてゐたのであつた。老和尚は下床《ゆか》を爬《は》ひながら起き上つた。心裏《こゝろ》に道《いは》く。

「這婆娘《このアマめ》如此狠毒《こんなにいぢわるだ》！　たうとう　なかつた！」

と自己《じぶん》の房裏《へや》へ、こそ〳〵逃《に》げ去《さ》つた。逃《に》げ去り行く師父《ししやう》の後姿《すがた》を見た智圓。杜氏夫人の房內《へや》にこつそり進去《はい》つた。寢床《ねどこ》の上の美女《をんな》は嵐のあとの紅芙蓉《べにふやう》といふ姿である。智圓進來正《まさ》に好《よ》く渴《かつ》を解《と》くだ。女は待つてゐましたといはぬばかりだから世話はない。兩个《ふたり》は口說《くぜつ》もなく「刀鎗齊擧」と來て△△にとりかゝつた。好不熱鬧。智圓の〇〇は心靜《こゝろしづ》かに杜氏夫人の〇〇に〇〇られたが、さて、こちらは望みを遂《と》げそこなつた老和尚大覺である。房中《へや》に戻つたが氣息未《きそくいま》だ平《たひ》らかならず。想道《おもふ》に。

「自分《おれ》が杜氏夫人の房內《へや》を飛《と》び出《だ》したあとでは、徒弟《でし》の智圓と夫人《ふじん》とが、誰憚《だれはゞか》ることなく悠々《ゆう〳〵》たる淫樂に耽つてゐるであらう。一つ樣子《やうす》を窺《うかゞ》ひに出掛《でか》けやう。」

と、老和尚は急《いそ》ぎ足で杜氏夫人のゐる房外《へやのそと》にやつて來た。案《あん》の如く房內《へやのなか》では、美僧と美婦とが「山は搖《ゆ》れ地《ち》は動く的《やう》な在那裡《へやのなか》の[redacted]」といふほど激《はげ》しい△△を行《おこな》つてゐた。老和尚は「拳《こぶし》を磨《き》し臂《ひぢ》を擦《さつ》する」ほど口惜《くやし》かつた。

「這婆娘《このそんな》め！　我《わし》には情《つな》なくて徒弟《こぞう》ばかり可愛《かあい》がるとは何事ぢや。少しは我《わし》にも情《なさけ》を分《わ》けてくれい。智圓とても左樣《さう》ぢや。女を一人で受用《せしめ》るとは以ての外。我《わし》にも讓《ゆづ》りてくれい。さもないときは、二人とも明日は辛《から》い目を見なければなるまいぞッ。」

老和尚は不愉快でたまらない。悶々《もん〳〵》の情《じやう》を抑《おさ》へて自己《おのれ》の房裏《へや》へ引揚げ、やうやくのことで睡《ねむ》るを得た。眼《め》が覺《さ》めたのは天明《あけがた》であつたが、起上つて見ると、〇〇に瘀痛《ようつう》を感ずるので、衣《きもの》を解《ぬ》いで見た。〇〇の先《さき》から白く濁《にご》つた□□が點々滴々《てん〳〵てき〳〵》として泌《にじ》み垂《た》れてゐるのである。昨夜《ゆうべ》は杜氏夫人《ふじん》のために寢床の上から推落《をしおと》されたが、あのとき自己《じぶん》の□□で×から〇〇にかけて穢溺《よごれ》たことを知つてゐる。あの名殘《なご》りだらうか。それにしては瘀痛《ようつう》を感ずるのが不思議だと思つた。老和尚の〇〇は杜氏夫人《ふじん》の〇〇に〇〇することは出來なかつたけれども夫人《ふじん》の〇〇に觸《さは》つてゐたことは事實である。ことによると白濁之病に罹《かゝ》つたのではなからうかと思つた。さう思ふと腹が立つた。

「畜生！　これも這婆娘《あのをんな》のためだ！」

そのときは既《すで》に杜氏夫人も起きてゐたので、老和尚は彼女に恨みを言《い》はうと思つて呼《よ》びつけたが不來《こない》。不來《こない》はずだ。この色情夫人《ふじん》は朝から智圓と乳《じゃ》くり合《あ》つてをられたのである…交頭接耳嘻々哈々の最中であつたから、老和尚は憤激してしまつた。これはいけないと思つた若僧智圓。慌《おほ》てゝ老和尚の房中《へや》へ走到《そうたう》し、彼《かれ》が男色《だんしよく》の相手《あひて》である師父《しやう》に向《むか》つて、平日《いつも》のやうな媚態《こび》を裝《よそほ》ひながら言《い》つたのである。

「お師父《しやう》さま！　私は二晩《はん》もつゞけてお師父様《しやうさま》を置いてけぼりに致しまして寔《まこと》に相濟《あひす》まぬ次第でございますが、今晩は必ずお師父様《しやうさま》と一諸《しよ》に〇ますするから、今までのところは、どうぞ御赦し下さいませ。」

「うむ。我《わし》はあの雌兒《をんな》にふられるのが心外ぢや。汝《おまへ》が行《い》つて彼女《あれ》を呼《よ》んで來い。今日《けふ》から向《むか》う二晩《はん》は我《わし》が彼女《あれ》の相伴《じやうばん》をするんぢやから。」

「私が呼《よ》びに參《まい》りましても夫人は迚《とて》も來《き》はいたしません。お師父《しやう》さま御《ご》自身おいでになつて、夫人《ふじん》をお連《つ》れなさいませんことには駄目です。」

「さうか。よし！　今夜《こんや》といふ今夜は、あの女が何《なん》と吐《ぬか》さうと伺《ど》うしやうと、我《わし》は少しも怕《おそ》れはせんぞ！　此房《こゝ》に呼《よ》んでも來《こ》ないやうであつたら、一直的《まつすぐ》に厨下《だいどころ》へ突《つ》ッ走《はし》つて厨刀《ほうてう》を引《ひ》ッ提《さ》げ、あの女の部屋に飛《と》び込《こ》むわ！」

老和尚は怒發しながら言ひ放《はな》つた。夜《よる》は到來し老和尚は杜氏夫人を自己《おのれ》の房中《ふや》へ來《く》るやうにと言ひ遣《つか》はしたが、夫《ふ》人《じん》は頑《ぐわん》として應じない。たうとう老和尚が厨刀《でば》を奮《ふる》つて彼女の房中《へや》に闖入する幕《まく》とはなつたのである。老和尚は彼女に向つて道《い》つた。

「これを見ろ！　汝《おまへ》がもしも我《わし》を好《す》く了見《れうけん》にならんけりや、これで始末をつけるから、さう思つて覺悟をせい！」

杜氏夫人は驚きのあまり、寢床の前に跳びのいて叫《さけ》んだ。

「和尚《おしやう》さんが來ましたツ。智圓さん。闕門から快《はや》く快《はや》く來《き》て下さい。わたし怖《こわ》いわ。老厭物《おひぼれ》がまたやつて來《き》て纏《まと》ひつくんですよツ。」

これを聽《き》くと、老和尚は眞个《ほんと》に怒《おこ》つてしまつた、その勢ひ奮然。惡向膽邊生といふ物凄《ものすご》さ。

「いかにも左様《さう》ぢや！　今夜《こんや》この老厭物《おひぼれ》の我《わし》は何《ど》うあつても汝《おまへ》の身子《からだ》が入用ぢや！」

と聲を勵《はげ》まして道《い》ひながら、寢床の側を離れ、一隻手《かたて》をのべて杜氏夫人を抱《ひ》きずらうとする。夫《ふ》人《じん》は老和尚を睨《にら》みつけ、狼《ほ》ゆるやうに道《い》つた。

「何《なん》だつて和尚《あなた》は、そんな亂暴をなさるんですか？　わたくしは何《ど》んなことがあつても、あなたの心に隨ふわけには行《い》かないんですから、手を放して、あつちへ去《い》つて下さい！』

「いや。ならぬわツ。」

老和尚は力拖不休《やまず》だ。グン〳〵拖《ひ》き摺《す》る。杜氏夫人は喊《さけ》んだ。

「たとい殺了《ころ》されても、わたしは行《ゆ》きませんよツ。」

老和尚大怒道《おほいにいかつていふ》。

「眞个《ほんとう》に去《ゆ》かないんぢやなツ。我《わが》一刀を吃《くら》ひやがれツ。」

と頭《づ》上一勒《ろく》！　グサツと頭をやつた…一勒《ろく》とは一雕《えぐ》りである…些《いさゝ》か飽氣ない殺《ころ》しの場《は》面《めん》だが…杜氏夫人は即死した。

杜氏死了這是《これやこれ》淫賤的結局といふ評《ひやう》が添《そ》へてある。痴情の末はこの沙汰か…一方《ぱう》智圓は老和尚の後《あと》を追ふて房門《とぐち》から房《そ》外《と》へ飛びだし、何《ど》うしたかと思つて師父《しやう》の消息を尋ね等《ま》つたのである。そこへ對房《むかひべや》の裏《なか》から、時ならぬ叫喊《さけびごゑ》がきこえ、一聲、耳を劈《つんざ》いたので、何事かと心裏《こゝろ》に疑惑を抱《いだ》きながら跑來《はうらい》した…跑行《はうかう》といふのは態《くま》などが足の爪《つめ》で土《つち》を引ツ掻《か》きながら歩く形《かたち》だ…ともかくも跑行《はうかう》してゐると、刀《かたな》を引提《ひツさ》げて房裏《へやのなか》から出て來る老和尚と撞着《バツタリ》。出會《でツくわ》した。老和尚は智圓を見ると、いきなり道《い》つた。

「那鳥婆娘可恨我已殺了！」憎《に》ツくき阿魔《あま》め。殺《や》ツつけたぞよ！　智圓は吃了《びつくり》一驚。

「お師父様《ししやうさま》！　それは眞實《ほんたう》でございますか？」

「さうぢや！　汝《おまへ》ばかりを娯《たの》しませる怪《け》しからん奴《やつ》ぢやからなツ。」

智圓は杜氏夫人《としふじん》が殺害されてゐる房中《へや》に火進《とつしん》した。さうして夫人の死骸を一看只《みたばかり》で苦《かなしみ》に堪《た》えず、叫《さけ》んだ。

「お師父様《ししやうさま》！　あなたは眞《ほんたう》にまあ何《なん》といふことをなすつたのです！」

「那《こ》の阿魔《あま》が我《わし》を嫌《きら》ひぬいたから我《わし》は性發《クワ》ツとして殺《や》つつけたまでぢや。何も不思議なことはあるまい。已《すで》に出來てしまつた事。遲疑《ぐつく》しないで、はやく地中に埋《うづ》めてしまへ。明日からは汝《おま》へと快活《いゝ》を共《とも》にしやうぞ。」

快活《いゝ》といふのは△△のことあでる。現今《げんこん》とは字義《いみ》が全然《まつたく》異《ちが》ふ…智圓の胸は悲しみに閉され一語を發することも出來ず、老和尚大覺に隨《したが》ひながら鍬𨃩を挙《も》つて後園《うらには》の土を掘り、杜氏夫人の死骸を埋下了《うづめてしまつた》。（杜氏の卷は終り）

（杜氏夫人の始末がついたので、この物語に一段落《だんらく》がついたやうである。さても此のオサマリが何《ど》うつくであらうかといふことは、これから先の話であつて、頗る探偵小説じみて來る。よろしければ書きませう。御望みの看官《どくしや》は手をあげなさい。〔筆者しるす。〕それから本篇の前半と後半との文章の調子や用語に多少の相違があるかも知れないと思ふ。それは前半を書いたのが、餘程まへなので、原作に則《そく》してはゐるけれども、自由な譯し方《かた》をしてゐるために、何《ど》んな文字を用ゐたか、後半を書くときには已《すで》に忘れてゐるからだ。大方の御諒承を願ひます。終り。）

# 復讐の淫虐魔

## ―或る死刑囚の懺悔錄の一節―

フリイドリツヒ・ユンケル作
宮下浩譯

一

降りしきる雨に濡れそぼれて庭の灌木の葉蔭にじつと身をひそめ乍ら、明るい窓の向ふの部屋で外出の仕度をしてゐるアイグネルの瀟洒な姿を凝めてゐる俺のこゝろには、狂暴な嵐が捲き起つて來た。我慢に我慢をして來た俺だつたが、彼奴の美しい顔が俺の最愛の妻ゲニアを誑かしたのかと思ふと、俺は體中の血潮が逆流するのを覺えた。が、それと反對に俺の頭は石のやうに冷めたく鋼のやうに鋭く澄んで行つた。

俺は奴等の不倫な姦通の證據を判然り握るまでのこの長い五ケ月間といふ月日《つきひ》を、地獄の青鬼め等に苛まれながら苦み悶えて來たのだ。そして、あゝ遂ひに昨夜のあの醜行を俺が、ゲニアをあれ程愛してゐる俺が、この眼で確めやうとは――。

アイグネルは身仕度を終つて己の姿を姿見に映して、自信ありげに薄い口唇をニツと微笑つた。奴は、これから俺のゲニアのところへ忍んで行くつもりなのだ。ふン、行けるものなら行つて見るがいゝ――。俺はこゝろに嘲つて、右手の拳銃をポケツトの中で握りしめて茂みから出た。

　雨は一しきり強く風を交へて窓硝子に吹きつけて、部屋の内をおぼろにかすませた。俺は身軽く窓に飛びついて、片手で窓枠を押しあげて半身を乗入れるなり、右手の拳銃を突きつけて叫んだ。

「手をあげろ、アイグネル！」

「あつ。」

　アイグネルは瞬間、石像のやうに固くなつた。臆病な彼奴は紙のやうに白くなつて慄えてゐるのだ。

「俺だ、アイグネル。驚ろくことはないさ。お前の友達のオツトウだよ。何處かへお出掛けのところを邪魔して済まないが、大して手間をとらしやしないから、まあそこへ掛けるがいゝぜ。」

「あ、あなたは、ぼ、僕をどうしやうといふんだ。ま、まさか殺さうといふのぢやなからうね？」

　アイグネルは酷く吃りながら蒼褪めて言つた。

「いや、俺は君を殺すとも殺さぬとも考へてはゐないんだよ。だが、君の方で殺される覺えでもあるのかね？　アイグネル。」

　俺はさういつて、アイグネルの剃跡の青い綺麗な顔をじろりと偸視した。奴はどぎツとしたらしく表情《かほ》をこはばらせて、それでも無理に平靜を粧ふて両掌をもみながら應えた。

「いや、僕は、しかし、オツトウ、どうか僕を責めないで下さい。なるほど僕が何も彼も悪るかつたのです。今までのことは僕はどんな謝罪でもするよ。あなたが、僕の全財産を望んでも僕は否とはいはない積りですよ。だから、ねえオツトウ。どうか、僕の今度のことは許して呉れまいだらうか。」

臆病な彼は、俺の眞劍な殺氣に恐怖を感じてゐるのだ。俺はそれを豫想して來たのだ。俺の計畫通り八ツ裂きにしても飽きたらない奴を、悲慘な道化師にして嘲笑つてから復讐をしてやるのだ。

「アイグネル、わかつたよ。俺は何も君の財産なんか欲しくないんだ。俺の欲しいものはたつた一つあるだけだ。」

「え?」

アイグネルの顏のしわが妙に歪んで泣き出しさうな表情に變つた。俺は奴の美しい矯正な容貌が、こうも醜くなるものかとおかしく思つた。

「そ、それぢや、あなたは、や、矢張り僕を――?」

「いや、驚ろくこたあないよ、アイグネル。俺の欲しいのは、話なんだよ。」

「話?」

アイグネルは半信半疑で、それでもほつとした顏附になつた。

「さうだ。俺は、君とゲニアとの逢引の樣子を一つ殘らず細かく話して貰ひたいんだ。若し、君がそれを嫌だといふんなら、俺は君を殺《や》つつける積りで來たんだ。どうせ戸外《そと》は烈しい雨だ。閉めきつた部屋の中で一發ぶつ放したつて、誰れにも知れつこはないんだ。さあアイグネル、話をするかしないか、明瞭り返答をし給へ。」

俺は罪人を審判する時の絶對權能を持つ裁判官にでもなつた氣持で、傲然とアイグネルを見降して言つた。

「う、は、話すよ、話しますよ。だから、その拳銃をしまつて呉れ給へ。」

アイグネルは俺の劍幕に驚ろいて、しぶ／＼ながら承諾をした。

二

ボン、ボン、ボン、ボン………

暖爐棚の上の鳩時計が十一時を打つた。

アイグネルはちらとその方を見上げた。

「今夜も、十一時三十分に逢引する約束が出來てゐたんだね、アイグネル。」

「さ、さうです。しかし――。」

「いゝよ。それぢや、君とゲニアがいつ頃からそんな風になつたのかね？」

「昨年のクリスマスの假裝舞踏會の時に、ゲニアさんの踊の相手をしたときからです。」

「ふン、クリスマス・イヴ、そんなに昔からなのか。」

俺は、最近四五ケ月間の怪しい素振りでやつと氣附いたにすぎない俺の迂愚さ加減に、又新らたな憤りが込みあげて來た。だが、俺は表面《うはべ》をじつとこらへて話をうながした。

「あの夜、ゲニアさんはシヤンペンに醉つて陽氣でした。僕がハムレツトの假裝をしてゐたのを、ゲニアさんは好く似合ふといつて、僕の首に腕を廻して接吻をして呉れたのです。そして、ゲニアさんは少年時代から美術家が好きで、美術家と結婚出來なかつたのが殘念だと繰返しいつて、僕が美術家であることを稱讃して呉れました。」

「それから君と、ゲニアの關係がはじまつた譯なんだね。商用で毎月俺が一週間位ベルリンに滯在する留守中、君とゲニアは愉んでゐたといふ寸法か。なるほど、これぢや中々わからなかつた筈だな。」

アイグネルは、俺の皮肉な刺のやうな言葉に恐怖を抱いて頸垂れた。

「美術のパトロンと美術家の關係が、君達の間では戀愛にまで進んで行つたといふんだねえ、アイグネル。」

「えゝ。ゲニアさんは僕を愛して呉れました。僕もあなたの前ですがゲニアを本當に愛しました。」

「生命がけでかね？」

「え？」

「よし、君達が同好の趣味で愛し合ふやうになつたといふのなら、それで構はんさ。話はどういふ具合にして、いつも君達が逢引をするかといふことが、俺はきゝたいのだ。さあ何一つ隱さずに、眞正直に細かく逢引の夜のことを話し給へ。」

アイグネルは鳥渡ためらつて、俺の許すまじい樣子をみてとつてから再び話しはじめた。

「僕は、あなたが旅行なさつて留守になると、夜の十一時三十分かつきりにゲニアさんの窓の下に立つのです。窓は室内《なか》の燈光《ひかり》で明るくカアテンの影を映してゐます。僕が、悠然《ゆつく》り三つ窓を叩いて低く呼ぶのです、ゲニアといつて。」

「ふむ。」

「すると、合圖に應えて窓邊にゲニアさんの姿がくつきり映えて、直ぐと電燈《ひかり》が消えるのです。」

「それは、いつものことかね？」

「さうです。いつも、ゲニアさんはさうするのです。それはゲニアさんのロマンチックな趣味で、戀人と逢引するのにタングステン線の光は情感を殺《そ》ぐものだといふのです。ゲニアさんは本當の詩人ですよ。」

「さうか、それは面白い。」

「え？　何ですつて？」

「何でもいゝから先を話し給へ。」

俺は、拳銃を指先でひねり廻して命令した。だが、アイグネルの話をきいてゐる裡に、先刻迄の止むに謁まれぬ嫉妬以外に不思議と別な感情が、それは宛かも俺のこゝろのほのかな歡びとでもいつていゝ感じが沸いて來るのを覺えはじめた。

「燈光《ひかり》が消えると同時に、窓が開いて、ゲニアさんの美しい容貌が月光に照らし出されて浮びます。そして、默つて僕に窓から這入れといふサインをして引込みます。僕は窓から忍び込んで部屋に這入ります。」

「そして、ゲニアは、君達は抱擁して接吻でもするのだらう?」

「いゝえ、抱擁も接吻もしません。たゞゲニアさんはそつと跫足を盗んで、ゲニアさんの寢室へ這入つて行きます。僕もその後から續いて跟いて行くのです。」

「うむ、ゲニアの寢室へ這入つて、それからどうするのだ?」

俺は譯のわからぬ昂奮が身内にうづいて來るのを感じた。

「あつ、どうぞ、オツトウ、許して下さい。それから先をいふのは、あなたの前では堪えられません。どうぞ許して下さい。僕は他のどんな罰でもお受けしますから、それは許して下さい。」

「默れつアイグネル。言へ、言へよ。君が俺のゲニアの寢室へ這入つてからすることを、細かくそれこそ一つ殘らず言つちまへツ。」

「あゝ、どうか、それは、オツトウ、お願です。」

「えゝい、言へツ。そこでどういふ風にやるか順序よく言ふんだ!」

俺はぞくぞくする氣持を押へて、アイグネルに迫つた。

「さあ、アイグネル。早く先を話せ。君が正直に話さないで、ぐず〳〵してゐると、拳銃の彈丸が心臓をお見舞するぜ。鉛の彈丸は狙はれたところを正直に射通すからな。アイグネル。」

「ま、まつて下さい。話す。いま話しますよ。」

アイグネルは、蒼褪めた額に流れる冷めたい所を掌でぬぐつた。

## 三

コトン、コトン、コトン、三つ窓を叩いて俺は呼んだ。雨がざあ〳〵降りしきつてゐた。

「ゲニア！」

すると室内《なか》の燈光がぱツと消えて、軈て窓が開いてゲニアの姿が現はれた。

「まあ、アイグネル、こんな嵐の晩によく來て吳れたのね。あたし、十五分も遲れたからもう來て吳れないのかと思つてたのよ。さあ早くお上がんなさいな。」

「えゝ、いま行きますよ。ゲニア。」

俺は胸をわく〳〵させながら、アイグネルの聲を眞似た。幸ひ雨の音で、聲音が巧く誤間化せた。

窓に手をかけて己の家へ忍び込む俺のこゝろは、生れてはじめて經驗する妙な新らしい冒險の豫感にときいめた。部屋の内に這入つて、滴の垂れる帽子をとつて雨に濡れた外套を脫いでそこへ置くと、薄闇の中にゲニアの白い顔が、今度は默つて笑つた。それは俺が曾つて、妻の顏に見たことのない性慾的な笑顏だつた。

ゲニアは急にくるりと後方を向いて、先に立つて寢室の方へ步いて行つた。俺は現在の良人の俺をアイグネルだと思つてゐるゲニアを心の裡で嗤ひながら、今に決行される復讐を思つてひそかに惡魔の北叟笑を洩らした。そして、俺はアイグネルに白狀させて、樣子を知つた通りに、ゲニアの後を默つて蹤いて行つた。

寢室には光線ともいへない物のいろも、人の顔も、黒と白以外のものが判別のつかぬ程の光線が流れ込んでゐる許りで、俺とゲニアとのダブルベットが壁際へ置いてあり、折立鏡が部屋隅にたてゝあり、その他の調度はいつもの妻の寢室の情景なのだが、俺には、何かはじめて踏みこんだパリー邊の魔窟へでも來たやうな氣がした。

ゲニアは全裸になつて、ベットの上に横臥してゐるのだ。よく發達した女の四肢がほのかなやつと認められるだけの視界に、のび〳〵と肩や、胸や、腰の邊にゆるやかな起伏の肉附を見せて、誘惑の甘づつぱい匂を撒いてゐるのだ。

俺は、流石に己の眼を疑つた。これが、俺の妻のゲニアなのか？　始めて知る女變化の態様《さま》に俺は驚くばかりだつた。次の瞬間、俺の身内にうづくやうな性的の衝戟が復讐の昂奮と混交《いりまじ》つて燃えさかつた。俺は、いきなりアイグネルから奪つて來た革鞭を振りあげて、ゲニアの純白の皮膚も傷けよとばかり臀部の邊を一撃した。

「う、う、ゝゝ。」

微かにゲニアは呻めいた。

「おゝ、アイグネル。今夜はまあ何んてあなたは可愛がつて呉れるんでせう。」

痛さを忘れたものゝやうなゲニアの言葉だつた。何といふ不可解なゲニアであらう？

マゾヒスムス——さうだ、アイグネルの話したことは、みんな本當なのだ。妻のゲニアが、マゾキストであらうとは、俺は長い四年間の間同棲中露聊かも知らなかつたのだ。

「えゝい、擲つてやれ。この賣女奴《ばいため》は、俺の眼を眩まして、斯うして恥もなく、長い間アイグネルの野郎と乳くりあつてゐたんだ。ふン、マゾキストでもやりきれぬ位ぶちのめして呉れやう。」

俺は、さう思つて、新たな憤りにかられて、再び鞭を取り直して、續け樣に擲りつけた。力の續く限り打つて、打つて打ちのめした。

ピシリ！　ピシリ！　ピシリ！

寝室の壁に鞭の音が反響して、奇妙に俺の性欲を昂奮させた。

「あゝうゝゝあゝゝゝゝ。」

ゲニアは俯伏せて、呻めき悶えた。鞭の跡が薄闇にもそれとわかるほど、太い幾條もの線をゲニアの體に引いた。

「あゝ、アイグネル。あたし、もう澤山だわ、迚も、たまらないわよ。さあ早く、いつものやうにして可愛がつて頂戴い。」

ゲニアは、胸を大きく波打たせながら、あへぐやうに言つて兩腕を高く差伸べた。

耐らなくなつた俺は、素早く衣類を脱いで、眞××になつた。そして、いつも馴れた妻のゲニアの體を×いた。だが、、どうしたことだらう。いつも冷えきつたゲニアの體は、これは、まあ何んと燃える火のやうに熱いではないか！

眼を閉ぢたゲニアは太い息を吐きながら、俺のたくましい體にしつかと××ついて來た。

俺はもう全く、この瞬間、何もかも忘れて、ゲニアと一つになつて、可成り長い時間を呼吸をつめて、しびれるやうな、、の動作にまかせた。

「あゝはア。」

長い太い呼吸を吐いて、ゲニアは眼を瞠つてぐつたりとなつた。次の瞬間、ゲニアの顏はさつと變つた。

「あツ、あなたは、まあ、オツトウ。あなたはオツトウですのねえ。」

さう叫んだゲニアは、俺の胸を拂ひのけてベツトの上に顏を埋めた。

# 四

烈しい嵐が戸外を吹き荒れてゐるらしい。俺の心にも、再び猛然と憎しみが甦つて來た。

「ゲニア、お前の情人のアイグネルでなくつて氣の毒だつたなあ。」

しかし、ゲニアは、ぐつたり打臥せて何とも應えなかつた。

「ゲニア、俺は今晩アイグネルの代理でお前の所へ遊びに來て、先刻のやうなことをしてお前を樂しませてあげたがお前には何にも不服はあるまいねえ？」

俺はさういつて、ゲニアの肩を摑んで起した。ゲニアは頸垂れた顏をあげて、涙に濡れた瞳で俺の顏を見上げて微笑みながら言つた。

「ねえ、あなた、あなたはあたしを許して下さるでせう？　あたし、本當はあなたを誰れよりも一番深く愛してゐるのよ。アイグネルとのこと、あなたに隱してゐたけどあたし病氣なんですもの。あなたは勘忍して下さるわねえ。」

ゲニアは俺の首に兩腕を廻して、媚態を籠めて笑つた。

俺は、實際、この瞬間ほど、ゲニアを美しい女だと思つたことは、曾つてなかつた。

だが、俺のこゝろの中には、何ともいへぬ復讐の慘虐的快感が强くて、どうすることも出來なかつた。

「さうか。ゲニア、それではお前は俺を一等愛してゐたといふんだね？　誰れよりも、アイグネルよりも？」

「えゝ、さうよ。あたし、考へてみたんだけれど、矢張りあなたがあたしの一番愛してゐる人だと思ふの。でも、あなたはよく御旅行なさるでせう。あたし淋しかつたの。だから、あたし、アイグネルと偶に遊んだのよ。でも、もう許して下さるわね、あなた。」

「うむ、許してやらう。だが、アイグネルと遊ばうと思つても、二度と遊べないよ。」

「えゝ、もう遊ばないわよ。」

「いや、もう遊ばないぢやない。二度と遊ばうと思つても、遊べないと言つてるのだ。」

「え？」

「俺が、アイグネルを今晩、奴のところで殺《や》つつけて了《じま》つたからだ。」

「まあアイグネルを、あなたが殺して了つたんですつて！」

「さうだ。俺は奴に何もかもお前との關係のどんな些細なことまでも喋舌らせて、ズドンと一發お見舞申してやつたのよ。だが、安心をするがいゝ。お前の可愛い人は、心臓の眞中を射拔かれたので、何の苦痛もなく笑ひながら、地獄へ陥ちて行つたからな。ふ、ふふふふ。」

「まあ、何んてことをするんでせう。あなたはアイグネルを殺してゐるなんて、酷い、酷いわ。卑怯な人殺し、畜生ツ。」

ゲニアは、おい／＼泣き喚きながら俺の胸や　肩を叩いた。俺は叩かれながら體中に充滿して來る快感を覺えた。

「畜生ツ。」

「人殺ろしツ。」

さういふ言葉が、しかし俺の腦髄のしんに響いて、俺のこゝろを苛々させた。

俺は急據《やには》に、ゲニアの體をベットの上に×××けて、馬乘りになつて、ゲニアの喉首をぐい／＼押しつけた。金髪の柔らかい髪がゆら／＼搖れた。俺の掌に温かい彈力が氣持よく感ぜられて、ゲニアは、×を兩方に×××てばたばたやつてゐたが、軈てぐつたりとなつた。

その瞬間、俺は頭も、腕も、脚も、體中がしびれて了つて、自由が利かない位の、、に捕へられた。そこで、俺はゲニアの盛りあがつた、、に嚙みついた。齒をあてる、きつく嚙む裡にぬら／＼した生溫かい　が、俺の口中一杯になつた。

「ゲニアが死んだア。」

俺は、さう叫んで、ズボンのポケツトから鋭いメスを出して、ゲニアの露出された腹部にぐさツと突き立てた。

そして、凱旋將軍のやうな偉い愉快な氣持になつた。

俺は、それから又、ゲニアの兩眼といはず、臀部といわず、長い間裏切られた復讐のメスを○○んで、ゲニアの肉塊を引き裂いて、遂に、疼くやうなゝゝに疲れてくた〳〵になつて、その場へ倒れて了つた。

――終――

# 編輯局より

□　□

先づ、大變遲くなつたことを御詫びします。

卷頭の閨房秘書は、その態度が徹頭徹尾まじめなものであるだけに、尊重して耳を傾ける必要があると思ひます。

□　□

妙竹林齋氏はすつかり編輯者を泣かせました。催促しなければ書かないし、餘り催促するとツーンと膨れ面をして散歩に出かけます。雜誌がこんなに遲れたのも、この原稿が出來なかつた爲ですが、その代り特意の麗筆と、空を壓する氣魄は必ずや讀者に滿足を與へることゝ信じます。卑猥な感じはその輕妙な洒落にすつかり吹き飛ばされて、近來稀に見る性慾哲學だと思ひます。

□　□

文獻物として東京淫神邪佛考を本誌に掲載することが出來たのは何よりの悦びです。廣汎なる神佛を埒し來つて一々その戸籍しらべをやつたところなど誠に愉快仕極ではありませんか。

□　□

小說はこれ何れも一粒撰りの逸品で、既成文壇の幼稚な戀愛小說など、これと比較して問題になるまいと思はれます。談奇叢なればこそ。

□　□

落着いたり、慌てたりした爲に、編輯し終つて雜誌を見ると大變きたなくなりましたが、その努力と苦辛と細心の注意を買つて下さい。なにしろエロの受難時代ですから樂ぢやありません。

□　□

二號の談奇名勝でいろ〳〵御問合せがありましたが、長野縣東信濃にある夫婦岩で、篤志家の寄贈によるものです。所在地は書いてありませんでしたが、全國的に有名な所ださうで、信州旅行者の見逃せない名勝です。


昭和六年十月二十日印刷
昭和六年十月二十五日發行（非賣品）

發行兼編輯印刷人　鈴木辰雄　東京市牛込區市ケ谷田町一丁目 市谷ビル内

印刷所　泰雲社印刷所　東京市神田區五軒町四二

發行所　書局　洛成館　東京市牛込區市ケ谷田町一丁目 市谷ビル内

# 談奇黨第三回通信

永らく御待たせしました。秋季特大號が漸く今日出來上りました。遲くとも拾月五日迄には必ず御屆けする筈でしたが、餘儀ない事情や、よりよき內容を盛るために記事に多少の變更がありましたので、今日迄遲延したことを吳々も御詫びします。

その代り、談奇黨としては誠に堂々たる陣容で、店頭雜誌などでは到底見られない物凄さが全誌に充滿してゐると思ひます。

新年特大號はもうそろ／＼準備しつゝありますから、これは遲くも拾貳月二十日迄には配本するつもりで

禁止

叢書エログロナンセンス第Ⅲ期

# 『談奇党』『猟奇資料』 第1巻

2017年12月15日 印刷
2017年12月22日 第1版第1刷発行

[監修・解説] 島村《しまむら》 輝《てる》

[発行者] 荒井秀夫

[発行所] 株式会社ゆまに書房

〒101-0047 東京都千代田区内神田2-7-6

tel. 03-5296-0491 / fax. 03-5296-0493

http://www.yumani.co.jp

[印刷] 株式会社平河工業社

[製本] 東和製本株式会社

落丁・乱丁本はお取り替えいたします。 Printed in Japan

定価：本体15,000円＋税 ISBN978-4-8433-5308-0 C3390